不 准 跟
我 说 话 ₂

TALK TO ME

三千大梦叙平生 ✡ 著

北京时代华文书局

图书在版编目（CIP）数据

不准跟我说话.2/三千大梦叙平生著.--北京：
北京时代华文书局,2019.12

ISBN 978-7-5699-3344-4

Ⅰ.①不… Ⅱ.①三… Ⅲ.①长篇小说－中国－当代
Ⅳ.①I247.5

中国版本图书馆CIP数据核字(2019)第273963号

不 准 跟 我 说 话 . 2
BUZHUN GEN WO SHUOHUA.2

著　　者｜三千大梦叙平生

出 版 人｜陈　涛
选题策划｜页行文化
责任编辑｜周连杰
装帧设计｜格·创研社
责任印制｜刘　银

出版发行｜北京时代华文书局　http://www.bjsdsj.com.cn
　　　　　北京市东城区安定门外大街136号皇城国际大厦A座8楼
　　　　　邮编：100011　电话：010-64267955　64267677
印　　刷｜北京圣艺佳印刷有限公司　　010-56546290
　　　　　（如发现印装质量问题，请与印刷厂联系调换）
开　　本｜145mm×210mm 1/32　印　张｜9.75　字　数｜350千字
版　　次｜2019年12月第1版　印　　次｜2019年12月第1次印刷
书　　号｜ISBN 978-7-5699-3344-4
定　　价｜39.80元

目录 CONTENTS

目录 ◇ CONTENTS

第六十四章

没等尹梅反应过来，于笙已经出了教室，顺手帮她在外面关了门。

上午最后一节课，中午还有两个小时午休，于笙给段磊发了两条消息，索性直接翻墙出了学校。

后街街角有家没挂招牌的小饭馆，糖醋里脊和干煸豆角做得一绝，就是每到中午人实在太多，到晚了根本没位置。段磊他们提过好几次了，每次要去吃个饭都得先有人上到最后半堂课想办法溜出去，翻墙去抢桌子。

最好是赶上老贺的课，万一运气太不好被抓着了，还能被老贺以"孩子们实在太饿了"为理由从教育处笑眯眯救出来，再要求五百字对这顿饭的描写，第二天在全班前朗读。七班人被老贺这一手折磨了整整一年，作文水平都被逼到了及格线以上，哪怕生拉硬扯胡编乱造，也没有出现过任何一例考试写不完作文的情况。

于笙开学以来还是头一次翘课，往隔壁学校的后墙溜达到一半，顺路去那家饭馆看了看，要了两个菜。等位置的时候，手机屏幕又亮了起来。

段磊：笙哥，幸亏你走了！

段磊：你不知道，她花了整整十五分钟鄙视我们这个垃圾班，然后现在开始让我们挨个念课文……你当初是怎么忍下来的？

段磊：估计等这两篇课文念完，就差不多该下课了。

段磊：什么玩意。

哪怕隔着屏幕，都能感受到众人困在教室里的烦躁戾气。

手机快没电了，又没来得及带充电宝出来。于笙用最后的电量给他回了两条消息，屏幕就飞快暗了下去。

于笙放下手机。

他当初其实没怎么忍。两个人的梁子结了挺长时间，尹梅只敢背地里给他使绊子。后来听说他其实挺安分，再没违反过校规校纪，胆子才开始大了不少，找着机会就要刺他几句。

于笙平时不是多爱跟老师对着干的脾气，倒不是怕惹事，只是嫌麻烦，又不想被找家长。本来刚到三中的时候他也不愿意跟人说话，被孤立根本算不上什么大事。但尹梅卡在原本的位置上没法升职，也没资格做班主任，只能当任课教师，一点都不好受，没少找茬设法针对他。

后来矛盾始终调和不了，教育处主任也找过他，给他做工作。

于笙没妥协："当初的事就这么算了？"

教育处主任无言良久，没再管过这件事，只是提醒他尽量小心，别让人抓住什么把柄。

于笙又试着按了两下手机，确认了一点电量都没剩，把手机揣进口袋。

店家的动作很快，菜已经炒完打包好了，还特意戳了好几个冒蒸汽的窟窿，防止饭菜被泡软了影响口感。于笙拎着热气腾腾的两份菜和米饭，往回走了几步，忽然想起了当初两个人在大雨里互相追逐绕出的大三角。

三中教室，省重点教室，小树林凉亭，手机没电。目前看起来，再一次互相追逐的条件基本上都已经具备了。于笙不准备坐以待毙，决定干脆试试倒回去直接找人。

隔壁省重点是全市最好的高中，校风严明管理严格，学生教职员数目庞大，墙上一排摄像头，还有接触就报警的防盗系统。于笙在外面绕了半圈，试了几次，基本弄清楚了当时见到靳林琨的时候，为什么这人翻墙的姿势会这么别出心裁。

中午一起吃饭的时候，靳林琨隔着墙给他指一次新班级的楼层位置。于笙找了个还顺当的地方落地，绕了小半圈，顺利找到了当时看到的那幢楼，从后门上了楼梯。

因为食堂承载力有限，午间用餐人数又太多，高三错峰加了十五分钟自习，中午最后一堂课要上满一个小时才能放学。靠门的男生做着做着题，注意力就被隐约飘进来的诱人菜香吸引了过去："朋友们，我觉得我好像闻到了知识的香气……"

"醒醒。"他同桌咽了咽唾沫，"那就是香气，和知识没关系。"

前排微胖的男生深吸口气，喃喃翻译："闻到了，糖醋的酸甜香气裹着炸酥的嫩里脊，煸炒得油亮干香的豆角，新蒸出来的颗粒分明带着天然米香的白米饭……"

边上一圈人都听不下去，捂嘴的捂嘴，掐脖子的掐脖子，把他牢牢按了回去。

靳林琨跟老师要了最后一排的单人单桌，靠着墙，胳膊下面压了套写到一半的模拟卷子，单手按着手机。

于笙发了条语音就没了动静，连手机常年挂着的状态都难得地变成了不在线。他估算着差不多到了于笙他们英语课读课文的时间，发了两条中午的菜单让于笙选，对面也没回消息。

于笙一般不会忘带充电宝之类的装备，手机也不会随便离身。要不是担心翘课出去找人要被于笙批评，他都想假装胃疼请个假，去三中找找看是怎么回事了。

靳林琨按灭屏幕，还在权衡要不要过去看看人在不在，忽然发现身边窃窃私语的声音变得大了不少。

"有人成功突破封锁，把外卖送进来了？"

"不能吧？不是说咱们那个墙准进不准出，十来个监控摄像头……"

"不是分析过吗？十来个监控也有盲区，只要身手够好，原则上是可能出现这种情况的。"

"赶紧问问，看哪家外卖员这么厉害，救救孩子！"

一群人被越注意越明显的香气勾引得无心上课，有人实在忍不住，看靳林琨没在做题，压低声音跟他打探情报，想知道最近翻墙安不安全："琨神，你最近翻墙出去都顺利吗？能直接翻回来吗？"

老师们一致担心的事并没发生，靳林琨当初的性格变化了不少，和人相处也没了叫人头疼的疏离感，除了稍微有点欠揍，就没了什么更严重的问题。跟靳林琨渐渐熟了，新高三理科尖子班的学生对他没了当初的敬畏膜拜，对他的态度越来越和班里的正常同学没了差别。

"挺顺利的。"靳林琨也挺想和大家好好相处，放下手机仔细想了想，"扒住墙头，胳膊用力，一使劲就过去了。"

四周静了静。

一群饿疯了的学霸们毫不犹豫地抛弃了他们的神，重新换了个方向继续讨论。

靳林琨听他们聊了半天，才意识到阻拦大家的不是技巧，是同学们日益增长的翻墙需要同落后的学校校规之间的矛盾。以及门外的香气确实是真的，不是因为他太想跟他同桌一起吃糖醋里脊和干煸豆角。

"到底是谁点的外卖！"早上六点半就上早自习，他们班体委饿得眼睛都快变蓝了，压低声音抓狂，"有没有一点团结的精神？大家都在挨饿，这样合适吗？！"

边上的同学奄奄一息，完全看不下去手里的模拟题："为什么是高三错峰吃饭？我们难道不是学校最可爱的宝贝儿吗？"

眼看讲台上看自习的老师也要被班里越来越大的说话声引得抬头，班长连忙安抚民心，尽力打手势："冷静，冷静，我们只剩下八分三十四秒了……"

"冷静不下来。"后排男生趴在桌子上，"我已经饿出幻觉了，现在我觉得苯环在绕着我跳舞。"

越来越多的人都探着脖子往外瞄，靳林琨也放下笔，跟着朝外面看了看。他的身高原本就比班里其他人高出一些，又挨着后门，视野广阔出不少。从窗户往外扫了一眼，正要收回视线，忽然一顿。

他好像也饿得有点出现了幻觉。

于笙坐在窗台上，没穿外套，身边放了两个塑料袋套着的饭盒，挺无聊地转头往外看风景。

十七八岁正好是男生蹿个子的年纪，于笙最近营养跟得上，个头好像又往起拔了几厘米，坐在窗台上都能差不多点得着地。肩背挺直，俊拔又干净。

白杨似的少年。

对视线向来敏感，于笙坐了一阵有所察觉，转过头，往他的教室里看了一眼。

靳林琨下意识站了起来。

班长尽力安抚着濒临暴走的同学，没想到最先忍不住的是靳林琨，一把没拉住，只能未雨绸缪地劝："琨神，教育教育外面那个人就行了，好好说话千万别动手……"

靳林琨视线还定在他家小朋友眼睛里，下意识回应："教育不了。"

班长茫然："……啊？"

靳林琨看着门外，忍了忍还是没绷住，嘴角压不住地往上翘："我打不过他。"

班长愕然。

讲台上的老师也被他的动静引得注意过来，跟着关切抬头："怎么了？是不舒服吗？"

"是。"靳林琨笑容和煦，朝老师客气地点了点头，"老师，我胃疼。"

老师张了张嘴，被他喜气洋洋的胃疼镇得半晌没说话，本能点头："那你快去看看，注意身体。大家复习的时候也要注意劳逸结合，不要对身体造成超负荷的损害……"

靳林琨拿起东西，飞快出了教室门。

于笙原本还以为他得再在教室里坚持几分钟，一抬头这人居然已经转出来，扬扬眉刚要说话，已经被靳林琨握住胳膊击了个掌。

于笙有点弄不清楚他怎么忽然这么高兴，跟着抬手："干什么，饿成这样？"

靳林琨点点头，唇角的笑意压都压不住地往外冒："特别饿了。"

他同桌真的什么都肯学，看他抄了几次近道过去，就跑过来找他了。

教室后门都没关严，于笙还被他拽着莫名其妙击掌，蹙了下眉，提醒他："有人看。"

靳林琨依然沉浸在喜悦里，很可靠地点了点头："那我们摆个好看点的姿势。"

第六十五章

"班长。"班级里的同学们看不到走廊的具体情况，忍不住咨询靠门缝的班长，"外面发生了什么？"

"为什么会有肉体撞击地面的闷响声？"

"琨神和那个外卖员谁赢了，琨神替我们报仇雪恨了吗？"

"体委的眼睛为什么绿了？"

班长转回来，重新面对十万个为什么的同学们，探出胳膊关上后门："不要问，不要看，不要好奇。"

边上的男生已经看到两个人纠葛的衣角了，猝不及防截断视线，惋惜得不行："为什么！"

"为了你们好。"亲眼目睹了走廊一幕的班长语重心长，牢牢按着门，善良地给一群未成年的小同学编制美好的幻象，"琨神击败了外卖员，把人扯出了走廊，你们闻，都没有食物的香气了。"

据说击败了外卖员的琨神一瘸一拐地牵着又好看身手又好"外卖小哥"，推开一间空着的活动室，把人领了进去。

于笙拎着饭菜，找了个空桌子放下。"行了，我下手有这么狠？"

这人欠揍的时候太多，认真动手根本动不过来。他现在基本都是象征性踹两下做做样子，准备攒到某个时候，再好好动手把人教育一顿。

虽然那一个屁股墩看起来摔得有点狠，但他也及时把人捞住了，还被对方浑水摸鱼，趁机往口袋里塞了颗糖。

靳林琨刚瘸着挪了两把椅子，闻言一怔，摸摸鼻尖恢复了正常："习惯了，你不说我都没注意……"

屋里短暂静了静，靳林琨嘴就比脑子快，轻咳一声，试图解释："朋友，我觉得我可以——"

"不用解释了。"于笙扒开饭盒外面套着的塑料袋，翻出一双筷子扔过去，"下次我会记得下手重点的。"

靳林琨这人毛病很多，边吃饭还要边看手机。往他筷子底下扒拉过去了三次后，于笙终于没了耐心，把他的手机抽出来扣在桌上："有什么好看的？"

"备忘录。"靳林琨很诚恳，翻过来手机给他看，"我记一记可能挨揍的情况，尽量避免一下。"

于笙沉默半晌，按按额头。

这个人的手机上居然真的很详细地记录了各种可能会挨揍的情况，而且居然已经攒了好几页。

于笙把手机放回去："那你再加一项。"

靳林琨敏而好学，拿起手机："什么？"

于笙拍拍他："通过看备忘录来避免挨揍。"

饭菜的味道确实不错，不愧是要逃课才能排上位置的后街无名霸主，虽然一路拎过来稍微凉了点儿，但也丝毫没影响口感。于笙最近被靳林琨拉着一块儿吃饭，三餐的时间越来越规律，这会儿也确实饿了，埋头扒了几口饭。

靳林琨把牛奶插上吸管递过去，于笙顺手接了两下，看他没有松手的意思，忍不住抬头："不是给我的？"

"……是。"靳林琨醒神，把牛奶交出去，"多喝点牛奶好。"

他只是忽然想到，于笙不应该在这个时间过来找他。

两个人里，于笙这个不光三中、连省重点不少人都听说过的校霸级人物其实反而是更遵守校规的那一个。有几次中午送餐来不及，靳林琨都跟老师请假没上最后那十五分钟自习，提前去了后街取餐。但于笙只要没遇到什么特殊情况，都是不迟到不早退的。

可于笙好像又没有要跟他解释的意思。

靳林琨吃了两口饭，忽然想起另一件事，从外套口袋里摸出个充电宝递过去："手机没电了？"

"啊。"于笙才想起来，放下筷子翻出手机。

他其实不怎么爱聊天，平时随身带着手机是这些年的习惯，充电和回消息就纯粹是受不了手机电量不足的小红灯和消息提醒的那个带数字的红圈。最近聊天聊得多，还是跟靳林琨分着在两个学校上课养成的毛病。

靳林琨最近上课也认真，充电宝的电量还剩下一大半。于笙接过来，给手机连上电源线，充了一会儿重新开机。先跳出来的是靳林琨给他发的消息，让他挑今天中午是吃糖醋里脊还是干煸豆角。

于笙扬扬眉峰，放下手机抬头，正迎上对面的人微弯的眼睛。

有心不理这个幼稚到家的人，于笙绷着眉梢眼角放下手机，还是没压住，嘴角跟着扬起来。

这种莫名其妙的小默契，有时候就是让人感觉好到不行。

"本来还想着要不要提前过去占座。"靳林琨夹了块里脊放进他碗里，"没想到他们家提前招了个贼帅的外卖小哥。"

于笙张了张嘴想怼他，看在糖醋里脊的面子上暂时放过："有多帅？"

靳林琨张了下嘴。

没想到这人还有卡壳的时候，于笙抬眉，含着糖醋里脊看他。

男孩子的眉眼柔和干净，最大限度地冲淡了栖在瞳光里的那点冷淡。和平时的感觉都不太一样，很放松，又好像有点儿懒洋洋。安安静静嚼着东西，右边脸颊稍微鼓起了一小点弧度，看起来软得不行。

"……朋友。"当初语文模拟考过140分、拿过全市联考第一的靳林琨这时候忽然有点词穷，张了张嘴，轻咳一声，"忽然换套路是犯规的。"

于笙没立刻反应过来："原来是什么套路？"

靳林琨喉结轻轻动了下，很详尽地给他解释："揍我。"

于笙深吸口气，忽然忍不住觉得，如果将来他们之间多出一项身手交流，可能问题不一定就出在自己的身上。

一顿饭带聊天，吃了小半个小时。于笙放下筷子，看了一眼居然还在努力打草稿来夸自己多帅的靳林琨，忍不住拦了拦："行了，我不太想听。"

靳林琨很好说话："没事，等你睡着了我再念给你。"

他说得很认真，指尖飞快敲下最后几个字，抬头看了一眼于笙，镜片后的眼睛就又满足弯起来。

于笙原本准备低头，又下意识抬头看了一眼。

眼前这个人明明是很冷淡懒散的斯文长相，偏偏因为笑意太温暖柔和，整个人都好像真实了好几个度。

他其实不太怀疑，以靳林琨的行动力，说不定等今天晚上睡着了，这人真会守在床边认认真真给自己念个八百字的人物外貌描写。

太可怕了。

于笙想了想那个画面，忍不住打了个冷颤，及时没收了他的手机。

靳林琨还有点遗憾："我刚刚想到一句特别合适的话。"

"留着考试用。"于笙拍拍他的胳膊，"你们下午几点上课？"

他就是想来找靳林琨吃顿饭，吃好了也就没别的什么事。顺手收拾了桌子，擦干净桌面，把垃圾拢到一个塑料袋里，准备带出去扔掉。

靳林琨很不舍得："还有一个多小时呢，去我教室待会儿？"

于笙一想起刚才在走廊里的经历，就不是很想去那个教室。

靳林琨想了想，给小朋友在坑的边缘放了颗糖："我们今天刚发的资料，数学模拟卷，题型特别好，本来想给你复印一份的。"

小朋友没忍住，踮着脚去捡糖，被一把抱进了坑里。

于笙坐在靳林琨的座位上，攥着靳林琨的笔，看着面前那套题目，还是没想明白自己怎么会落到被一套卷子就给诱惑得改主意的地步。

他低下头，写下几道题的答案，分出点心神听着靳林琨高高兴兴给人介绍："对，夏令营的，我舍友，特别厉害……"

教室里的大部分人都在下课铃响的一刹那冲出了教室，剩下零零散散的几个人自己带了饭，坚持驻守在教室里，继续争分夺秒地学习。第一次看到平时都独来独往的琨神带了人回来，坚守在教室的学委忍不住好奇了两句，就被靳林琨春风化雨地拉着坐下，详细介绍起了自己的新舍友。

于笙很怀疑，要不是及时踹了这个人的凳子一脚，靳林琨对他的介绍可能真会从"夏令营我舍友"变成什么更要命的概括。

教室里没人在休息，靳林琨的故事生动翔实，没一会儿就把课余生活匮乏到近乎空白的学霸们吸引了过去。于笙指间的笔转了几个圈，挤着卷子边的空地，给这个跳步恨不得能跳到直接写个"解：显而易见得"的人不厌其烦地强调标准的解题步骤。

高中数学的题其实是有限的，只要刷的题足够多，题目质量足够高、分类足够明确细致，除了葛军坐镇的那种大魔王级别的省份，基本能涵盖新课标卷百分之七十以上的题型。题海战术并不是错，错在没有目的没有收获地盲目刷题。一旦总结记牢了足够多的套路，一套难度适中的数学卷子刨除选择最后一道、答题最后两道，都能在二十分钟内扫完。

于笙最近一直在刷题，这些东西都用不着怎么过脑子，一边填着答案，一边不自觉跟着听了听靳林琨在边上的单口相声。

他其实都没怎么意识到，原来他们在夏令营已经经历了那么多的事。

明明也不过就是一个多月。

老万在送他们走的时候，曾经笑眯眯地拍着他们的肩膀，对他们说："希望你们每个人，都能从这段时间里得到继续负重前行的力量。"

于笙攥了两下笔，看着被填得满满当当的试卷。

靳林琨收获了班级里全部的听众，终于找到了发挥的场合，一边给好奇夏令营的学霸们耐心答疑，一边见缝插针地找到各种机会夸他舍友。已经有别于同龄人青涩气质的男孩子，单手搁在桌上，和平时一样没穿校服，衬衫袖口贴合在稍微凸起的腕骨上。偏偏找不到一点平时的懒散随意，身体微微前倾，神色几能放出光来，说得既认真又自豪。

那种毫不掩饰的、与有荣焉的自豪。

就好像你的所有进步和收获，所有因为更向前了一步的欣喜，都有一个人和你一起高兴，全无保留地为你骄傲，觉得你是最优秀的那个。

于笙没忍住挑了挑嘴角，重新埋下头，继续解起了下面的题目。

靳林琨终于从一群对高校夏令营兴趣浓厚的学霸群里脱身，回到座位边上的时候，于笙已经早早做完了那套卷子。并且因为他太长时间没回来，百无聊赖地玩了会儿手机，又在食困的作用下握着手机打起了瞌睡。

靳林琨也是会带校服来上学的，只是一般不穿，常年在各类衬衫里选择造型，导致经常被各种新同学当成老师在走廊里拦住问好。后来他觉得这样说不定有点不合群，也试过在衬衫外面套上件校服融入集体。结果当天上午就被全班投票，否决了这个过于平凡的造型。

"不够潇洒。"同学们给出的理由非常直接，"不穿衬衫，体现不出神的气质。"

数学课代表很赞同："没有了衬衫，琨神和那些普通的学神们比起来，除了脸很帅之外，还有什么不同？"

体委补充："我拜学神的照片就是那张黑衬衫的，要是换了造型，说不定就不灵了。"

民意太坚决，弄得靳林琨一度以为这些人接纳的不是他，是他各类款式各类造型的黑衬衫。

但于笙穿起校服来就很好看。

于笙穿什么都很好看，那种藏都藏不住的、干净纯粹的少年气鲜明地透出来。外套披在他身上大了一号，于笙靠着墙，脸颊被竖起的衣领半拢着，稍微遮住一点下颌的弧度。

靳林琨看了一会儿，坐下来。

于笙蹙了下眉，想要睁开眼睛，眼前已经被及时遮住："没事没事，睡一会儿。"

总不能真跑来省重点的课堂上睡觉，于笙坐直了些，从困倦里挣脱出来一点："还有多长时间上课？"

靳林琨放轻声音："四十分钟，够睡一觉了。"

于笙写最后几道题的时候其实就有点困，有点迟缓的反应了一会儿，点点头，重新闭上眼睛。

对于学生来说，上课的日子，觉永远是不可能够睡的。

也说不定可能是因为思维的持续高速运转实在太伤脑子，动不动就得打个瞌睡冷却一下。或者是因为这个环境里的某些因素实在太催眠了。

于笙枕着胳膊，垂着眼睫，缩在有点大的外套里。

他打瞌睡的时候还握着手机，这会儿正要放下，忽然嗡嗡响震了两声，下意识拿起来。是个陌生号码发过来的短信，很试探的口气，问他去了什么地方，什么时候回来。

于笙去夏令营之前换了个手机号，到现在还有不少人的电话都没存进来，经常会收到各种陌生号码的短信，已经见怪不怪。马上到月末了，估计着又是哪个没流量的同班同学。

上午段磊就说要请他们去食堂开小灶，又上了这么一节糟心的英语课，这群人说不定会愤而去搓一顿。于笙这会儿已经够撑得慌，顺手敲了条回复：省示范，不回，不用等我了。

睡一觉最多半个小时，翻两道墙的事，睡醒了再回去上课也来得及。于笙摸索着上了个闹钟，顺手把手机塞进靳林琨手里："看着点消息，有事帮我回一句。"

靳林琨为了跟他同桌，特意从后排搬过来了套空桌椅，接过手机可靠地点点头："放心。"

于笙刚闭上眼睛，又睁开："不准再关我闹钟。"

靳林琨摸摸鼻尖，轻咳一声打消了念头："……放心。"

于笙重新阖上眼睛，睡意一点一点找上门，和无法拒绝的安心放松一起无形纠葛，拖着人不自主地沉进去。

于笙趴在桌子上，没多久就睡着了。

靳林琨低头认认真真看了一会儿，又拿起了那套数学模拟卷。

于笙做题的习惯从夏令营出来就没改过，工整漂亮的字迹填满了角落，比印刷体还整洁易读，凡是有可能涉及到步骤的题目都给他详尽标出了采分点。靳林琨甚至一度担心过于笙这么刷题刷顺手了，会不会将来在考场上也顺便帮老师把采分点和分数都标出来。

趁着他被围困着讲故事的时间，于笙已经对过了答案，几个易错点也做了标注。靳林琨收了收心，认认真真继续往下看那些手写订正过的答案，继续熟悉卷面上能得分的解题套路。刚看了几道题，于笙搁在桌边的手机忽然亮起来，还是刚才那个没备注的陌生号码打进来的电话。

靳林琨眼疾手快按了静音，正准备替他接听，眉峰忽然扬了扬。

刚才没仔细看，现在看清楚了才发现，这个电话他好像记得。

是隔壁三中校长的私人电话。

第六十六章

于笙被打电话的声音吵醒，好不容易睁开眼睛，见靳林琨正拿着他的手机沉思。

通话停留在了被挂断的界面，于笙就着他的手翻了两下手机："谁的电话？"

靳林琨还在沉思："你们校长。"

于笙坐起来，揉揉额头："什么事？"

"不知道。"靳林琨摇头，"我只说了'您好，我是靳林琨'。"

于笙接过手机，看了看不足十秒的通话时间："他说什么？"

靳林琨："哇呀呀呀呀呀。"

两个人对着沉默了一会儿，不约而同撑着胳膊，往窗外看了看。

"往好里想。"靳林琨想了想，拍拍于笙的肩膀，"我们的镰刀雕像还在。"

收到了"省重点，不回，不用等了"内容短信的三中校长没能扛着镰刀雕像追杀省示范的校长，卡在了省示范严格得堪比堡垒的后墙外面，被省示范两个主任踩着梯子接了进来。最后才知道只是个意外，三中的宝贝独苗苗只是来隔壁吃午饭，顺便睡个午觉。

省示范的校长心动这个全市并列第二很久了，看着站在办公桌边上的两个男孩子，忍不住煽动："小同学感情好，喜欢在一块儿玩儿，我们当师长的不应该太干涉……"

"那怎么不让你们那个也来我们学校？！"三中校长瞬间爆炸，"你们那个靳林琨给我打电话的时候，我就不该听小兔崽子的，直接把人要过来！"

靳林琨轻咳一声，迎着省示范校长和小兔崽子间转过来的目光，张了张嘴，先跟于笙解释："说来话长，这件事比较久远，发生在你用镰刀说服我之前……"

鉴于两个小同学特殊的情况，两边的校长重新坐下，进行了亲切而友好的磋商。

校长办公室正对着楼梯间，靳林琨拉着于笙一块儿坐在楼梯上，隔着一道防火门，听着里面乒乒乓乓的动静："你们校长身手好吗？"

于笙没想到这人居然真给三中校长打过电话，看他一眼："你还打算转学？"

两位校长的身手其实差不多，基本都是有人抱着腰往后扯就敢撸袖子肉搏，没人拦着就立刻变回摔东西互相严厉斥责那种。但他们两个真要有一个人转到对方的学校，本校的校长战斗力一定能翻好几番，带领着全部体育老师踏平后墙，攻占敌方学校的办公楼。

"没有。"靳林琨微哑，"哪舍得叫你担心。"

于笙原本还想说他两句，闻言转过头，不知怎么就没能说出后面的话。

"是不是没睡好？"靳林琨往他身边凑了凑，"再歇一会儿，他们一时半会儿吵不完。"

高中争夺生源向来是重中之重，当初全市统考的成绩排名没对外公布，一出来就被各个学校牢牢按住了，就是怕有哪个学校忍不住动心思。虽然下午的课已经开始了，但在两位校长争论出结果之前，是不可能安心放他们两个回去上课的。

于笙摇了摇头，正准备再在脑海里过一遍刚做完那套数学卷子的题型，手机又亮了起来。

段磊他们下午也没见人，紧张到不行，忍了半节课终于忍不住，发消息过来问他是不是被校长抓起来了。短信的内容有点长，生怕他不知道情况解释不清，还详细给他讲述了整件事的事发过程。

才看几句，于笙肩膀上就又多了个脑袋。于笙没在意，侧了侧手机，跟他一起看完了究竟是怎么回事。

尹梅真就让他们班读了一节课的英语课文，没等到时间就放了学。教师中午用餐有教师食堂，尹梅去打了饭回来，发现有人进过办公室，把墨水打翻了，全洒在了自己新买的手包上。

听说那个手包还挺贵，顶任课教师几个月的基础工资。尹梅当时就气炸了，闹到教育处，咬定是高三七班报复，最有可能的就是他们班叫于笙的那个败类不学好的学生。

事倒是没多大，而且很快就有人自首承认了，但问题出在教育处主任准备调节的时候忽然发现于笙不光不在，还被尹梅一上课就给轰出了教室。前两天附近中学刚出了起学生想不开的意外，闹得很大，还上了新闻。教育处主任找了一圈都没联系上人，紧张地直接上报了校长。校长紧张地给于笙发了两条消息，然后就收到了快睡着的于笙随手的回复。

后面的事他们就都知道了。

于笙早习惯了尹梅作妖，倒是更忍不住好奇：所以真是你们弄的？

段磊抓狂：怎么可能啊！！要是我们，还会只对一个小破包出手？！

段磊：是杨帆干的，他自己去承认了，笙哥你还记得他吧？

段磊：就那个仔细检查相信自己，他正好是尹梅他们班的，借着交作业混进去的办公室。

段磊：说真的，看他那个斯斯文文的好学生样，我们是真没想到他胆子这么大……

于笙扬扬眉峰，差不多弄清楚了是怎么一回事。

肩膀上的脑袋沉甸甸压着，于笙抬了抬肩膀："看完了没有？"

"这个尹梅。"靳林琨早就看完了，指了下屏幕，忍不住皱起眉，"是干什么的？"

于笙微哂："一个教课的……不用管她。"

他其实根本没把之前英语课的事当回事，没告诉靳林琨，只是觉得没有必要。尹梅是个很有野心的人，对她来说，晋升无望、又从班主任岗掉回普通教师就已经够难受的了。看她最近的表现，说不定是想教点更副科的科目。

于笙没怎么往心里去，点开班级群，看着一群人义愤填膺地疯狂刷屏，讨论着要怎么给尹梅点厉害看看。

靳林琨沉默一会儿，没说话。

这群人思维发散得厉害，从套麻袋到写举报信无奇不有，最后不知道为什么，绕了一圈居然又神奇地回到了于笙这几天还没来得及习惯的新画风上。

姚强：@笙哥@笙哥@笙哥，我们要学英语！我们要追平一班的英语平均分！

姚强：来一起补课吗！！

于笙被这群平时恨不得拿拼音写英语作文的人的热情震得有点儿错愕，往前翻了翻错过的聊天记录。

班长很激动同学们燃起了学习的热情，飞快查好了资料，拿数据说话：一班的平均分虽然高，但他们的英语是弱项，只有82分，可是我们现在的平均分是64分。

班长：月考来不及了，离期中考试还有不到两个月，我们只要全体提20分，就能干掉他们。

英语课代表忍不住举手赞同：英语提分是最高效的！同学们！尤其是

低分冲高分，就是一个背单词！学吗兄弟们！

    段磊：学！

    段磊：老子不是烂泥！

尹梅不愿意代课，冷嘲热讽一通，反而激起了一个班的斗志。

都知道尹梅和于笙不对付，担心给他惹麻烦，一群年少气盛的男孩子女孩子硬是咬牙忍了一堂课，都憋得厉害。正是要强的年纪，没一个学生愿意被人指着鼻子骂"垃圾""烂泥扶不上墙"，更不愿意在高三冲刺伊始，就被老师直接认定成没出息的废物。

段磊先吼了一句，班群里立刻炸了。一群人你一句我一句地发泄，咬牙发誓要好好学习，把刚下课回来还不知道情况、准备冒泡跟大家打个招呼的老贺都给吓了回去。

于笙看着屏幕上不断跳出来的气泡，把手机轻轻放在边上，扯了扯靳林琨："怎么了？"

靳林琨扯了下嘴角："有点儿……失落。"

也不是特别严重，就是一边自豪他舍友真厉害，一边因为用不着自己帮忙一起分担，有一点点的那种失落。

又骄傲又怅然。

于笙微怔，回头迎上他的视线。

楼梯间里很安静，于笙单手撑着身后的楼梯，侧过身。

已经到了下午，太阳转了大半个圈，一点阳光透过走廊的窗户，斜斜落进来，披在男孩子有点儿扎手的短发上。靳林琨看着于笙扔过来的糖，忽然就忘了自己要说的话。

"失落个屁。"于笙转过头，"我逃课是去买饭的。"

他其实想说挺多话，想说自己是因为知道被从教室里轰出来也有处可去，所以才敢这么浪；也想说是因为紧急联系人换成了他，所以才不怕违纪，不怕真给家长打什么电话。想说的很多，又觉得好像也都没必要说。

用不着多废话解释，明明就显而易见，明明这个人连英语的阅读理解都能做满分。

阅读理解满分的靳林琨看着忽然红得热乎乎的人，张了张嘴，忽然忍不住轻笑起来。

于笙耳朵根正烫得厉害，忍不住想把人推开凉快凉快，靳林琨已经剥开那颗糖纸，端端正正放在了他的手心。

吃完一整颗糖，班群里还是很热闹。

老贺听明白了前因后果，欣然决定帮忙，把原本还是语文英语各分一半的早自习全让给了英语，鼓励大家利用早自习时间背诵单词练习听力。学委和班长自告奋勇，主动承担了帮大家找题目练手的工作，英语课代表负责总结常用单词，每天早自习带全班领读。

时间有了，题目有了，老师还缺。

暴秦那边少说还有一个星期才能回来，七班同学们连尹梅这张脸都不想看，其他班的英语老师也没有余力代课。老贺觉得英语和语文殊途同归，自己应当也有能力胜任这项艰巨的工作，为同学们热火朝天的努力做出一些微小的贡献。在听他认真字正腔圆读了一段英文之后，同学们就毫不犹豫地客气拒绝了语文老师兼班主任的热情。

段磊很着急：有没有谁家属英语不错的？能不能稍微牺牲一下，让他或者她来帮我们补补课？

姚强也觉得这个主意不错：牺牲你一个，造福全班人，我们一定好好学习，绝不半途而废！

老贺很注重春秋笔法，每次遇到这种时候，就会苦口婆心教育同学们调整措辞：不要说家属，可以说是邻居，发小，或者安个什么有工作的身份，比如家教之类的……

七班同学基本没有秘密，有家属那几个全班都知道，有时候碰巧跑操遇上了，一群人都跟着热热闹闹起哄。可惜这回能帮得上忙的似乎确实不多，要么是成绩一般，要么是成绩还行但英语也是弱项。班长的女朋友英语虽然好，可惜最近正好生病请假，也得下周才回学校。

一群人愁得不行，几乎已经忍不住要怂恿几个还单身的优质人口为了学习牺牲，去别的班碰碰运气。

这种事三中人不是没干过，于笙当初刚来三中的时候，就听说高二有小姑娘和第一考场的男生在一起，结果半年就分手了。分手之后，男生哭得喘不上气："你根本就不是真想跟我在一起，只是为了让我辅导你学习！"

这一幕被人拍成视频发到了学校贴吧里，男生从此成名，收获了不少人跟他一起学习，最后终于考上了梦想中的学校。

眼看这群人越讨论越不着调，于笙随手翻了翻聊天记录，没再细看，捅了两下靳林琨的衣服。

靳林琨被他一捅，倏地回神："怎么了？"

"牺牲完了。"于笙把身上的糖全塞给他，手机屏幕亮给他看："什么时候给补课？"

第六十七章

问题解决得异常简单。

在七班官群一堆乱七八糟的主意里，于笙的头像惜字如金地跳出来。

于笙：**不用找了，我有个家教。**

于笙：**明天晚自习来。**

班群里短暂地安静了一阵。

七班的教室里，一群人坐在大课间的教室里面面相觑，压低声音凑近讨论笙哥口中的家教究竟是真的限于字面意义，还是有着其他更加深刻的内涵。

"不应当。"段磊很执着，"笙哥不是这么响应老师号召的人。"

姚强补充："笙哥也不像是有女朋友的人。"

班长最近经常去向于笙请教问题，对他成绩的提升印象很深："笙哥成绩进步得这么快，说不定是真请了家教呢？"

学习委员体会也很深刻，点头赞同："那就说明这个家教的水平非常不错。"

一群人得出结论，放心地接受了于笙将要带过来的神秘家教，踩着上课铃各自回了座位。

于笙放下手机，看了一眼身边还在出神的人："还不够？"

"够。"靳林琨正在考虑英语题究竟该怎么讲，下意识顺着应了一声，"在想怎么能讲好点……"

话说到一半，靳林琨忽然抬头，迎上于笙的视线。

于笙扬眉，以示满意，拍拍手准备起身，被靳林琨一把捞住："朋友，我觉得我们还可以——"

"晚了。"于笙最近经常被各科老师洗脑，高考备考语录随口就来，"考试交卷了，还能让你再答一次吗？"

靳林琨有点震撼，闭上嘴。

于笙低头看他，唇角不自觉地往上扬了扬。

刚才办公室里的画面有点激烈，怕两位校长的余波波及于笙，靳林琨的袖口往上挽了两折随时准备出手，这会儿还没来得及放下。

少年的手指修长，没使什么力道，松松地圈住了他的手腕，掌心正好贴合着稍微凸起的腕骨。

靳林琨抬头，迎上面前那双眼睛里藏着的笑意，心跳不自觉地顿了顿。

和其他人对于笙的观感不太一样，靳林琨觉得于笙其实挺经常笑。只不过笑得不太明显，有时候只是很淡地在眼底一掠，没等看清就已经散了。

但只要看清楚了，就会发现那双眼睛其实有多暖，藏了多少没被人发觉的安静温柔。

"我得办点事，回趟学校。"于笙攥着他的手腕，言简意赅，"陪我去还是在这儿守门？"

"跟你去。"靳林琨忍不住牵了下唇角，稍一借力跟着站起来，"等我一会儿，我去借个自行车锁。"

于笙没反应过来他的梗："干什么？"

靳林琨单手给校长发消息请假，解释得很认真："把我们学校那个镰刀雕塑锁底座上。"

校长室里，两位校长还在就两校同学关系太好的问题进行商榷，列出了一排非常细致的条款。

"我觉得，还是要尊重孩子们自己的意愿。"两个人都在自己学校，省示范校长心态很放松，耐心地给隔壁兄弟学校校长做疏导工作，"尤其难得两个孩子关系这么要好。"

他的手机收到了一条短信，下意识拿起来看了一眼，继续往下说："要把选择的权利交给他们……"

省示范校长放下了手机。

三中校长有点诧异："又怎么了？"

两个人走到楼下，正好听见楼顶上遥遥传下来"哇呀呀呀呀呀"的咆哮声。

"当时我听见的就是这样的。"靳林琨停下脚步，给于笙往上指了指，"不过嗓音不一样，这个听起来更像我们校长，而且呀的字数更多一点……"

在省示范校长的咆哮声里，两个关系太好的同学熟练地翻越了两道墙，回到了三中的校园。

三中教育处。

杨帆脸色苍白，低着头，闷声不说话。

"你也不要害怕成这样。"教育处主任坐得和他一平，弯着腰缓和语气安慰他，"一班的教学质量和学风都是最好的，你的成绩可以排进文科前五，一本还是很有希望的，不要这么草率就做决定……"

杨帆头几乎低到胸口，要么不说话，被逼急了翻来覆去就只是一句"要转班"。

教育处主任看着他，头疼得不行。

虽然已经知道了是眼前这个学生把墨水倒在了尹老师的手包上，但尹梅又不是班主任，就算看杨帆再不顺眼，也不会对他有什么威胁。更何况主任本人也亲自向杨帆做了好几次保证，答应会替他保密，让他尽管放心，尹老师不会知道究竟是谁干的。

可这个学生偏偏还和两年前站在教育处、死活要他们把笙的处分还给自己那时候一样，轴得要命，怎么都劝不明白。

教育处主任忍不住又想找校长，可校长已经去寻找失联的学生了，到现在还没回来。

眼看这次的心理工作又要以失败告终，教育处主任揉揉额头，正准备先让杨帆回教室上课，门忽然被人敲了两下。

失联的学生自己找了回来。

教育处主任看到于笙，一把拉住他，上下打量："小兔崽子，跑哪儿去了？没事吧？校长担心得不行，都亲自出去找你了！"

于笙的成绩出来就被封锁得严严实实，除了校长没人知道。主任看到学生没丢，悬着的心就放下一半，毫不客气地把人薅进了教育处。

靳林琨靠在门外墙边，正在思考是不是所有的三中老师都管于笙叫这个有趣可爱的昵称，教育处主任已经越过于笙，朝着他很客气地点头伸手："于笙家长？长得真年轻。进来坐进来坐，这件事是个意外，涉事老师我们已经警告过了……"

于笙脚步一顿。

盛情难却。

靳林琨原本打算在外面等，现在也不得不握了握伸过来的手，跟着一起进了教育处。

莫名觉得这个声音有点耳熟，靳林琨谦让着接过教育处主任倒的温水，找到机会扯扯于笙："朋友，我想问一下——"

于笙惜字如金："是一个人。"

果然。

是上次来三中考试，他到考场给因为疑似他的煎饼胃疼的朋友送粥的时候，喇叭里要求他不准溺爱孩子的那个声音。

靳林琨莫名有点怀念，端着纸杯，低声跟于笙感慨："某种意义上来说，你们主任记性真好。"

"回去把你配眼镜的地址给我。"于笙很冷漠，一点也不想配合他回忆往事，"某种意义上，我们主任的教师节需要一点礼物。"

杨帆从见到于笙时眼睛就亮了起来，一直欲言又止，只是一个劲儿地跟在他身后打转。

于笙回学校就是来找他的，示意靳林琨去旁边坐着，跟教育处主任低声商量了几句。毕竟是能坐镇三中、还能干出用大喇叭念学生游戏ID、考试中途敬告学生家长不要过于溺爱孩子的主任，听于笙说了几句话，就配合地点点头，出了门去找教务处主任聊天，把办公室留给了他们。

办公室门合上，于笙转向杨帆："人是我打的，跟你没关系，你也不用总是觉得对不起我。"

听段磊他们说这件事是杨帆干的之后，于笙就猜到了是怎么回事，拉开椅子："我当初把处分接下来，是因为不想让你老想着这件事，重新开始你自己的人生。"

杨帆脸涨得通红，磕磕巴巴地说："我——我没老想着。"

"她针对你，不让你上课。"戴着眼镜的瘦高男生看起来胆小又怯弱，偏偏在这件事上不开窍得很，梗着脖子，"我听说——听说你们班要在平均分上超一班。我能往上拉分，我英语肯定能上一百……"

第六十八章

于笙手抬到一半，还是落在了靳林琨背上。

多大点事情。

好歹也是自己镇着的场子，于笙张了张嘴，想让他别在三中地盘上对自己动手动脚，叫人看见了影响威严，话到嘴边却还是没出声。

明明就是不值得在意的小事，可不知道为什么，被这么抱住轻轻揉脑袋的时候，胸口还是无声腾起些叫他极为陌生的情绪。好像有什么连他自己都没觉察到的、盘踞在心底已经很淡的情绪，都在这个人的胸口彻底散得一点儿不剩了。

于笙牵了下嘴角，扯扯靳林琨的衣服，示意他抱得差不多了就放开。

对于笙的各种小动作都已经很熟悉，靳林琨低头笑笑，正要撤开手臂，聊完天的教育处主任正好从教务处溜达出来。

靳林琨摸摸鼻尖，迎着怀里的三中校霸骤然凌厉的目光，轻咳一声，尽力尝试着不着痕迹地把胳膊挪下来。

教育处主任背着手，扬扬下巴："抱，多抱一会儿。"

靳林琨低头，试图征求一下校霸的意见："这句话是正话还是反话？"

于笙有点头疼，正要开口，教育处主任的教育已经雷厉风行地继续下去："早就该抱了，跟你们这些家长说过多少次了，不要吝啬对孩子表示爱和鼓励？"

靳林琨哑然，被教育处主任严肃监督着不准松手，又多抱了十五秒钟。

当初于笙揍了人，不得不给个处分，是因为高三那个小混混已经被打得快不成人形了，家里又有点势力，一直叫嚣着要个说法。本来只要调查清楚了，学校还能硬挡一挡，但于笙执意不把杨帆牵扯进来，也只能走了最简单的处理方式。反正也就是个校内处分，高考前撤了就行了，不会带进档案里面，倒也不算多严重。

他们这些老师只是一直觉得，这事得有人好好夸夸小兔崽子。

当老师的毕竟不好直接夸，就想找家长说明情况，让家长鼓励学生，告诉学生帮其他同学是没错的，仗义出手是没错的，虽然手段有些暴力，但要纠正的只是方式，不是立场。可电话打过去了，两个联系人一个忙工作，一个忙着辅导孩子上什么兴趣培训，都只说了几句就匆匆挂了电话。

教育处主任对于笙的家长一直有非常大的意见，这次终于见到人，直接把人从走廊唠叨叨进了教育处。

靳林琨老老实实挨训，看着显然在压着嘴角弧度就不帮忙的小朋友，实在没办法，只能尝试自救："主任，其实我不是于笙同学的家长。"

教育处主任推推眼镜，从镜片上面仔细打量他："你不是？"

"对，您看。"靳林琨站得离他近了一点，"其实我是——"话才说到一半，于笙已经从身后踹了他一脚。

教育处主任狐疑地低头，在桌面上翻了翻。像于笙这种在全校挂名的学生，联系方式基础档案都在他们这里有备案。正好于笙前阵子开学来改过一回，资料放在桌上，还没收拾。教育处主任在文件山里仔细翻了一通，抽出一份拍在桌上，照着新改的紧急联系人打了个电话。

隔了几秒，靳林琨口袋里的手机高高兴兴地响了起来。

教育处主任很生气："你看，我就说你们这些家长！！！"

不光不把孩子的教育放在心上，居然还敢撒谎。

一个多小时过去，被主任训得灰头土脸的"于笙同学家长"终于被从教育处放了出来。

楼下走读生放学了，有点儿闹，喧哗跑动的声音隔着楼层震上来。时间太充裕，于笙甚至还挺悠闲地回班里收拾了个书包，正靠在外面的走廊里玩手机。

七班同学们对新学霸的到来表示了热烈的欢迎，于笙回去收拾东西的时候，一群平时英语卷子只知道瞎蒙的人正在杨帆桌边，排队请教问题。

于笙过去扫了一眼，都是很基础的语法问题，有的甚至还只是初中级别的难度。杨帆从来没跟这么多人说过话，紧张得脸上发红，酒瓶底的镜片下眼睛却亮晶晶的，磕磕绊绊给人讲题，谁听不懂就不厌其烦地从头再讲一遍。

于笙站在边上看了一会儿，彻底放了心，拎着书包出了教室。

靳林琨在教育处接受了长达一个小时《如何做一个合格家长》的教育，现在对三中老师们的敬意已经达到了最高峰，有点恍惚地出了门，被于笙牵着往外走："朋友，我想了解一下，这是你们教育处主任一个人的技能还是全校的传统……"

"全校传统。"于笙想了想，"我们每次运动会的开幕式就要一天。"

校长讲，校长讲，校长讲完主任讲。有时候大家中午都跑出去买饭吃了，最后轮上来的体育组组长老师还要对看稀稀拉拉的观众席最后把体育精神竞技精神强调完。然后下午再升个国旗唱个国歌，参赛班级队伍再奇形怪状地出场，雄赳赳气昂昂压个操场，一天就这么完美地过去了。

所以每次三中的运动会都长达五天。

靳林琨简单心算了算，还是没把数目对上："为什么是五天？"

于笙："闭幕式也要一天。"

靳林琨张了下嘴，身心震撼点了点头。

"快了，十一假前几天就是运动会。"于笙扬眉，看了一眼靳林琨的表情，忍不住抬了下嘴角，"来体会一下吗？"

大部分高中高三都是不参加运动会的，但他们校长坚定地认为这是增强班级凝聚力、发泄广大同学过剩精力的最好途径。事实证明，运动会确实明显降低了前后一两个月内的违纪率，所以也就一直保留下来了这个优良的传统。

靳林琨吸了一口气，迎上于笙难得幸灾乐祸的目光，还是没忍住，伏在他肩头笑出了声。

也弄不清楚笑点究竟在什么地方，两个人忽然就笑得停都停不住。靳林琨笑累了，握着于笙的胳膊，一松劲就往后靠。两个人站的位置离墙还有点距离，于笙下意识拽了一把，对面的力气忽然比他大出不少，一把扯着他拉了过来。

于笙没站稳，往前趔趄两步："干什么？"

靳林琨看着他，眼睛还弯着，眼底的笑意却已经淡了，只格外认真地盈着他的影子。

虽然直觉现在这个画面的气氛应该挺好，于笙抬头跟他对视一会儿，还是忍不住出声："提醒你一下，你现在的表情特别慈祥。"

"等我一下，被洗脑的有点严重。"靳林琨摘下眼镜，塞进于笙手里，用力搓了两把脸，扶着于笙的肩膀把人翻了个面。

于笙莫名其妙就跟着转了半个圈，攥着眼镜背对着他："你要给我传功了吗？"

靳林琨揉揉额头。

……等回家不能给小朋友再看武侠电影了。

靳林琨轻咳了两声，摸索着握住他的手，把眼镜拿了回去，牵着人重新转回来，迎上视线。在被教育处主任按头教育了一个小时之后，靳林琨才知道，原来于笙上高中是一个人拖着行李过来报名的。原来于笙每次被请家长，都是教育处暗地里找个面生的老师来帮忙跟对面的学生家长对峙，把谁对谁错的道理掰扯清楚。

所以于笙后来违反校规的次数越来越少，有什么事尽量动口不动手，再后来几乎就成了三中头一份遵规守纪不迟到不早退的校霸大哥。

原来高一的于笙心情不好了，还会一个人在天台上坐半天，吓得校长差点爬梯子上去跟他谈心。后来因为校长看起来实在太危险，吓得只是想看看风景的于笙撑着栏杆翻下来，把颤颤巍巍抱着梯子举着喇叭的校长接回了地面。

靳林琨听着教育处主任唠叨，有关于笙高中两年的印象一点一点拼凑完整，胸口偶尔会隐约泛上来的那些念头忽然就变得格外清晰。

清晰得发疼。

可于笙不该被心疼。

于笙一个人长大，一样长成了最强大最温柔的样子，能爬起来，能伸出手，能去保护别人。

在那个看起来冷冰冰的壳子里面藏着的内容，分明清澈，分明剔透，干净纯粹得不染尘埃。

后来，靳林琨想，他应该觉得骄傲。

一想到于笙这么棒，他就忍不住与有荣焉，就想一直陪在于笙身边，看着他蜕变，看着他发光。

想说得太多，语言能表达出来的又太少。

靳林琨看了他半响，还是扯扯唇角，笑了笑："……算了。"

说不清，不如一起走下去。

靳林琨伸出手："回家吗？"

于笙看他半响，迈步走过去。

好像有一本格外庞大的书，哗啦啦响了一声，在耳边翻过一页，露出全新的、完全空白的页码。过去的所有内容，都随着这一页被翻过去，彻彻底底、干干净净地翻篇了。

剩下的篇幅，都是他们的。

他的。

翌日，从早自习开始，高三七班全班就陷入了狂热的学习浪潮里。

"一班平均分 82 分，原有 41 个人，总分 3362 分——我们就算老杨只考一百分，他们的平均分就变成了 81.55 分！"班长目光灼灼，挥舞着算草纸，"而我们班只有 30 个人，平均分 64 分，加上老杨的一百分，平均分就飞跃到了 65.16！现在摆在我们面前的只剩不到 17 分的差距了！"

两个月的时间，要把所有的科目一起提起来无疑不现实，但如果想要专攻一科，尤其是在基础分数偏低的前提下，未必就不能有明显的进步。

于笙手里的笔转了两圈，重新翻开英语书。

靳林琨意外地重视这次补课，昨晚熬夜备了半宿课，于笙睡了一觉起来，书桌前的小台灯居然还亮着。家里的英语书可能都被搬到了桌面上，靳林琨穿着短袖睡衣，面前摆着台笔记本电脑，专注地敲着键盘。

从初中难度的语法句式一层层往上，课件做得又认真又详细，一点都看不出当初那个说要讲阅读理解、站在讲台上炫花体字、理直气壮地说什么"因为 ABD 不对所以显而易见选 C"的欠揍痕迹。

于笙没忍住，从床上起来摸了件衣服过去，跟他一起看了一会儿。

说来奇怪，那些平时看着都烦的英语单词，在有点昏暗的小台灯下面，忽然就不那么烦了。于笙已经习惯了每次学英语的状态，忽然就这么轻松，居然还有点儿不适应，看起来就没收住，忍不住背了十来页单词。

后半夜居然还睡得挺好。早上起床，发现自己这次一觉睡到天亮梦都没做的时候，于笙还有点没反应过来。

段磊他们都知道于笙最讨厌的科目就是英语，又看他好像背一会儿单词就出神，下课忍不住过去关心了几句，正好被于笙按住帮忙想究竟是怎么回事。

于笙措辞向来简洁，能用一句话说清楚的通常不浪费第二句。段磊听完反应了半天，才终于弄明白他是想问什么。

"笙哥……所以你的问题是为什么你忽然看英语不头疼了。"段磊深吸口气，总结于笙的问题，"而且昨晚忽然发现英语学起来很轻松，一顺手背了十来页单词，而且安安稳稳睡了个好觉，到现在还没忘？"

于笙点点头："对。"

段磊朝他抱了抱拳。

第一次看到段磊冷酷地甩下笙哥回了座位，边上看热闹的姚强忍不住凑过来："怎么了怎么了，你胆子什么时候这么大了？"

"屁。"段磊翻过一页全错的完形填空，面无表情地按他推回去，"我现在做出的反应，已经是我脑补的所有反应里最有求生欲的一项了。"

姚强没听见前情，好奇得快疯了："你还脑补了别的？比如什么？"

段磊放下书抬头："比如趁笙哥走路的时候忽然摔了一跤，飞快地把笙哥套上麻袋揍一拳。"

"或者趁笙哥被人按在墙上喘不上气，飞快地把笙哥套上麻袋揍一拳。"

"或者趁笙哥被天上掉下来的外星人砸晕了，飞快地把笙哥套上麻袋揍一拳。"

姚强被他丰富的想象力震撼了："兄弟，你这个需要借助的外力有点大。"

"废话。"段磊对自己的认识非常明确，"不借助这样的外力，你觉得我能带着麻袋在笙哥面前活过三秒吗？"

不太清楚好兄弟受了什么刺激，姚强安慰地拍拍他的肩："行了，别做梦了，赶紧背单词吧……对了，笙哥为什么会被人按在墙上喘不过气啊？"

段磊根本不敢套麻袋揍他笙哥一拳，就是随便列举了三个自己觉得永远不可能发生的情况，被他问得一个头两个大："你觉得笙哥会在走路的时候忽然平地摔，或者被外星人砸晕吗？"

"不会。"姚强摇头，"但是这三个里面我比较好奇中间那个。"

段磊端坐半晌，摸出个麻袋，套在了自己头上。

第六十九章

为了能再多活三秒，段磊理智地没回答他的问题。听着身边磕磕巴巴的朗诵声，深吸口气，重新一头扎进了叫人头疼得要命的英语里。

同学们的学习热情太高涨，老贺来上第一堂课的时候被吓了一跳，反复出去确认了几遍自己没走错，才放心地进了班门。

杨帆刚到七班，通过昨天晚自习加上今早的讲题工作，几乎和全班每个人都说过话。老贺走流程让他上台做了个自我介绍，台下立刻热热闹闹响起善意的起哄声。

"……也不要冲得太猛，为后面留一点力气。"老贺挺开心，写完板书，再一次拿上课时间给同学们做工作，"我听说有些同学特意大早上就来上早自习，这种精神是值得鼓励的，可翻墙的时候恰好掉在教育处主任头上就不对了……"

后墙没有特殊情况一般没人管，今早有一个男生没仔细看，正好撞上了在墙下停电动车的教育处主任。电动车正上方还有一张教务处主任刚贴上的，此处禁停电动车的告示。

然后双方都在教务处主任遥遥袭来的杀气中飞快离开了现场。

虚惊一场，没用得着老贺过去捞人，但还是在各个办公室一传十十传百，很快成了三中新的八卦核心。

"意外，意外。"成为八卦核心人物之一的男生很谦虚，回应着班里四面八方传过来追问内情的纸条，"当时我和主任对视一眼，异常默契，同时掉头拔腿就跑，只听得身后传来教务处主任'哎！'的一声……"

八卦一直持续了两节课，在埋头学习完据说和英语"殊途同归"的历史知识之后，七班同学又兴趣十足地讨论起了教育处主任的电动车最后停在了什么地方。

于笙靠着窗户，分心听了一会儿这群人天南海北地聊，实在忍不住："谁说的英语和历史殊途同归？"

姚强对老师们深信不疑，又划掉一项打游戏的时间安排，把历史练习册填了上去："历史老师啊！"

于笙看了看接下来的课表，觉得和英语殊途同归的科目可能还有不少。

三中老师的教学进度是配合大部分同学的，于笙自己的复习进度要比老师们讲得快出很多，和各科老师沟通过，基本都是在上课的时候按照自己的进度继续复习。刚刷完一套文综卷子，于笙放下笔，正准备翻翻靳林琨又往自己书包里塞了什么东西，搁在桌膛里的手机忽然嗡嗡响了两声。

才想起早上出来的时候忘了调静音，于笙顺手按了两下音量键，拿起来看了一眼消息。

庙里有个补课老师：*朋友，下课了吗？*

庙里有个补课老师：*你们同学比较喜欢那种风格，风趣幽默还是冷酷按头就是学的？或者旁征博引一点，多提一些英语国家的趣闻那种……*

于笙想了想刚才的所见所闻，回复：*只要你提了英语两个字，他们就应该喜欢。*

庙里的补课老师看起来被这个过于广泛的要求难住了，［对方正在输入］的显示跳出来又变回去，半天都没发过来新消息。隔了一会儿，居然直接把电话打了过来。

于笙一只手在书包里摸了两下，摸出一盒牛奶，两袋小面包："干什么？"

还是第一次在学校打电话，身边闹哄哄的听不大清，于笙抬手拢了拢，把电话贴在耳朵边上。

对面隔了一会儿，笑了笑："……紧张，想听你说话。"

于笙放下手机，看了一眼来电显示。

"真的，是本人，不是丢手机了。"靳林琨一猜就知道他在想什么，"他们——不会嫌我讲得不好吧？到时候要是同学反响不好，你就咳嗽一声暗示我一下——"

于笙一边跟他打电话一边咬着牛奶吸管，呛了一口，没忍住咳嗽了好几声。

靳林琨扼腕，轻叹了口气。

"行了，没你想得那么严峻。"于笙压了压笑意，清清嗓子，"按着你的课件正常讲就行。"

那个课件他昨天看了，详细得差不多能给人做英语零基础启蒙。偏偏靳林琨怎么都放不下心，做完了PPT还要挨个敲夏令营的同组成员，让好朋友们帮忙看一眼合适不合适。

凌晨一点对夏令营的大部分学霸来说才是奋斗的起点，PPT发出去很快就有了回复。

夏俊华：琨神，这是你做的？

岑瑞：琨神，这是你要去给别人讲的东西？

梁一凡：琨神，所以你其实是能这么讲英语的吗？

丁争佼：琨神，你的良心痛吗？

……

没想到是组长最先忍不住，于笙托着脑袋在边上看热闹，任凭曾经被琨神讲英语的恐惧控制的一群人怒而起义，对靳林琨进行了长达一分零三十秒的严正谴责。

"……怕他们不喜欢。"电话里，靳林琨笑了笑，语气轻缓，"你的同学，就总是紧张。"

低沉柔和的嗓音透过话筒，磁性的部分也莫名跟着放大。于笙想了半天怎么鼓励他，没等措好辞，课前的预备铃响了起来。

乱窜的同学飞快归位，翻书问什么课的声音乱哄哄一片。靳林琨隔着电话也听见了铃声，没再多说，催着他挂了电话。

于笙把手机塞进桌腔，换了套卷子，填上最前面的几道题，笔尖不自觉地顿了一会儿。

隔壁省示范，靳林琨正在抓紧时间整理第一次补课的教案，搁在边上的手机屏幕忽然亮起来。

于笙的微信头像和备注都特别冷淡简洁，才点开屏幕，对面微信名的位置忽然百年一遇地自动刷新。

小和尚说：紧张个屁。

小和尚说：喜欢。

晚自习，新来的补课老师早早带着笔记本电脑和教案，到了高三七班的门外。

"笙哥的家教会是什么样？"姚强忍不住好奇，"男的女的？多大年纪？厉不厉害？"

段磊很深沉："不管怎么说，有家教就好。"

后排的杨帆第一次参加集体讨论，很兴奋，忍不住举手提问："为什么有家教就好？"

姚强拍拍他的肩膀："因为你磊哥一直觉得有人把芯片放进了笙哥的脑子。"

虽然还没正式考试，但于笙在班里几次小测的卷子都被直接当成了范本，尤其文综上次留的模拟卷，到现在的答案还贴在后黑板上供同学们参观学习。高三七班的同学们向来对他们笙哥有着极端盲目地崇拜，但也依然遵循事物的基本规律，相信于笙忽然崛起一定还有一些其他的辅助原因。尤其是在于笙主动提出自己有个家教之后。虽然对这个即将来补课的家教一无所知，但全体高三七班同学都一致认为，这一定是个非常厉害的人物。

"我们替笙哥考察一下这个家教。"段磊没工夫和这些人闲扯，谨慎地往于笙的方向看了一眼，拉住一群小弟，"如果他比那个黑衣人高，比那个黑衣人帅，比那个黑衣人看起来能打……"

边上的男生懵懵懂懂："就把笙哥送给他？"

教室里再一次忽然寂静下来。

于笙正跟教室门外的家教砍价，没留意这群人在说什么，抬头看了一眼忽然安静的教室，继续发了两条消息。

于笙：行了，应该都准备好迎接你了。

于笙：进来吧。

在鼓励完家教之后，于笙就断然拒绝了靳林琨得寸进尺的要求，把微信名又改了回来。

靳林琨虽然已经眼疾手快截了图，但依然非常惋惜、拐弯抹角地发了好几条消息，试图在补课的报酬上稍微溢一溢价。

于笙砍价砍得非常直接：爱进进，不进拉倒。

这一手显然非常好用，两秒钟后，提价失败的家教轻轻敲响了高三七班教室的门。

刚刚还在跟小弟们反复强调要拉拢这个家教，一起把笙哥从黑衣人魔爪里救出来的段磊飞快抬头，看着进来的人影，齐齐怔住。

"还别说！"刚才那个男生目光一亮，"我觉得这个家教长得比黑衣人帅！"

另一个男生仔细打量了半天，附和："是挺帅，就是好像和黑衣人差不多高。"

第三个点点头，看着进来的人把电脑接上多媒体："不知道为什么，但看起来好像也和黑衣人差不多能打……"

段磊对这些人彻底绝望了："醒醒，他就是换了件银灰的衬衫啊！！"

崩溃的段磊正往书桌上撞自己的头，于笙看着靳林琨焕然一新的打扮，忍不住扬了下眉，放下笔抬起视线。

靳林琨正在作开场白，质量上乘的银灰色衬衫一丝不苟挽到手肘，看起来果然比平时还帅了不止一个档次，神色严肃认真："从今天起暂时由我给大家补课。自我介绍一下，我叫靳林琨，是于笙同学的——"他边说边看台下，扫视一圈，正好迎上于笙的视线。

大概是为了给班里的同学们带个好头，支持第一天上岗有点紧张的补课老师的工作，于笙特意很配合地收拾了桌面，按照记忆中好学生的听课姿势坐正了，等着他继续说话。可惜校霸每天不是补觉就是刷题，已经太久没好好上过课，印象还稍微有那么一点落后。

落后得可能有点多。

靳林琨看着台下左胳膊叠右胳膊，坐得规规矩矩的小朋友，才讲到一半的自我介绍忽然就卡了个壳。明明刚才还在微信里砍价砍得毫不留情，告诉他能讲就讲不能讲就走人。

靳林琨轻咳一声，心头软得不成样子，唇角忍不住抬起来："于笙同学的……家教。"

一堂晚自习五十五分钟，靳林琨又多附赠了五分钟，给七班讲了一个小时。

他做功课不少，又特意事先了解了班上同学的水平。直接从初中最基础的语法补起，讲得翔实仔细，板书也写得工工整整，丝毫没有平时欠揍的架势。

于笙对这些内容都早就熟悉，原本想着配合把气氛烘托得差不多就自己背会儿单词，不知道怎么，莫名就没走得开神。先前他曾经在靳林琨眼里察觉到的那种极隐蔽又异常坚实的、根深蒂固的骄傲，在他自己都还没来得及觉察的时候已经满涨在胸口。甚至还在靳林琨转身写板书的时候，不由自主地翻出手机，瞄着台上的人对了对焦。

然后因为靳林琨写得太快，在他转身之前，就匆匆把手机扔进了桌膛。

补课的后半程是练习和答疑的时间，也给刚吸收了一堆崭新知识的同学们一点消化掌握的时间。靳林琨布置了一页题目，投在投影上给同学们抄写练习，自己下来绕教室，解答偶尔有人举手提出的问题。

七班同学已经被学习俘获了，暂时没人关注家教和黑衣人的关系问题，专心钻研讨论着题目，左一个"靳老师"右一个"靳老师"，叫得非常具有代入感。

于笙收心翻着练习册，没翻两页，熟悉的身影就投落在了练习册的纸页上。看形状就能认得出这个人，于笙头都没抬，顺手把他往边上扒拉了两下："让让，靳老师，挡光了。"

靳林琨微哑，配合着侧了侧身。

补课的效果看起来还不错，没在于笙的同学面前掉链子。刚才讲得有点多，靳林琨下意识清了两下喉咙，想跟他说话，于笙手里的保温杯已经怼了过去。

润喉茶，有一点蜂蜜的清香甜味，泡得胖乎乎的胖大海在淡黄的茶水里飘着。

靳林琨喝了几口，忍不住抬起唇角，握着保温杯俯身："小朋友，有什么不懂的问题吗？"

于笙放下笔，抬头迎上他含笑的眼睛。

段磊刚靠自己做出来一道语法题，成就感非常强，举着算草纸想让靳老师帮忙看看对不对，一抬头，声音忽然卡在嗓子眼里。

就在他旁边，风趣幽默旁征博引的补课老师俯着身，一手按着他笙哥桌上的卷子，仔细讲解着上面的题目。他们单手能把校外的小混混镶在墙上的笙哥一点都不专心，抬头看了一会儿补课老师，肩背稍微往后靠了靠，嘴角抿起来。

很慢，不仔细看几乎察觉不到的，轻轻抬了下。

第七十章

走读生不用上晚自习，于笙特意留下来等靳林琨讲完了课，两个人一起收拾东西出了门。

出门的时候，靳林琨很顺手地就去接于笙的书包。于笙扫了一眼他手里已经够累赘的电脑包文件夹，没递过去，拎着书包背在了自己肩膀上。

"老段，你听见了吗！"屏息凝神忍到两位大佬出门，姚强倏地回身，目光锃亮，"他说他就是靳林琨！你说会不会是一个人？就是那个琨神，隔壁省示范特出名的那个……"

段磊还在刚才那个画面的震撼里，有点恍惚，单手按着他："你等等，让我捋一下。"

靳林琨这个名字太有名气，尤其 A 市的各所高中，几乎都被这位大神的事迹从高一持续打击到了高三。

段磊当初也是会因为琨神来三中考试这种事欣喜若狂，大清早给于笙打电话的人。那个时候的于笙还会跟他说"反正都不会，旷考算了"，并且试图继续睡过去。结果才过了一个暑假，他们笙哥居然就把真人领了回来，甚至还给他们补了一堂英语课。

段磊坐在座位上，仔细回想了一下当时考试的时候那个黑衬衫考试中途来送了两杯粥的往事。

不论是学神和夏令营勾结，拐骗人进入夏令营后客串黑衣人，强制营员好好学习，最后意外和他们笙哥成了好朋友的复杂剧情；还是学神因生活所迫勤工俭学、兼职家教补贴家用的精简版本，都不是很能解释当下的情况。

段磊心事重重，拉着姚强："难道家教真的只是一个表面的掩饰？"

姚强茫然："其实他是外星人，掉下来砸我们笙哥脑袋上了？"

好兄弟可能需要被砸一下，段磊放弃了跟他沟通，忧心忡忡扯住体委："我们的笙哥会不会已经陷入了学神的圈套？"

英语入门容易做题难，体育委员正在时态里浮沉，双目无神抬头："什么圈套？"

段磊特意撑着胳膊看了看，确认了两个人都不在才放心，压低声音警惕道："卖身求学，想补英语先当好兄弟。"

"当好兄弟就有人给补英语？"体育委员的眼睛奄奄一息地亮了亮，"去哪儿报名，兄弟给分配吗？"

不争馒头争口气，整个七班的人都沉迷英语无法自拔，嘴里念念有词，桌面上还贴了一桌的小纸条。补课老师已经走了，杨帆同学的桌边就又围了一群人，都在热烈地讨论着系动词的用法和过去进行时与一般过去时的区别。

段磊孤独而寂寞地守着触手可及的真相，重新翻开了英语书。

来补课的学神其实还没走。

虽然已经来过几次三中，但要么是考试要么是有事，来得急走得急，也没顾得上好好看看。靳林琨还是头一回正经来于笙的学校，就很想仔细看一圈。

于笙陪着他在校园里绕了一圈："有什么好看的？"

靳林琨没说话，笑了笑。

其实也没什么特别好看的，高中校园都差不多，操场教学楼主席台这些标配都不会缺，无非是建筑新旧面积大多少有点区别，一些用不着的雕像石子路林荫道小凉亭位置不大一样。

但这里是于笙待了两年的地方。

那个有点冷淡又干净温柔的男孩子，在教育处主任琐碎的唠叨和眼前真实的校园里，一点点清晰地拼凑完整了。

秋天的气息越来越明显，早晚的温度一天比一天凉。于笙把外套的袖子往下抻了抻，外套原本就大，有点长的袖子一直被松紧的袖口卡在腕间，一抻下来，直接把手一块儿罩了个严实。

靳林琨看了半天，才认出这件外套可能是自己的。

但是"问对方为什么拿了自己的外套"这一条已经很早以前就被记在了可能挨揍的备忘录上。靳林琨深刻吸取教训，一路上唇角扬得降不下来，依然理智地没把问题问出口。

于笙看着走着走着路都能把自己走高兴的人，有点莫名："笑什么？"

靳林琨眼睛弯着，高高兴兴摇头："不能说。"

于笙深吸口气。

靳林琨一瘸一拐，跟着于笙把三中校园绕了个遍，顺手把"不能回答""不能说"也添在了备忘录上。

三中校园也不算小，全绕下来多少还是有点累。于笙路很熟，带着靳林琨从防火通道上去，摸出把钥匙在门锁上拧了两下，就打开了天台的门。

这个天台在于笙的既往史里存在感很强，靳林琨看着他动作利落地开锁，忍不住提问："它不是被换过锁吗？"

当初于笙在天台看风景，闹出了不小的误会，吓着了一群无辜的主任校长。教育处主任唠叨的时候提过一嘴，后来学校开会讨论，说问题出在旧的锁实在太不安全，学生一撬就开，所以又换了一把。

"换过。"于笙点点头，"我们主任把旧的扔了，要求我再去买一个新的交上去。"

靳林琨沉默了半天，居然没能找出这个方案有什么不对的地方。

两个人上了天台，太阳已经落了半边。火烧云烫得飞鸟擦着云边往巢里飞，黑影衬在红得层层叠叠的云里。学生们在上最后的两节晚自习，操场上静得有点空荡，被余晖当成画布，涂抹上一片意识流的浓墨重彩。

靳林琨忽然有点明白，高一的于笙为什么会一个人跑到这里来了。

"其实他们就是想给我留把钥匙。"于笙按上那些被重修了一遍、已经非常结实的护栏，随手晃了两下，"这些都是后装的。"

要是想一劳永逸，干脆把天台门封死就行了，用不着还特意多花经费装一层护栏。

有点熟悉的温度覆上头顶，力道很轻地揉了两下。于笙趴在栏杆上，侧过头，迎上靳林琨轻轻弯着的眼睛："月底有个八校联考，高考内容，高考难度。"正好赶上每个学校的月考时间，作为新高三第一轮水平评测，给每个学校交个底。

不用把话说完就能被理解的感觉实在太好，于笙忍不住扬了下嘴角，没挪开脑袋顶上那只手："嗯。"

能报答这些明明有着深刻代沟、方法也笨拙得有点莫名其妙，但是又温柔得好像总能依靠的老师的办法或许很多。但最好的一种，大概就是让他们知道，那个曾经变着法小心翼翼照顾的学生，现在已经用不着他们担心了。

月底其实不只考试这一件事。

靳林琨算着日子，月考结束以后三中有个运动会，还得准备在十月七日给于笙过生日。从九月末一直到十月初，日历都被画得满满当当的，每个格子都填上了非常意识流的配图。这次的配图连于笙都没看懂，研究了两次就没再继续浪费时间，扯着从书桌边路过的靳林琨坐下，继续背单词。

靳林琨觉得自己仿佛变成了个行走的人形充电宝："朋友——"

于笙顺手划掉几个单词："有事？"

靳林琨咳了一声，端端正正坐好："没有。"

自从上一次顺利学进了英语之后，于笙好像就发现了新的英语学习方式。需要的条件很少，执行起来也非常简单易行，实践了一个星期，效果据称都非常不错。

粗略总结起来，大概就是学一会儿烦了，就把他戳在边上当吉祥物。

靳林琨觉得自己当初砍价的时候似乎上了个当。

偏偏于笙一点儿都没有要反省的意思，每天晚上埋头学习，学累了就关灯上床，掀开他躺下。靳林琨几次想好好收账，看着怀里用完他就扔的小奸商眉宇间的倦色，都没舍得动手。

整个高中的内容，要挪到三个月来补上，不可能有那么容易。于笙有底子有基础，但也一样得付出远超常人的努力，才能把缺的部分彻底补齐。靳林琨最近都在给他总结英语重点，四处搜罗省示范的模拟卷和练习题，都差点没跟得上于笙刷题的速度。

"靳老师，你劝劝笙哥。"虽然大家都在冲刺月考，段磊他们也依然忍不住担心，私下里拦住靳林琨，"别让他那么拼，高考还早着呢……"

姚强也紧张："拼坏了身体不值得，名次什么的都是虚的，我们光看着都觉得他太辛苦了。"

靳林琨跟他们道了谢，回家来依然什么都没说。

其实跟名次或者成绩什么的关系都不大，于笙只是不习惯做什么事不全力以赴。要么干脆不做；只要做了，没做完之前是不可能停下的。叫他看见面前还有一个台阶，他也会想办法翻上去。

靳林琨知道他的脾气，所以每天没事就在书桌边上溜达来溜达去，认认真真找好吃的给于笙补身体。哪怕每天晚上其实都在等于笙一起睡，也依然会早早就在床上躺着，等小朋友一身冰凉地钻进被子里。

一身冰凉这点还是有点儿叫人头疼。

秋天的半夜一天比一天冷，于笙嫌空调太干不愿意开，哪怕披了衣服，有热牛奶捂手，也一样热乎不起来。靳林琨假装睡得熟，动了动胳膊，又把冰冰凉凉的小混蛋往被子里裹了裹。

于笙最近辛苦，大都是沾枕头就着，一觉睡到天亮。听起来挺长，其实也就是五六个小时。中午靳林琨强行拉着他午睡一个半小时，晚上回家再躺一个小时，这才勉强把觉补全。靳林琨不想占他难得的睡眠时间，也不舍得闹他，准备酝酿睡意，身边的人忽然轻轻动了两下。

男孩子的骨架硬，肩膀抵在胸口，不太容易忽略得过去的力道。

靳林琨还在敬业地装睡和假装不小心醒了之间徘徊，没良心的小奸商已经拽着他的衣角，整个人往上挪了挪。

隔了一会儿，大概是看他没动，微凉的手不动声色地探过来。

轻手轻脚地往他枕头底下塞了颗糖。

第七十一章

靳林琨格外平整地躺在床上。

虽然理智已经差不多被炸干净了，但残存的求生欲依然在尽职尽责提醒他，这种时候睁开眼睛可能一定会挨揍，被揍得可能还不轻。况且小朋友好不容易这么勇敢，一动说不定就要被吓回去。

来日方长，不能急于一时。

靳林琨逼真地装着睡，不动声色地换了个姿势。正准备再调整调整呼吸，于笙忽然不知道为什么微微一绷，顺手捞起了他的手腕。

"朋友。"好不容易从床底下爬起来，靳林琨按着腰开灯，试图解释，"心跳真不是我能控制的，我已经很尽力了。"

他没想到他们家小朋友会警惕到这种地步，糖塞到一半，忽然捞起他的手把个脉。

于笙手臂遮着眼睛，仰面躺在枕头上："闭嘴。"

靳林琨很配合地闭上嘴，撑着胳膊坐起来，靠在床边。

过了一会儿，于笙把手探到床下，划拉了两把。靳林琨试着把胳膊递过去，就被那只手攥住，力道有点冲地一把扯上床："不怕着凉？"

靳林琨心说其实凉点儿好。

小朋友现在身上倒是不凉，就是好像整个人都烫得快熟了。整个人红通通的，半张脸蒙在被子里，连耳朵尖尖烫。

靳林琨摸出眼镜戴上，又看了一次日历。

……很快。

他松开胳膊，朝于笙笑了笑，撑起身："等我一下，我去冲个澡——"

话没说完，于笙已经利落掀开他，撑着胳膊下床，进了洗手间。

再缓过来，两个人已经各自冲了半天的凉，重新回到床上发呆了。

靳林琨靠着床头，摸摸于笙刚擦干的头发，看了看时间："今天不去上课了，我给你请个假？"

于笙觉得这人的语气越来越有问题："……你真把自己当我家长了？"

"在这件事上，我是怎么想的已经不重要了。"靳林琨已经在生活的折磨里日渐看开，很成熟地拍了拍他的脑袋，"我敢说我一个电话过去，你的假肯定就批下来了。"

于笙按了按额头。

无法否认，靳林琨的电话现在用处非常大。前两天学校说要开始准备过几个月的什么成人礼兼高考誓师仪式，别人都是通知家长，他的消息直接就发到了这个人的手机上。于笙几次想提醒教育处把那个"敬爱的家长"的前缀改一改，看着一指禅盯着电脑屏幕一个字一个字敲家校通短信的主任，还是选择了单方面删掉靳林琨的短信。

下周一就要月考，充足的休息确实是有必要的。两个人现在其实也用不着每天都上课，真要复习起来，互相帮助共同学习的效率都比在学校更高一些。

刚冲了凉水，到现在都还毫无睡意。于笙看了看窗外已经泛起的曙光，按按额头，默许了他的提议。

靳林琨也睡不着，靠着枕头往下挪了挪，分出只胳膊圈住躺在身边的人，轻轻拍着背："正好明后天是周六周日。稍微放松一下，想干点儿什么？"

于笙言简意赅："睡觉，学习。"

舍友对生活的向往非常简单纯粹，是很值得提倡的生活方式。

靳林琨关了灯，给梁一凡同学发了几条短信，在好朋友的建议下简单扫了一遍最近上映的电影，挑出几场评分不错的翻了翻影评。准备让笙挑一场电影，才发现刚刚还精神得睡不着的人已经贴着他睡熟了。

男孩子有点儿浓密过了头的眼睫毛安安稳稳阖着，气息清浅，指间攥了一点儿他睡衣的布料。虽然冲了半个小时的凉水，那一点未散的热意还是透出来，皮肤微微泛着红，额头不自觉地贴在他身边。

靳林琨低着头，借着窗外透过来的那一点儿微弱的月光，低头看着他。

他忽然觉得于笙说得对，也不是非得看个电影，周末两天让他在家看小朋友睡觉，好像也一点儿都不会无聊。

凌晨才阖眼，两个人都困得不行。靳林琨定了闹钟，早上挣扎着醒过来给两边学校的老师打电话请了假，就又睡了过去。

中午于笙醒了，把准备跟着进厨房的靳林琨塞回卧室，上手做了顿饭，拯救了两个人被外卖和餐馆支配了好几个星期的味蕾。

于笙昨天睡得早，还有儿页单词没写完，两个人吃完饭，一块儿坐下背完了单词。饭后向来容易食困，于笙的生物钟又被养得严格。靳林琨去阳台试了试温度，把人拉到外面，睡了个午觉。

午觉睡醒，正好省示范的老师把两套高难度的数学卷子发过来。靳林琨刷题的时候于笙刚好路过，干脆掐着时间比赛做完了剩下的题目。

晚上，面对梁一凡同学充满八卦之心发过来的"玩得怎么样"的短信，靳林琨仔细回想了半天，才忽然陷入了沉思。

梁一凡半天没收到回复，忍不住追问：琨神！你们都干什么了？是不是玩得太累了？？

梁一凡：玩回来晚上睡的那一觉非常重要，养精蓄锐，再接再厉！

梁一凡：不要怂琨神！好好睡，加油！

靳林琨对着这几条短信沉思半晌，回复：不能再睡了。

梁一凡：？？？

靳林琨没再解释，陪着自家因为睡太多精神得不行的小朋友出门跑了五公里，又刷了三套高考模拟卷。

临近深夜的时候，梁一凡发现他们琨神倔强地发了条朋友圈：格外充实的一天。

他们笙哥在下面路过，简洁明了地点了个赞。

三天一晃而过。八校联考，学校的考试时间都安排在了一块儿。于笙在考场坐下的时候，刚好收到靳林琨给他发的消息。

有舍友，在家，非常充实：感觉怎么样？

于笙被他格外长的新微信名震撼了一会儿，忍不住扬了扬嘴角，回复：没感觉。

八校联考向来都要公开排名，这次的成绩不像上次那样能按得住。按照校长对他的嘱咐，可以适当藏一藏拙，不用考太好的成绩，差不多就行，免得回头又要招来一群学校的虎视眈眈。于笙对这种考试也没有太大的执念，既然校长希望他稍微藏拙，也并不介意适当答错几道题，把分数控制在足够出色又不太扎眼的范围内。他的底子毕竟一直在，原本在三中的成绩也是不上不下的水平，考场也排在了中游，这次再把成绩翻个倍也就差不多了。

于笙向四周看了看，身边一片哗啦啦翻书翻笔记的声音，每个人都在争分夺秒地多看几页。

考前复习有一种魔力，虽然基本上看不到任何一道可能考的题，但在翻书的时候，就觉得自己看得每个标点都可能是考点。

然后在考试的时候发现考前看的一点用都没有，然后再在下一场考试之前重复完全相同的上一个轮回。

这种气氛下，于笙觉得自己还拿个手机聊天似乎不太合适，在书包里摸索两下，翻出本六级英语改错随手摊开，单手在桌腔里给他回消息。

于笙：随便考考，考差不多就行。

于笙：考完去看电影。

预备铃响起来，监考老师的脚步声也远远响起。于笙收拾了两下桌面，去前面的角落放书包。抬头，居然正迎上了尹梅那张有点扭曲的脸。

另一个来监考的老师不是教高三的，不太了解内情，抱着两份试卷袋走到门口，被尹梅忽然停住的脚步挡在了门外："尹老师？"

迎面撞上错不开，于笙放下东西，客客气气："尹老师好。"

尹梅最近一点都不好。先是因为轰出去的学生差点丢了，被校长主任劈头训了一顿。手包的事迟迟没解决，班里成绩最好最有前途的学生居然主动转到了七班那个垫底的班。虽然不知道这件事跟她有什么关系，但一班班主任看见她就气不顺，前两天还打了报告，主动要求给班上的同学换个英语老师。

于笙原本也没准备等她回应，转身回了座位，正好听见尹梅在他身后说话："徐老师，一会儿监考的时候得严格点，这个考场说不定就有那种成天不学好、靠见不得人的歪门邪道混进来的学生。"

于笙扬了下眉。

搭档来监考的徐老师是教高一的，不知道她意有所指的是什么，只能笑笑："我看同学们的态度都挺端正的……"

尹梅看着于笙，越看越不顺眼："知人知面不知心，人品问题跟态度没关系。"她说话的时候一点没压着音量，不少学生都有点紧张，直到开考发卷，都忍不住偷偷地环顾着四周。

从考试开始，尹梅就一直牢牢盯着于笙，语文考到一半，还真让她抓着了两个作弊的学生。

一个在于笙右手边，一个在后面一排，传了张语文默写的小抄。

三中这种情况其实有不少，市级联考级别，抓得严格，一经发现一律终止考试直接交卷。于笙正在写作文，忽然听见严厉的呵斥声，下意识抬了下头。

尹梅啪的一声把书摔在他的桌角："你也把卷子交上来！"

于笙已经被她钉子一样扎在自己身上的视线分散了挺长一会儿的注意力，好不容易看她找到了个发作的机会，搁下手里的笔，扬起视线："为什么？"

尹梅冷嗤一声："你们离得这么近，谁知道你跟没跟他们一块儿作弊？

再让你编一个小时，还能编出来什么东西？"

于笙低头看了看手里的卷子。

事发突然，另一个监考老师都没来得及反应，匆匆上来要劝，于笙已经收拾了两支笔，按着卷子站了起来。

"这位同学，尹老师——尹老师可能是最近身体不好，影响了情绪，在处理方式上有一点偏激。"搭档的监考老师忙上前圆场，"我们的监控系统特别清楚，你放心，只要你没问题，一定不会错判……"

于笙对三中的新监控系统很有感触，牵了下嘴角，客客气气点头："谢谢老师，我不打算交卷。"

两个老师都愣了愣。

于笙带着卷子，直接站在讲台上，铺开了卷面。

尹梅脸上火辣辣地疼，忍不住几步过去："你这是什么意思？！"

"现在我可以保证我没作弊了。"于笙抬头，"尹老师，这次考试是市级联考级别，你知道恶意打扰普通同学正常考试、不完成教育教学任务、给教学工作造成严重损失，是什么级别的处罚吗？"

尹梅心底莫名一虚，勉强冷笑："你这个水平，能给学校带来多大的损失？"

于笙点点头，回肘撑着桌面，低头继续答题。边上的监考老师把尹梅劝出了考场，锁上门才松了口气，又忍不住悄悄靠近看了看。

站在讲台前的那个学生没立刻继续写才写到一半的作文，而是把答题卡重新翻回了正面，填上了之前空着没答的默写和阅读的高分题目，又改了三道之前浅浅涂上了的、和卷子上的答案涂得完全不一样的选择题。

第七十二章

第二场考试监考就换了人。

尹梅不知道去了什么地方，有眼尖的同学坐在门边，瞄见几个巡考挨着个往这条楼道里晃，甚至连校长和几个主任都一脑门子官司地下来看了两眼。整个楼道的考场都被这种气氛烘托着，跟着莫名紧张，同学们答卷子也规矩了不少。

虽然是月考，但还是完全按照高考规格分成了两天，第一天语文数学，第二天综合英语，力图让同学们得到最真实的切身体验。

中午午休，靳林琨照例带了饭过来，在人已经走得干干净净的考场里陪着于笙吃饭："想看什么电影？"

他特意早交了一会儿卷子，重新仔细对目前的电影进行了全面的测评，已经做足了功课，把手机递过去："有三部欧美的，五部国产，还有动画片……"

于笙往嘴里塞了口米饭，看着这人递过来的备忘录上记得异常详尽的观影剧透，按了按额头。

"不合适吗？"靳林琨怅然地收起手机，"我以为这样会比较有把握的。"

于笙猝不及防被剧透了一脸，想忘都不行："你平时看电影都先看简介？"

"本来不是。"靳林琨诚实地摇摇头，"直到后来我发现，不能太放心那些编剧，不然他们总会给你一些出人意料的转折。"

就比如两个拥抱的男人不一定是好朋友，下一秒就可能摸枪把人送走。

于笙也记得当初的事，没忍住扬了下了唇角，把手机扔回去："看哪个都行。"

他其实不太爱看电影，倒也没什么特别的原因，只是单纯很难把思维放慢到电影情节的进展一个速度，又太容易推出下面剧情的发展。但他之前也有很多不太爱做的事，和这个人在一起，被拖着做了之后，才发现原来其实也挺有意思。

不知不觉地，居然好像也开始期待，想知道究竟还有多少没试过的事，跟他一起多做几件。

再多做几件。

靳林琨身负重任，抱着手机，在几部电影里难以抉择。于笙顺手收拾了饭盒，拿纸巾擦过桌面，正准备趴下睡一会儿，埋头狂翻影评的靳林琨很顺手地把手缩进袖子，往旁边递了过来。

考试的时候有外校监考，要统一着装。他今天没穿衬衫，跟其他人一样穿了校服，看起来低调得不行。男孩子的手修长，指节清晰，扣着袖口的松紧布料，尽职尽责地放在桌面，假装自己是午睡枕。

也不知道都是什么时候养成的习惯。于笙牵了下嘴角，低头枕着，闭了会儿眼睛。

迷迷糊糊要睡着的时候，于笙察觉到身边的人放下手机转过来。

也没动，就是一只手撑着脑袋，安安静静地看着他。今天一上午被带刺的视线勾起的那一点不易觉察的烦躁，也在凝注的目光里一点点化开，彻底消散干净了。

两天的考试，彻底榨干了三中同学们最后的一丝活力。

段磊他们就在自己班考场考试，送走了来考试的其他同学，在楼下考场里哀号。

"超出了我的认知水平。"段磊趴在桌子上，抱着书桌不想离开亲爱的班级，"不知道为什么，我忽然怀念起了当初全市联考那一千道选择题。"

"我也怀念。"姚强性命垂危，"在有选项的情况下，我至少还能选一个长得比较好看的答案。"

七班体委跟他们在一个考场，扼腕叹息："考语文的时候我还在庆幸，至少我还看得懂汉语。等到考数学的时候，出题老师连这点骄傲都不留给我了。"

班长比他们往前几个考场，拎着书包，恍恍惚惚飘进自己班教室："这些个知识点我曾见过的……"

"没关系的，不用有太大压力。这次考试不是为了考核你们的学习水平，只是为了给你们提个醒，让你们知道253天后的高考大概是什么样的题型和难度。"老贺脾气耐性远超常人，常年负责最后几个考场的监考，挨个抚摸同学们的头，"以及刨除各类假期和周末休息之后，剩下的156天里，你们需要学习多少对记忆而言依然崭新的知识……"

同学们的压力在老师的爱心抚慰下成倍增长，原本商量好考完试去放纵狂欢的心情彻底没了，瘫在座位上奄奄一息。

老贺心态一向很好，是真的不着急，索性搬了个椅子坐下，跟同学们不急不慌地谈心。谈着谈着就从月考跑题到十一假期，又从十一假期跑题到了运动会。

今年的时间安排非常惨烈，月考在周一周二，考试之后不休息继续上课，连上三天讲评试卷，周末直接开运动会。运动会占用十一假期的前两天，最后一天颁奖典礼闭幕式，出月考成绩。

段磊："说实话，我从这个丧心病狂的时间安排里感觉到了校领导的残酷。"

姚强："我甚至已经脑补出了敲定这个安排的时候，校领导笑得有多开心。"

七班班长痛心反思："现在想想，可能是因为我姐上次除夕那天出考研成绩，我得意忘形得太明显了，所以遭到了报应。"

暑假已经补了快一个多月的课，开学也已经近一个月，好不容易有运动会连十一的假期，完全被贯穿全程的月考打散了所有的激情。

老贺挨个桌发糖，很和蔼地鼓励同学们："没事，考完了就结束了，讲评试卷是为了查漏补缺，不是为了让大家估自己得了多少分的——不想这个了，赶紧报名运动会项目，就差咱们班没报了……"

往年七班在这件事上都是最积极的，今年大家都沉迷英语无法自拔，所有课间和晚自习的时间都用来学习英语了，连体委都忘了还有运动会报名的事。老贺原本是想提醒他们的，隐晦地提醒了几次，愣是没人反应过来他的暗示，结果就这么一直拖到了现在。

段磊死气沉沉，积极不起来："老贺，您已经过了成绩不好回家就要挨揍的年纪了，在这件事上很难有共鸣……"

老贺也觉得自己很难有共鸣，看着这一群愁云惨淡的同学，酝酿了一会儿，砰地一拍桌子。瘫在桌子上以各种形状缓慢枯萎的同学们吓了一跳，抬头看向讲台。

"小兔崽子们。"老贺推推眼镜，拎着板擦下来，"运动会项目，有人报名吗？"

五分钟后，填得满满当当的报名表被班长毕恭毕敬双手呈了上来。

"咱们这样合适吗？"体委有点心虚，征求大家的意见，"笙哥会不会不想在开幕式举牌，也不想在闭幕式领操？"

于笙据说是考完试有事，没回教室，路上碰见隔壁考场的学委，让学委帮忙给带了个话。考完试凑在一块儿唠嗑原本就是七班自己的传统，也不是什么必须不能迟到早退的正事，现在班里其实也只零零散散凑了一小半，剩下的都是通过班群远程报的名。不知道于笙去忙了什么，到现在也没见说话，几个班干部只能自作主张，把他的名字先填了上去。

"笙哥带头效果好啊！"班长已经脑补一整年这个效果了，满心期待，"别的不说，半个学校的女生票数都得在咱们班！"

三中有传统，每次运动会闭幕式都有广播操比赛，由没参赛的广大同学投票评选出一二三名。有次轮到两个艺术特长班出广播操，其中一个班主任特意给全校同学发泡泡糖，差点激得另外一个班主任去买巧克力。最后还是在学校严禁用各种贿赂同学的方式拉票之后，才终于把战火暂时消弭下来。但两个班还是就此结下了仇，什么都要比，校考通过率要比，平均分排名要比，一直比到最后高考，其中一个班级录取人数以一人之差险胜，才终于告一段落。

在所有人都以为故事就这样结束之后，新一届高一入学，战火又在两个班主任各自带的班级里重新熊熊燃烧了起来。当初的当事人大学都已经毕业了，这场战火也没消停。以至于每一届新入学的学生，都要重新了解一遍两个艺术特长班究竟为什么水火不容的故事。

上次运动会于笙请假没参加，这次正好轮到七班出广播操，班长实在忍不住心动，顶着压力填了于笙的名字："别怕，有问题就让笙哥明天来找我。"

体委感动了一会儿，忽然反应过来，一文具盒砸过去："找你，你明天请假去陪你那个生病的朋友，假条还是我帮你编的！"

一群人围在一起，密谋讨论起了究竟怎么才能让他们笙哥愿意领操。

话题核心正在电影院，靠着椅背打游戏。

考虑到于笙哪怕只看了一眼，也已经无法避免地被时下所有热门的电影剧透了一脸。靳林琨经过两天的深思熟虑，决定挑选一部相对而言比较冷门、不那么担心剧透，也在理论上不会出现什么神转折的电影。

于笙还是头一次知道，原来电影院还能放非洲大草原上动物的春天。

冷门到整个放映厅里只有他们两个，真正的包场。

放广告的时候，靳林琨还抱着一丝希望，非常坚持："一定会有其他的同伴的，可能只是坐得离我们远。"

于笙玩了一会儿手机，听见电影开始，侧头问他："有同伴吗？"

靳林琨揉揉他的脑袋，不着痕迹把他的视线转回荧幕："朋友，看。"

于笙莫名其妙："看什么？"

靳林琨："我们打下的辽阔江山。"

……

这两天考试，于笙的手机没怎么用，一直没充电，玩了一会儿就没电了。靳林琨把自己的手机塞给他，不知道是不是认真地在看屏幕上两头公狮子和另外一头秃头公狮子互相咆哮的故事。

于笙找了一圈，一个稍微符合他的风格的手游都没找到，点开消消乐随手打了一会儿，屏幕上忽然跳出来群内的艾特消息，是他们夏令营组内的那个群。

都是一群话唠型学霸，一会儿消息就能刷到99+，大部分都是在争论一些钻牛角尖的题目，日常充斥着各个学校老师精心收集的各类学习资料。于笙顺手把消息点开，准备给靳林琨，发现是找他的。

梁一凡：@琨神@琨神@琨神，笙哥考得怎么样？？？

梁一凡：这是谁出的卷子，文科题偏到姥姥家去了吧！

丁争佼：理科也一样。说好的让我们熟悉一下高考呢？高考要是这个节奏，前几名差不多拉开二十分……

这次的卷子直接按照高考规格，难度甚至还拔高了不少，考察的知识点也细。偏难怪题出现了不少，对第一轮复习都没完成的学生们而言很有压力。

对三中同学们来说，反正都是一样不会，感触其实还没有那么深。但对剩下几所升学率较高、在省里市里都有名气的学校而言，才真是被这次的卷子坑得不轻。过去就曾经有过高考数学卷启用了难度超标的备用卷，导致除了少部分极高分不受影响之外，剩下原本靠数学提分的学生都没能把分数拉开，大家一起不及格，整个省份高考集体翻车的惨烈历史。

才想起来这几个人也在八校联考的范围内，于笙简单回忆了下题目，回复：是偏。

异常简洁的两个字，一下透露了消息发送者的身份。

梁一凡瞬间认出了他，扑住顶着[有舍友，不在家，在看电影]微信名的炫酷头像汪汪大哭：笙哥，你也觉得题出得偏是不是！

梁一凡：这次的成绩完全不能代表我们的真实水平啊！！！

于笙的消息隔了一会儿才回过来：是。

有舍友，不在家，在看电影：我的也不能代表真实水平。

梁一凡含泪确认：真的？

有舍友，不在家，在看电影：真的。

确实是真的。

于笙还没来得及复习完，有不少空缺的知识点没来得及补上，题型也只刷了六七成。只能说这次考试运气好，正好全撞在了他复习的范围上。真要遇上那种全面细致的题型，他的成绩至少要比现在低上二三十分。

完美避开了所有重点的梁一凡多少得到了一点安慰，含着泪放下手机。正准备振作起来把晚饭吃完，在他们本校当数学老师的梁母正好拿起手机："有成绩出来了。"

梁一凡手里的筷子哆嗦了一下："这么快？"

梁母拍拍儿子的头："全市一共只有八个选择题全对，先批的他们的，跟你没关系。"

梁母把手机给他看："你看看，文科数学第一148，理科数学第一147，卷子哪儿偏了？"

第七十三章

梁一凡在微信里哭出了一片汪洋。

分数还没都出来，消息不能大范围外传。梁一凡把梁母手机里那两张在教师间传阅的答题卡照片发过来，捶胸质问：笙哥，这是不是你跟琨神！是不是！

于笙的卷子简直不能更好认，当初在七组就让所有人印象深刻，除了他，梁一凡还没见过第二个手写答题卡能写出印刷体风格的。字体规整干净不说，每行都像用直尺比着一样，连两行中间的间距都一点不差。

梁一凡上一刻还稍许安慰的心灵忽然碎成一地：笙哥，你就这么偏没了足足两分吗？！

梁家家风非常轻松平等，梁母得知儿子正在联系这次的文数理数第一名，顺便体贴地拍了拍儿子的肩膀解释，人家这两分不是失误，是因为这种考试的得分步骤会比高考更多一些，阅卷的时候也更严格。换句话说，如果按照高考规则判卷，文数第一的那位小同学答得非常标准，完全能拿到150分的满分。

梁一凡被文数第一的那位小同学刺激得饭都吃不下去，哭得直打嗝，凄凄惨惨地给于笙转述了阅卷老师的鼓励。

于笙道了谢，点开答题卡的照片放大看了看。

文数第一还需要确认一下字迹，理数第一干脆谁都没想过还会有第二个人。虽然靳林琨的字体非常多变，但万变不离其宗，于笙还是一眼就认出了挺眼熟的笔锋。

靳林琨在故事又加入了两条非洲鬣狗和一群大象之后也失去了耐心，低头围观了一会儿聊天，有点纳闷："我又跳步骤了？"

这次的数学难度原本就偏，理科数学比文数又难了不少，中间还有不少陷阱。分数普遍都偏低，选择题平均正确率只勉强过了百分之五十。靳林琨对答案倒是都有信心，被扣的三分只可能又出在了哪个步骤上。

答题卡太大，手机屏幕看起来费力气，于笙上下挪着看了一会儿，差不多弄清楚了是怎么回事。

语数英这些科目文理可以一起复习，于笙复习到哪儿，就把得分点给他标到哪儿。换句话说，靳林琨对题目步骤该怎么写的掌握是完全跟着他舍友的复习进度来的。这次考试题型确实偏，文数还在复习的范围内，理数多少有几道题没在于笙手写得分点的范围里。靳林琨牢记于笙的嘱咐，把自己能想到的需要强调一下的步骤全写了上去。

"感受到你的努力了。"前面的题都答得不错，于笙扫了最后那道超纲的题目几眼，拍拍他胳膊，"关键得分点是你挤满了整个空格之后，没写下的那三步。"

靳林琨："……"

说实话，于笙觉得这些老师能从密密麻麻的一片完全没用的步骤里找到那个小小的二十七又十四分之九，都已经耗尽了毕生的功力。这三分里大概至少有 0.5 分，是阅卷老师捂着眼睛含恨扣的。

两个人都没什么心思看电影，趁着象群咆哮着抢夺水源的工夫，把扣分那道题目简单订正了一遍。

反正整场电影除了他们也一个人都没有，也不用顾虑别人的观影体验。于笙原本也是带了书包过来的，嫌一堆角度说着麻烦，干脆顺手摸出个本子，撕了张纸，给他把得分步骤不厌其烦地写了一遍，简单总结了正常人解题的思路。

靳林琨拿手机给他照着亮，低头认认真真看着他写字。

普通的黑色水笔，一笔一画地落在纸上，有点粗糙的纸面在光亮下能看得到一点毛边，工整的字迹一个接一个地沿着笔尖落定。

于笙的字真的漂亮，不是那种多张扬个性的笔锋。干净利落笔迹清隽，一个连笔都没有，看起来比人还要板正得多。靳林琨已经攒了挺多张算草纸，厚厚的一摞，怕被没收全藏在行李箱里。有时候于笙在阳台背文综，他一个人在卧室里，就拿出来翻几遍。那些解题步骤就都是这么不知不觉全都印在了脑子里，答题的时候稍微一动脑，自动就跟着跳了出来。

再普通不过的刷题练习，身边有格外严格的同伴盯着，所以哪怕多写几步也没关系，哪怕把已经算出答案的思路重新慢下来也没关系。哪怕一切都重新开始，他们各自在不同的学校，重新努力，重新登顶，都没关系。

这是他重新跟着这届高三参加的第一次考试，他要很认真地考好，让小朋友高兴。

"阅卷老师是有智商的，下次这种步骤都不用写上去，不用给老师讲怎么把假分数化成带分数——"

于笙随手把那张图划了几下，边说边抬头，正好迎上正在走神的靳林琨："……"

"朋友。"靳林琨捂着胸口，听着被花豹一爪子拍飞的狮子震耳欲聋的咆哮声，"我在思考。"

于笙抬眸："思考什么？"

靳林琨张了张嘴，原本想复述一遍刚才听见的内容，不知道为什么，一迎上那双眼睛就都忘了个干净："……你。"

其实是个挺欠揍的答案。

可能是对方在说这个字的时候，声音实在太低沉安稳。于笙扫他一眼，抿了下嘴角，没再给他补第二拳。

靳林琨像模像样揉了一会儿胸口，看他没再动手，左手就悄悄挪过来。

"提醒你。"于笙说，"我们看的是一部非洲草原和丛林的纪录片。"

靳林琨茫然："所以呢？"

于笙非常直白："所以你要是想给我糖，最好找个画面上不是一群黑猩猩的时候。"

十五分钟后，电影正式结束。

靳林琨有点郁闷："为什么黑猩猩的篇幅这么长？"

于笙喝完最后一点可乐，拿起两桶没吃多少的爆米花，闻言忍不住牵了下嘴角："大概是因为他们没想到有人趁这个电影塞糖。"

灯亮起来，来收拾放映厅的工作人员开门，等着仅有的两位观影顾客退场。东西有点多，靳林琨依然没能从居然后面半个小时拍得全是黑猩猩的打击里振作，一手拿着刚才用的纸笔，一手拎着于笙的书包，跟他一块儿出了放映厅。

工作人员看着两个还穿着校服的同学，以及前面个高一点的那个手里拿着的、写得满满的算草纸："……"

过了两天，梁一凡在悲伤的间隙注意到，他琨神的微信名终于从乱七八糟的风格改成了稍微正常的[看电影不如学习]。

"不知道为什么。"岑瑞他们几个的学校没在八校联考里，凑在一块儿开了群视频，一起研究这次据说创造了历史新低平均分的卷子，研究到一半就跑了题，"这个名字虽然表面上看起来正常，但和琨神的上一个微信名联系起来，我仿佛感受到了一个悲伤的故事。"

孔嘉禾平时不关注八卦，推推眼镜："上一个是什么？"

岑瑞给他回忆道："有舍友，不在家，在看电影。"

被八校联考文科第一的成绩打击得体无完肤的梁一凡同学捂住眼睛，最先泣不成声："太解气了……"

八校联考文科第一的同学的母校，校长正和几个主任一块儿坐在校长室，捂着腮帮子疼得直吸气。

三中的学生平时一般都不会进入这种考试的前五百名，第一次冲进前五百，居然就拿了个第一。而且和上次九科选择题、更多的是能力筛查的联考不一样，这次是最标准的高考模式，高考题量甚至还是远超高考的难度级别。

主任又把成绩单拿起来看了一眼："702 分……"

校长一张嘴就疼，吸了口凉气，按着半张脸："是，没加错，不用算了，我算了十来遍了。"

语文 138 分，数学 148 分，英语 136 分，文综 280 分。A 市的成绩原本在省内就不算拔尖，三中在里面常年垫底，建校以来，七百分的也就这么一个。这次跨市的八校联考，分数一出来就传遍了全省的学校。

短短一个上午，就已经有十来所本市外市的公办私立学校慷慨表示，他们能为学生提供更好的教学质量，愿意和三中联合培养这样一个前途无量的好苗子。

相比之下，理科那个考了727的状元因为出在省示范，知道注定抢不走，显得没什么人关注了。

主任的手抖了半天，忍不住摸出手机，给学生家长发了一条报喜的短信，把分数也仔仔细细发了过去。文科扣分向来比理科狠，文综分数要提20 分才能和理综比较。主任怕家长不理解，特意强调了情况，又反复嘱咐一定要鼓励孩子，为孩子感到骄傲就要用实际行动表现出来。

学生家长的短信回得很快：谢谢您，我很为他骄傲，他的成绩我们老师已经和我说了，非常棒，我们一定会继续努力。

主任倏地坐直。

三中的独苗苗果然已经有另外的老师了，主任格外紧张，正准备把手机给校长看，学生家长的后面两条短信也跟了过来。

能和他并列成为咱们市文理第一名，我也感到非常荣幸。

我愿意用实际行动表示我对他的骄傲，我们学校已经给假了。作为鼓励，请问您能让孩子暂时放下学习，和我一起再去看场电影吗？

主任攥着手机，看着屏幕上的两条短信，彻底陷入了深刻的迷茫。

第七十四章

被教育处主任迷茫且谨慎地拉到角落，暗示着询问家长是不是有一点精神上的小问题的时候，于笙其实差一点就旷课翻墙去隔壁揍人了。

但校长比他先完成了这项工作。

发现隔壁学校理科第一又在诱拐本校独苗苗的校长气势汹汹，带人跨越了隔壁省示范的围墙，轻车熟路杀进了对面的校长室。

于笙被浩浩荡荡围观的老师们挤在后墙，站了一会儿，摸出手机给靳林琨发消息：**你知道你们学校后墙有个门吗？**

要有梦想：**……**

要有梦想：**现在知道了。**

于笙看着这个人越改越乱七八糟的名字，运了会儿气，抬头看了一眼。

隔壁学校堂堂理科第一正挂在围墙上，单手勾着墙头，摇摇晃晃地，心情挺复杂地看着不到十米外的那扇门，另一只手还在给他回消息。

"思维定式。"被于笙从墙上扯下来，靳林琨拍拍手上的灰尘，理了理衬衫，"很多人都容易陷入的误区，一条路走习惯了，就看不见别的路了。"

于笙问："哪怕两条路其实离了不到十米？"

"时间有限。"靳林琨笑了笑，"着急见你。"

于笙把手揣进口袋里，看了他一眼。

这人好像随时随地的欠揍，然后在不经意的时候，忽然就蹦出来一些莫名戳人的话。

尤其这个人本人又每次都显然意识不到，还在很高兴地围着他转："怎么样，假批下来了吗？"

"批下来了。"于笙点头，"我们校长说了，除了不准跟隔壁省示范的兔崽子一起玩儿，去干什么都行。"

靳林琨脚下一绊。

于笙走得快，回头看了他一眼："怎么了？"

没能实现梦想的靳林琨快走了两步，清清嗓子，试图在被校领导严格约束的舍友身边给自己创造一个合理存在的位置："你们班同学现在想补英语吗？用不用我帮忙？"

他的脑子转得很快，继续发散思维："或者我可以假装园艺工人？替你们学校修剪一下花花草草……"

于笙忍不住提醒："我们校长已经去你们学校了，你再刺激他，明天你们学校可能就被踏平了。"

靳林琨大概也意识到了自己并不适合这种艺术创造类的工作，摸摸鼻尖，暂时遗憾地放弃了有关成为园艺师的理想。

于笙到了教学楼下就没再走，给段磊发了条短信。

靳林琨还是头一次见到这种操作，好奇地跟在边上，仰头仔细看了看。三中同学们逃课早逃出了一套熟练配合的技巧，没站几分钟，楼上窗户就被谨慎推开，一个书包被飞快地扔了出来。

于笙往前走了两步，稳稳捞住了书包："不准学。"

靳林琨刚被同学们无穷的创造力震撼，在备忘录上记到一半，有点失落："不能学吗？"

简单想象了下隔壁规规矩矩的省示范学生往外扔书包的样子，于笙按按额头，决定在两所学校的战火进一步升级之前未雨绸缪："不能。"

段磊他们收拾书包的动作快是快，就是总会丢三落四的忘这忘那。于笙拉开书包，简单检查过里面的东西，抬头看了一眼靳林琨，轻抬了下嘴角："你英语多少？"

靳林琨目光亮了亮："148，他们要不要学？"

"他们不学。"于笙看了看班群，尽职尽责地给他转述，"他们已经被试卷讲评榨干了最后一丝精力，需要回血一段时间，再来接受新知识的洗礼。"

靳林琨有点失落地轻轻叹了口气，正准备再仔细寻找一下有关校园外卖、传单发放之类的兼职，很有些分量的书包已经直接塞进了他的掌心。

"他们不学，我学。"于笙板着嘴角，把那一点儿弧度压下去，"靳老师，有时间吗？"

被严格禁止和隔壁省示范兔崽子一起玩的小兔崽子很听话，确实没有和对方一起去玩儿。

"别这么高兴。"考虑到毕竟还在三中范围内，于笙把人往身边拽了拽，提醒他，"我们是去电影院学习的。"

靳林琨唇角的弧度压都压不住，很配合地点头："学习好，我爱学习。"

"还没下课，能自由活动的老师基本都跟校长去你学校打架了。"

于笙知道他在想什么，扫他一眼，"能不嗲瑟吗？"

"不能。"靳林琨说，"我家小朋友联考第一。"

他说这句话的语气太认真，于笙被他领着，心里忽然轻轻烫了一下。

主任为什么会给靳林琨发短信，于笙其实很清楚。

不只这一条，他在三中这两年，主任已经给他的家长发了几十条短信。

所以哪怕很担心他这次这个家长在精神方面有一些微小的问题，主任依然很操心地把他拉到墙角，压低声音反复跟他强调，他们家大人很替他骄傲，非常骄傲。至于后面那些絮絮叨叨开导他不要太欺负家长的话，于笙其实都没听进去。

他只是忽然发现，自己好像也开始变得有点儿幼稚了。

玩儿文字游戏，找借口出去看电影，虽然学校里确实连半个人都没有，但毕竟还是在大庭广众下一起瞎晃荡……

还有知道具体分数的时候，忽然就冒出来想要找这个人说，想要看他的反应的念头。

那种幼稚到不行的、克制不住、满涨在胸口的雀跃。

于笙吸了口气，扬扬嘴角正要说话，目光忽然落在校门口的布告栏上。

教务处主任没跟着去打架，提了桶糨糊在刷喜报。

热烈恭贺我校于笙同学、隔壁某校靳林琨同学喜获八校联考文理状元。

靳林琨对三中的庆祝方式叹为观止："我们学校连姓名都不配有吗？"话虽然这么说，他还是很利落地摸出手机，找了个合适的角度，及时给这张喜报留了个影。

于笙忍不住按了按额头："准备拿回去给你们校长看？"

"自己留着。"靳林琨飞快修图，把多余的内容都裁掉，只剩下"于笙同学、靳林琨同学"几个字，把手机递给他，"看。"

通红通红的大红纸，毛笔沾了浓墨写的字，铁画银钩气势十足。

两个人的名字，肩并肩地挨在一起。

于笙忍不住牵了下嘴角，顺手把他的手机按回去，朝注意到两个人的教务处主任问了个好。

三中和学生最近的就是教育处和教务处，教育处主抓学生们各类处分端肃纪律；教务处主任主要负责各项基础事务，兼职在各个地方贴通知禁令。贴了这么多年的"禁止打闹""不迟到不早退""学校的树喷了药小兔崽子们不准偷吃槐花"，还是第一次贴这种内容的喜报。

教务处主任平时都板着个脸，努力了几次，朝于笙露出了个生硬的笑

TALK TO ME　　055

容："好孩子，明年六月份，能不能让老师再过一次瘾？"

靳林琨站得有点远，看着于笙收敛起全部冷淡戾气，规规矩矩地跟老师答应保证明年六月还把两个人的名字写在一块儿，心底也跟着悄悄软下来。

软得一塌糊涂。

于笙送走了教务处主任，回来看他又在莫名其妙地自己高兴："笑什么？"

"没什么。"靳林琨揉揉他的脑袋，一笑，"就是高兴。"

于笙扫他一眼，把头顶的手毫不留情拍下来。不知道为什么，嘴角也跟着不知不觉地扬了起来。

电影是梁一凡他们投票决定的。夏令营的同学们非常仗义，为了保证琨神和笙哥的观影体验，离得近的两两结组去刷了一遍电影，把适合吃爆米花、适合走神、适合递可乐的时间点都给他们琨神标了出来。

这两天刚上映的、没在上一批剧透的电影里，影评普遍不错，评分挺高，有点温馨有点燃的轻喜剧。

进影厅之前，七班的班群短暂地炸了一会儿。倒不是因为于笙拿了个状元，大概是由于整个七班对于笙一直有过于盲目的信任和崇拜，所有人在得知于笙拿了这次联考的文科状元之后，都显得十分平静。反倒是其他班都被吓得不轻，一批人一批人地往七班挤，想近距离接触一下真实的学神气息。

"笙哥拿状元有什么不对吗？"姚强揉揉脑袋，"我一直觉得笙哥就是跟我们一块儿渣着玩玩的。"

班长深有同感，点点头："我觉得笙哥能把他的实力拉到和我们同一水平这么久，真的已经很努力了。"

段磊经过这么长时间的荼毒，也已经接受了他笙哥既没装芯片也没被催眠，就是释放了个小宇宙的事实："你们说我从明天起每天拜一拜笙哥，能保证我有他这个分数的零头吗……"

老贺原本还准备教育同学们不能因为某一个小伙伴成绩好就孤立他，在边上听了一会儿，放下了心，笑眯眯转身出了班级。

状元的事轻飘飘一掀而过，七班人更关心的是班长和体委去交报名表的时候，无意中看见对尹梅的处理通知。

当时尹梅在考场找茬，于笙回来没跟别人说。但毕竟一个考场的人都看见了，隔了不到一天，八卦就传到七班同学耳朵里，气得一群人差点就去教育局上访。后来听说已经有人把举报信交上去了，学校校长也出来公开承诺一定会严肃处理，他们班才勉强把火气压下来。

"处分已经下来了，肯定免职。"班长压低声音，给班里同学通气，"一班英语老师已经换了，还有职务交接什么的……就是这两天的事了。"

这事不方便说得太张扬，一群人转战班群，转眼聊得热火朝天。

班长：你们没看见，尹梅从笙哥的成绩单边上路过，那个表情……

体委：眼睛都快瞪出来了，还跟咱们年级组长说，笙哥这个英语啊，还有提升空间啊，她是咱们学校教学水平最好的英语老师，可以帮忙提升成绩……真不要脸。

体委：结果咱们老贺特别耿直，直接跟她说笙哥有家教，家教水平也特别好，英语能考148。

体委：当时真应该拿手机照一张的，真过瘾。

段磊：活该，这种人早就应该走了。

终于盼到了尹梅罪有应得，一群人解气地发泄了半天，姚强忽然想起个问题。

姚强：那什么……尹梅都罪有应得了，咱们英语平均分赶超一班的事怎么办啊？

姚强：就——还学不学？反正都报仇了，该走的也走了……

电影演到一半，于笙瞥见手机上的消息，把屏幕调暗，侧身往靳林琨这边躲了躲。

靳林琨抬手，替他挡着光："在聊什么？"

于笙随口回他："你会不会失业。"

靳林琨对这个问题很敏感，扬扬眉峰，弯下腰凑过来，跟他一块儿看了看正飞快刷屏的消息。

姚强这个问题一提出来，就被一个班的人狂风暴雨地训清醒了。

段磊：我真想用脚踢你的屁股。

体委：废话，当然学。

班长：醒醒，咱们要争口气，是为了争给那个垃圾看的？

于笙的分数严重影响七班普遍均分的计算，被班长毫不留情地刨了出去：不仅要超，这次还要多超，得把笙哥跟老杨的平均分去掉不算！

学委比班长清醒一些，算了算分数：班长，有一句话我不知当不当讲……

班长：不当，憋着！

学委飞快地安静下来。

班长：尹梅走是因为她人品有问题，她已经自己证明了。我们不是烂泥，我们也得自己证明这件事。

班长：先拼，学到不能学了，学不动了，再说自己的极限在那儿。

班长：就这么一次高三，我不想将来回头的时候，后悔我当初为什么不努力。

班级群短暂地安静下来。

靳林琨也以补课老师的身份混进了他们班群里，也把屏幕亮度调到最低，飞快敲着键盘，替一群重新燃起了斗志的小同学们鼓劲助威。

于笙牵了下嘴角，向后靠进座椅里，抬头看向荧幕上变幻不断的光影。

学习永远不可能代表一切。

老万跟他们说过，进入大学之后，会有更多更现实的问题出现在生活里，也会有更多新奇的、完全不同的体验，完全不同的喜怒哀乐、苦辣酸甜。

但毕竟还有那么一段时光，是被学习占满了的。

异常单纯的、好像就只有那么一个最简单的目标的，跌倒了拍拍就能爬起来的，一次又一次撞了南墙也不回头的。

纯粹而炽烈的时光。

靳林琨结束了鼓励发言，放下手机，侧过头看他。

电影院漆黑，放映机就在身后不远的位置嗡嗡运转。光线远远落在屏幕上，映着飞舞旋转灰尘，投出一道温柔的光路。

男孩子的眼睛亮，迎着落下来的光，像是盛了条灿烂星河。

第七十五章

"这是个挺好的发展啊!"

梁一凡觉得故事到这儿都完全没问题,有点纳闷:"所以为什么后来会变成他们俩又刷了三遍那部电影?!"

"三刷的时候我没能坚持下去,不知道后面发生了什么。"最近刚考完一波竞赛初赛,特意赶过来全程护航、一直坐在电影院角落负责处理意外情况的岑瑞托着下巴,仔细思考,"二刷大概是因为他们俩玩手机聊天的时候,那段剧情笙哥没看见。"

于笙看电影就很严格,要么干脆一整部电影都不仔细看,看完之后完全不能在脑海里留下成型的印象,要么就必须看完全程,一个镜头都不能错过。因为两个人之前选择的电影题材都不是那么合适,所以靳林琨也没想到会发生这种意料之外的情况。

可是小朋友认真真看电影的时候,被光影勾勒出的鲜明侧脸,又实在太好看,好看得叫人忍不住想拽着说两句话。

于笙忍了他三场,终于在第四场很干脆利落地把人塞在影院外等候区的按摩椅上,自己买票进了电影院。

梁一凡感慨:"惨绝人寰。"

岑瑞:"闻者伤心,见者落泪。"

夏俊华记笔记:"所以这个故事是告诉我们,要看电影的话,应该全程不打扰朋友,一起一个画面不落地看完吗?"

夏令营的群视频短暂安静了一瞬,梁一凡隔着屏幕虚拍了拍他的肩膀,好心点头:"对。"

刷电影就刷到了半夜,第二天于笙破例趴在桌子上,补了两节课的觉。

他的卷子基本不存在基础性知识的失分,各科老师都默认他该干什么干什么。一向大嗓门的历史老师没注意音量,还被自家课代表悄悄举手,表示近期流感盛行,为了保护各科老师的嗓子,大家都愿意在听课的时候更安静一点。

在整个七班爱的护航下，于笙顺顺利利睡了两节课。

然后在第二节大课间起来补充牛奶小饼干的时候，接过了体委屏息凝神双手呈上来的广播操表演名单。

"你们帮我看着一点。"体委屏息凝神，不着痕迹地给其他人打手势，"有任何生命危险立刻通知我。"

毕竟于笙的座位就在窗户边上，虽然大家平时都是好兄弟，但体委依然担心他笙哥会忽然变身，把他像书包一样单手从窗户扔出去。

七班对于笙这种爱戴掺杂着敬畏的复杂情绪引起过不少外班人的好奇，隔壁班体委看见七班体委从晨练就开始祷告，忍不住问他："你们不是都很喜欢你们班大佬吗，为什么还这么怕他？"

"这不一样。"七班体委非常严肃，"你爱你爸爸吗？"

隔壁班体委茫然："爱，这有什么关系吗？"

七班体委拍拍他的头："你敢让他穿着草裙上台扭屁股吗？"

生动形象的比喻立刻让一群体育生感同身受地打了个激灵，不约而同地远离了仿佛已经英年早逝预定的七班体委。班长硬是咬牙请假了三天，重担落在了体委身上。伸头一刀缩头也是一刀，体委在做好了全面的交代，详细安排了自己身后有关英语练习册等各项财产的分配之后，终于鼓起勇气，把报名表递了过来。

结果他笙哥不知道是没睡醒还是睡醒了但是没看清楚，拿过名单扫了一眼，平平淡淡："行。"

体委瞬间惊了。

虽然领操既不需要穿草裙跳舞，也不需要扭屁股，但三中是一所历史悠久并且革新意识非常弱、珍惜传统、非常不与时俱进的学校，到现在上课铃还是刺耳的老式小锤砸铁片，放学静校的铃声还是萨克斯的《回家》的那种。换句话说，就是他们到目前为止的广播操，依然还是那套支配了一代人的、赫赫有名的《时代在召唤》。

一上来就要做个仿佛"大海啊都是水"的动作的、中间包括了神秘的冲拳踢腿、空气蛙泳和僵尸跳，完全不能理解编操人心态的那套《时代在召唤》。

虽然本意就是来说服于笙同意领操，但对方答应得实在太快，反而让体委有点不知所措："笙哥，你看到了吗？最上面一排的……"

"看见了。"于笙点点头，"我领操。"

"怎么办。"边上的男生看着套了件明显大了一号的外套、喝着牛奶吃着小饼干的笙哥，有点忧愁地搭住段磊的肩膀，"我觉得我们笙哥好像和以前有一点点不一样了。"

段磊把他的眼镜摘下来,抽了张纸巾草草擦了两下,戴回去:"仔细看。"

男生更忧愁了:"完了,我们笙哥好像和以前特别的不一样了。"

最后还是老贺替同学们解了惑。

第三节课是语文课,老贺提前来了五分钟,发现同学们都凑在窗户边上,也拎着电脑好奇地凑了过去,跟着一群人听了一会儿:"于笙同学,你会做咱们这套操吗?"

整个七班短暂的寂静里,于笙放下牛奶盒,摇了摇头。

刚来三中的时候,谁也不敢跟他一块儿做操,就给了他个不用出操的值周生名额,主要工作是利用课间操时间检查各个班级的卫生情况。后来重新分班,这个名额也没收回去,就一直挂在了教育处。

于笙懒得细察,基本每周都随便填个9.8、9.9的分数交上去,课间操要么在教室里补觉,要么翻墙出去透个气。两年下来,他还从来没仔细看过每天群魔乱舞的课间操正版应该是什么样。

老贺对这种情况早有预料,不紧不慢地把电脑打开。

看完老贺利用课前时间给大家播放的《第二套中学生广播体操:时代在召唤镜面示范版》之后,整个班级久久不能出声,提心吊胆地看着他们笙哥扶着额头,徒手硬生生捏断了支涂卡的2B铅笔。

"勇于承担是很好的品质。"老贺笑眯眯补充,"于笙同学有着强烈的集体荣誉感,在班级需要的时候站出来,正好契合了《出师表》里的'受任于败军之际,奉命于危难之间'——这里是重点,同学们记一下,这一篇文章都是咱们的必考必背内容……"

眼睁睁看着班主任熟练地亲自示范什么叫上屋抽梯,七班同学飞快低下头,把笔记本翻得哗啦啦响,埋头苦记认真得不行。

"说真的。"姚强忍不住,压低声音跟段磊交流,"我虽然每天都在做这套操,但是没想到原来看起来这么神经病……"

段磊目视前方,坐得异常标准:"上课不要说话。"

两个人一直都是上课偷偷传零食的好伙伴,姚强有点愕然:"你什么时候这么听话了?"

性命攸关,段磊显得冷淡而冷酷,岿然不动:"你往我左边看看,数数那根铅笔已经断成了几段。"

姚强:"……"

才意识到自己要领个什么玩意,于笙坐在窗边,头上的低气压一直盘旋到了义务的英语补课老师过来讲卷子。

靳林琨大概了解了情况，放下教案，坐在同学们中间："必须跳这一套操吗？"

"倒也不是，就是别的也没人会了。"体委摸了摸后脑勺，"我们一直做的都是这一套……省示范做的哪套？我们能学习一下吗？"

靳林琨有点歉意地笑了笑："我们跑操。"

话题再一次陷入了僵局。

明天就要开运动会了，今晚的晚自习谁也没心思上。老师们早都默契地回了办公室，隔壁几个班幸运地没被抽到表演广播操，都在闹哄哄地放电影聊闲天，为接下来长达五天的运动会酝酿气氛。

靳林琨坐在同学间，看完了于笙他们班班主任留下的课间操示范视频。

"不好笑吗？"姚强茫然地看着依然沉稳的代课老师，"难道是我们把这套操的性质想象得太严重了？"

体委升起一丝希望："说不定这是个坎儿，等我们成了成年人，就不会觉得这套操太扯淡了。"

学委推推眼镜："这个坎和年龄这么息息相关吗。那我们要不要抓紧时间先成一下年，也许就能顺利接受这个设定了……"

没等这几个人探讨出结果，低气压盘旋了一下午的于笙已经霍然起身，把沉稳成熟已经成年的代课老师单手拎出了教室。

姚强揉了揉鼻子："我刚才觉得一阵杀气刮过了我的鼻尖。"

"强烈凌厉的罡风。"历史课代表收起书包，"至少已经到了化境期了。"

体委有点忧愁："我们用避一避吗，这幢楼一会儿会不会不复存在？"

有点沉闷的扭打声遥遥从走廊传进来，段磊手搭凉棚，撑着桌沿往外看："往好里想，我们的笙哥还是没有被牛奶和小饼干泡软了心志的……"

楼梯间里，靳林琨抱着还没被牛奶和小饼干泡软的舍友，手动一下接一下顺毛撸后背："不好笑不好笑，其实挺帅的。"

于笙："那你忍住三秒钟不笑。"

"……"靳林琨："噗。"

于笙干脆利落地又把人撂了出去。

"朋友，朋友。"靳林琨一手攥着一边手腕，半圈着把人贴在墙上，"还有转机，我们还可以找一套比较正常的操来做……"

毕竟夏令营的好朋友范围囊括了整个省，不信找不到一套稍微正常那么一点的课间操。

这人每次还手都不正经，要么就是仗着身高优势把他圈在墙上施展不开，要么就是仗着力气大抱着他不放。于笙不是撂不开他，但也不想在这儿给人个背摔，向后贴在墙上："跟你有什么关系？"

非常硬气，一点儿都看不出之前还问他要不要来运动会玩儿。

靳林珉攥着他的手腕，眉峰微扬，低头："不让代课老师来看？"

于笙抿了抿嘴："内部资料，不让编外人员入场。"

广播操表演历年都是个传统表演项目，老师们也从来不肯放过这个机会，每次都把连主席台带观众席挤得满满当当，有的甚至还举着照相机录像机，毫不留情地替同学们继续下精彩的一刻。

不然老贺也不会这么看热闹不嫌事大地把他忽悠成了领操。

简直没有人性。

他现在一想起那部操的动作就头疼，偏偏记得还异常清楚，稍微动一下脑子，就能脑补出自己领操的画面来。

于笙深吸一口气，认真思考起了到时候究竟是戴口罩还是墨镜，或者干脆两个全都装备上。

靳林珉落下视线，轻轻笑了笑。

男孩子语气异常冷淡，耳朵也红，嘴角绷成一条直线。偏偏哪怕烦成这样，也没拒绝跟一群人在一块儿跳那个蠢到不行的课间操。叫人哪怕只是看着，心里都软得不成。

靳林珉看着他，唇角扬了扬："那家长呢？"

于笙抬起眉，抬头迎上他的视线。

"家长。"靳林珉亮出教育处主任发来的短信，镜片后的眼睛弯了弯，认认真真提问，"让进吗？"

第七十六章

没过多久，被七班同学们猜测了半天会缺胳膊还是断腿的英语老师就和他们笙哥一起，平平安安地进了教室门。

不知道为什么，段磊还觉得他们笙哥好像有点红。

"可能是光线的原因。"姚强也有同感，拉开窗帘看了看外面红彤彤的火烧云，"你看，今天的云彩像不像我们学校食堂的西红柿炒鸡蛋。"

他们班学委听见这个比喻，忍不住插话："能不能有点出息？"

"不能。"姚强揉揉肚子，"食堂的饭菜不能养育我，今天打饭阿姨的手抖得我以为我出现了幻觉。"

食堂在历代三中学子们心中都有着难以撼动的地位，每个食堂阿姨都能把勺子抖出残影。肉菜也就算了，反正也没有肉，一勺西红柿炒鸡蛋都能抖掉半勺子的鸡蛋，最后打进餐盘的全是酸甜可口的西红柿。红彤彤一片，能找到一块鸡蛋都得立刻拿出手机合影留念发朋友圈，下面一群人排着队争先恐后蹭欧气。

所以三中的运动会从来都无比热闹、能够凝聚同学们的原因，其实也不光是因为他们是偏向体育艺术类的高中，更因为运动会那几天食堂有运动员餐。

窗口有专人记录，只要凭参赛的号码布就能打一份，有菜有肉，米饭不限量，吃完了还能盛。虽然其实也就是后街十块钱一份的盒饭水平，但能从学校食堂吃到带肉的饭菜这件事本身，依然无限调动了同学们的积极性。

"运动员餐到时候有专人帮忙领，不用自己去。大家都记着把装备带齐。带手机打游戏的在锁屏上放一张学习资料的照片，越复杂越好，带小说的记得包个书皮。"生活委员给大家念叨注意事项，拎着一袋子空白号码布找于笙帮忙，"笙哥，你字好看，这个能帮忙写一下吗？"

于笙点点头，把花名册跟号码布接过来。

靳林琨也很想帮忙，又要了支黑色记号笔："我写一点儿？"

有关"家长让不让进"的问题其实没能得到一个明确的答案。于笙差点儿顺手把人一把扔出去，又因为楼梯间直接动手抢人实在太危险堪堪刹住之后，就直接拎着他一路回了教室。

"要不我借套三中校服。"靳林琨攥着笔酝酿着标准的正楷，工整地对着花名册往下抄名字，低声跟他说话，"我发现了，只要我不穿衬衫，他们就发现不了我……"

于笙写了两笔，嘴角轻抬起来："不用。"

不等靳林琨再说话，他已经重新低下头，写完了手里那张号码布，叠在桌上："我接你，进得来。"

靳林琨目光亮了亮，忍不住牵起唇角，凑过去："那我跟你坐？"

省示范的运动会非常麻烦，靳林琨参加过两次，依稀记得要求："你们有精神文明评比吗，用不用戴帽子？白手套？需要什么装备，我按照要求提前准备一下……"

于笙压了压嘴角，还是没忍住弧度，拿着记号笔在他手腕上顺手画了个表，仔细看了看，又补了个秒针："行了。"

在边上围观了两位七百分以上的大佬的段磊："……"

"来来，班干部都过来集合一下，课代表也算。"班长在得知于笙同意领操之后，就悄悄从后门溜进了班级，正在周密地部署运动会前的准备工作，"一半人今晚跟着生活委员采购，剩下的明天跟我去观众席占位置。六班那帮人老抢咱们的地方，这次一定不能让他们得逞……"

所谓的观众席，其实就是操场边上那一圈水泥台阶。因为四周的建筑环境不同，有遮阳棚或是挡板横幅的位置就会引来不少人的觊觎。每逢运动会，能不能用防潮垫和塑料绳划出一片带阴凉的位置，就成了每个班的班干部较劲的主要内容。

"遥想当年，高一的那场运动会，我们还是早上七点去占位置的。"学委高一就和班长一个班，拿着便签记时间，一边感慨，"时光荏苒，岁月如梭，幸亏我们的高中只有三年。"

体委刚定好闹钟，茫然抬头："为什么幸亏只有三年？"

"因为高二的时候，我们就变成了早上六点。"另一边和班长同班的生活委员拎着笤帚补充了一句，拍拍体委的肩膀，"根据等差数列，如果你恰好复读了一年，班长也恰好复读了一年，那你们就会在凌晨四点杀向观众席。如果你们恰好一起复读了五年，班长可能会带着你去操场打地铺……"

话音没落，生活委员就被体委和班长追着一通暴揍。

"呸呸，不吉利不吉利。"生活委员也才想起他们已经高三了，连呸两声,举手郑重改口,"我愿意一年不吃芒果,换班长和体委绝对鹏程万里,一年就考到自己想去的学校。"

体委这才满意,刚坐回去,班长又扑过来继续揍他:"扯淡,你芒果过敏,本来就吃不了芒果!"

生活委员被勒着脖子,扑腾着胳膊,从善如流重新改口:"我愿意一年吃葡萄不吐葡萄皮……"

平时都是过来就直接讲课,今天估计也没人听得进去。靳林琨边写边听着七班同学不着边际地闹,忍不住又轻轻碰了碰于笙的手背:"你比的什么?"

之前一直在想事,没听众人聊天,于笙缓了下神才反应过来他在问什么:"标枪。"

靳林琨手一顿。

在问之前,他其实想过挺多可能。比如跳高跳远,他可以去帮忙拿个衣服,找准时机照个相。比如拔河,他可以去帮忙晃晃旗,喊一喊号子。比如三千米,他可以去陪陪跑,帮忙递个水,在终点线给于笙一个热情的拥抱。

"……朋友。"靳林琨清清嗓子,"在你这个项目里,我好像没能找到可以存在的位置。"

于笙扫他一眼,忍不住牵了下嘴角:"用不着。"

大概是看他失落得太厉害,于笙靠在西红柿炒鸡蛋似的晚霞里坐了一会儿,摸了一颗糖塞进了他掌心。

"用不着。"少年背着光,好像刚刚才彻底消化了对方会来这个事实似的,隔着颗糖在书桌桌膛里拍拍他的掌心,嘴角的弧度被阳光拢得近于温柔,"我就在那儿,你一抬头就看见了。"

在靳林琨的奶糖攥到开始需要考虑化了会不会黏手的时候,他们班体委正好一头撞过来,磕在于笙桌角:"笙哥,是是是这样的,大家在讨论你开幕式举牌的时候穿什么……"

送命题一个接着一个,体委被一群人"死一次和死两次有区别吗"的理论强行绑架,少数服从多数地再一次被扔了出来。

体委是闭着眼睛过来的,磕磕巴巴问完了话,才觉得窗户边上这一小块儿的气氛有点不对。

他张了张嘴,看着眼前的两个人:"笙,笙哥,你们——"

"没事。"靳林琨很从容,摸出那块糖,剥开糖纸放进嘴里,"他扔标枪,我们在练习握力。"

有理有据，体委信了。

三中的运动会没有那么多的要求，也不评比什么精神文明班级。就是为了让开幕的照片照得气势恢宏一点，要求走队列的时候除了举牌都得统一穿校服，接下来的四天爱穿什么穿什么，学校不做统一约束。作为唯一能彰显每个班级个性风采的部分，举牌的同学穿什么服装这件事就变得异常重要起来。

"最好能亮眼一点，特立独行，不落俗套。"班长叼着支笔，沉思着建议，"可以体现出当代中学生活泼、热情、充满阳光的一面。"

七班同学鸦雀无声，心情复杂地盯着他保持沉默。

"虽然我觉得可能会死，但我还是想问一句。"姚强颤巍巍举手，"班长，你知道咱们班举牌的是笙哥吗？"

班长挺开心："知道啊。"

好好的人就这么疯了，姚强不忍心地看着他："你觉得你说的这几个词，有一个能组成'×××的笙哥'这个句式吗？"

班长在于笙冷淡的目光下打了个激灵，重新清醒过来，飞快换了攻略："体现出当代中学生潇洒、冷酷、宽大为怀，不杀人灭口的一面……"

靳林琨含着那块糖，嚼了两下，念头停在前面那一套形容词上，脑海里忽然浮起了个已经过去挺久的画面。

他还在抄着号码布，正好抄到于笙的名字，一笔一画认认真真写着"于笙"两个字，下意识开口："我觉得——"

七班同学们目光纷纷一亮，一齐看了过来。在全班人的殷殷注视下，他们英语代课老师轻咳一声，抬起手里的笔，迎上于笙冷酷无情杀人灭口的目光："我觉得……运动服，就很合适了。"

第七十七章

被迫屈心抑志，没能提出自己审美观的代课老师多少有点失落。

七班同学当然也看出了他过于明显的欲言又止，但在强烈的求生欲支配下，没有一个人敢过来细问，庄严肃穆地目送着要回家的走读生大佬拎着人出了教室门。

"运动服，就定运动服。"清醒过来的班长打了个激灵，抬手抹干净冷汗，"不论刚才有脑补什么的，都立刻收起你们的想象。"

"我想的就是衬衫啊。"生活委员过去拿号码布，好奇抬头，"班长，你想的什么？"

班长："……"

"号码布写好了吗？都来领，别弄丢了，明天还得换饭的。"班长咳嗽两声，话题异常生硬地转了个方向，"明天都带点吃的，坐垫不用带，根据运动会求雨定律，带着点雨伞……"

号码布明天检录登记要用，于笙和靳林琨是写完了才走的，整整齐齐两摞，就放在桌上。两个人的笔迹干净利落，一摞挺峻一摞潇洒，刚被生活委员拿过来，就被众人争抢着翻了一遍。

"这是我的名字被写得最好看的一次了。"姚强被强制填报了三千米，眼含热泪，抚摸着笔力遒劲的号码布，"上次也有一张笙哥给我写的号码布摆在我面前，我没有珍惜。这次我一定好好描下来，每天练上十遍……"

"别想了。"段磊毫不留情地打击他，"你听说过画虎不成反类猫吗？"

相比于其他科目来说，姚强的语文还算不错，仔细想了想："不是类犬吗？"

段磊："就你那个毛线团的字，还想类犬？"

老贺正和教育处主任聊天，上楼的工夫瞟见自己班的姚强同学追着段磊同学飞驰而过，一个侧身飞快挡住了教育处主任的视线。

主任有点茫然："老贺，怎么了？"

"你看。"老贺沉稳地搭上他肩膀，指了指窗外已经暗淡下来的天色，

"今天的云彩像不像我们学校食堂的紫菜蛋花汤。"

连着上了一个月的课，月考后难得的放松间隙，又连着十一假期。不光是马上要迎来运动会的三中，几乎所有的学校都不着痕迹地放松了对学生们的管制。

靳林琨拉着于笙上了一辆公交车，准备去找个商场给小朋友采购点儿运动会的零食的时候，都被浩浩荡荡穿着校服的学生给惊了一下。

"平时也有这么多人吗？"靳林琨单手拉着人，往稍微不那么挤的地方站了站，"要不干脆不回家吃了？一会儿想吃什么，在外面吃完再回去……"

买东西用不了多少时间，等学生放学的时间过去，紧接着就是下班通勤，多半还是客流高峰期。与其再这么跟着从三维挤成二维，还不如在外面吃一顿。

于笙对在哪儿吃向来没什么意见："随便——"

话没说完，正赶上到站停车，整车人都跟着站不稳地晃了两晃。

早晚高峰的公交车容量是无限的，车上的人已经挤得没处落脚，前门还是艰难地又挤上来了几个人，车厢里转眼又比刚才显得喘不上气了不少。

于笙站的位置靠窗，往后退了退，想让靳林琨过来一点，对面的人已经熟练地把他往身前扯过来，一手越过他，撑在了窗边的护栏上。

挤得透不过气的车厢，被宽展的胸膛手臂撑出了个不大的空间。

然后就连四周的人声也好像没那么喧闹嘈杂了。

于笙抬头，看向靳林琨镜片后的眼睛。

这种场景其实已经不算少见，尤其这人不由分说住进家里之后，每天一起上学放学，也不是第一次遇上人挤人的公交车。于笙早差不多习惯了，也并没觉得这次和以往哪次不一样。

家里还有人，一块儿出去买东西，商量着晚上在哪儿吃饭，什么时候回家……再平常不过的事，平常得几乎让他都忍不住，生出了点儿有关于未来的、触手可及的念想。

"火锅？"靳林琨还在认真寻找晚饭的选择，"烤肉也不错，或者先找个咖啡店……"他还在盘算，男孩子微凉的手指忽然擦过耳侧，又落下来。

于笙把一个耳机塞进他耳朵里，又把人往自己这边扯了扯："随便走走，吃什么都行。"

耳机里还是熟悉的钢琴曲，靳林琨笑了笑，低头要开口，话头忽然轻轻一顿。

拥挤的人群里，于笙捞过他被画了个表的那只手，抬起头："哥，大学挑好了吗?"

直到下车,靳林琨脑袋里都还在乱窜着高校排名单,甚至还想拿起手机改个微信名。于笙顺手没收了他的手机,拎着人趁绿灯过了马路,就近进了一家商场。

运动会是一种有着神秘诅咒力量的古老仪式,具体主要表现在每逢运动会,无论原本多晴朗、多阳光明媚,也一定会在开运会的头一天甚至当天出现神秘的降雨现象。太阳落山那会儿天明明还晴着,坚持到现在还是没挺住,在路上就开始往车窗上飘雨点。两个人前脚进了商场,外面的雨就已经开始噼里啪啦砸窗户了。

刚挤了通公交车,于笙还没什么胃口。靳林琨也没急着找地方吃饭,给他买了个冰淇淋,先领着人进了超市。

于笙对运动会居然还得买吃的这件事其实很没概念:"都得买什么?"

"水,糖,巧克力,薯片,饼干……"靳林琨随口给他数,"你以前都不买吗?"

挺多中小学都利用十一假期开运动会。他们边上过去了一家三口,小男孩歪歪斜斜系了个红领巾,被爸妈拎着不准到处乱皮,也在踮着脚熟练地要零食要饮料。不大的小男孩,语气非常横:"我要这个,爸爸,快给我买!"

声音有点大,于笙下意识往旁边看了一眼,摇了摇头。

靳林琨胸口闷了下,牵着小朋友,把人往身边拉了拉。

没等念头压下去,被他牵着的小朋友已经继续出声:"一般不买,不然吃不过来。"

靳林琨:"……"

没办法,毕竟于笙在三中威名赫赫,平时靠他罩着的小弟们没什么机会交保护费,纷纷抓住了运动会这个难得的表现机会。每次开运动会,于笙都会收到一堆莫名出现的牛肉干、罐啤、鱿鱼丝、士力架,偶尔还会出现一些粉色系的棉花糖和巧克力,也不知道是哪个小弟这么少女心。

七班经常靠于笙的投喂,谁没吃的了就来摸一把,过得十分滋润。

靳林琨揉着额头听了一会儿,还是忍不住笑出来:"也太厉害了……"

"都是瞎胡闹。"于笙其实没把这些当回事,一样样看货架上面的东西,"打打杀杀的,没什么意思。"

他来超市的次数不多,有什么要用的直接随手在后街小卖部就买了。偶尔逛逛超市,也是买菜买米面粮油,还没怎么逛过零食玩具区。

一方面是没这个需要,另一方面也是有点沉重的校霸包袱。

当校霸的,逛逛烧烤摊网吧都正常,在一堆花花绿绿的零食玩具里出现，被人看见了容易有损威严。

靳林琨刻意把脚步放慢了点，又找了个手推车给他推着过瘾，侧过头。

于笙眼睛睁大了就显得圆，看起来异常乖，校服领子竖起来，拉链拉到最上面，有点好奇地认真看着一排排货架。

微仰着头，喉结的凌厉线条被衣领掩住，单手扶着手推车，前前后后地来回试着推。

一点儿戾气锋芒也没有的、干干净净的男孩子。

靳林琨没来由地想起了那天考试前，于笙在后墙外打的那场架。

说是打架，不如说是单方面的教做人，出手凌厉干脆，力道毫不留情，看得出是专门练过的，拳拳带风狠得吓人。

明明是双能把钢琴弹得异常温柔的手。

在三中教育处的时候，主任对于笙家长的意见大得不行，攒了两年的话全唠叨在了他身上，恨铁不成钢："光看见孩子爱打架，要是有家长帮他出头，用得着他自己跑出去跟人家玩儿命吗？他不想拉着家大人打上别人家门口吗？"

……

于笙挨着看了一遍摆着各式各样玩具的货架，回头发现身边这个人又在日常出神，抬手在他面前晃了晃："又想什么了，没带钱？"

"……带了。"靳林琨回身，笑了笑，"在想我舍友真好。"

他觉得现在的于笙就很好。身手厉害有什么不好，能打架有什么不好，小朋友学习又好打架又厉害，除了有点儿爱揍他这一点稍微有点让人头疼，明明就哪儿都特别好。

于笙没跟上他的感慨，有点莫名地扫了他一眼，顺手从货架上拿了个恐龙模型系列的玩具，学着见到那个小男孩："那我要这个，快给我买。"

靳林琨："……"

还有就是看到什么都要学习一下，而且还原度居然还有点高的习惯。

也有那么一点让人头疼。

于笙就是想逗逗他，自己没绷住先笑了出来，顺手把那一盒塑料的恐龙模型放回去："行了，逗你的。"

他也没弄清楚靳林琨怎么就忽然有心事了，扶着手推车，弯着腰看了看："心情好了吗？"

靳林琨愣了愣。

少年的眸光漆黑清亮，无遮无碍地落在他眼睛里。

眼底微微蕴起的一点涩意被顺利压下去，靳林琨忍了一会儿，还是跟他一起莫名其妙笑出来，抬起眼镜揉了揉眼睛："好了好了……特别好了。"

于笙对超市的各个功能区还不熟悉，靳林琨及时把念头驱出脑海，认认真真拉着于笙逛了一遍超市，并且毅然忽略了于笙的抗议，买了好几袋薯片雪饼小小酥。一大袋子拎出超市，满满当当塞进了一楼的寄存柜里。

"我吃。"靳林琨毕竟也要出席运动会，举手保证，"不浪费，我都能吃。"

膨化食品不占地方，靳林琨反复保证了几次，好不容易说服于笙勉强相信，没再强迫他站在门口把一堆幼稚的零食分给刚进商场的小朋友。

两个人逛了一遍商场，吃了顿饭，又在商场里逛了第二遍，找了个咖啡厅，一起刷了两套卷子。好不容易等到了雨停，已经两三个小时以后的事了。

公交车大概都已经停运了，靳林琨让于笙先叫车，自己回超市储物柜拿一趟寄存的东西。去的时间有点长，于笙以为这人又迷失在了超市的什么地方，差点去商场的广播台发个寻人启事。

"绕了个圈子，路线有点长。"回了家，靳林琨先简单整理了东西，满屋子绕了两圈，该进冰箱的进冰箱，新买的几套衣服也放进洗衣机里简单过水，"朋友，其实我觉得这个连体睡衣……"

"不可能。"于笙简洁明了地掐断了他的念头，顺便把他非要买回来的那两套老万同款演出服捞了出来。

靳林琨有点失落："可是我买它们的时候，你看起来并没有太明显的抗拒，是因为你已经渐渐开始接受它们了吗？"

"是因为你的眼睛都快长在上面了。"于笙不太想回忆当时的画面，按按额头，"不能一起洗，这个掉毛……算了，我来，你快去冲澡。"

虽然没怎么淋着雨，可秋雨过后的晚风也透心凉，靳林琨怕他着凉，半强迫地把外套塞给了他，这会儿身上还有点冰。

于笙把他轰走，利落分开了几件衣服，又把那两套同款睡衣拎出来，拿滚轮粘了粘浮毛。可能是雨天更容易叫人思维活跃，身边好不容易安静了一会儿，在商场看见的一家三口就从脑海里冒出来。

再过几天，他就该满十八岁了。

当初那张换下来的旧卡被他安在了手机的另一个空卡槽里，除了偶尔接到几条垃圾短信和广告，安静得一如既往。

其实也不是多出人意料的事。

于笙把卫衣的袖子往上卷了两折，还是觉得不方便，打算干脆换个睡衣。卧室门虚掩着，应该是靳林琨回来拿了毛巾。于笙没在意，边脱衣服边进门，把门彻底推开，才发现屋里还有个人。

靳林琨还没去浴室，手里拿了个盒子，正在小心翼翼地往他枕头底下塞。

这人经常往他枕头底下塞什么《高考模拟试题精选》《黑金冲刺试题》，最夸张的一次直接塞了个《五年高考三年模拟》的礼盒，比枕头大了足足两倍，完全没有任何惊喜可言。

于笙把那件卫衣脱下来，去床头摸睡衣，顺便弯腰看了一眼："这次是什么？哪科的……"

话音没落，他的动作忽然顿了顿。

哪科的练习册也不是。

靳林琨手里拿着一个花花绿绿的纸盒子，就是他在玩具区开玩笑拿过的那个透明的塑料纸蒙了一层，里面整整齐齐地排了一排塑料的小恐龙模型。

第七十八章

靳林珉应该是没想到他能回来得这么快，手上没反应过来，还欲盖弥彰地又往枕头底下藏了藏。

于笙攘着睡衣，看着那盒被枕头盖了一半的恐龙模型。

"是这样。"靳林珉轻咳一声，灵机一动，"你看这个绿色的小霸王龙——"

于笙："不像。"

靳林珉："……"

于笙低着头，伸手摸了摸那盒小恐龙。

外面的包装做得有点儿廉价，塑料纸哗啦哗啦响，里面的模型却都挺精致，什么造型、颜色的都有。

他早过了对玩具感兴趣的年纪，在超市看见的时候其实也不是有多想要，就是看靳林珉不知道为什么走神，随手拿起来逗他高兴。

居然就被放在了心上。说了想要，就有人真买来给他。

卧室里的空调是靳林珉进来才开的，这会儿还没暖和起来。靳林珉怕他着凉，试着拽了拽那件睡衣，从他手里拿过来，站起身，仔仔细细替他把睡衣穿好。

温柔的布料掩上肩背胸口，从领口往下，扣子也一颗颗认真地扣上。很没经验，断断续续地，一颗扣子就要扣好半天。

于笙也没不耐烦，低着头，不知道在想什么，安静地看着他有点笨拙地跟扣子纠结。

靳林珉手还有点儿凉，怕冰着他，费了好一会儿力气才终于把所有的扣子扣好。

"我给买了。"靳林珉摸摸他的头发，镜片后的眼睛微弯，"下回还给买。"

于笙喉结轻轻动了下，抵在他肩上，没再动。

靳林珉把人往怀里圈了圈，一只手轻轻拍抚着他的脊背。

小朋友这么好。

明明这么好。

一个澡洗了快半个小时。

靳林琨一度想换凉水冲一会儿，在于笙的目光下还是没敢付诸实际，老老实实地擦干水换了衣服。

靳林琨瘫在客厅的沙发上，喝着于笙塞过来驱寒的红糖姜水缓慢恢复人形，不知道第几次摸过手机，又确认了一遍于笙的生日。

不论到什么时候，姜糖水的味道都是统治级别的。好不容易把于笙亲手熬的一整碗姜汤灌下去，靳林琨刷了一遍牙，又反复漱了几次口，才终于稍微摆脱了被姜末支配的恐惧。

进卧室的时候，于笙难得没在学习。

大概是空调开得有点儿热，于笙换了件短袖睡衣，枕着左胳膊，背对着门，坐在桌前摆弄什么东西。

靳林琨走近了，才发现是那个绿色的小霸王龙模型。

那一盒恐龙被拆得很仔细，其他的都还放在里面没动，就拿出来了那一个，放在灯下面。少年耳朵里塞着耳机，瞳色被灯光映得浅淡，一只手抵着那个小恐龙，指尖扒拉着尾巴，转了个小圈。一不小心碰倒了，又扶起来，往前推了推。

靳林琨忍不住看了一阵，正准备悄悄再退出去凉快一会儿，没留神碰到了于笙放在桌边的手机，勾着扯了下耳机线。

于笙倏地回神，小恐龙在桌子上没搁稳，一扫就掉进了桌缝里："……"。

靳林琨："……"

备忘录上又添了一条"发现小朋友正在玩小恐龙，没有及时出声提醒"。

靳林琨被扔在弹性极好的床上，跟着床垫上下颠了颠，索性也懒得动，仰着打完了一行字，放下手机。

他实在忍不住好奇，枕着胳膊，侧了个身问于笙："如果我刚才出声提醒你我已经进来了，结果会不一样吗？"

于笙想了想，顺手把手机拿起来，又给他递了回去。

靳林琨有点茫然："已经记完了。"

"没记完。"于笙拍拍他的肩膀，"刚才那条，直接添上吧。"

……

做的防范措施太到位，靳林琨一点儿没着凉，连个喷嚏都没打出来。倒是于笙睡到半夜，辗转翻了几次。

靳林琨睡着，察觉到他翻身，摸索着开了灯，摸摸额头试了试温度。

不冷不热，手感正好。

于笙好不容易才忍着等到他睡熟，没想到这个人睡着了居然说醒就醒，抬手把人推开："我有套卷子没做，你睡你的。"

靳林琨听着窗外的雷鸣电闪，抬头看着说下床就下床的舍友，有点震撼："这么重要的卷子吗？"

"重要。"于笙顺口答应一句，把他卷了卷塞回被子里，"闭眼睛，睡觉。"

于笙的手法很利落，三两下就把人卷成了墨西哥鸡肉卷，按灭了床头灯，把书桌的工作灯打开。

靳林琨觉得，自己的舍友可能有点自律过头了。

于笙从书包里随便翻出了套卷子，抬手把灯光调得暗了点儿，听见身后翻来覆去的动静："快睡觉。"

"忧心忡忡。"靳林琨轻叹口气，"我舍友太爱学习了，睡不着。"

他刚才本来想给梁一凡发消息问问怎么办，想想当初凌晨三点厕所的一排人头，觉得夏令营的同学们大概给不出太好的建议。真照着做，说不定还会让于笙的学习热情更加澎湃，也决定去浴室看书提高效率。

靳林琨很担忧地翻了两个身，没等来于笙揍他，倒是听见桌前的小朋友挺老成地轻叹了口气，搁下笔转了回来。

人影背着光靠近，拉着他翻过来。

少年在床边安安静静蹲了一会儿，低下头，额头抵在床沿："睡一会儿，哥，我有事。"

靳林琨怔了怔。

于笙的语气格外认真，刚才的做卷子显然只是个敷衍的借口，但看起来也好像一点都不想解释所谓的"有事"究竟是什么。

……也或者说不定是家里的事。

压在肩头的分量隐约熟悉，靳林琨躺了一会儿，好不容易从于笙打的包袱里挣扎出条胳膊，拍了拍："行，我正好困得不行了。"

于笙抿了下嘴角，在床边趴了一会儿，撑着胳膊坐起来，重新回到书桌前。

他打开手机，摆弄了两下，温柔的钢琴曲就淌出来。

靳林琨配合地闭上眼睛，酝酿睡意。

起初还只是为了让于笙放心，后来躺着躺着，居然真觉得有点儿困了，不知不觉打了个哈欠，翻身埋进枕头。

朦胧睡意间，他好像看见小朋友很谨慎地搁下笔，回了几次身。确认他没醒，才放心拿着手机打开手电筒，在桌缝里仔细摸索了半天。

第二天的运动会，三中领导们站在连绵阴雨的主席台上，从建学历史到体育精神，滔滔不绝地讲了一整个上午。

中午过去，天色终于由阴转晴，阳光也拨开乌云洒下来。各班都要列队检阅，浩浩荡荡的校服队伍看起来异常有气势。靳林琨试图不着痕迹地隐藏在观众席里，被校长一眼认出来。为了严密监视敌方兔崽子不做什么小动作，索性把人拎到了主席台边上的临时广播点。

主席台的视野非常好，靳林琨趴在栏杆上，仔细分辨出了于笙的班级，正准备提醒广播员一定要念得激昂一些，转回过去的半个身子又忽然转回来。

于笙昨晚不知道是什么时候睡的，今天早上醒得居然还比他早，严严实实套着外套，一个上午都没肯脱下来。马上要走队列了，于笙站在队伍前面，终于脱了那件敢碰拉链都要被揍一顿的外套。

灿白的运动服，精神又利落，男孩子手里的班牌随手杵在地上，正在回身跟他们班班主任说话。

小霸王龙藏在他的口袋里，两只小短爪扒着边沿，威风凛凛地跟着一块儿接受检阅。

衣服背后手绘了一张异常可爱的 Q 版漫画，小恐龙被小熊抱住了尾巴，重心不稳地坐在了地上，转回来凶巴巴地捞过小熊，在脑袋上亲了一口。

第七十九章

　　校长和主任年纪大了，看不懂年轻人的艺术形式，就是单纯觉得运动服这么一弄挺好看，坐在一块儿探讨起了这个恐龙和熊究竟是什么关系。

　　靳林琨趴在主席台的栏杆边，飞快拿出手机，趁着七班走过来的时间，照了两张照片。

　　高中的最后一场运动会，所有人都穿着校服，肩背笔直，走得精神抖擞。走在最前面的少年举着班牌，衣领盛着滑落的明亮日光。

　　"笙哥真神了！"从操场上下来，班长压制不住激动，拍着体委的肩膀感慨，"潇洒又活泼，冷酷又阳光！"

　　完美契合了他们挑选领队服装的每一个期望。虽然别的班想出了不少正常不正常的主意，群魔乱舞得异常夺人眼球，但经过主席台下的时候，他们班的掌声依然是最热烈的一个。

　　"太帅了。"姚强忍不住感慨，"虽然我知道那些小姑娘不是看我的，但还是要感谢体委安排我走第一排，让我也感觉到了被目光洗礼的幸福感。"

　　体委跟他一起沉迷在幸福感里："我们仿佛就是整个三中最靓的仔。"

　　"三中最靓的仔们，打扰一下。"老贺拍拍他们的肩膀，把学生往观众席带，"这是十一放假的作业单，拿回去让家长签字，明天交上来……"

　　在发现大量谎报、瞒报假期作业的情况出现之后，假期作业单让家长签字就成了三中的优良传统。刚振作起精神的一群人立刻哀号一片，其他班也好不到哪儿去，放眼整个操场，精气神瞬间比之前蔫了一大半。

　　三中的运动会，第一天甚至连项目都没有，只有个异常浩大的开幕式，基本可以成为大型班级野营零食分享会。就这样，开幕式进行到尾声的时候，还有两个老师没讲完话，不得不临时删减了演讲稿。

　　"跟你们说过了，你们现在是长身体的阶段，不要老是吃这种没有营养的零食……辣条好吃吗？"老贺明智地没跟着教师的大部队在主席台上风吹日晒，发完作业单就混在学生堆里，发现谁手里的零食看起来好吃，就背着手过去教育两句。

"不好吃不好吃！"姚强没听见身边人报警，倏地醒神，飞快把剩下的辣条全藏在身后，"真的，一点都不好吃。"

老贺有点失落，在他身边坐下："咱们的成绩差不多能出了，大家要是没事，今晚就来聊聊有关作业和月考的事……"

于笙跟靳林琨的分数挂了挺久，哪怕是先批头几名的卷子，这几天差不多也能出分了，只不过都还没统一通知。老贺话音刚落，一群好不容易因为运动会稍微放松的学生们就飞快敲响了警钟。

班长："不不不，老贺，我们不是很想聊这个。"

体委："运动会还没结束，我们需要一个激昂向上的面貌来迎接组织的考验，为班级争光。"

学委："跑得了和尚跑不了庙，建国同志，请务必再让我们苟活几天。"

段磊扑过去，勒着姚强的肩膀拼命晃："给！他！吃！啊！！"

老贺得到了辣条，满意地停止了对同学们的精神打击，溜达到前排去研究为什么这么多生面孔的女孩子走错到他们班问路去了。

最后一个老师念完演讲稿，运动会第一天的开幕式终于圆满结束。一操场的同学呼啦啦散开，七班特意在班里重新集合，正式挑选起了合适参赛的广播操。

时间紧任务重，跳熟悉的那套操也就算了，要是找新的，就必须得尽快决定跳那一套，立刻开始练习。

"军体拳？交谊舞？"体委翻着手机上的视频，"这个看起来不难，搂腰你们行吗，还得手拉手转圈圈。"

七班同学一片寂静。

"你看一眼咱们班的男女比例。"他们班班副搭上他的肩，"就能知道你这个问题的答案了。"

体委不信邪："不就是男生多吗，克服一下不行吗？正好咱们班文艺委员跟笙哥一块儿领操……"

代课老师要等笙哥一块儿回家，没参与众人毫无建树的讨论，两个人一块儿在窗边筛选着稍微能看得过去的广播操内容。

段磊手搭凉棚往那边扫了一眼，拍拍体委的脑袋："你看。"

体委转头："看什么？"

段磊："看一眼是谁干掉的你，等回头我们抱住你哭着喊体委不能死的时候，记得告诉我们他姓什么。"

……

一群人讨论了半天，除了互相伤害之外，没能发现任何有价值的线索。

最后还是岑瑞他们帮忙出了一份力，挑出了套看起来正常很多、并且非常简单易学的广播操。

"叫什么？"班长目光锃亮，记下来准备报幕，"雏鹰起飞？舞动青春？青春的活力？初升的太阳……"

于笙放下手机："第九套广播体操。"

"……是这样的。"学委搭住班长的肩膀，安慰他，"你想想，越是无名秘籍，越可能有想象不到的力量。"

第九套广播体操虽然听起来十分朴实，但确实在动作的正常程度、掌握和熟练的难易程度上，都远远超越了其他几套。虽然已经做了两年的时代在召唤，但每天都在操场上随便伸胳膊踢腿的同学们学习起这套操的速度，甚至还要更快一点。

班长认为这种制胜秘诀决不能轻易外传，带领同学们把桌椅板凳都挪到边角摆上，关上前后门，连窗户都一起拿废卷子糊得严严实实，练习起了第九套无名秘籍。

6X6 的方阵，用不着所有人都上场。段磊在第五次踩到右边同学的脚之后，就被扔出了方阵队伍，守着后门放哨。

靳林琨也坐在最后一排，正在纸上写写画画什么东西，看见和小朋友关系不错的小同学过来，抬头跟他挺友好地打了个招呼。

段磊坐在边上，忍不住看了几眼靳林琨铺在桌上的那张纸，压低声音凑过去："靳老师，你在画画啊？"

靳林琨拿橡皮擦掉了点杂线，吹了吹橡皮末："看出来了？"

"看出来了看出来了。"段磊一直挺崇拜他，连忙点头，"这是什么，鳄鱼吗？画得真好，就是前腿短了点……"

靳林琨擦掉了那个画了一下午的霸王龙："过几天，你们有没有什么打算？"

"什么打算？"段磊茫然，"就……迎接月考成绩，准备挨揍？"

运动会最后一天宣布成绩，这几天的苟活也就差不多到了头。他们已经做好了遗产分配，到时候谁英勇牺牲了，其他人哪怕按头也要逼着继承遗产的人把遗留下的练习册和十一作业帮忙写完。

代课老师平时不问他们这种问题，段磊猜着应该是于笙有什么事："笙哥有要帮忙的吗？我们挺闲的，用得着就叫我们，应该都能搭把手……"

靳林琨微愣了下，摇摇头："没事。"

七班同学关系都不错，要是知道日子，哪怕赶上假期，也肯定会给于笙庆祝个生日的。

只可能是于笙自己不想说。

靳林琨没急着开口，跟他随口聊了几句，搁下笔抬头看于笙做操。男孩子身架漂亮，哪怕只是随便抬抬胳膊，做两下扩胸运动，架势都是分明的潇洒利落，藏都藏不住地透出明朗英气。

大概是有点热了，于笙顺手脱了外套，搭在一边的椅背上。别说外班的小姑娘了，就是七班自己内部的女生看习惯了，这会儿都有好几个红着脸低声说话，还有人偷偷摸出手机来，照了好几张相。

段磊坐了一会儿，忽然想起件事："对了，靳老师，你这几天有事吗？"

"七号有事。"靳林琨以为他是要补课，"怎么了？"

"就是——"段磊觉得这话有点儿不合适说，想了想那时候看见两个人坐在一块儿的样子，又觉得这话好像只能给面前这个人说，"你要是没事的话，你能不能……陪陪笙哥？"

三中年年都在十一前开运动会，段磊还记得去年运动会的时候，于笙报的是三千米跟五千米。当时他们才分完班没多久，大家还没熟到这个地步，体委也不敢跟威名赫赫的三中校霸多说话，硬着头皮战战兢兢就问他："是不是人累了？这两个都跑下来可能有点辛苦……"

于笙没说话，是老贺笑眯眯过来，按了按他的肩膀："想跑就跑，老师给你加油。"

后来于笙跑了一个第一个第二，老贺也履行了诺言，站在操场边上帮他加油助威，一直守到了他撞线。五千米是最后一项，场边的观众已经零零散散没剩下几个。段磊拿着东西往回走的时候，看见于笙躺在塑胶跑道上，枕着胳膊发呆。

老贺头一回显得特别正经，坐在他边上，按着他的肩膀，唠唠叨叨地跟他说着什么话。

"我也不知道为什么。"段磊摸摸后脑勺，"就是觉得，笙哥每次到了这种时候，心情好像都不太好。"

又好像是在等着谁。

那种感觉太明显，上次运动会七班人熟得差不多了，十一假期快结束的时候，他们拉着于笙打游戏，结果于笙手机的充电线不知道让谁不小心碰掉了，没电自动关机了几个小时。

"我头一次看他发火。"段磊还记得当时的情形，"也不能叫发火……他也没骂我们，也没动手，就是——就是我第一次感觉我离死亡可能就只差那么点。"

后来电充上了，手机重新开机，也没什么错过的消息。

于笙出去吹了阵风，回来也就恢复得差不多了，还给他们带了点吃的。好像什么都过去了，又好像其实从一开始就什么事都没有。

第九套广播秘籍的初次练习差不多结束了,段磊被拎过去帮忙恢复桌椅,连忙跟靳林琨告别,勤勤恳恳地加入了班级劳动。

被段磊提醒之后,靳林琨就开始自觉不自觉地注意起了于笙的手机。

他大概猜得到笙是在等什么,也并不打算强行干扰于笙这个习惯,甚至还在第二天帮忙带了个硕大的充电宝,分量十足,据说足够给手机连充十次电。结果于笙嫌它太沉,连手机一块儿扔进了靳林琨的怀里。

"帮我拿着,偏沉。"于笙把袖口往上扯起来,接过标枪握了握,找着手感不错的试投了几次,"其实这儿视野不是最好的。"

靳林琨特意找了个标枪场地的边缘,闻言好奇:"不是吗?"

"不是。"于笙把挑中的标枪握在手里,去裁判那儿报了个号,"主席台效果比较好。"

靳林琨今天进学校的时候遭受了层层拷问,暂时不是很想在主席台露面:"我觉得我再在你们校长面前出现,他可能就要让我负责标枪的测距工作了。"

半体育性质的高中,男生的力气普遍都大,会扔铁饼标枪的不一定有多少,但能把这两项变成凶器的人绝对不在少数,好好的裁判工作已经出现了生命危险。于笙抬头,看了一眼抱着脑袋戴着头盔瑟瑟发抖坐在场边的几个人,忍不住牵了下嘴角,把号码布塞进了他手里。

3721,于笙。

异常遒劲潇洒的字体落在上面,也不知道是怎么保存的,连个折痕都没有。

靳林琨把号码布仔细展平,翻出别针,替他别在身后:"用加个油吗?"

"不用。"于笙背对着他,"你小心点,别扎着我就行了。"

小朋友对他的要求实在有点低,靳林琨看着一个劲儿回头的于笙,忍不住抬手按住他的脑袋,把人转回去:"扎不着,这么不相信我?"

于笙笑了一声,没说话。

少年平时不总是笑,这会儿穿着干净利落的运动服,弯起来的眉眼都映落在异常明亮的日光里,整个人都显得柔软澄透。

越要到他生日,靳林琨越是老忍不住想着他家里的事,胸口不自觉地紧了下,才要揉揉他的头发,已经被于笙顺势捞住那只抬到一半的手,往场边拽了拽。

他们还在场边磨蹭,那边都已经检录结束,开始有人正式投标枪了。于笙研究了两天他到底在想什么,终于在靳林琨变出个两只手才能拿住的充电宝的时候差不多猜到了是怎么回事。

"可以了,我不等了。"他跟靳林琨在场边站了一会儿,侧头笑笑,"今年不一样，我有点忙，没时间等了。"

忙着学习，练操，比赛。

忙着跟这个人说话，跟这个人一块儿学习，跟这个人做挺多傻里傻气莫名其妙的事。

忙着往前跑，一直往前跑。

"这么不相信我？"于笙撞了下他的胳膊，按着号码往前走过去准备，"给你看个厉害的。"

靳林琨心跳微快，抬头看向于笙。

于笙握着标枪，在手里掂了两下，助跑向前，转体把那根标枪猛地掷出去。

男孩子目光清透明亮，肩背蕴含着的力道毫无保留地加上来。

标枪画了道弧线，破开空气直插上去，跨过整个操场，稳稳扎在了另一侧鲜红的跑道边沿。

今年的标枪比赛，当仁不让地吸引了观众席一大片的视线。

于笙平时都穿校服，要么在教室里要么直接离校回家，除了维持和平和帮忙镇场子之外没有太多娱乐活动，在三中并不算是很熟的面孔，至少跟他名字的流传度比起来要差了很多。

昨天就已经有不少人辗转打听到他们班，今天来问的人更多，一个接一个："你们领队的是谁，有微信吗？"

"是艺术生吗？用不用一对一补课？就只是简单纯粹的学习关系。"

"平时有什么爱好？喜欢看电影吗？"

"给个电话好不好，两根烤肠，绝对不往外传……"

段磊飞快回着消息，被两根烤肠诱惑得咽了咽唾沫，想问问笙哥电话能不能外传，一回头正看见比完标枪的那两个人回来又形影不离坐在了一块儿。

男孩子身高腿长，坐在前排太挤得慌，坐在了最后一排。

代课老师蹲在于笙身边说话，特别耐心地抱着几袋薯片给他推销口味。

他们笙哥正在纸上画什么东西，被他推销得实在不耐烦了，张嘴叼住了薯片，又拽着代课老师拉得靠下的外套拉链，往上拉了拉。

……

段磊收回目光，往嘴里塞了半根双汇火腿肠，嚼着回消息：不好意思，我们笙哥没有电话，没有微信，没有爱好，可能也不需要交朋友……

第八十章

运动会轰轰烈烈持续了三天。

标枪第一天就比完了，于笙在靳林琨的书包里翻番茄味的薯片，正赶上班长焦头烂额过来找人帮忙。

忽然不知道为什么被他们英语代课老师请吃了烤肠，段磊嚼得津津有味，闻言抬头："项目不是都报满了吗？"

"别提了。"班长按着额头，"为了保障同学们的观赛和参赛体验，学校仁慈地禁止了国家二级运动员以上级别参加本项目比赛，对无辜同学进行单方面凌虐。"

体委刚跑完五千米，高高兴兴拿了第一回来，愕然插话："什么时候的事？"

班长："就刚刚，你跑个五千米套人家第二圈的时候。"

体委："……"

三中有不少国家二级往上的运动员，参赛就是对无辜的普通同学们幼小的心灵进行无情伤害。尤其体委套了其他人两圈以后，居然还边倒着跑边给第二名鼓劲"加油，抬腿，你能行！"。

这种嚣张的态度直接导致了第二名跑岔了气，到现在还没缓过来。

体委心痛了一会儿："这样的话，我就没有权利替班级争取荣誉了吗？"

"不一定。"班长拍拍他的肩膀，"你跨过栏吗？"

体委："没有，我只会把栏撞倒之后拥抱地面。"

班长点点头，放心地把他补到了跨栏的空缺上："行了，现在你又有权利替班级争取荣誉了。"

统计了一圈，三千米还是落到了闲着没事做的于笙头上。

"差不多就行，咱们班分够了。"班长生怕于笙还像去年那样全程冲刺，预先保证，"笙哥，你就当散散步，或者溜达一圈就回来。"

于笙点点头："行。"

答应得特别痛快。

真比赛的时候，班长坐在场边，看着在七班的热烈欢呼声里超了第二半圈的于笙，扯扯边上的段磊："笙哥刚才说的是行吗？"

　　"是，但是你要看是谁陪跑。"段磊叼着烤肠，给他指明前方的灯塔，"刚才我偶然听见，靳老师说要跟笙哥比一次，看谁跑得快。"

　　说实话他不是很能理解靳林琨这种操作。毕竟隔壁班班长刚慢跑着陪女朋友跑完了八百米，还在温声细语地哄她不要勉强，尽力就好。

　　结果他一回头，身后两阵风就飚了出去。

　　其他被临时抓差过来凑数的参赛选手被这个氛围感染，也只能咬牙往前跑，没一会儿就失去了信心和追逐的动力，互相搀扶着放慢了速度。

　　"看。"教育处主任选择性忽视了前面的小兔崽子和兔崽子，很欣慰地拉着校长，"大家变得团结多了。"

　　后面的人已经不知道甩开了多远，于笙往边上串了一格，让跑草坪内圈的靳林琨混进了跑道。

　　他知道靳林琨在干什么，想过说不用，后来想想其实也没有必要。

　　毕竟跑步有利于锻炼心肺强度。而且这样跑步的时候有人并肩的感觉，真的比平时要好得多。

　　那种什么事都不用管，只要一口气往前冲刺的感觉。

　　雨后的空气比平时凉一点，气温不冷不热，跑起来就有呼啸的风。

　　去年躺在跑道上，老贺坐在他边上，按着他的肩膀："这个世界上有不够好的人，有不够开心的事。有很多你觉得你好像永远都翻不过去的坎儿，它拦着你，硌着你，硌得你生疼。"

　　平时都没个正行的班主任低下头，朝他耐心地笑："老师保证，它一定不会永远拦得住你。"

　　三千米，四百米一圈的标准操场，七圈半。

　　于笙比靳林琨早踏线，刹了几步让进草地里，扶着膝盖喘气。负责计分的男生连忙按下秒表，一边报着他的成绩，一边拦冲了线就要走的靳林琨："同学，等一下，咱们要记成绩，你是哪个班的……"

　　"哪个班的都不是。"靳林琨也喘，抹了把汗朝他笑笑，指了指于笙，"我是那个小同学的朋友。"

　　跑完步不能立刻停下，靳林琨挎着于笙的胳膊，往前溜达了半圈。

　　"不用。"于笙就是冲刺累得厉害，这会儿早恢复了，"根本不累。"

　　靳林琨拍拍他胳膊："再走走，稍微体会一下其他同学的心情，人家还没冲线呢。"

　　居然听见靳林琨让他"体会一下其他同学的心情"，于笙侧过头，几乎有点儿想把这句话录下来，给无辜的夏令营同学们当早起的闹铃。

一定能最快最有效地燃起同学们的怒火，开启效率奇高的一天。

靳林琨猜到于笙在想什么，轻咳一声抬起唇角："人总是要进步的……真不累？"

他这会儿呼吸心跳都还稍微有点急，太长时间没跑了，刚才还没觉得，现在身上都隐约有点发酸。

于笙也急，只是习惯了不当一回事，摇摇头："不累，比过肩摔容易多了。"

靳林琨："……"

边上鼓足勇气跑过来，准备送水的小姑娘："……"

于笙甚至连有小姑娘想追他都没意识到，也没觉得自己这句话有问题，还在仔细比较两种运动对心率提升的区别："怎么了？"

"没事。"靳林琨看着他，揉了揉额头，到底还是忍住笑意，"挺好，真的。"

不知道怎么就戳了这个人的笑点。于笙抬手接着笑着笑着就趴在他肩膀上的人，再一次在揍他一顿还是算了之间徘徊半天，还是懒得动手，扯了张纸替他擦了擦鬓角的汗："行了，还拿我衣服擦汗？"

语气挺不耐烦，还顺手摘了他的眼镜，又不知道从哪个口袋里摸出块眼镜布，擦干净怼回了他脸上。

靳林琨好不容易压下笑意，深吸口气，揉揉于笙的脑袋："没事，多练练就熟了……"

好不容易熬到了十一假期，特地来三中找同学玩的岑瑞和梁一凡几个同学打听到两个人的位置，一路找过来，正好看见他们笙哥把琨神过肩摔进了操场边松软的沙坑里。

梁一凡："大快人心。"

夏俊华点头："神清气爽。"

"人生终于圆满了。"岑瑞长舒口气，"这些天我总觉得身边缺少了什么……"

有朋自远方来，运动会结束，靳林琨请来自夏令营的老朋友们吃了顿饭。

只有他一个做东，丁争佼忍不住找人："笙哥呢？"

"笙哥练操呢，不让看。"岑瑞消息灵通，飞快挑着宫保鸡丁里的鸡丁，"第九套广播体操，明天领操，他们班要比赛。"

光是想了想那个画面，梁一凡就不自觉打了个激灵，油然而生的求生欲迅速腾起来："我不想看，你们不要连累我。"

"你的勇气呢。"岑瑞恨铁不成钢，"当初不是你说的，只要你跪下，当时就能吓得笙哥原谅你吗？"

梁一凡立场坚定："那是正常情况，笙可领队做广播操，你觉得这是正常情况吗？"

虽然夏令营已经结束了挺久，但于笙余威仍在，几个人讨论了半天，没有一个人敢前去参观于笙领操的壮观场面。

靳林琨平时聊天发消息挺正常，真跟其他人坐在了一块儿还是话少，找了个碗往外夹菜，偶尔跟着他们一块儿笑着搭两句。

"琨神，你最近怎么样——算了，看看你那个令人发指的727，就知道你肯定特别怎么样。"夏俊华问了半句话，就又自己补上了答案，郁闷之极地叹了口气，"我们班主任天天拿你刺激我们，你怎么考成这样的？"

这次考试难度过高，偏难怪题又多，整体分数段都下降得厉害，区分度也不够高。其他几个老牌示范高中都没参考，靳林琨这个727分足足比第二名高出了五十来分。

靳林琨最近被于笙教育得多，也知道要照顾同学的情绪，准备谦逊地表示只是运气好，结果正赶上于笙练完操过来。

于笙来得晚，就听见了夏俊华"你怎么考成这样的"那一句，拉开椅子坐下："不怪他，他数学物理跳了几个步骤，回头纠正了就行了。"

靳林琨："……"

夏俊华："……"

"近朱者赤，近墨者黑。"一片寂静里，梁一凡早有预料，奄奄一息趴在桌上，"笙哥，要不是我打不过你，我早就跳起来打你膝盖了。"

虽说天天都联系，几个人其实已经挺长时间都没见过。

岑瑞先起哄要干点儿什么有意义的事，最后一群人找了个挺炫酷的酒吧，一人要了一杯五颜六色的鸡尾酒，面前铺了套H中老师精心布置的数学卷子手抄版。

夏俊华这个竞赛生不慎搅了进来，捏着卷子叹气："副组长，我们就不该把主动权交到你手里。"

"你们认真一点。"孔嘉禾推推眼镜，戴上头灯，"这套卷子是内部资料，不让复印，我是手抄的。你们做完就给我，还要销毁。"

岑瑞本来也不想做题，闻言莫名肃然起敬："这么厉害吗？"

"密卷""内部资料"这种东西，对于还在为了分数而奋力拼搏的同学们来说，永远有着非同寻常的吸引力。

夏令营后的第一次线下聚会，变成了几个人坐在有点昏暗的酒吧角落，人手一杯酒一个头灯，边品酒边刷卷子。

于笙实在受不了这种过于扯淡的造型，强行拒绝了头灯。靳林琨一条胳膊撑在了于笙身后，轻轻牵了下唇角，落下视线看了于笙一眼，那只手抬起来揉揉他的头发，把自己那个头灯往他那边转了转。

特别自然的动作。

连他们这些人都觉得，好像这两个人从一开始就该这样。

"谁还记得当初笙哥在主席台上揍琨神的事？"H中题量一套顶十套，好不容易做完了一面卷子，夏俊华实在累得不行，活动着手腕忍不住走神，"恍如隔世。"

梁一凡看都不想看，埋头继续做题："少感慨，不是你们每天接受琨神的动感秀笙光波。"

岑瑞托着下巴："说起来，你是怎么被命运选中的来着……"

"行了行了，都别说话。"丁争佼依然很有组长的范儿，压低声音训这一群居然还在学习中走神的同学，"你们看看人家笙哥，文数做理数还比你们做得快，做不做人了？"

众人被训了一句，振作精神，继续刷起了剩下的题目。

这套卷子考察得要比联考卷全面很多，有一部分于笙还没复习完，靳林琨做完了自己的那套，转过来跟他低声讨论剩下那几道题："辅助线画在边上，解法要比这种简单。"

他解得认真，在于笙的卷子上详细写着步骤。

虽然还是明显地找不准重点，说着说着就跳步，但依然看得出很明显的努力方向。

于笙听着，视线不自觉落在靳林琨的手上。

握着笔的手，指节分明清晰，稍微一曲起来，就透出很安静的稳定力道。

靳林琨讲完了自己的解法："你这种解法其实也挺好，我刚才没想到。"

于笙和他的做题习惯完全不一样，短平快为主，有时候几个定理连环套着用，基本能简洁明了到给人一讲就能立刻理解，计算中间也不用把角度零零碎碎标上一排。

靳林琨看着他的卷子，仔细琢磨："这种容易得分，计算也简单……"他顿了顿，下意识低头，看着颤巍巍坐落在手背上的糖，忍不住牵起唇角，把重心换到右手上，左手翻了个面，让那颗糖落在掌心。

"我觉得老孔拿来的这套卷子特别好，考察了好几个我没注意的细节。"丁争佼还在认真探讨题目，看见身边几个人都在走神，挨个敲肩膀，"怎么回事？你们怎么回事？"

岑瑞抚摸了两下自己的脑袋："我觉得老孔拿来的这个头灯特别好。"

丁争佼茫然："为什么？"

梁一凡摸索半天，啪地打开头灯："看，我们是这个酒吧最亮的电灯泡。"

第八十一章

虽然嘴上说着怕死，第二天，梁一凡依然想办法借了套三中校服，混进了广播操的现场。

"没办法，太诱人了。"梁一凡实在按捺不住强烈的好奇心，尽力往人群里躲，"我们这么多人，笙哥应该也揍不过来，对不对？"

"对。"岑瑞点头安慰他，"笙哥应该会先揍琨神，这时候我们就可以趁机逃命，背起行囊远走天涯。"

于笙的脾气已经比在夏令营好了很多，但毕竟还没有过领操被围观的先例，众人依然提前做好了非常周密的计划。梁一凡的伪装天衣无缝，丁争佼给每个人发着用于伪装的口罩，忍不住问他："你这套衣服是哪儿弄来的？"

"实不相瞒。"梁一凡立刻来了精神，"昨天我们从酒吧分手，我想考察一下这边的网吧，遇到了一个一见如故的朋友……"

他一向自来熟，在哪儿都能发现一见如故的朋友。丁争佼没细听，越过他把口罩递给岑瑞："都低调一点，做好计划了吧？"

岑瑞把握十足："做好了。两条没解散时候挨揍的逃生路线，三条解散到处都是人的状态下的逃生路线，还有一份紧急备用预案。"

知行合一的学霸们凑在一起熟悉起了逃生路线，梁一凡很孤独，还在努力强调："你们听我说，这次这个朋友比以前的都一见如故。不知道为什么，我看到他就有一种油然而生的亲切感，仿佛这就是我失散多年的兄弟……"

前副组长孔嘉禾人很好，想要提醒他先别说废话，和大家一起看看路怎么走，被岑瑞往回拉了一把。

"不用提醒他。"岑瑞搭住孔嘉禾的肩，拍了两下，"紧急备用预案是把老梁扔出去，让笙哥揍完琨神之后接着揍老梁，我们趁机背起行囊远走天涯。"

几人还在研究对策，夏俊华一抬头，忽然扯了扯岑瑞的衣服："快看。"

刚好轮到三班的队伍上场。

于笙依然穿了那套手绘的运动服，做操要蹦蹦跳跳，小恐龙在口袋里待不住，被靳林珉连夜加了个别针，给他别了拉锁上。出门的时候于笙看起来挺嫌弃，这会儿却依然一丝不苟地把口袋拉开，把那个晃晃悠悠的小霸王龙戳了上去。

穿着运动服的少年身量出挑，人群里一眼就能看得见。

靳林珉特意在表演前去校长面前逛了一圈，如愿以偿被拎上主席台看管。这会儿正举着录像机，站在几个主任的严密监视下朝他挥手。

于笙觉得太丢人，本来不想理他，迎上他高高兴兴的笑意，还是没忍住，抬了下嘴角，纵身利落跳上了领操台。

男孩子腰背劲窄，有点宽松的运动服衣摆随着动作撩起来。

台下的学生都在等着七班领队，看到这一幕，忽然就爆发出了异常响亮热烈的掌声。

靳林珉扶着栏杆，低头看着于笙毫无自觉地严肃抬手，在从衣服里摸出了个锃亮的不锈钢哨子，吹出了"一二一"的清脆哨声。

七班人这几天每天练到挺晚，这会儿很熟练，端着胳膊一本正经跑到标定位置，放下胳膊立正。

广播体操的口令声从广播里响起来。

"快点快点，打起精神来！"体委站在中间，压低声音强调要领，"动作要齐，跟紧了笙哥，不到节奏不准抢拍子……"

没意外的话，这是他们高中最后一次运动会，也是最后一次有参加这种比赛的机会。

高三了，太多的事都变成了最后一次。平时再东倒西歪的男孩子，这会儿也把校服洗得干干净净套在身上，做得聚精会神。有几个嘴里还有点紧张地念叨着节奏，发现做错了就立刻加快跟上。

明明练操的时候还嘻嘻哈哈嫌弃到不行。

领头的少年肩背板正量挺拔，动作格外标准。哨子塞回了领子里，细细的红绳半掩在颈间，口袋边沿别着只嚣张的小霸王龙。原本打算来趁机拍几张难得的照片的夏令营众人看了一会儿，不约而同地静下来。

"说真的。"岑瑞坐了一会儿，摸摸脑袋，"也就这一会儿，我忽然想起笙哥其实还没成年。"

"嘘。"丁争佼立刻坐直，警惕往四周望了一眼，想起于笙还在领操，才稍微松了口气，"说好了的保密，谁都不准泄露，听见没有？"

岑瑞举手保证："听见了听见了，七号之前，决不让笙哥知道……"

他们几个过来，其实是来打前站的。

学习任务越来越紧，高考倒计时三百天早就开始了，七组的人能再聚到一起不容易，但过半的人都偷偷以各种理由买了七号的车票。他们几个稍微闲一点，提前过来准备。本来孔嘉禾是用不着提前过来的，但他急着给这些人送好不容易抄下来的卷子和重点习题，还是跟着丁争佼一块儿买票一起来了A市。

这事儿靳林琨清楚，于笙还被瞒得死死的。一群人立了军令状，哪怕梁一凡被揍得失去人形，也绝不能让笙哥提前知道这个秘密。

梁一凡还是搞不懂这件事到底和自己挨揍有什么关系："为什么是我被揍得不成人形？"

"你都为琨神和笙哥付出这么多了。"岑瑞语重心长拍他肩膀，"难道还在乎这一点吗？"

操场上，七班的广播操表演过半，操场边的掌声也一阵接一阵跟着响起来。

真要论效果，练得其实还不是特别整齐，但依然能看得出每个人都格外认真。方阵不需要每个人都上场表演，老贺不知道从哪儿找了一堆彩旗，淘汰下来的同学每个人发一杆，负责在边上围出表演区域，还是让所有人都上了场。

老贺笑眯眯看了一会儿，拍拍靳林琨，低声说了几句话，从他手里接过了录像机。

镜头仔仔细细地拉近，录着下面同学们的脸，从每个人身上扫过去。体委带头喊着口令，嗓门大得震耳朵。班长绷着脸，做得横平竖直，换身衣服就能去演机器人。段磊负责举彩旗，紧张到不行，很操心地压低声音提醒边上的人动作。姚强做到一半，抬头看见对着自己的录像机镜头，咧咧嘴想要笑，眼眶忽然不争气地红了一圈。

领操的男孩子动作标准干脆，运动服虽然宽松，依然能看得出鲜明的挺拔身形，干净得像是刚开始拔节的雪松。

哪怕有一点儿阴霾，都能被彻底抖落下去。

"都特别好，表现得特别出色！"一场广播操做完下来，老贺欣慰地带人回班，挨个拍肩膀，给一群学生们发棒棒糖，"我看了别的班的表演，还不如咱们呢……"

"老贺。"体委忍不住举手，"您这个'还不如'用得有点儿太精辟了。"

鲜明地表现出了班主任想要安慰大家的善良意愿。

比都比完了，该尽的力也已经尽力做到最好。众人如释重负地轻松下来，立刻跟着热热闹闹起哄，在老贺亡羊补牢的改口里闹成了一片。

七班是最后一个接受广播操检阅的，结束之后各自回班，交代几句作业和放假事宜，就可以回去继续享受短暂而难得的假期。夏令营的几个人原本想趁机混进队伍里，不着痕迹地悄悄离开，刚交完彩旗的段磊忽然在一片陌生的身影里发现了个熟悉的影子，高高兴兴打招呼："朋友！"

于笙正准备跟队回班，闻声下意识抬头扫了一眼。

梁一凡："……"

丁争佼想起了之前的对话："这就是你那个一见如故的朋友？"

"大意了。"岑瑞扶额，"老梁忽然毫无预兆提到这句话的时候，我们就应该意识到它在后文是有呼应的。"

好不容易做的预案一个都没能用上，夏令营众人抱成一团，眼睁睁看着于笙剥开棒棒糖放进嘴里，拍了拍段磊的肩膀："去，把老贺的眼睛蒙上。"

夏令营的好朋友们被他们笙哥含着棒棒糖揍了一顿，哭着跑了。

于笙把棒棒糖咬成两半，扔了那根细白的小棍，等着靳林琨从主席台悄悄溜下来："上面看着怎么样？"

借来的彩旗要去器材室还，几个班干部怀里抱了不少东西，于笙不着急回去，就把彩旗接了下来。

靳林琨接过来一半，陪他一块儿往器材室走："特别棒。"

向来不吝啬对舍友的赞扬，靳林琨单手拎着彩旗的旗杆，拿着录像机给于笙看："我都听见那群小姑娘的尖叫声了。"

这话倒是不假，于笙哪怕站在台上随便走两步都有人鼓掌，动作又协调，全套做下来几乎像是直接复制了标准的广播操示范录像，偏偏还做得严肃至极。这个年纪的男孩子认真做什么都格外有吸引力，干净纯粹的少年，哪怕没半点儿额外修饰，也能最直接地戳中人心底的地方。

两个人还了彩旗，坐在器材室里，一块儿看完了录像。看着于笙衣服上依然醒目的手绘图案，靳林琨忍不住悄悄牵了下嘴角，收起录像机，轻轻叹了口气。

于笙看他一眼："又怎么了？"

"想跟小姑娘说。"靳林琨弯弯眼睛，摸了摸他的头发，"你是我的好朋友，不跟别人走。"

器材室里虽然没人，可毕竟还是在外面，又说不定在什么地方有神出鬼没的监控。靳林琨过了把嘴瘾也就知足，重新把心思放在了于笙的成人礼上。

夏令营的人都已经准备好了，但也还要再详细布置。刚才丁争佼又给他发了几条消息，他抽空看了一眼，是让他挑蛋糕上的图案，担心于笙发现，还一直没回。

靳林琨起身往外走，单手拿着手机，隐蔽地回了两条消息。

走到门口，于笙忽然扯了他一把。

"怎么了？"靳林琨回神，飞快收起手机，停住脚步，"忘东西了？回去看一眼——"

于笙把人从门口拽了回来，关上了门，语速飞快："没给小姑娘看。"

靳林琨都忘了自己刚才说什么了，几乎有些没来得及反应："啊？"

于笙也叹了口气。

没等靳林琨反应，唇上微微一凉。小朋友稍微踮了下脚，一手还牢牢拽着他的袖子，把老师刚给的、剩着的那根棒棒糖，全怼进了他嘴里。

"没给小姑娘看。"于笙抬头，"上面看着怎么样。问你呢，好朋友。"

第八十二章

靳林琨含着糖，安静地炸了一会儿。

草莓味的糖，还剩小半颗，落在舌尖甜得不行，好像直往嗓子眼儿里面沁。

于笙转身要走，被他本能使力拉了回来。

"好朋友看了。"靳林琨低头，声音格外轻，"特别好。"

于笙唇角微绷了下，抬头看了他一眼。

"回去顺便去趟超市。"靳林琨摸摸他的头，"薯片还要吗，喜欢吃番茄的？"

于笙一看就是没怎么吃过这些零食的，买的时候很严肃地不准他多挑，后来边翻书边悄悄摸薯片吃，被他不小心撞见好几次。

还要立刻把视线挪开假装没看见，不然手立马就缩回去了。

于笙肩膀绷了下，看起来很想努力维持校霸的威严，到最后却还是没动："嗯。"

男孩子要强，服软的时候本来就不多。尤其干净的音色搀上一点儿鼻音，尾音软下来，带着一点儿发声时贴上皮肤的微震。

靳林琨没忍住，把人更往回拉了拉："还想要什么？"

于笙没反应过来："什么？"

"什么都行。"靳林琨抬起手，掌心拢上他的后脑，揉了两下，"许个愿，小朋友。"

于笙愣了愣，随即反应过来了他是在说什么事。

靳林琨低着头，镜片后的黑眼睛弯得柔和，视线倾在他身上，满满拢着他。

落在身上的视线实在太暖和，于笙不自觉地跟着放松，忍不住牵了下嘴角："不要了。"

靳林琨怔了怔，低头还要说话，已经被于笙握住了手腕。

"够了，不要别的了。"于笙抬头，迎上他的眼睛，"就要这么多，一直在行吗？"

靳林琨怔忡一瞬，落下视线。

小朋友可能是欠身边有个人烦到不行，每天过肩摔两次、什么胡思乱想的工夫都没有那种。

于笙被他箍进胸肩，跟着往前跟了两步。看起来有点儿疼，但依然一声不吭地蹙着眉，唇角抿得没多少血色。

靳林琨低头，在他背上轻拍了一巴掌："这么想多长时间了？"

男孩子倔得不行，这会儿了还低着头不说话，指尖紧紧攥着他的衣服，指节隐约泛白。

于笙闭上眼睛。

也不是一直想着。

平时也不会想，就是特别开心，特别高兴了，熟悉的隐约不安就忽然全无预兆跟着泛上来。

没不信，没不知足，就是有时候半夜做梦，会梦见一切又都不知道为什么就离开了，像父母曾经关上门那样，家里重新变得空荡又安静。

然后又剩下他一个。

"没想。"于笙肩膀绷得紧，清清嗓子，"没想，就当我没问，回家——"

靳林琨把他扣在墙角。

"本来想给你当生日礼物的，非得着急。"靳林琨低着头，气息很轻，"这下怎么办？现在给你了，回头再准备一份礼物也来不及。回头过生日了，小朋友成年了，我都没有东西送……"他的嗓音有点哑，语气一点儿训人的意思都没有。

于笙被他往手里塞了什么东西，怔了下低头，睁开眼睛，是一被掌心的温度蕴得微烫的钥匙。

"我们家短期内应该不搬家……也不换锁。"靳林琨低头看着他，"我要是跑了，你就来开我们家门，把我屋门板拆了，从窗户扔出去。"

于笙看着那把钥匙，一会儿才隐约回神，听见自己的声音响起来："……我拆你门板干什么。"

"随便说一个，反正我也不跑。"靳林琨看着他，"我知道，没事，别怕。"

"没事了。"他把人抱进怀里，拢着背轻轻拍抚，"我一直在，不怕了。"

再找个生日礼物这件事，在接下来的几天里成了统治靳林琨和夏令营其他无辜同学最严峻的问题。

"笙哥喜欢什么……学习？"岑瑞叼着笔，喃喃沉思，"送一套五三大礼包？精装版礼盒装的那个，我前两天路过书店的时候看见了，简直惊为天人……"

"回头。"夏俊华坐在沙发上，指了指客厅角落用来装水果的纸盒，"惊为天人的纸盒在那儿呢，你去问问笙哥，动作快说不定还要两套没写的过来。"

两个人在一块儿，文理又不担心买重，看什么练习册不错都顺手给对方带一本，市面上说得过去的习题模拟卷基本都被买了一遍。学习在这次的问题中彻底帮不上忙，重心只能再转到别的地方。

"比如游戏。"丁争佼努力发散思维，"笙哥现在在玩什么游戏？魔兽？吃鸡？"

靳林琨："开心消消乐。"

还没能从当初一路坠落黄金三的阴影里走出来，于笙最近都没打游戏，之前在靳林琨手机上发现了这款无聊的小游戏，就顺手打了一会儿。

然后没想到靳林琨居然连这种无聊的小游戏都被人家超了十来关，周赛前一百也没有姓名。

"所以这就是笙哥半夜敲我，让我帮他送精力瓶解锁的真实原因吗？"梁一凡忍不住感慨，"我对我区区一千两百多关的成绩感到羞愧。"

岑瑞推推眼镜："我对我区区两千三百多关的成绩……"

"行了行了，笙哥一会儿就回来了，赶紧说正事。"这群人逮着什么都能互相攀比，丁争佼忍不住催了一句，把话题拉回来，"还有没有别的什么选项，黑胶唱片？弹钢琴的喜欢什么，再想想……"

现买东西还要算快递的时间，不一定能来得及，也不一定就合适。一群人集思广益，凑在一块儿想了半天，直到于笙回来也没想什么中意的礼物，还要在于笙面前努力假装完全没事："笙哥，你看这个圆锥曲线是不是特别好看。""笙哥，你看这个单词它又大又长。""笙哥，你看，我们刚刚在讨论这道化学题……"

试图给笙哥再讲一道化学题的夏俊华被一群人合伙扔去阳台，冷静了二十分钟。

于笙其实知道这群人在忙活什么。

一群在酒吧都能刷题的学霸，忽然连这么宝贵的大好复习时间都不顾，搭伙跑到 A 市来玩，还软磨硬泡地一定要在他家留宿。要么就旁敲侧击地问他喜欢什么颜色，要么就不着痕迹地问他爱不爱吃奶油。明明一群人看着就没在学习，一看见他过来了，立刻手忙脚乱把卷子铺开："我觉得这个解析几何题啊……"

卷子都拿倒了。

要是再猜不出来，于笙觉得自己差不多可以再去配眼镜那家店，给自己也再配上一副。

"你就当不知道。"靳林琨揽着他肩膀，凑在耳朵边上说悄悄话，"他们可有成就感了，觉得他们成功瞒你到了现在，一定要给你个大惊喜。"

于笙牵起嘴角："本来也惊喜。"

家里已经很久没这么热闹过了，忽然塞了这么多人，好像把每一寸角落都填得满满当当。靳林琨往外看了看，确认了那几个人还在兴致勃勃出谋划策，压低声音给他提醒："小心一点，不光是好像。"

这几个人是真把家里的每一寸角落都填得满满当当。靳林琨配合他们把于笙调虎离山带出去，回来的时候正好看见这些人藏得到处都是吓人一跳的纸炮拉花，会蹦高的弹簧蛇，一碰就会跳出来边唱歌边闪光的南瓜头。孔嘉禾还没藏好，听见门响手忙脚乱地把厚厚一摞影印重点往衣柜里塞，粗略估计，一开门就能洒下来至少一半。

于笙揉揉额头："……你都告密完了，惊喜还在哪儿？"

"我不告密的话，我舍友可以不揍我吗？不能。"靳林琨已经找到了诀窍，非常自信，"但是我告密的话，小朋友就会塞糖给我。"

在学霸们看不到的厨房角落，他们笙哥红着耳朵尖，把跟进去帮忙打下手的琨神扯到那一盆葱葱郁郁的蒜苗边上，没好气地往怀里塞了一整桶棒棒糖。

短暂的假期一晃而过。

在确认了所有布置都差不多妥当后，一群学霸就又恢复了正常的学习进度，在两位学神的氛围下凑在一块儿，刷完了孔嘉禾带过来的所有习题。

六号的晚上，七班的所有同学忽然收到了老贺的短信。

每个学校的成人礼都不大一样，三中一习惯统一通知，但什么时候办，以什么形式办，都由各班级自己决定。学校给他们批了经费，哪怕出去远足都足够。大部分班级都已经举行完了，就他们班直到现在还没什么动静，他们班班长还以为老贺忘了，以各种方式暗示了好几次。

段磊妈妈正在做菜，听见儿子开门，拎着炒勺追出来："又去打游戏？作业写完了吗？"

"写完了，我们笙哥天天晚上给我们讲题！"段磊晃晃手电筒，披着衣服往门外钻，"我们老师让我们找个看得见星星的地方，我得出去找找……"

老贺的思路向来和别人不太一样。别的班的成人礼要么是去什么广场，要么是什么纪念馆，有懒得折腾的就在班里开个班会，宣个誓表个决心，经费全拿来买练习册。只有七班是在假期的大半夜，要求所有人开着视频，找个能看得着星星的地方聊天。

"我们在同一片星空下，这也是一种另类的相聚。也许在不久的将来，我们就会分开各奔前程，但只要你们抬头，看到同一片星星，就会知道其实谁都没有走远……"老贺坐在阳台，抿了口茶，"行了行了小崽子们别刷了，看见了。视频流量花了多少，明天班费报销。"

七班班群立刻友好和谐地清静下来。

"有同学问我，为什么一定要在今天——原因很简单，因为今天既能让你们接受心灵的洗礼，又能顺便提醒你们一句作业做完了没有。"老贺笑眯眯端起茶杯，在一片哀号里继续往下说，"而且我夜观星象，发现明天是个好日子……"

老贺经常用"明天是个好日子"的理由来布置随堂考试，七班人瞬间警惕，屏息等了半晌，视频里的小老头却只是又抿了口茶，轻轻笑了笑："老师祝你们成年快乐。"

"可能现在还早，你们还不能意识到成年意味着什么。"老贺语气认真起来，不急不缓，"成年了，意味着你们可以开始去追逐梦想，去实现期待，开始为自己负责。"

从现在起，你们已经和你们自己和解，接受你们人生里所有的开心和不快，坦途或坎坷。

你们已经有了完整的人格和自我意识，有权利自己去选择原谅或者不原谅，铭记或者不铭记。有权利把伤痕变成砥砺前行的痕迹碑刻，也有权利抹平它，让它彻底封存。

从现在起，人生是你们自己的。

你们有权利努力，有权利偏执，有权利追梦，有权利跟现实撞得头破血流。

"但也要记住，从现在起，只有你们自己才能为你们的人生负责。"

没一个人挂断视频，静悄悄的，只有隐约的呼吸声。

老贺顿了一会儿，又忽然补了一句："虽然从现在开始，你们理论上已经不算是早恋了。但毕竟还是高中阶段，要以学习为主，把有限的精力放在无限的学习上……"

七班同学："……"

体委忍不住出声："老贺，刚才的气氛非常好，您再多说一句我们就要哭了。"

"没事，没事。"老贺笑呵呵摆手，"反正你也没有对象，就跟着大家差不多听听就行。"

体委："……"

生活委员悄悄举手："报告，体委现在哭了。"

一群人毫无同情心地笑成一片，老贺也跟着笑起来，仔细看了看每个视频的屏幕，轻轻摆了摆手："好了，孩子们。我想跟你们说的话不多，也不希望能跟谁明年再见一年。"

老贺扶了扶眼镜："我恨不得你们每个人带着书包利索滚蛋，滚进你们心仪的大学，或者什么别的你们一定要实现的未来。"

"在这之前。"老贺把手机翻过来对着夜空，只能听见他的声音，"记住你们的星星。"

于笙坐在阳台上，看着手机。

一个人接一个人把手机翻过来，群视频的屏幕拼成一片夜空。

手机的摄像头追不到多少光，只能看到最醒目的那几颗，穿透夜幕，闪着格外明亮的光。

"成年快乐。"老贺笑了笑，温声祝福着这个说什么都不愿意把生日说出来的学生，"前途似海，来日方长。"

第八十三章

视频结束了挺久，于笙才把手机收起来。

老贺没告密，七班同学们还不明就里，在群里争先恐后抢着老贺的口令红包，一句接一句的"成年快乐"。

于笙也跟着抢了个红包，七块钱，排在第二。体委的手气最好，但是一点都不开心，谁敢提就要追着谁决斗。

没人体会他的痛苦，班长火速禁了体委的言，把红包金额的截图传遍了整个班群。体委心痛欲绝，不死心地挨个私戳：**惨无人道！人性呢？！**

于笙看着那个"11.11"的金额，忍不住跟着牵了下嘴角，也跟风把截图保存下来，发了个朋友圈。

七班班群热闹了好一会儿才静下来。

看岑瑞他们的架势，于笙本来以为一过十二点自己就得被绑出来过生日，结果安安静静的一点动静都没有，只有靳林琨轻手轻脚关上了阳台门。

"剩下的人都得白天才到，最晚的一个中午十一点半。"靳林琨指指自己，"车站离家十分钟，洗漱五分钟，我的任务，至少让你睡到十一点三十五分。"

于笙对学霸们严格的时间观念叹为观止，"还有多少人来？"

靳林琨没说话，笑着靠过来："保密。"

这人现在才想起来保密，于笙收起手机，想说话，忽然被暖融温度整个覆上来。

十月份，外面的风已经挺凉。靳林琨拉着他，拿外套把他整个人严严实实裹住。

热意一点点透进来，有点烫。

于笙低头看了一眼："……你怎么还揣了个热水袋出来。"

"失误。"靳林琨也有点尴尬，"梁一凡出的主意，说这样可以显得更加温暖一点。"

但人家梁一凡的主意是用热水袋把怀抱捂暖之后，拿出去安慰失落的朋友。

结果他坐在卧室揣着那个热水袋，隔着扇窗户看着于笙一个人站在阳台，对着手机出神。靳林琨轻咳一声，一只手不着痕迹地打算把破坏气氛的热水袋撤掉，被另外有点儿凉的手按住，接了过来。

"我挺好的。"于笙拿着那个热水袋，在掌心里握了握，"刚才我们班老师给我们过成人礼。"

靳林琨安安静静听着。

于笙低头，抿起嘴角。

好像有很多话想要说，又好像什么都说不出来。只知道心脏是满的，胸口是满的，有很多真实的温度和力量蕴在连自己都看不到的地方，保护着他走到现在，也可以支持他继续往下走很久。

"哥。"于笙阖上眼，安安静静靠了一会儿，忽然出声，"我们老师刚送了我一片星星。"

靳林琨："……"

半个小时后，靳林琨守着睡熟的男孩子，给客厅的一群人发消息：还有什么生日礼物，急。他们老师把星星送完了。

一群学霸已经在这件事上耗尽了所有的想象力，得到这个噩耗，集体的气氛都跟着凝滞了一瞬。

孔嘉禾：都送了吗？要不要和他们讨论一下，比如他们送大熊星座，你送猎户星座……

梁一凡：放弃吧，琨神，天命难违。

岑瑞：所以说就来最标准的套路算了，把你送给笙哥，从此长兄如父扎根在笙哥家，把笙哥空缺多年的家长部分填充完整，这个别人还都送不了。

丁争佼：我们英语老师说过，不要小看套路，套路是最有效的，就像英语作文，你就按照套路写，百分之九十比你自己发散思维的成绩好。

靳林琨很犯愁：可我现在就扎根在家了。

"笙哥成年筹备小组"整个安静了一瞬，梁一凡幽幽发过来条消息：琨神。

靳林琨：？

岑瑞很熟练地接上：你从门缝往外看，我们在发光。

于笙原本以为睡到十一点是一件挺艰巨的工作，躺下的时候还在想靳林琨会用什么办法保证他能睡十个小时，结果一觉醒过来，居然就已经临近了中午。

安安稳稳的，一个梦都没做。

昨天非要在客厅蹭住的一群人已经不见了，就剩下靳林琨一个，全程寸步不离地跟着他洗漱，还在努力试图从他嘴里问出还想要什么。

"不用藏，我看见你手里的眼罩了。"于笙擦了把脸，把毛巾放回去，"最好让我自己戴，我要是没准备，说不定会不小心把你扔出去。"

靳林琨摸摸鼻尖，轻咳一声："朋友，其实——"

话音没落，门铃正巧响起来。

猜着这群人大概是要把自己蒙上眼睛带去什么地方，于笙没在意，过去顺手开了个门，忽然被迎面涌进来的彩带金纸结结实实罩个结实。

"看，我就说让琨神拿个眼罩分散笙哥注意力，绝对好用！"岑瑞兴高采烈地抱着蛋糕，几步钻进客厅，放在早准备好的桌子上，"朋友们，动手！"

大半个组的同学都挤在门口，有几个还风尘仆仆地背着书包，呼啦啦进门，把手里拿着拎着的东西塞了他满怀。于笙晃了下神，怀里已经被塞了七八样礼物，五颜六色的碎纸彩带夹着金花，飘飘扬扬地落下来。

哪儿也没去，一群赶早班车过来的学生热热闹闹挤进了他们家。少年人鲜亮的活气迅速充盈了整个客厅，也不知道这些人到底排练了多少次，趁着于笙没反应过来的工夫，已经动作飞快地掏出早准备好的风铃捕梦网小彩灯，挂了满墙。也有贴便利贴的，摆小摆件的。岑瑞摸出个大号的手办放在沙发靠背上，孔嘉禾小心翼翼护着一对喜气洋洋的瓷娃娃，来回看了看，藏进了电视柜的最深处。

"笙哥，生日快乐！"梁一凡猜丁壳猜输了，冒死过去，把纸做的小皇冠戴在他脑袋上，"祝你——"

早准备好的词都忘得差不多了，他清清嗓子，凭直觉继续往下说："祝你年年有今日，岁岁有今朝……"

于笙吸了口气，点点头："谢谢，估计没问题。"

不知道是谁最先笑出声，一群人转眼就笑倒成一片。

岑瑞他们在于笙家客厅强行蹭住了好几天，已经非常自在，笑趴在沙发上，瘫成一片跟着起哄："年年有今日，岁岁有今朝！"

于笙还有点没反应过来，抱着满怀的礼物，下意识回头找了找。

靳林琨就站在他身后，迎上小朋友的目光，他镜片后的眼睛就轻轻弯起来，抬手揉了揉于笙的头发："生日快乐。"

有他开了个头，剩下的声音就一声接一声地灌进来。

丁争佼扯着夏俊华，忙着给蛋糕上插蜡烛点着。岑瑞熟练地关了所有的灯，孔嘉禾尽职尽责哗啦一声把窗帘拉得严严实实。梁一凡吹了两声口哨，起了个调子，有人开始拍手唱歌："祝你生日快乐……"

靳林琨的声音混在一片歌声里，低沉柔和，温存地拢着他，像是在耳边低喃。

火苗跳跃起来，于笙闭上眼睛站了一会儿，吹灭了蜡烛。

灯再亮起来，于笙才有工夫细看客厅。到处都是新添的装饰，从北欧风到中式田园风应有尽有。铁艺摆件的线条马上面坐着个慈眉善目的圣诞老人；长颈鹿脖子上挂着栓了红线的铃铛；还有幅镶裱过的字画挂在墙上，据说是老万托人带来的礼物。

蛋糕放在最中间的桌子上，边上放了不少零食饮料。整个款式都是靳林琨做主挑的，上面画的画非常抽象，连负责做蛋糕的丁争佼跟夏俊华都没看出来究竟是个什么东西。

"是琨神提供的图样。"夏俊华毫不犹豫地把人卖了出去，"说实话，蛋糕店老板其实是不想做的，做完之后还特意提醒我们，一定不要照相发朋友圈。"

丁争佼补充道："如果我们所有都能不发朋友圈，他们愿意再免费送我们一个小草莓蛋糕。"

看着一群围着蛋糕猜测是鳄鱼还是长毛穿山甲的人，靳林琨坐在沙发上，有点怅然："我画了好几天的，这么不像吗？"

于笙牵了下嘴角，没说话，在他身边坐下来。

他其实看见靳林琨画了，画了擦擦了画，修改了好几次。

没想到也是为了这个。

"其实挺好的。"于笙拍拍他的胳膊，迎上靳林琨跟着亮起的目光，唇角忍不住扬起来，"你画得要是再好看一点儿，我可能就不忍心吃了。"

靳林琨："……"

一群规矩矩的学霸，哪怕过个生日也没有想到过砸蛋糕。拿着蛋糕算了半天怎么切等分方便，最后还是选择了最朴实的切法，人手一块蛋糕颤巍巍传了过来。

靳林琨接过来两块，把上面还有个完整草莓的那一块递给了于笙。

于笙平时不那么爱吃甜的东西，靳林琨怕他不喜欢，特意减了糖量，这会儿看着他低头认认真真一小口一小口地吃蛋糕，忽然有点儿后悔。

应该多放一点糖的。

把这些年的，全都想办法补回来。

学霸们凑到一块儿，开始还好好的玩什么真心话大冒险，后来三句话跑不偏学习，没过多久就又争起了最近的疑难杂题。几个人凑在一块儿争论解析几何好用还是空间解题王道，孔嘉禾忽然一拍桌子，爬上凳子站起来，一群人才想起去看他的杯子。

岑瑞找到了罪魁祸首，晃晃瓶子："酒精含量，百分之十四。"

夏俊华非常自责："大意了大意了，它的淡粉色包装看起来太单纯了，没想到还暗藏这种玄机。"

梁一凡抱着孔嘉禾的双腿："你们先想想办法，副组长好像有点高。"

孔嘉禾脸色通红，努力挥舞着胳膊："解析几何的美妙你们想象不到，解析几何万岁！"

孔嘉禾只是个开始，喝高了的不止一个，客厅转眼兵荒马乱。丁争佼没想到一个生日能过成这样，焦头烂额给于笙道歉："笙哥，我们没有料到事情会有这样意料之外的发展……"

要是平时，一口下去发现不对劲也就停下了。偏偏今天他们买了一堆饮料，刚才还玩儿大冒险喝了好几轮。什么樱桃味的可乐、崂山白花蛇草水，岑瑞他们没安好心，还偷往几瓶可乐里兑了点儿酱油。

乱七八糟的味道都试过了，从没碰过酒的好学生不明就里纷纷中招，转眼就成了群魔乱舞的斗题现场。就在丁争佼过来道歉的时候，两个对校的学霸还在撸胳膊挽袖子准备决一死战，晃晃悠悠拍出一套模拟卷撂在桌上，大马金刀对坐刷题，边上的人拉都拉不住。

负责筹划的丁争佼都不敢抬头，深吸口气还想再道歉，已经被靳林琨顺手往边上扯了过来。

丁争佼有点茫然："笙哥，琨——"

靳林琨朝他比划了个"嘘"的手势，含笑指了指于笙手里的录像机。

于笙单手一撑，轻轻巧巧坐在沙发背上，占据了个好的视角，详细记录着眼前难得一见的场面，抽空朝他眨了下眼睛，嘴角跟着扬起来。

丁争佼愣了一会儿，不知道为什么想起了岑瑞那时候的话。

可能只有在这种特别偶尔的一瞥里，他们才会忽然发现，原来眼前这个好像什么事都能替他们扛的、好像比所有人都更坚定的男孩子，原来才刚刚成年。

明天还有课，不能放任这一群人这么群魔乱舞，不然明天不止一个学校要杀过来要人，说不定还能上什么社会版面的新闻。靳林琨等着于笙录够了像，就拉着几个还清醒的人把饮料酒水收拾好，给于笙又倒了杯饮料解渴，又帮几对决一死战的学霸们简单判了判卷子。

"睡一觉就行了，赶晚班车还来得及，大不了直接一桶水泼醒。"梁一凡以前也偷喝过几次酒，比较有经验，接过重担主持大局，"帮笙哥把屋子收拾了，别弄得乱七八糟的，要有美感，不要破坏整体的造型风格。"

根本就一点儿造型风格都没有。

众人行动很利落，好不容易把醉倒的几个学霸在沙发上叠成一堆，挽起袖子帮忙把零食袋子和蛋糕空盘汇拢到一块儿，彩带金纸非常物尽其用地搜罗到一起。

"还要吗。"岑瑞拎着一大袋子彩带，"这东西还有什么用？"

夏俊华意犹未尽，拍拍他的肩膀："留着吧，说不定再过两个月，又有哪个幸运的小伙伴过生日了……"

于笙不太习惯看着一群人忙活，几次想帮忙，都被齐心协力按了回去。

"盛情难却，让大家再发挥一下实力。"靳林琨唰唰判着卷子，扫一眼打上两个勾，单手拍拍他的手背，"还想不想吃蛋糕？"

蛋糕买得其实不小，但来的人多，分到的也没多少。靳林琨还在盘算着一会儿要不要出去找找，看看再给小朋友专门买一块蛋糕回来。于笙已经摇了摇头，拿起桌上那瓶放倒了不少人的酒，来回研究了一会儿。

"这个不行。"靳林琨吓了一跳，抬手拦他，"这个比啤酒度数高多了，不一定会引发什么效果……"

"我知道。"于笙点点头，把那瓶酒放在桌上，捏着瓶沿转了个方向，"你从这个角度看。"

靳林琨心说从哪个角度看它也是十四度，放下笔刚要抬头，动作忽然顿了顿。

"哥。"于笙坐在他身边，"你觉得它像不像你刚才给我倒的饮料，桃子味的。"

第八十四章

小朋友看起来还挺冷静。

靠在沙发里，身边放着个彻底空了的杯子，侧着脑袋看他。

靳林琨摘下眼镜擦了擦，重新戴上，拿起那瓶酒仔细看了看："是这样的，我可能能解释——"

话说到一半，忽然顿在了嗓子里，没能接着说下去。

于笙看着他，眼睛忽然弯下来。

男孩子平时都板正，肩膀挺得比谁都直，这会儿格外放松地陷在沙发里，枕着靠背，安安静静地扬着嘴角，眼睛里蕴含着一点干净的湿气。

靳林琨覆上于笙的额头，摸了摸温度。

有点扎的短发主动抵上他的掌心。

好歹也是三中的扛把子，啤酒喝过不少，于笙的酒量其实没那么差。就算被靳林琨管着这么长时间没沾酒，也还不至于像沙发上叠着那几个似的，忽然震声宣战，然后不知道从哪儿掏出卷子跟计时器现场决一胜负。

但是好像又不那么想清醒。

意识稍微比平时迟钝了那么一点，有什么控制不住的情绪翻涌着往外冒，胸口烫得像是揣了个热水袋。眼前像是蒙了层雾气，看什么都不清楚，又好像什么都能牢牢记在心里。

"哥。"于笙半个身子陷在沙发里，在耳边热热闹闹的笑声里出声，"哥。"

也不说有什么事，只是一声接一声地叫他。

"我在。"靳林琨看着他，手指轻轻一侧，沾去他眼尾的湿气，"再笑一下，听话。"

小朋友乖得不行，稍微反应了一会儿，唇角扬了扬，平时冷淡凌厉的眉眼就听话地弯下来。

靳林琨眼睛也弯了弯，摸摸他的头发："钥匙带了吗？"

运动会结束那天他没忍住，在器材室就把家钥匙给了于笙，结果就不知道让于笙收到了什么地方。

问也不告诉，本来还想往上面再栓个小恐龙的钥匙链，也没能栓成。

于笙侧了侧头，在他手掌底下想了想，点点头，拉开领口，一条细细的红线从男孩子的颈间露出来。

靳林珉愣了下。

"要用？先借你。"于笙稍微坐起来，抬手要往下摘，"就这一把，你记着还我——"

靳林珉忍不住拉住他的手："不用。"

少年陷在沙发里，坐得要比他稍微低一点，抬起眸光，微仰着脸看他。

"不用。"靳林珉轻声开口，俯身把他从兵荒马乱的客厅里分隔出来，握住那把钥匙送回去，"给你，好好拿着。"

梁一凡正在安抚一个闹着要成绩的醉鬼，焦头烂额抬头："珉神，你卷子批完了吗——"

梁一凡："……"

梁一凡飞快噤声，不着痕迹地偷渡过去，把那几张卷子偷渡回来稍做加工，每人发一张："行了行了行了你们都特别棒，棋逢对手将遇良才，都一百分，看这个小红花好不好看……"

一屋子的醉鬼运不出去，靳林珉决定换个思路，帮小朋友把钥匙重新在衣领里藏好："等我一会儿。"

他站起来，简单收拾了几样东西，又跟丁争佼他们低声交代了几句。

"不用不用！"丁争佼吓了一跳，"珉神，你跟笙哥好好在家，我们这就去接凉水，三分钟内把他们运走……"

靳林珉扬了下眉，没来得及开口，梁一凡已经眼疾手快捂住了七组组长的嘴："没问题没问题。珉神，你尽管带着笙哥出去。"

梁一凡四下扫了一眼，语速飞快："我们一定锁好门窗，绝不乱碰东西，收拾好客厅。等他们清醒过来，就把他们平平安安送回家。"

靳林珉笑了笑，说："多谢。"

他回头去领还坐在沙发上的于笙，把人带到身边，低声耐心地说着话。

丁争佼还是觉得这样不妥当，扯了扯梁一凡："这样好吗，咱们就占着笙哥的家，让人家两个人跑出去？"

"你以为珉神是带着笙哥出去干什么？"梁一凡拍拍他的肩膀，非常神秘，"你要知道，笙哥今天成年了。成年是个有纪念意义的日子，成年的笙哥要去点儿跟平时不一样的地方……"

丁争佼还没反应过来："什么意思，珉神要带笙哥去哪儿？"

这种话当然不能明着说。梁一凡恨铁不成钢，扯着他还要低声解释，被靳林琨领着过来收拾东西的于笙正好听见了："他要带我出去，做成年才能做的事。"

梁一凡："……"

丁争佼："……"

这么点酒，当然是根本不足以真把堂堂三中校霸放倒的。但于笙跟在靳林琨身边，身心都放松得不行，没刻意维持着清醒，整个人就多少还是受了点酒精的影响。

每个人受到酒精影响的反应都不太一样，有人会特别活跃；有人会特别混乱；有人睡得特别沉，叫都叫不醒。

于笙哪种都不是。

于笙特别诚实。

问什么答什么，思维流畅逻辑通顺，看起来比平时还理智。

眼看于笙还要再详细说，梁一凡眼疾手快，抄起跟草莓味的棒棒糖三秒扒开，送进于笙嘴里："哥，我知道了，你吃糖，琨神让买的……"

看着他们笙哥居然真的自己含着棒棒糖站在了边上，夏俊华托着下巴，忍不住惋惜："听笙哥说完不好吗？"

"当然好。"岑瑞拍拍他的肩膀，"给你出道题，你觉得笙哥醒来以后，大概需要几秒钟让我们不着痕迹地消失在这个世界上。"

夏俊华闭上嘴，和大家一起，齐心协力把笙哥和琨神送出了家门。

靳林琨叫了辆出租车，和于笙一起坐在后座，低声跟他说话："跟他们说别动你东西了。让他们清醒一会儿，这样也回不了家……"

"没事。"于笙还在吃棒棒糖，脸颊稍微鼓起一点儿，咬着小白棍含糊出声，"又没什么东西。"

于笙穿着外套，身上有点发热，不知道是刚才闹得还是因为那一点儿酒精的缘故，耳朵比平时要红，整个人都显得格外乖。跟他一块儿坐在后排，两只手还规规矩矩放在膝盖上。明明成年了，反而比平时显得年纪更小了一点。

靳林琨实在忍不住，侧过身，又揉了揉他的头发："知道要去哪儿吗？"

于笙抬头。

他看了一会儿靳林琨，才反应过来对方在问什么，仔细想了想，摇了摇头。

靳林琨轻笑，敲了下他的额头："不知道就敢跟我出来？"

"随便去哪儿。"于笙轻抿了下嘴角，没躲开，低头，"去哪儿都行。"

靳林琨笑了笑，正要跟他说实话，于笙忽然往口袋里掏了两下，摸出满满的一捧各式各样的小零食，全塞进了他的手里。

怪不得生日聚会开到一半，岑瑞他们忽然到处找是不是丢了一袋子零食。

看着小朋友一脸冷静地往自己手里塞花花绿绿的小食品，靳林琨轻咳一声，飞快拿衬衫衣摆兜住了，侧身挡了挡后视镜里司机越来越好奇的目光："怎么这么多？"

上一次于笙忽然这么给他糖，是为了让他在吃完之前回来。这次他们俩又不分开，显然不是做这个用的。

眼看于笙居然还在外套口袋里塞了两罐旺仔牛奶，靳林琨几乎有点儿兜不住，堪堪接住了那两罐红通通的牛奶："朋友，你这个外套的口袋有点大……"

于笙拉开拉链，又掏出来一大袋旺旺雪饼。

靳林琨："……"

男孩子个头高，身形又清瘦，身上藏东西很不明显，出门的时候居然谁都没发现他带了这么多东西。

靳林琨到最后也没问出来他这次为什么忽然要给自己零食。眼看前面的司机已经好奇到快疯了，几乎要抬手关广播开始跟后排乘客聊天，及时地咳嗽一声："师傅，前面路口右拐就到了。"

司机发出了异常遗憾的叹息声。

于笙还有点没反应过来，依然很规矩地和他一排坐着，抱着那一堆小零食，仰着脸看他。

靳林琨忍不住牵了下唇角。

"我收着。"他看着于笙的眼睛，"都收着，带你回家。"

说是都收着，到最后靳林琨的浑身的口袋都没装下这么多东西，还是半劝半哄着让于笙帮忙拿了一半。

市里老牌的高档小区，门禁挺严格，外来车辆只能停到小区门口。靳林琨付了车费，目送着惋惜到不行的司机师傅离开，领着于笙穿过门禁，一边耐心地教他记路。

今晚的天气是这几天里最好的，没什么风，不穿外套也不算太冷，天上的星星比平时都多。

秋意一天比一天浓，树叶已经开始落下来了，在人行道边上积了不少。于笙低头专挑着有树叶的地方走，看起来听得不太认真，居然也稳稳当当跟上来，一点儿都没走错。

难得遇到于笙这么乖的时候，靳林琨见缝插针地翻出手机，忽然握住他的胳膊："于笙。"

于笙循声回头，靳林琨眼疾手快，按下了快门。

小朋友抱着小零食，安安静静被他领着，就站在他的身边。

星星格外亮，全映在了润泽明净的眼睛里。

出电梯的时候，靳林琨把他怀里的零食都接了过来，让于笙去拿钥匙开门。

也不知道钥匙上的红绳是什么时候栓的，或者说不定是从那个不锈钢哨子来的灵感。于笙看起来非常沉稳，从领口掏出钥匙，弯腰对进锁孔，拧了两圈咔嗒一声打开门，抬头看着他。

靳林琨忍不住笑意，打开灯把人拉进家门，及时表扬："真厉害。"

靳父靳母正在环游世界，家里没人。靳林琨反锁上门，把零食一股脑堆在玄关的柜子上，弯下腰去给他拿拖鞋，没想到于笙也跟着蹲了下来。

"你蹲下来干什么。"靳林琨轻笑起来，"换鞋，家没人，就咱们两个……"

于笙点了下头，靠着门，视线落在屋子里。

靳林琨的房间和他的很不一样。

这里有明显的、真实生活过的、满满当当的清晰痕迹。

各式各样的奖杯被随手塞在书架角落当书立，地毯上散放了几本大部头精装书，台灯被掰成了有点奇异的姿势，看起来在努力成为某种抽象派的艺术作品。

月光透过窗帘的缝隙，轻柔覆落在宽敞的双人床边沿。

"给你。"于笙靠了一会儿，撑着挺起上身，把最后一袋薯片也从衣服里翻出来，"哥，这个好吃，给你。"

他打开那袋薯片，来回努力晃了半天，找了最大的一片，拿起来递到靳林琨唇边。

过了好一会儿，靳林琨才忽然明白过来，这次于笙就是想给他。

不为什么，不是怕他走，不是为了让他稍微早一点儿回来。就是想把喜欢吃的，看起来好吃的，都给他。

靳林琨胸口有点烫，摸摸小朋友的头发，领着他一块儿站起来。

于笙捏着薯片，抬起眼睛望他。黑白分明的眼瞳像是被水洗过，明净乌澈，盈着一点光亮，倒映着他的影子。

靳林琨朝他笑笑，低下头，叼住那片薯片。

番茄味的。

第八十五章

第二天。

"笙哥，你还好吗？有没有什么不舒服的地方？"

段磊都已经拉着一群小弟替他编好了请假条交上去，没想到于笙居然在预备铃响之前进了教室，忧心忡忡围着他转圈："我一个一见如故仿佛亲兄弟的好朋友跟我说，你今天可能不太方便，不一定能来上课，让我们帮你打掩护。"

去靳林琨家谁都没带书包，来学校前两个人还回去收拾了趟东西。于笙好不容易才把靳林琨从他们学校后墙扔过去，自己还困得厉害，按着额头睁不开眼睛："没事。"

夏令营那群人来过运动会，他差不多能猜到跟段磊一见如故的是谁："和你那位亲兄弟说一声，他充电宝落我家了。"

段磊："……"

于笙看起来没什么大碍，心情看起来也挺好，被他们这么骚扰也没烦，就是趴在桌上补了一上午的觉。最后一节课是老贺的，于笙课间醒过来换书的时候，被老贺很关心地单独谈话："听说你扶着老奶奶过马路的时候捡到了一百块钱，在原地等失主期间发现有人跳水，跳下去救人的时候不小心着凉了，所以有一点轻微的伤风感冒……"

老贺离开后，段磊收回了笙哥心情挺好这个结论，捂着脑袋想不通："这么写假条不是显得理由充分一点吗？"

他们班班长一时大意，居然让这个请假条直接交到了老贺手里，忍不住感慨："那你这个理由也太充分了，你怎么不写笙哥拯救世界的时候卡马路牙子上了呢？"

幸亏接假条的是老贺，考虑到他们班扛把子的尊严问题，没给其他老师看，还把假条原件还给了于笙。

"你以为老贺这么善良？"体委有过这个经历，幽幽翻开书，"原件有什么用，以后你哪天犯错了，老贺就会打开手机，翻出一张清晰的照片给你看，并且试图和其他老师借一个咱们学校贴吧的账号……"

附近的几个人都打了个激灵，看了一眼讲台上笑眯眯仿佛毫无战力的老贺，纷纷老老实实低头，飞快翻开了书。

段磊迎着于笙的视线，张口结舌地坐了一会儿，哆哆嗦嗦抓住姚强的肩膀："老姚，我还有十七套卷子，五本练习册，一本新买的牛津词典，都留给你，你记得帮我上两炷香……"

一片兵荒马乱里，于笙睡了三节课，稍微有了点精神。

没把段磊跟假条一起销毁，于笙靠着窗户，听了一会儿课。

国庆小长假后的第一天开学，困的不止他一个。好几个人听着听着课脑袋就往下点，记笔记的笔尖都记到桌子上去了，虚空画着符，大概连自己都不清楚写的究竟是什么内容。

老贺针对这种情况，决定利用这点时间做些更有意义的事："同学们，把书合上，拿出一张纸来。"

不管到了什么时候，这句话都能当仁不让地被列进所有人学生时代阴影最强烈的内容之一。

老贺的话音刚落，一群人就慌乱起来。

"怎么回事怎么回事，又随堂小测吗？！"

"假期结束的清算？为高考提前吹响的号角？"

"我什么小抄都没做！最近要求背诵都哪几篇？快快快帮个忙……"

"……让我们写下自己这两个月的短期目标，认真点写，一会儿班长收上来。"老贺推了推眼镜，看着一群学生兵荒马乱地四处求援，笑眯眯继续把话说完，"怎么样，还困吗同学们？"

彻底吓精神了的七班同学连话都说不出来，按着心脏恍惚拿起笔，按照老贺的要求，写下了自己在十月十一月份的短期目标。

这也是三中的传统。

过了这一段到年末，就要迎来艺考统考的第一道大关，所以会让学生们把目标写下来，等到十一月末再发下去。既是个激励，也是个自省，看看自己有没有实现当初的期望，是不是又荒废了时间。

七班同学的短期目标很明确，就是在十一月的期中考试战胜一班的英语平均分。

"怎么还战胜啊？"办公室里，一班班主任愁得发际线都直往上跑，"能不能别拿我们班当假想敌，我们都换了英语老师了！"

七班人的斗志非常强，运动会遇上一班人就打了鸡血似的使劲也就算了，板报做的要比一班好，卫生评比分要比一班高，连十一过后高三新改的课间跑操，都要把口号喊得压一班一头。一班现在全班都极其有压力，体育课都不敢去上了，每天埋头学习，生怕英语平均分真被追上来，或者被七班人从第一考场挤出去。

"这不也很好吗，互相竞争互相进步。"老贺倒是不怎么着急，一张一张翻着自己班同学的短期目标，"孩子们的目标是要鼓励的，不能压制他们，要给他们发挥的空间……"

被一个班的学生小狼似的天天盯着确实影响发量，但也不得不承认，对同学们的良性竞争同样有着不少好处。一班班主任摸着最后一点头发难受了一会儿，也重新振作，凑过来一起八卦："怎么样怎么样，你班那个702目标是什么？"

于笙考出的这个分数不光刷新了三中的历史，也几乎平了省文科的最高分记录。虽然有着文科科目判卷相对较松、主观性较强、考查范围不全面的情况，离高考剩下大半年，也可能会有一定的变数。可于笙的分数，也依然足以让一群被生源好教育资源好的高中压了多少年的老师们期待一个市状元独苗苗的诞生。尤其这个独苗苗还客气地婉拒了所有学校递过来的橄榄枝，表示三中的学风校风就非常适合高考复习，哪儿都不想去。

"不要叫702，我们孩子有名字，叫于笙，别给他压力。"老贺边唠叨边翻，很快在一摞高度统一的"碾压一班！英语冲冲冲！"的目标里找到了张格外干净利落的笔迹。

一班班主任仔细看了一会儿："他还学车？"

老贺摸摸下巴："有可能，他刚满十八岁，确实在法律上允许考驾照了。"

三中校风包容，挺支持学生发展个性，尤其于笙这种不太能让老师教的学生，学个车倒也不算多离经叛道的事。

一班班主任仔细想了半天："科目二……用学两个月吗？"

"用吧。"老贺点点头，扶了下眼镜，"我当初学了半年，科目二很难的。"

短期目标是搞定科目二的独苗苗坐在教室里，叼着靳林琨中午送过来的牛奶，正给一群立志要攻克英语难关的同学们讲题。

在竞争的动力下，学习的浓厚氛围从小长假开学伊始就笼罩了整个七班。

暴秦回来了，被同学们对英语的磅礴热情弄得受宠若惊，摩拳擦掌的节节自习课补课答疑，还和靳林琨这个临时代课老师详细地交接了补习的内容和进度。靳林琨正式失业，有点儿失落地空虚了几天，就又恢复了每天中午一起吃饭、放学过来接于笙回家的日子。

最近天气越来越冷，又加了项拉着于笙吃火锅。

对于火锅这种完全不受厨艺影响的食物形式，靳林琨接触了两次就有了相当的好感，每天变着法地琢磨能给小朋友煮点什么补身体，每到晚上快放学的时候就开始发菜单和锅底过来让于笙选，也不知道是不是为了诱惑他快点儿出校门。

"再看一遍，一会儿重新讲。"于笙扫了眼屏幕，给靳林琨回了两条消息，放下手机，"说吧，哪儿不清楚。"

于笙的英语是个心结，一度卡在词汇量上，这一篇总算翻过去了，学习进度就开始突飞猛进。

英语的第一道难关是词汇，第二道难关就是各种时态语法。于笙讲题不着急，也不带多少个人情绪，按部就班地来，什么地方不懂就再教一遍。

态度跟坐在后墙上替人群架镇场看起来没有任何区别。

"……这么一说，我这道题忽然就不太敢不会了。"虽然知道这个评价是因为笙哥动手也是没什么感情波动的冷静秒杀流，但姚强依然本能打了个哆嗦，捧着练习册抬头看段磊，"如果我再错一个类型的语法题，笙哥会不会把我抢起来钉墙上？"

段磊自身难保，拍拍他的脑袋："说不好，但是可能会被笙哥祝你游戏一定一帆风顺，把把不扛毒，遇到的队友一个都不是天坑。"

于笙正给学委讲着题，姚强忽然失魂落魄飘过来："笙哥，你把我钉墙上吧……"

于笙："……"

于笙觉得自己讲题的态度明明就比靳林琨诚恳，完全弄不清这群人又联想到了什么，放下笔才要说话，他们班班长忽然喘着跑进来："笙哥……老贺找你，教育处。"

于笙最近忙着回家吃火锅，连架都没怎么打。不太清楚怎么会忽然在这个时候找自己，三言两语给学委又讲了一遍题目，拿起手机上了楼。

教育处不光有老贺，还有靳林琨。

还有一个四十出头的中年男人。

靳林琨一只手背在身后，正艰难地试图给他发消息，一条消息没打完，已经在门口看见了本人。

男人西装革履，戴着金丝眼镜，一看就不太适应三中的气氛，无从下手地跟教育处主任解释："我真的是于笙的家长，这次找他来是给他办迁出户口的事……"

"少来这一套，你们来挖人的怎么编故事的都有，上次不还说是他失散多年的表哥吗？"教育处主任这些天已经不知道抓了多少外校混进来挖人的了，早总结出了一套鉴别方法，扫了他一眼，"你说你是他家长，他在哪个班，跟同学相处的好不好，是个什么性格，有什么爱好特长，老师是谁，平时学习成绩怎么样？"

中年男人张了张嘴，神色微滞，准备递名片的手忽然卡在了半道上。

教育处主任冷笑一声，朝靳林琨扬扬下巴："你说。"

靳林琨回了下头，把于笙往身后护了护："主任——"

小朋友在他身后，握住了他的胳膊。

学校的暖气来得早，于笙靠着窗户，座位就挨着暖气，加上每天被他强行套在身上的厚实衣服，手一点儿都不凉。

"高三七班。"靳林琨侧了下身，迎上于笙的视线，声音比平时轻一点，"跟同学相处得特别好，在他们班特别有威严，他们班同学都愿意跟他玩儿。性格比谁都好，答应别人的事一定能做成，喜欢学习，钢琴弹得非常好，好几个央音的老教授都想挖他。"

"特别优秀，什么都能做好。这次模拟考考了702，英语还有些弱项，还能继续往上提分。"

靳林琨顿了下："这是他们班主任贺老师。他们数学老师姓周，办公桌在贺老师对面。英语老师姓秦，不姓鲍……"

"行了行了带人出去——看见了吗？我不管你是哪个学校的，利索点走人，我们孩子没工夫搭理你。"

眼看隔壁学校兔崽子越说越多，几乎要弄清楚他们整个教学机构。教育处主任及时打断，示意靳林琨尽快把笙带回家，扫了一眼桌前的男人："什么都不知道，什么家长。"

第八十六章

男人站了半晌，回头看了看没有要开口意思的于笙，转身出了门。

教育处主任轰人轰到门口，又叫住于笙，在抽屉里翻了半天。

"男子汉大丈夫，没过不去的坎儿。"主任扯着他，往手里塞了条巧克力，"小兔崽子，学校在呢，有事回来找老师，知道吗？"

回家路上没再看到那个男人，靳林琨跟于笙一起进了家门，把火锅架了起来。

想了想，又从冰箱里翻出了两瓶冰镇的罐啤。

于笙家的事其实挺简单。父母分开之后都有了新的生活，母亲那边是个离异重组家庭，男方带着个比他小几岁的男孩子。父亲再婚，生了个女孩。

于笙的抚养权在父亲这边，但也没住在一起。小时候是他自己住在他们的那个家，后来财产分割干净了，他父亲又买了处别墅，老房子不好分就挂了出售。

卖出去的时候正好他升高中，就在这边新建的小区给他买了套住的地方。

"满十八岁，有独立住处，就能迁出来单独开户。"于笙看了一眼手机，随手放在桌边，"家长，明天帮我请个假，我去办个手续。"

其实一点都不意外。

他小时候弹习惯了的那架施坦威被搬到了父亲的新家，上初中的时候他偶尔会借着练琴的借口，去呆一上午。

也知道那已经不是他的琴了，就是还想再摸摸。

然后他渴了想去喝水，听见他爸压低声音，安抚神色不虞的女人："年纪小，总得有个监护人。挂在咱们家，等他成年就分出去了……"

那天的水于笙没喝，把他父亲给他的那把钥匙摘下来放在琴凳上，自己在太阳底下走了十几公里回家。

回家路上给自己买了个天蓝色的儿童益智钢琴。

然后因为觉得那个琴实在还是太蠢了，所以做了两天心里建设都没下去手拆封，搬家的时候一块儿带出来，扔进了充作储物间的客房里。

"……其实它音色特别好。"靳林珉忍不住为天蓝色儿童益智钢琴解释，"小巧精致，方便易携，我都和它产生感情了。"

于笙刚好记得他们学校月底有个文艺汇演："那你带着它去给你们同学展示一下？"

靳林珉："……"

一锅的青菜丸子已经煮得差不多，于笙捞了个鱼丸，在酱料里沾了沾，顺手把他手里攥着的啤酒罐抽出来，换杯橙汁过去。

"我明天也请个假。"靳林珉喝了两口橙汁，终于把嗓音里的那一点喑哑暂时压下去，"跟你一块儿去？"

于笙夹了点肉放进火锅："不用。"

靳林珉还要说话，于笙已经又捞了片土豆，放进他碗里："早定了的事，就是走个程序，学籍户口什么的都安排好了，我去签字走个过场就行。"

于笙曾经挺多次想到过这一天，小时候还以为自己会难受得要命，后来发现时间太久，该习惯的习惯该接受的接受，早就没感觉了。

就好像是件早注定了的事，无非就是终于等来了一个早就知道是什么的结局。只要补上它就行了，之前所有或潦草或深刻的内容就都能彻底被画上个真正的休止符。

算不上什么大事。

第二天，于笙自己去办了手续。

靳林珉坐了一宿，连"家里户口本正好被水泡了需要补办一个"这种理由都想好了。第二天早上起来，迎上小朋友的目光，还是没说出口。

对于笙来说，这是件需要他自己去解决的事。

考虑到他喝啤酒的反应，昨天那两罐啤酒最后都被于笙扣下喝了，两个人都不太想收拾，空罐就那么搁在了客厅。靳林珉去洗了把脸，准备收拾收拾屋子，绕到客厅，脚步忽然顿了顿。

那两个空啤酒罐还在，不知道什么时候被填了土，搁在茶几上，挪进去了两株长得绿油油的小草。

也不是什么特别的种类，就是马路边上，最常见最普通的那种野草。生命力强得很，这么折腾移栽都没打蔫，精神头十足地向着太阳。

靳林珉在茶几边上站了一会儿，捧着那两个啤酒罐，跟蒜苗一块儿仔细放在了窗台上。

于笙那边约的时间早，好像是他父亲今天还有不少安排，能抽出的时间不多。靳林琨在家绕了两圈，认认真真收拾了东西，看了会儿手机，还是拎着书包去了学校。

于笙平时不总给他发消息，今天倒像是知道他不放心，消息一会儿过来一条，还是以往的措辞习惯，看不出跟平时有什么不一样。

——见到人了，在办手续。

——你们什么课？

——中午回不去，你先吃，给我带个面包。

——这边有家书店，练习册不错。

——哥。

靳林琨靠在后门墙边，指间捏着支笔，一手拿着手机藏在桌膛里，飞快给于笙回消息。他打字快，于笙发过来一条他能回好几条。前面的回复都流畅，看到异常简洁的这一个字，指尖却忽然顿了顿。

另一头也没立刻再发消息过来，隔了一会儿，又接上一条。

——我想吃薯片，番茄味的。

他们最后一节是小测，一个小时考一份模拟卷。为了不给其他同学造成太大压力，靳林琨被老师约谈过几次，配合着放慢了做题的速度，每次做完卷子也会象征性地再检查一会儿。时间才过半，大班同学都还在奋笔疾书，算草纸写满了一张又换上一张空白的，继续埋头苦算。

靳林琨看了一会儿那条消息，霍地起身，把早填满的卷子交了上去。

于笙一直到天色渐黑才回来。

户口变了，学籍也得改。昨天被打成其他学校探子的男人带着他被盘查了半天身份，反复确认了身份证上"于彦行"的名字，才终于被放进了学校。三中老师全程陪同，几个主任跟于笙有一句没一句地聊天，教务处主任还去泡了杯茶，把男人撂在边上汕汕站了半天，终于在该盖章的地方都走完了流程。

老贺从头到尾什么都没说，只在送他出门的时候递给于笙了张写着住址的便签，朝他笑了笑："走吧，有时间来家吃饭。"

于笙接过那张便签，攥了一会儿，跟老贺道了谢。

今天出门的时候天就有点阴，出了教学楼，已经有临雨前的冷风卷着吹起来。

原本以为办个手续用不了这么久，没想到还是花了一整天。于彦行手机上的日程提醒叮叮咚咚响了一天，于笙没上他的车，把书包和新买的两套模拟卷拿下来："离得不远，我自己回去就行了。"

于彦行看着他，没说话。

这么多年过去，再亲近的血缘关系也会被时间稀释。男孩子已经长得和小时候完全不一样，身上也带着跟他彻底不同的气息，今天一整天面对面，居然都没有什么可说的。

他记得上次听见于笙的消息，还是这个儿子到处惹是生非，进了个三流高中同流合污自暴自弃。要不是这次回来办手续，他都不知道原来在私立学校家长圈子里传得沸沸扬扬的文科联考状元，居然就是他这个早就没怎么过问的儿子。

于笙看起来并没因为今天的事有什么触动，垂着眼睫背上书包，把装着模拟卷的塑料兜拎在手里。

听见哗啦哗啦的响声，于彦行才隐约想起等着办手续的空档，于笙好像出去了一次。

"你——"于彦行忍不住皱起眉，话到嘴边，又没能立刻说得出来。

时间太久了。

他都已经快记不清楚这个儿子长什么样，更不清楚于笙这些年都是怎么过的。和于笙母亲分开之后他就进入了事业的上升期，每天都周转在无数个商业会议和谈判间，根本没时间回家，等几年过去稳定下来，又组建了新的家庭。然后就忽然发现，明明小时候还很听话懂事的男孩子，也不知道什么时候起，就多了一身淡漠冰冷的刺人戾气。

"到底是谁教你的？"在三中吃了一路的瘪，这个儿子又冷漠得好像什么都不为所动。于彦行坐在驾驶座上，终于再压不住火气，神色沉下来，"你们这个学校是什么——你是在这儿学的？你看看你自己现在是个什么样子……"

冷风刺骨，吹得人身上发僵，思维情绪好像也转得格外慢。于笙不大想听这些话，也不想忍不住说出什么来，转身想走，忽然被一只手牢牢攥住了手腕。

熟悉的气息忽然贴近，格外暖和的大衣厚实地兜头披下，把他整个严严实实裹进了熟悉的温度。

靳林琨手里也拎了个袋子，胸口起伏还有点急促，牢牢扯着他。

冷了一天的胸口忽然转暖，于笙忍不住蹙起眉，呼吸短暂地停顿了下，有些始终被忽略的、闷重深钝的疼，忽然知后知后觉地泛上来。

于笙攥住他的袖子，屏着呼吸站了一会儿，微微弯腰，身体向下坠了坠。靳林琨扶住他，让他整个人靠在自己的肩上。

于彦行认出了他，眉峰拧得更紧："你到底是什么人？"

在三中办公室就是这个小子莫名其妙地插了一脚，于彦行火气更胜，放下车窗严厉出声："这是我们的家事，跟你没关系，你——"

"饭做好了。"靳林琨没听他说话，低头拉了拉于笙的手，"钥匙带了吗？"

于笙点点头，拿出来递给他。

不知道被攥了多长时间的钥匙，小朋友全身都快冰透了，金属的钥匙上还带着点儿微温。

靳林琨把钥匙接过来，又摸出一杯热乎乎的小米南瓜粥塞进他手里，给他插上吸管。

于笙一天都没怎么吃东西，这会儿有东西落进胃里，先跟着疼了疼。

小米南瓜粥养胃，那一点不适没有持续太久。于笙缓了一会儿，低下头继续一小口一小口喝粥，先前的钝痛也被暖洋洋的温度一点点安抚下来。

靳林琨把人圈到身后，朝于彦行客客气气点了下头："不好意思，我是来接于笙回家的，您呢？"

于彦行忽然噎住。

天色比刚才更阴了一点，风卷着落叶扬沙漫天。车里开着空调，刚才把车窗开大，才发现外面原来冷得这么厉害。

靳林琨没再继续让他难堪，让于笙靠在自己身上缓了一会儿，牵着人低声说了几句话。于笙点点头，跟着他走出去几步又停下，翻出手机，从口袋里摸出个卡针。

于彦行坐在车里，看着于笙低着头，把已经旧得隐约有些锈迹的电话卡拆出来，放在他的仪表盘上。

少年眉眼依稀有他们的影子，神色平淡，瞳色却显得异常黑白分明，嘴唇淡得看不清血色。

不知道这张电话卡又意味着什么，于彦行心头莫名一缩，蹙紧了眉想要开口，于笙已经往后退了一步，肩背挺拔身形端正，朝他鞠了一躬。

雨没过多久就浇下来，两个人已经走出很远，个头挺高的男孩子从怀里变出一件雨衣，把人圈进怀里，仔仔细细罩在身上。

身边的手机一会儿一响，消息一条接一条。于彦行坐在驾驶座上半晌，看着人影没进雨里，拿起手机准备回消息，忽然一愣。

副驾驶一侧的座位上，不知道什么时候，被曾经坐在那儿的男孩子放了几颗大白兔的奶糖。

于笙被靳林琨领着，抬头看了看头顶上的雨伞："我穿的不是雨衣吗？"

"是，双保险稳妥一点。"靳林琨笑笑，抬手揉了揉他的头发，"秋雨凉，怕你冷。"

现在倒是不冷了。

于笙先被他裹了件大衣，又被在外面强行套了件雨衣，怀里还揣着个不知道什么时候塞过来的热水袋，觉得自己基本和一个大号龙猫没什么区别，连走路都有点费劲。

他今天在外面待了一天，靳林琨也不急着问都干了什么，把他的书包塑料袋都接过来，牵着他一块儿往家走。

雨噼里啪啦砸在地上，沿街激起一点朦胧的水雾。路边摊都收得差不多了，有一个买糖葫芦的推车，还剩最后几串。

不是那种传统的山楂，上面串得什么都有，葡萄香蕉山药，专门逗小孩子喜欢那种，上面浇了一层厚厚的冰糖。靳林琨把伞塞进他手里，戴上雨衣的帽子，顶着雨跑过去买了一串，拿胳膊护着快步回来："咬一口，来，看看甜不甜，不甜他说不要钱……"

于笙没忍住牵了下嘴角，张嘴叼了一颗，想说话，胸口忽然毫无预兆的一疼。

那种肆无忌惮的疼。

父母离婚的时候他在做作业，把作业做完了，看着两个耗尽了爱和忍耐的人在无尽琐事的折磨里先后走出家门，楼下空荡荡又异常响亮的两声。

母亲再婚的时候他在背英语，完全陌生的人和原本最熟悉的亲人站在一起，笑意融融的对他说着"别客气""像自己家一样"。

叫着"阿姨"的女人和蔼地朝他笑，送给他基本不怎么用得上的商务笔记本和耳机，又在他抱着那个小姑娘一下一下按琴的时候，慌张失措地跑上来，把女儿飞快地抢回去。

那天一个人走了十几公里回家，他甚至都没怎么样，回去该吃饭吃饭该睡觉睡觉，第二天扔了私立学校老师帮忙选的直升高中报名表，挑了一个离所有人都最远的高中。

好像哪个都不值得矫情，真比起来他的生活也不算差，也并不是被什么坎儿拦住了，翻不过去熬不过来。他没觉得有多难受过，反正就算难受了，也无非就是自己想办法熬过去，没人会因为这个回来管他。

可现在好像忽然就疼了。

疼得胸口像是插了把滚烫的铁钎，弯不下去也直不起来。好像有什么累积了很久，在心底牢牢压着，连他自己都已经觉得早就平复得没什么踪迹只剩下疤痕的情绪，翻涌着激烈地呼啸上来。

就好像小孩子跑摔了一跤，手和膝盖都磕破了，磕得血肉模糊，自己咬着牙爬起来。

伤口都处理好了，都消毒包扎了，都已经开始痊愈了连摔的印象都不深了，忽然有人摸摸他的头发，抱着他，问他疼不疼。

然后好像所有的疼都回来了。

于笙把那个裹着厚厚糖衣的葡萄嚼碎了咽下去，闭上眼睛，被靳林琨用力勒进胸肩圈成的怀抱。

死死拽着栏杆的男孩子被保姆强行抱回房间，一个人蜷在床上。趁着保姆睡熟了，又偷偷溜回阳台，缩在冰凉的月光里，自己一下一下轻轻摸着自己的脑袋。

会有人来的，一定会有人来的。

眼泪都忍着，等终于有人来的时候，他一定要好好地大哭一场。

然后就再也不哭了。

第八十七章

靳林琨说饭做好了，居然还真做了一桌子的菜。

于笙脱了雨衣，从饭桌边经过，都忍不住绕过去看了看。

当学神的，思维永远比其他人要广阔一些。靳林琨在发现自己确实没什么做菜的天赋之后，就没再跟灶台死磕，换了个新的思路。

于笙对着一桌子精心摆盘的凉拌西红柿、盐渍蒜苗、糖醋小黄瓜和手撕生菜，有点儿震撼地站了一会儿。

"试过动火的，不太成功……"靳林琨轻咳一声，单手遮住他的眼睛，把人往浴室里送，"菜不怕凉，不着急，先冲冲热水。"

这也太不怕凉了。

就没热过。

于笙想说话，发现嗓子还哑着，只能遗憾地删了吐槽的内容，尽量简洁提出需求："我想吃西红柿。"

靳林琨的脚步停下来，依然遮着于笙的眼睛，弯腰下去拿起筷子，给他挑了块沾满了白糖的："来，张嘴。"

眼看着这个人的慈祥指数又开始超标，于笙想提醒他，到了嘴边又没忍住牵了下嘴角，配合地张了嘴。

酸甜清凉的汁水顺着喉咙淌下去。

于笙站在桌边，认认真真把他喂过来那块西红柿吃了。

刚在外面淋了半天的雨，于笙怀里还抱着个热水袋，靳林琨就穿了层雨衣，身上比他还凉。两个人在浴室门口为谁先洗的顺序短暂交手了几个回合，靳林琨眼疾手快，趁着于笙松懈，拍开暖风，及时把人塞进浴室。

原本打算冲澡吃个饭再上床，于笙困得太厉害，靳林琨冲过澡、热了两份饭菜回来，靠在床头翻书的人已经撑不住睡着了。

刚冲完热水澡的男孩子，头发还带着一点儿没彻底干透的湿气，顺服地贴在额头，脸色比雨里红润了不少，细密眼睫阖着，安稳贴在眼睑上。

那本书都没合上，翻到一半的书页被夹在指间。

怕他夜里醒了饿,靳林琨把饭放在床头柜边上,把书抽出来夹着书签合拢,替他身上搭了条毯子。

于笙睡得不沉,裹着被子翻了个身,看见熟悉的黑影蹲在床边,打着手电不知道在折腾什么,窸窸窣窣响个不停。

于笙看了一眼枕头上放的空盒子,是岑瑞送的生日礼物。据说全名是什么网红梦幻彩虹浪漫投影机,他们两个研究过两次,没能弄明白过于复杂的操作原理,暂时放在了一边。

于笙闻着近在咫尺的饭香有点饿,不太觉得这时候有什么可浪漫的,探着胳膊扯了扯他的衣服。没等开口,靳林琨手里的机器忽然咔嗒一声响,微弱的运转声响起来。

唰唰闪的紫光转眼晃亮了半个屋子,超级炫酷的七彩光芒跨过房顶。

于笙躺在床上,一只手还扯着靳林琨衣服的后领,对着那道格外耀眼彩虹愣了下。

靳林琨也被这个浓墨重彩的网红风格惊了,蹲在地上,抬着头看屋顶:"……啊。"

本来是想给小同学弄个风雨过后见彩虹的。

结果完全不符合前文的主旨,倒像是开了个小型准备蹦迪的夜店。

靳林琨咳嗽几声,徒劳地再抢救了一会儿,试着往上面蒙了半天东西,最后连眼镜都摘下来,往那个投影仪的小罩子前面放了放。

于笙被晃得也不困了,趴在床边上,看着他折腾了半天,终于把头埋进了自己的胳膊里。

"……朋友。"靳林琨彻底放弃了拯救这个彩虹制造机,坐在地上,"我们的世界上需要一点同情心,我觉得——"

于笙一点儿同情心都没有,趴在肘间笑得肚子疼。

靳林琨本来还打算绷一会儿,最后也没忍住,跟他一块儿笑得喘不上气:"差不多行了啊……不准笑了,我本来想弄个浪漫的彩虹晚餐的。"

没想到岑瑞害人。

准备明天跟送这个礼物的罪魁祸首好好聊聊,靳林琨撑着胳膊探过去,准备关了那个还在尽心尽力营造夜店氛围的彩虹制造机,忽然被另一只手拉住。

于笙也跟他一块儿下了床,蹲在床边上。

靳林琨顺手从床上往下扯了床被子,裹在他身上:"凉不凉?差不多到开空调的时候了,一场秋雨一场寒……"

"不冷。"于笙往他身边挪了挪,"哥。"

靳林琨停了唠叨,侧过头看着他。

男孩子只穿了件单薄的半袖，老老实实让往身上裹被子，短发顺服地贴在额头。

"哥。"于笙又叫了他一遍，"彩虹，我看见了。"

靳林琨还没从打击里恢复过来，推推眼镜，抬头看了一眼："是，我也看见了。事实上我觉得咱们家对面那栋楼可能也看见了，毕竟它这个亮度很难忽略……"

剩下的话，都被不知道哪儿变出来剥好的糖给堵了回去。

于笙家的事在三中没掀起半点水花。

老师们都没因为这件事显得跟从前有什么不一样，校长还是隔三岔五因为兔崽子杀去隔壁打架，老贺依然笑眯眯地上课下课，偶尔不小心翻出请假条照片，忽悠他帮忙去领个什么优秀学生奖。

教育处主任还抓了次于笙给段磊他们送肯德基全家桶，气得抢了三块原味鸡："这是犯错误关禁闭！这是春游吗？为什么不给番茄酱？！"

原味鸡一共就只有五块，段磊心疼得直转圈："主任，我们是去网吧看英语外教网课……"

宿舍到点熄灯断网，自从于笙开始给班里同学讲题，七班同学们就被他们笙哥"说吧，哪儿不会"的讲题方式震慑得战战兢兢，谁都不敢把易错点再错第二次，只能半夜出去继续抓紧时间补课。

说实话于笙自己都不太能想明白，为什么态度明明挺和蔼，讲得也细，这些人对他和对靳林琨的态度还是差出了这么多。

一班班主任也挺不理解："这句话哪儿不对吗？挺正常的啊。"

"可能是因为我们班于笙同学的气场比较强。"老贺当时正在做教学计划，顺手给于笙安排了个收作业的工作，不紧不慢端起茶杯，"描述得细致一点，是他坐在桌子上，把练习册一拍：'说吧，哪儿不会，一个一个来。'"

"……"

七班同学们也没有办法。

没有压力就没有动力，在这种仿佛有生命危险的压力下，极大地激发了同学们自学反思的自主性和积极性。

"看网课就是你们夜不归宿，翻墙去网吧的理由了吗？"主任不为所动，踩着拖鞋瞪眼睛，"错的是去网吧吗？是翻墙吗？"

靳林琨帮他们家小朋友去买的全家桶，这会儿也跟着一块儿挨训，压低声音问于笙："不是吗？"

于笙比较熟悉他们主任的风格，抬手捂住他的嘴，简洁解释："嘘。"

"……当然也是！"主任扯了张纸巾，"但你们最严重的错误是夜不归宿！高三了压力这么大，你们一声不响地跑出去，学校多紧张，老师多紧张！"

大半夜宿管发现一排宿舍都空着，吓得魂都差点丢了，赶紧给班主任和值班主任打电话。听网课的一群人都戴着耳机狂做笔记，谁也没听见电话，老贺他们打着手电找了半宿，最后不得已找了于笙，才推断出了这些人可能在的位置。

虚惊一场，折腾了半宿的老师们谁都睡不着，也不急着回教师宿舍睡觉，围在一块儿教育这群学生解闷。

结果教育到一半，从窗户外面扔进来了个全家桶，居然还带了三瓶可乐。

主任们瓜分了原味鸡和香辣鸡翅，擦着手走了。老贺比较善良，只吃了土豆泥和粟米棒："下次夜不归宿提前把名单地点给我，我就说是我组织的成人礼第二弹。"

孩子们一看就知道错了，抱着空桶和可乐瓶哭得伤心极了，应该也不用再怎么教育。老贺顺走了最后一杯可乐，挨个拍拍脑袋，让一群人赶紧回寝室睡觉，自己也回了教师宿舍。

段磊哭得直打嗝："笙哥呜呜呜呜全家桶……"

于笙按了按额头，翻起手机，又给这群人定了一个。放在不知道哪儿弄来的小竹篮里，晃晃悠悠的，从寝室窗户吊了进去。

在七班如火如荼的学习热情下，期中考试一天比一天临近。期中考试的重要程度和月考不是一个级别，加上上次月考的变态级难度，给所有还懵懂的高三学生敲了个警钟，整个高三年级都不着痕迹地弥漫开了紧张的学习气氛。

段磊他们体育课都带着单词本，球也不打了，准备活动做完解散就蹲在花坛边上，围成一圈，嘴里压低声音念叨句型语法。杨帆的待遇要比于笙好很多，扶着眼镜被众人围成一圈，埋头压低声音认真讲题。有讲不太明白的就留下，准备攒着一块儿拿去问于笙。

偶尔有隔壁班正好一起上体育课的，带着球过来诱惑他们，没等出声就被体委毫不留情轰走："打什么打？看你们像篮球！走走走，我们的心里只有英语……"

体育老师叼着哨子，看着仿佛在摆什么神秘阵法召唤知识的学生们，异常孤独："时代变了吗？我不是同学们最心爱的老师了吗？"

"别着急。"暴秦作为七班的英语老师，最近的待遇简直堪比 VIP，溜达下来巡视江山，很大方地拍拍他肩膀，"你可以跟他们讲，英语和体育殊途同归……"

一趟体育课上得堪比自习。

于笙作为体育老师仅剩的安慰，陪着体育老师打了会儿羽毛球，也觉得有点无聊，拎着拍子往场边走："谁还不会，过来。"

看着这群学生忽然在于笙的威压下开始石头剪子布，孤独的体育老师生出点期望，跟着凑过来："在干什么？分拨？要打篮球吗？要跳大绳吗？老师这里还有很多器材……"

"嘘。"他们体委拉着体育老师，神神秘秘地压低声音，"我们在猜丁壳。"

体育老师当然知道他们在猜丁壳："我知道啊，然后呢？"

体委很深沉："然后谁输了谁出来，替大家向笙哥请教不会的问题。"

……

七班同学们的英语水平在短短两个月内，发生了突飞猛进的变化。

暴秦借着作业和课堂小测，不着痕迹地从初中难度一直提升到了高三总复习，拿着判完的作业高兴得合不拢嘴。尤其见到一班班主任，每次都要异常热情地握着他的手摇晃半天，把人家一班班主任烦得不行："谢我干什么！当初又不是我要的尹梅来教英语！滚滚滚！"

怒吼声从走廊传进班门，他们班生活委员放下笔，想了想："尹梅是谁来着？"

"管她是谁。"段磊咬着笔，随便摆了摆手，"赶紧过来，这道题是用 to 还是 at？我还是分不清这个……"

体委倒是还记得这人，但是印象也不深了："说起来，我们当初是为了什么要好好学英语啊。"

姚强刚奄奄一息从单词词根记忆法里抬头："啊，不是为了活下去吗？"

在好好学习的路上浑然不觉地推了全班最后一把的校霸正在喝牛奶。

天冷了，午饭的地点也从小凉亭换到了活动室。靳林琨特意让后墙小卖部的店主帮忙给牛奶热一下，每次拿过来都还是烫的。

马上就要期中考试了，吃完午饭的学生们匆匆回了教室自习，活动室就剩了他们两个。

"他们好好学习不是挺好的吗？"靳林琨最近没深入七班，不太了解同学们具体的心理状态，给他碗里夹了块可乐鸡翅，"问题出在哪儿？"

于笙捧着纸杯，沉吟着喝了口牛奶。

其实也不算是什么特别大的问题。

就是多少有一点奇怪。

大概是因为最近营养补充得好，于笙的个头又长了一截，就不怎么爱穿自己原来的衣服，每次都随手翻一件靳林琨的外套出门。两个人的号码还差一个，靳林琨的衣服肩缝稍微宽出几厘米，袖口还是能遮到手掌的一小半。

小朋友最近没去剪头发，比之前稍微长了一点，早起上学被连帽衫的帽子压上一路，每次都是干干净净的小顺毛。

和咖色的灯芯绒外套一起，整个人的手感都显得异常得好。

靳林琨正要把手拿开，靠实力威震三中的扛把子已经喝完了最后一点牛奶，放下纸杯，带了一圈奶沫抬起头："我看起来像经常揍人的人吗？"

第八十八章

空气静了两秒。

于笙："你往后挪干什么？"

这次的意外其实没记到靳林琨已经写到第二部的挨揍备忘录上，因为他们家小朋友揍到一半忽然想起自己的人设，手上慢了一拍，就被他飞快逃离了危机四伏的现场。

"一点都不像。"靳林琨在门口保证，"我舍友从来不揍我，揍也是轻轻地。"

于笙有些莫名，扫他一眼，顺手收拾干净了桌子。

靳林琨很谨慎，迟回进了房间："考完试放几天假？有安排吗？"

"三天。"于笙顺手带上门，"段磊他们说考完试要出去尽情放纵享乐，老贺说他提供成人礼没用完的经费，具体去哪儿还没定。"

好好学习虽然是件以高考为目标挺长远的事，但当学生的，永远会在每次考试结束后无法控制地放松下来陷入狂欢。然后这场短暂的狂欢又会以讲评卷子作为终结，最后彻底覆灭在出成绩的哀号里，周而复始。

七班同学们为了期中考试悬梁刺股，每个人都迫切地盼着考完试能出去，放飞被学习禁锢的灵魂。

靳林琨算了下时间："下周四？我们学校正好放假……"

他说到一半停了停，摸摸鼻尖，迎着于笙的目光咳嗽一声："真的。"

于笙收回视线，低头翻出手机，看了看省示范的课表。

这人"正好放假"的情况太多，上周三中有个什么家校共建日，他本来打算帮忙收拾收拾班级就出去的，结果居然在一群家长里看见了那件熟悉的黑衬衫。

后来于笙去他们班睡午觉才知道，那天他们学校题海冲刺，一天考三套数学高考难度模拟卷。

三中校长没事就过来打架，省示范那边的老师也差不多都认识于笙，有时候还会和隔壁学校这棵宝贝到不行的独苗苗聊两句天。

那天于笙睡完午觉准备回去上课，被靳林琨他们班主任悄悄拦住："能不能帮忙和靳同学说一下，下次有事可以直接请假，把测试题带回去做。不是必须把三套卷子一口气做完交上来，从而对其他同学心理和精神造成不必要的刺激……"

这次靳林琨倒是没睁着眼睛说瞎话。他们学校那个文艺汇演的决赛就在周四周五，靳林琨的班级正好被抽中过去当观众，高三管得不严，打个假条就能溜出来。

于笙还不清楚这群人要去哪儿放纵，估计着无非是网吧或者KTV，靳林琨跟七班人早混熟了，加他一个倒也不至于碍什么事。

要是带了这个人去网吧，说不定还能彻底帮姚强他们几个戒戒游戏的瘾。

从此再也不想碰键盘那种。

小朋友今天看起来很好说话，靳林琨挺高兴，往他身边凑了凑："能带我一起吗？"

于笙解剖完了那个鸡翅："我带着你，你带着你们那三套数学卷子。"

靳林琨的要求很宽泛，一点儿也不介意跟舍友在各种场合学习，牵起唇角："行，我还能戴着头灯。"

于笙抬起头，看了靳林琨一眼。

他其实本来没想跟段磊他们出去，规规矩矩上了个把月的课，复习进度一直平平无奇。难得放个假，正好适合埋头来一把题海战术，夜以继日刷两天题找找手感。

但这样好像也不错。

不知道什么时候起，好像凡是能在一起做的事，都忽然被标出来描红加粗，变成了莫名值得期待的内容。

靳林琨正在模仿他解剖最后一个鸡翅，无意间瞥见于笙嘴角的弧度："笑什么？"

"没事。"于笙笑了笑，接过他手里的筷子，利落给那个翅中拆了骨头，"张嘴。"

靳林琨还在研究小朋友的手为什么这么好看，听见他的话，下意识张开嘴，被于笙把一整个脱骨的可乐鸡翅塞进了嘴里。

"头灯不准带。"七班同学们见过的好学生不多，于笙实在不想给一群无辜同学留下太深的阴影，起身收拾东西，又提醒了他一句，"可以带着那个小电子琴。"

靳林琨："……"

舍友的记忆力太好也有点头疼，靳林琨清清嗓子，动手给他帮忙："它特别好，但我还是更倾向于在只有我们的时候弹它……"

两个人挨在一块儿收拾东西，男孩子身高臂长，胳膊都能碰到肘弯。靳林珉转过脸，想要再提个申请让于笙把这件事忘掉。没来得及开口，正好迎上于笙的视线。

于笙把纸杯揉成团，看都没看反手扔进教室角落的垃圾桶，微扬了下眉。

两个人看了半天，不知道谁先开始，笑得蹲在了地上。

窗帘拉得只剩条缝隙，午后微温的阳光挤进来，落下一小条晃眼的明亮。

只要在一块儿，好像就什么地方都能去。

期中考试在小部分人的期盼里如期而至。

除了无辜被当成假想敌的一班，别的班都不太能理解七班怎么这么盼着考试，有在一个考场的，看着他们班同学都忍不住多看两眼："什么情况，这次考试发钱吗？"

段磊立场坚定斗志昂扬，端坐在座位上专心看书："书中自有黄金屋，有没有点志气？"

没志气的男同学："……"

于笙上次考试考得有点突出，坐在第一考场开头，叼着豆浆有一口没一口地喝着，一只手在桌子底下摆弄手机，跟靳林珉有一搭没一搭地聊天。

考场里挺多都是一班学生，尤其第一考场最后那几个，都在瑟瑟发抖拼命翻书，试图再多背下来几句古文默写跟诗词填空。

"听说了吗？"他后面的人压低声音，"这次的成绩还列大排名，据说全部分数周末就能出。"

旁边的一班学生忧心忡忡："怎么办，要是我们英语平均分真被七班压了，班主任会秃吗？"

……

于笙枕着胳膊，看靳林珉给他发来的消息。

倒车入库：怎么样，紧张吗？

倒车入库：最近盯成绩的学校多，老师让我压压分。

倒车入库：我们这个考场正在讨论，能不能申请让我去最后一排答题，悄悄地答，悄悄地走……

两个学校大概是竞争出了感情，最近的活动都挺同步，连期中考试都安排在了同一天。靳林珉那边也正在做考前的准备，他们班同学被学神最近暴露的真实实力打击得不轻，虽然已经接受了这个人的脑子大概被外星人砸过，但还是不太想和他一起考试。

于笙看着消息，没忍住牵了下嘴角，低下头敲键盘。

——紧张。

——第一次压分考，没经验。

——压五十分，有奖励吗？

两个考场没有任何人了解到这段要命的对话，还洋溢着紧张严肃的气氛，争分夺秒利用最后的时间好好学习。

期中考试是校内判卷，每个学校到了这个时候都会努力给自己学校的头几名压分。一方面戒骄戒躁，从严判卷强化细节；另一方面也是降低其他几个学校的关注度，尽量低调对手，为争夺市状元省状元做准备。三中头一次有这种低调的机会，老师们都很兴奋，这次考试说好了要给他压压分，还需要他自己也帮忙配合。

靳林琨那边的消息很快发回来：有。

倒车入库：小朋友加油，不用紧张，正常发挥。

倒车入库：什么奖励都行。

挺普通的加油鼓劲的内容，于笙拿着手机，还是不自觉地多看了一会儿。

考试的预备铃响起来，一群人在一片哀声里收拾书包上交准备考试。于笙抓紧时间给他回了两条消息，把手机塞进书包，也一块儿放了前面。

考场里很安静，监考老师走路都小心侧身屏着呼吸，一片笔尖落在纸上的轻微摩擦声。于笙扫着阅读的文章段落，手上的笔轻轻转了个圈，又在指间落定。

……什么奖励都行。

三中自主命题的卷子难度比八校联考差出一大截，于笙最近刷惯了难题，陡然回到这个难度几乎有点不适应，一边走着神，顺手认真从头答到了尾。

想要的奖励转了一圈，当时交上去的那张短期目标的纸条最后从脑海里腾上来。于笙涂完最后一个答题卡，放在桌角，笔尖在算草纸上轻轻划了两笔。

两天的期中考试转眼结束。

再简单的卷子也一样有人欢喜有人愁，七班同学们平时没好好学习，考试的时候全靠直觉，向来感觉比较悲伤。这次好不容易在某些科目上有一定把握了，没想到清楚地知道自己哪道题答错的感觉更加悲伤。

"原来知道这份卷子上有多少题我不会是这个感受。"段磊按着胸口，

"我甚至能清晰地感觉到分数在我手上一分一分溜走，听见它们打水漂的声音……"

"尽力了。"班长趴在书桌上，奄奄一息，"体委，来，咱们商量一下狂欢的方向。"

体委后悔得捶胸顿足："我怎么就能错这道题呢，我明明就错过这道题的……"

于笙没能参与大家的讨论。考试一结束，老师们就先判了他的卷子，于笙上完走读生唯一的一节晚自习准备回家，出班门先被叫去了办公室。

"不是说好压分的吗？"校长跟隔壁校长打了赌，特意下来视察，拿着卷子痛心不已，"英语为什么还是 130 分？"

英语组组长也实在没办法："因为英语作文一共就只有二十五分……"

于笙本来是想收着点答题的，但是考试的时候不小心走了神，题目的难度又偏低，等回过神的时候已经把答题卡填得满满当当了。

又没带橡皮。

一群老师围着卷子发愁，最后只能从语文和文综上尽力发挥，勉强凑在一块儿，多压下去了五十分。

靳林琨来接他们家小朋友回家，体贴地帮忙说话："没事没事，第一次不要紧，多压几次就熟练了……"

话没说完，就被于笙眼疾手快捂着嘴，在找扣分点找到秃头的老师们涌动的杀气里飞快拖出了办公室。

第八十九章

七班班群早早热闹成一片。

一群人哪儿都想去，又正在刚考完试极度放松的状态里，脑洞开起来就收不住。于笙吃早饭的工夫扫了两眼，居然还有想去游乐场体验大摆锤跳楼机的。

放纵得没边。

老贺这次掌握着财政大权，非常威严：大摆锤不行，跳楼机不行。

体委心有不甘：很刺激的，为什么不行啊！咱们要民主！

老贺：民主，我问经费了，它说不行。

难得专制一次的班主任发了话，一群人也只能遗憾放弃，转念继续考虑其他的方向。

班长也没什么特别的创意：电影院？不行电影院应该不让嗑瓜子……KTV？网吧？

生活委员：不知道为什么，在最近咱们班学习疯魔之后，我发现这种地方忽然变得索然无味。

学委好心给他解释：大概是因为咱们最近经常去 KTV 包夜背单词，去网吧刷网课。

弄得一群平时疯玩的学生见了 KTV 的招牌，脑子里就蹦出来各种乱七八糟的英语单词，看见网吧的灯箱就绕得远远的，一点也不想听见外教讲英语。

老贺还觉得这件事挺好，最近正在考虑让于笙当自己的课代表，帮同学们再辅导辅导语文不会的题目。

没创意的有了阴影谁都不想去，太创意的经费又不批准。一群人毫无建树地讨论了一圈，最后干脆决定整个班去爬山。

和预料相差得有点远，靳林琨知道的时候都有点诧异："这么养生的项目吗？"

"正好老贺有打折的缆车券。"于笙往书包里塞了两袋薯片，觉得太鼓，又拿出来一袋吃了两片，"在隔壁市，去住一宿，第二天发经费自由活动，晚上回来。"

他们要爬的是隔壁 C 市的山，说是山其实也根本不高，主峰只有五百多米，但因为是个常在各种诗词古文里出现的历史古迹，所以还挺有名气。靳林琨顺手查了查地图，发现附近就有个游乐场。

老贺自己非常怕跳楼机和大摆锤，但还是在维护了当班主任的尊严的同时，不着痕迹地民主了同学们的愿望。

考虑到还有个补课老师要跟着一块儿去，于笙拿起手机，正准备预先提一句，这群人已经在班群里热热闹闹地招呼起来：新老师有课吗，没课一起来啊！

靳林琨在群里一直没退，对同学们的热情感到很高兴：一起一起，感谢大家对于笙同学的照顾……

于笙在边上看着，没等他把字打完，就抢过来手机删了后面的那一句。

生活委员的工作能力很强，他们去集合的时候大巴车已经联系好了，酒店也按着人头订了房间。

"说走就走的旅行。"班长坐在车门边上，意气风发地看着窗外倒退的街铺店面，"我觉得我现在是完全自由的，放纵，潇洒，无牵无挂……"

体委在后排幽幽出声："啊，出成绩了。"

"出什么了？！"班长瞬间失去了全部的放纵潇洒，扳着座椅回身，"哪科？什么时候的事？发在哪儿了？"

他问了半天，才发现一车的人都在尽力憋着笑，反应过来恼羞成怒："有意思吗？你们这是杀敌一千自损八百！好像你们不怕出成绩一样！"

学委笑容明显，拍拍他的肩膀："自损八百不要紧，我们很高兴杀敌一千，开心吗班长？"

一群人乱七八糟地闹了一会儿，因为担心司机太烦把车开进沟里，被副驾驶的老贺简单有效地镇压下来："如果大家实在太想聊天的话，我们可以试一试诗词成语接龙，或者古诗文背诵……"

"不用不用。"班长吓得立刻回了座位，替同学们发言，"老师，是这样的。大家昨天很晚才睡，今天起得太早，都很困了……"

一群人拼命附和，为了证明大家都已经很困，特意闭上眼睛，整整齐齐地靠在了座位上。

靳林琨倒是一点儿都不觉得闹，跟于笙一人一个耳机，饶有兴致地跟着看了一会儿，听说诗词成语接龙的游戏取消了还挺可惜："不能玩儿吗？我觉得这个挺有意思的。"

"没事。"于笙今天早上刚在那张请假条的胁迫下同意接任了语文课代表的工作，抬手遮了下眼睛，"他们会想玩的。"

靳林琨："……"

说实话，靳林琨觉得七班人为命学习这件事其实不能怪于笙。

但也确实不能怪无辜的七班同学。

就比如后面几排的同学，虽然除了杨帆之外其他人一点都不想玩接龙，但还是颤巍巍坐直，主动举手参与了进来。

所谓的诗词成语接龙规则要宽泛一些，只要输入法能自动联想出来的基本都算。前面几个成语和诗还能接上，在接到段磊毕生灵感憋出的"水光潋滟晴方好"之后，姚强的知识储备就到了极限："好，好吃好喝。"

体委下一个就是于笙，按着胸口急中生智："喝西北风……"

于笙倒是没因为这些人接的乱七八糟的内容有什么脾气，很顺当地接下来："风雨不动安如山。"

靳林琨脑子里已经蹦出不少山开头的成语跟诗词，张了张嘴正要接话，看着身边的小朋友，思路忽然打了个结，没立刻接得上来。

班长装睡半天了，隐隐约约听见后面闹哄哄的，忍不住悄悄张开眼睛往后看："闹什么呢？"

学委端坐在他边上，闭着眼睛："就老贺那个，诗词成语接龙。"

不知道为什么，班长忽然生出点不祥的预感，"输了罚什么？"

学委耳听八方："笙哥弹脑瓜崩。"

一片寂静里，班长忍不住打了个哆嗦："这和死有区别吗。"

"有吧。"学委其实也想象不出来这个画面，回头看了一眼，继续端坐回不会被牵连的姿势，"靳老师都输了三次了。"

每次都在这个人这儿卡住，一点游戏体验都没有。于笙这次没轻轻擦过，呵了口气，直接让他脑门红了一片："走什么神？"

靳林琨老老实实让他弹，笑了笑："不是故意的……"

就是想到了句诗，觉得合适又不合适，就没说出来。

好不容易熬到游戏再一次结束，一群人飞快归位，杨帆也被段磊捂着嘴按回了座位上，整个大巴车都睡得整整齐齐。

于笙坐了一会儿，侧过头："什么诗？"

靳林琨自己都觉得这个场景有点太老套，揉了下鼻尖，扯扯嘴角，拿手机给他发微信：*山有木兮木有枝，心悦君兮……*

剩下的字还没打完，已经坐在边上看完了的小朋友拿起手机，直接给他回了条消息。

——*山有木兮木有枝。*

君说行了少嘚瑟，知道。

大巴车晃悠悠一路，终于把一车小崽子们卸在了景区门口。老贺平时看起来不声不响，其实是个王者，矫健地带着一群学生专钻小路，一边寓教于乐，穿插介绍着各个景点的历史典故，一看就有不少爬山的经验。

体委体力非常好，矫健地一路紧跟老贺，还在回头跟他们招手："跟上啊同志们，一使劲就上去了！"

"同志们在努力！"班长落得有点远，遥遥跟他挥手致意，"你们务必让老贺多讲几个景点，我们随后就到！"

距离远得都得用喊的。

于笙倒不觉得爬上有什么累，就是落在后面的人有点多，也就跟靳林琨一起走在了最后扫尾，免得走着走着丢了一两个人。靳林琨拎着两个人的书包，看着一边低头按手机一边随手替几个女生扳着树枝的小朋友，悄悄弯了弯眼睛，顺手把保温杯拧开递了过去。

山不算高，但路确实不太好走，一个班的人跌跌撞撞走了两个多小时，才全爬上了山顶。

姚强这个在游戏里能狂飙三千里的强者扶着膝盖，忍不住感慨："我大概知道老贺那个缆车打折券是怎么攒下来的了。"

学委和班长互相搀扶着，在石头上恍惚坐下："我们成功了，我们征服了自己！"

"我现在明白了。"段磊喘匀了气，"上次晚自习停电我们趁机大逃亡，来电了老贺没追上，原来是保存了实力，放我们一马。"

老贺笑眯眯背着手，挨个检查："来来往一块儿坐，有泡面的都交出来。都别坐外面，一会儿掉下去就不用玩儿跳楼机了……"

中午十一点集合，没几个好好吃了饭，路上就草草吃了点儿零食，这会儿都已经饿得前胸贴后背。今天天气好，又没什么风。山顶上有卖热水的地方，老贺去跟人家说了两句，把同学们的泡面凑到一块儿，料包斟酌着调了调，煮了一大盆方便面端回来。

生活委员张罗着，铺开了张塑料纸，把大家带来蛋糕面包薯片之类的零零碎碎摆了一圈。

有好吃的，又是一天最暖和的时候，一群人都放松下来，索性边吃边玩游戏。

真心话大冒险永远是这种集体活动里的保留项目，一点儿创意都没有的班委会们掏出两盒专用纸牌，于笙也被一块儿拉过来，全班坐成了一圈。纸牌抽了两圈，就抽到了于笙身上。

"大冒险吧。"于笙放下手里的牌，"要我干什么？"

负责抽牌的班长端坐着，看着手里那张"穿着草裙跳舞"，清清嗓子，不着痕迹把纸牌塞进了石缝里："就——吃颗糖吧。"

在有靳林琨在的时候，笙哥会显得脾气更好些，七班同学们的胆子也会比平时相对更大一点："吃糖算什么冒险，不行！"

"至少要吃一颗榴——薄荷，至少要吃特级强劲薄荷糖！"

"班长，你还是不是男人，有你这么放水的吗？"

"这何止是放水。"刚被罚扭了三圈屁股的体委忍不住感慨，"这分明就是泄洪啊……"

闹了一圈，也没人真敢让他们笙哥干什么太损的事，只能换成了真心话。

班长从一堆牌里抽出一张："笙哥，如果能回到一年前的今天，你最想做的一件事是什么啊？"

这个问题中规中矩，大部分人的回答都是去买个彩票、赶紧让家里人买房；有了对象的标准答案无疑是早点遇见你，是个既能稍微八卦一点，听的人也大概不会有生命危险的真心话。

班长保住一命，放心地长舒了口气。

靳林琨也跟着分心一块儿听，一边给他们家小朋友很养生地往红枣茶里加蜂蜜，顺手悄悄往里放了两颗枸杞。

去年的十一月末。

于笙低头看了下手机日历的日程提醒，答得超出了所有人的预料："练两天搏击，然后去参加个数学竞赛。"

一群人被这个思路惊得不太敢出声，老贺倒是十分赞赏，扶扶眼镜："好好，于笙同学。正好你们数学老师也很想让你兼职一个课代表，别的什么都不用做，只要抽空给同学们讲一讲题，提升一下同学们对数学的热情和兴趣……"

于笙也没多解释，吃零食吃得有点渴，准备接过来保温杯喝口水，握着杯子使了两下力气，没能拿得过来："不给喝？"

"给。"靳林琨倏地回神，安好过滤网，松开杯子递给他，"烫，慢点喝。"

于笙本来也不着急，喝了两口顺手塞回他手里，继续跟一群人抓牌。

身后多了点力道，于笙换了只手撑着身子，肩膀往后靠了靠。

别人不知道于笙要参加数学竞赛干什么，靳林琨是知道的。两个人的生日就差了两个月，小朋友每天看起来漠不关心他马上要来的十九岁，其实一直都记得比谁都牢。

其实早过去了，但这种被纯粹地、不容置疑地维护着的感觉，不论到什么时候，好像都容易叫人心里热乎乎的发烫。

问题又轮了几圈。这群人趁机起哄，问出了班长偷着藏了几箱复习资料，问出了体委到底想跟隔壁班的哪个小姑娘一起好好学习，还把老贺青春年少的黑历史翻出来了好几件，开心得不行。

靳林琨忙活完了保温杯的事，也跟着一起参与进来，一只手跟着摸牌，终于也被抽中了一次。

对大冒险的挑战其实挺有兴趣，靳林琨准备跟他们班班长暗箱操作，弄个什么穿睡衣之类的惩罚，结果被于笙一眼识破，只能遗憾地放弃了这个可能有生命危险的念头。

班长很熟练了，换了真心话，抽了张纸牌问他："靳老师，如果要见你想当唯一的好朋友的那个人，你会穿什么衣服？"

黑衣人留下的阴影太深刻，段磊举手，幽幽插话："这个我会，黑衬衫。"

靳林琨："……"

靳林琨其实不是一个不穿黑衬衫会死的人。

在经常出没三中之后，靳林琨就已经适当改变了自己的着装风格，直接把每天出门的搭配交给了于笙，闻言低头仔细看了看："卡其色夹克，白帽衫，牛仔裤……"

七班同学们转眼察觉到了不对："这不就是你今天穿的吗？"

"太耍赖了。"他们班体委是个单身了多年的正常青少年，非常不赞同靳老师这种不把谈恋爱当回事的行为，"那是唯一的好朋友啊！不得换件好朋友觉得好看的衣服吗？"

靳林琨摸摸鼻尖，侧头看了一眼于笙，正准备随口说几句"有自身的魅力就足够""喜欢的人我穿什么都会喜欢"糊弄过去。身边的小朋友已经坐了起来，很言简意赅地终结了话题："好看。"

整个班级都短暂安静了一瞬，老贺看起来非常淡定，苦口婆心地反复强调："跟你们说过了，要说是一起学习进步的伙伴……"

"真奇怪。"姚强趴在石桌上，吸溜完最后一口方便面，"我的理智告诉我这是个很让人震惊的消息。"

体委渐渐回过味来："但我甚至一点都惊讶不起来，甚至还觉得有点理所应当。"

段磊已经和他一见如故的好朋友互相安慰很久了，终于觉得自己熬到了拨开云雾得解放的这一天，欣慰的几乎有点心酸："恭喜你们，来，大家干了这口方便面汤，从此就是一家人……"

明明该是个挺劲爆的消息，但所有人都觉得好像早就应该是这么回事。倒像是道一直没解开的数学题，答案"易知""可得""显而易见"了半天，最后好容易看到详细的解法。恍然大悟一下，好像也根本不至于大惊小怪。

话题甚至根本没在这儿停留多久，就又转到了新的热闹八卦上。

全班坐在山顶上玩儿了一下午，把一盆方便面都抢着分得干干净净。热乎乎的方便面汤，每个人其实没分到几口的面条，还有里面藏着的，不知道哪儿来的火腿肠段。

青春里最平常又最不容易叫人忘记的一天。山顶上冷，但景色也好。虽然已经进了冬天，山上的树大都落了叶子光秃秃一片，但站在宽阔的大平顶上往下看，视野依然广得叫人心胸也像是一下子跟着开阔不少。

体委他们几个吃了东西又有了精神，忍不住跑到瞭望亭折腾，两只手扩在嘴边上放声大喊："啊——"

男孩子的声音在山间响起来，隐约传回来几声回音。

班长歇得差不多了，也生出兴致，想起最近看的那个高考励志视频，坐在凉亭里跟他一块儿喊："体——委——"

体委朝他挥挥手："干什么！"

班长已经准备好了替他加油："你——要——考——哪——"

体委答得非常痛快："不——知——道——"

"……"

一群人看着噎到一半的班长，笑得东倒西歪。

高三上半年，虽然已经察觉到了学业的紧迫和身边越来越高的期望，但很多东西其实都还没彻底清楚。只知道要努力往上爬，爬得高一点，再高一点。

老贺也不着急，跟着同学们一块儿，笑吟吟地掠夺最后的方便面汤："没关系，还有时间。等你们下学期目标差不多就明确了，到时候我们去爬一次泰山看日出，再喊一次。"

一群累得东倒西歪的同学们飞快反应过来，拼命跟老贺客气："不用不用，老师，我们现在就能喊。"

班长按着心脏，拼命催体委："快点快点，赶紧喊你要上清华！要上北大！要上哈尔滨佛学院！"

体委离得远，不知道班级里发生了什么，还在很高兴地挥手："为什么！我又不喜欢哈佛！"

班长愁得不行，"那就新东方！你先挑一个，乖啊……"

众人听着想笑，想想泰山又忍不住想哭，纠结的表情扭曲到不行，横七竖八扑成了一片。于笙坐在凉亭边上，吃着薯片看热闹，嘴角没忍住跟着扬起来。

靳林琨碰碰他的手背，压低声音："你想考哪个？"

这个问题在夏令营的时候就问过一次，当时于笙还没完成第一轮复习，没立刻回答他。于笙自己其实也没仔细想过，从他手里拿了根虾条："不知道，问这个干什么？"

靳林琨想得很远："万一招生小的老师来堵门，我好知道放谁进来。"

刚刚忙着给好朋友发消息，以为自己终于得到了解放的段磊："……"

第九十章

山上温差大，天一晚下来，温度就明显降了不少。

老贺带着学生们把东西收拾干净，大方地拿出了珍藏多年的缆车券，没让大家再互相搀扶着颤巍巍挪下去。

山下开始亮灯了，缆车不紧不慢往下走，暖黄色的灯光映在已经转成深蓝的天空里，景色好得像是色彩深重的油画。

体委之前还雄心勃勃要玩跳楼机，这会儿坐上缆车腿都抖，攥着扶手一个劲儿回头："不会忽然停电吧？这个索道结不结实……"

每个人都有怕的东西，敢爬山的人就不一定敢坐索道。体委之前还敢站在石头边上对着群山呼喊，这一会儿就让生活委员架着胳膊，直接冷酷地拖上了缆车。

于笙照例压阵，拎着一兜子零零碎碎的东西，跟靳林琨坐上了最后一趟。

晚上的风已经有点凉了，拂过脸侧，山雾渐浓，带出一点冰凉的潮意。

到这个时候，耳边热闹的人声才真正安静下来。靳林琨坐在缆车上，静了一会儿，把手揣进口袋里，摸了摸他们班班长临下山前偷着塞给他的、那张真心话大冒险的纸牌。

下山之前，趁着于笙去还盆和热水壶，班长悄悄遛到他边上，鼓足勇气："琨，琨哥。"

靳林琨挺久没被人这么叫过，反应了一会儿才意识到是在叫自己。

他们班班长莫名挺郑重，整整衣服，回头跟学委他们几个嘀咕了半天，终于深吸口气，把一兜子瓜子花生牛肉干给他："这个你收着。"

班长还有点怵他，站得笔直，直接从耳朵红到脖子根："你跟……跟我们笙哥好好的。"

一群不太符合传统意义上好学生的同学，背着他们班扛把子，把剩下的好吃的全凑起来上了供。

老贺坐在边上看风景，侧过头看了一眼，又笑眯眯地转回去。

他们班班长磕磕巴巴继续往下说："笙哥，笙哥特别好，就是偶尔可能会揍人，你没事就让他揍一揍……"

于笙转过头，抬手在他眼前晃了晃："想什么呢？"

靳林琨心说在想你的同学不愧是你的同学，话到嘴边打了个转，及时收住："在想你们班感情真好。"

他的目光落在于笙身上，替他把领口的拉链往上拉了拉，按下乱七八糟的念头："冷不冷？"

"不冷。"于笙摇摇头，"他们就是不太爱学习，每个人都挺好。"

学习只是一种普遍的选拔方式，但永远不能作为评判的唯一标准。

距离有点近，靳林琨停了一会儿，索性整个人往于笙那边挪了一点："歇一会儿？"

于笙往后靠了靠："动作小点，小心跟体委共振。"

靳林琨没忍住，低着头笑了半天。

于笙和靳林琨一起靠在椅背上，吹着有点凉的山风，阖上眼睛。

他大概能猜得到靳林琨在想什么，但也真觉得没什么大不了。大概是因为三中本来就不是什么学风严明校纪严肃的学校，加上老贺带班的方式格外不走寻常路，七班人对什么事的接受力都很强，又格外讲义气。也可能是他太确信，这群人哪怕真的怕他，一见他就立正、立刻从不知道什么地方掏出英语书大声朗读，也一定会在任何情况下跟他站在一块儿。

本来就是能因为一句"好朋友"，直接让大部分事都变得异常简单的年纪。

折腾了大半天，哪怕这群追求自由和放纵的人精力再旺盛，在去旅店的路上也开始一个两个地打瞌睡。

集体定旅店还能打折，老贺帮这群困得东倒西歪的孩子们开好了房间，挨个轰去睡觉。于笙帮几个因为各种原因两腿发软的班委把东西拎上去，靳林琨本来也想跟着，被老贺叫住："等一下——"

于笙家里的事没说出去，老贺是他们里唯一知道的。

老贺看着他，半晌笑了笑，摆摆手示意他去追于笙："行了，去吧。"

一句多余的话都没说。

于笙送完东西上楼，屋里的空调已经调好了温度。

普通的小旅店，该有的设施都有，收拾得也还干净，但毕竟不算太宽敞。办公桌跟床中间留的空隙不大，只能放下个木头的四角方凳。

隔音倒是不错，一群人在楼下斗地主，一点声音都听不见。

"来吧。"于笙顺手把外套搭在椅子上，从书包里翻出那几套卷子，"做卷子。"

靳林琨应了声放下手机，打开桌旁的工作灯。

屋里的空间不够富裕，他没跟过去挤，直接坐在床上，扶着桌沿跟于笙一块儿看题。

一套卷子翻到背面，搁在边上的手机忽然响了一声。估计又是什么推销课程的短信，靳林琨没准备看，于笙却已经拿了起来："看一眼，别误事。"

靳林琨就着他的手看了眼屏幕。

居然是他爸妈发过来的消息。

活得异常潇洒的父亲母亲游山玩水到一半，忽然想起儿子好像快过生日了，所以临时买了票，决定回来看一看他。

靳林琨已经习惯了自家爸妈这个我行我素的风格，哑然一瞬，握着手机接过来："没事，我跟他们说一声……"

生日还是要跟舍友过的，爸妈回来看一看他，估计也就是真的要看他一眼，然后就继续他们幸福的二人世界。

也不用特意费这个事，他们家人向来是靠缘分相聚，像这种意思一下的环节其实可有可无。

他没当一回事，顺手要回短信，于笙却反而格外认真，蹙了眉按住他的手："说什么？"

靳林琨笑笑，半开玩笑逗他："不用让他们回来了，我跟你过……"

话说到一半，他才意识到于笙没在跟他闲聊。

小朋友按着他的手，显然不觉得他应该错过这个和家人相处的机会，眉峰蹙得异常紧，操心得不行。

"……朋友。"靳林琨短暂地用两个人的心灵感应感应了一会儿，摸摸他的头发，"我先解释一下，我之前去你家住真的不是因为我太烦人，所以被我爸妈从家门里轰出来了。"

于笙看他的目光显然充满了怀疑。

靳林琨张了张嘴，忽然觉得这件事解释起来似乎有点棘手。

他父母的感情比较好，好到不小心弄出来了个他。靳家的智商和情商都是一脉相承，靳先生和黎女士当然可能确实是烦他的，但也不是那种会把他轰出家门的烦。

……当然他也确实是被轰出了家门。

靳林琨趴了一会儿，甚至都有点忍不住开始自我怀疑："所以可能事实是他们太烦我了吗？"

以于笙对他的了解，并不觉得这种情况有什么难以出现的，很严肃地替他出主意:"回家好好待两天,用不用我去给你做顿饭?你就说是你做的,他们应该就高兴了。"

靳林琨觉得靳先生和黎女士不一定敢吃他做的饭,话到嘴边上,又忽然打了个转咽了回去。

靳林琨咳嗽一声,点了下头:"行,到时候商量。"

于笙觉得这是个挺重要的事,摸过自己的手机,在他生日的前两天又加了个日程提醒。事情就这么定了下来,两个人放下手机,又回到了手里这套卷子上。

"早跟你说过,高中不能用仿射跟硬解,等毕业再用。"于笙说是做卷子,其实还是帮他扫过程的跳步。看着卷面上简洁到基本找不着得分点的过程,还是忍不住划了两个叉,"你们老师没说你?"

靳林琨虚心认错:"说了,我记着改。"

有于笙比判卷老师还严谨的要求,他平时做题其实已经挺规矩,也会适当注意保护无辜同学的心灵不受到太大伤害。

要不是实在是急着做完,他通常都是会尽力把记得的步骤都写上去的。

题目本身不算太难,于笙看了一套,给他说了说得分点,拿过剩下两套盖着答案简单刷了一遍。

第九十一章

一不小心就做了一整宿的卷子，次日一早，于笙是在七班人热热闹闹的喧哗声里醒过来的。

旅店的隔音不错，也架不住门开着，这群人又在外面起着哄要去游乐场。

"老贺给经费，能报销！"他们班体委从缆车上下来，缓了一宿就又活蹦乱跳，一心想再去体验一次刺激的跳楼机，"笙哥，一起来啊！"

靳林琨很尽职地堵着门，耐心给他们解释："于笙同学昨天废寝忘食，连着做了三套数学卷子，还在睡觉……"

七班同学们最近对学习的笙哥敬畏值达到了巅峰，听见他这么说，音量立刻降下来，低声跟靳林琨继续说着话。

出来玩这种事就有种远超上课的魔力，明明昨天爬山还累得腰酸腿疼，晚上就又凑到一块儿打了半宿的斗地主。一个个在群里说着今天一定起不来要睡一天，结果第二天一早就有人开始张罗游乐场约起。

靳林琨感谢了同学们的邀请，又替于笙接受了大家对笙哥不要学习太辛苦伤身体的关心，绕了一圈回来，发现小朋友也已经醒了。

平时赖床都赖得非常刚的男孩子，这会儿整个人放松地陷在枕头里，手缩在被沿边上，半阖着眼睛玩手机。短发稍微有一点儿乱，被太阳光一晃，莫名显得毛茸茸的。

靳林琨没忍住，上手揉了两下："醒了？"

"哪儿到哪儿。"于笙随口应了一句，借力一扯就坐了起来，"我废寝忘食？"

小朋友听力太好，靳林琨轻咳一声，顺手摸了个枕头塞进他背后垫着："善良点好，你们班九成人的作业至少还剩九成。"

于笙也没准备在这种事上计较，嘴角扬了下，拍拍身边空出的地方："上来。"

靳林琨还想跟他客气："不太好吧？你辛苦了，应该歇一歇……"

"劳逸结合。"于笙觉得他说的对，点了点头，换了个比较明确的邀请，"带着卷子上来。"

出门郊游的第二天上午，于笙靠在床上，把剩下的一套半卷子做完了。

旅馆设施太朴素这种事是睡了一觉才开始有感觉的，于笙换了几个姿势都不舒服，直到被身边的人往背后塞了个枕头："这道题，我觉得辅助线可以放在这里。"

于笙原本还打算把这个一找着机会就捣乱的人拎开，被他那个辅助线吸引了注意力，抬到一半的手握着笔收回来："放这儿至少十步推导往上，没必要，还容易落得分点。"

靳林琨认真听着小朋友讲课，一边点头，一边不着痕迹地又往枕头底下塞了颗糖。

一套半卷子做完，去游乐场的人也回来得差不多了。

"人太多，根本轮不上。"他们班班长有点失落，"还不如大家一起写作业。"

生活委员不太赞同："还是比写作业强点的，我们不是玩到了跳楼机吗？"

"还有大摆锤。"姚强举手补充，"体委选的项目人都不多，还好玩，下次还跟体委一块儿出去。"

学委拖着体委往回走："就是如果不用每次都把一滩体委拖回去就更好了。"

本来就是周末，游乐园的人多得排不上号，只有半天自由活动时间的一群人果断选择了回来继续打扑克。于笙做完卷子，也跟着下去玩了几局。

打了几趟，段磊忍不住压低声音："笙哥，用不用我跟你换换牌？"

"不用。"于笙经过星钻坠落的历练，在这种游戏上胜负欲已经不太强，顺手把靳林琨悄悄塞过来的四个二推回去，"接着打，我再看看怎么玩。"

相比起来，靳林琨其实反而是扑克牌玩儿得比较好的那个。

于笙小时候没玩过这种接地气的游戏，后来成了三中扛把子，又被加上了格外沉重的校霸包袱，也没主动参与过这项活动。

加上各地的扑克牌都有一定的习惯差异，一个班都能凑出几种玩法。七班同学们不太在乎这些细节，说三个算炸也就算了，下次不算就再带个对子，规则一直在随机地进行动态变化。这种过于随意的打法给于笙造成了不小的困扰，连着几把都没太找着状态，导致跟他一组的靳林琨也跟着进了好几次贡。

他们体委连着赢了好几局，从大摆锤的阴影里苏醒过来，有点得意忘形："笙哥，用不用我带你？咱们俩一组，我带你躺赢……"

于笙扬扬眉峰，放下手里的扑克牌。

没等开口，体委已经被班长捂着嘴一把按下去："行了行了快闭嘴，你信不信笙哥一会儿祝我们除了靳老师，所有人都能抓到俩王四个二？"

虽然靳老师承诺了不先使用于笙，但一群霍然惊醒的人还是迅速被玄学的恐惧支配，攥着手里的牌坐得端端正正。

但很快他们就发现，于笙在这种游戏上居然佛得很。

或者说他们笙哥看起来好像其实根本就没在认真玩游戏。

打扑克当然要配零食，一盘子散装花生瓜子糖豆小辣条搁在中间，大部分人其实没什么时间吃，但靳林琨就会隔一段时间去抓一点，然后给他们笙哥剥了藏在手掌里。

看着于笙把瓜子仁又分回去一半，两个人边吃边讨论接下来的牌应该怎么出，他们体委站在胜利的山巅，莫名隐约生出点羡慕："这么开心的吗，生活什么时候也能给我分配个亲密无间的好朋友？"

"想想你的11.11。"学委拍拍他的肩膀，"生活已经给你够多暗示了。"

体委想站起来追杀学委，腿又软得有心无力，一群人哄笑着起哄，也没了几个人还有好好玩牌的心思。

段磊闹了一会儿，忽然觉得不对，拖着姚强往边上扯了扯："今天笙哥为什么穿衬衫了啊？"

"就——想穿吧？"姚强觉得这没什么奇怪的，"我记得高二的时候，笙哥其实也穿过衬衫的。"

段磊记得比他清楚："不可能，那是笙哥被主任他们拖去拍什么学校风采展，表演的艺考生找不着比笙哥好看的了。"

于笙其实不太喜欢特别板正的衣服，就穿了那么一次衬衫，他们还想拍个照纪念纪念，结果他们笙哥出去打了一中午游戏，回来就换件衣服。

段磊去问过，据说是被隔壁书呆子的啤酒弄湿了没法穿，一群人还遗憾得不行。这次于笙忽然换个风格，衬衫的扣子还板板正正扣到最上面，虽然看起来也很帅，但还是有点儿叫人好奇。

姚强沉吟良久，想出了个比较靠谱的答案："昨天不是说了衣服吗？大概是因为靳老师觉得衬衫好看。"

段磊想了想，也觉得有道理，没继续陷入有关笙哥为什么换衣服的沉思，又去追逐起了最后一袋辣条。

玩了一上午，终于到了该返程的时候。这些天都学得异常辛苦，难得有出来玩一趟的机会，一群人不太舍得回去，还有点不情愿。

"我理解大家。"老贺非常和蔼，"我年轻的时候也特别盼着学校组织秋游，尤其那种远一点的，本市的就没什么意思，至少也得坐个车、玩上几天才有感觉。"

班长目光锃亮："所以我们还能玩儿一天吗！"

"不能。"老贺和蔼地把他按回去，"收拾东西，中午十二点退房。"

"……"

经费说不能，一群学生遗憾地耷拉下脑袋，老老实实收拾好了书包。

回去的大巴车显然没有去的时候那么活跃。一方面是回家就要迎接作业和马上要出的成绩，另一方面也是这些人已经燃烧精力玩了一天半，这会儿差不多也已经困得睁不开眼睛。

"不行了不行了。"他们班班长撑着眼皮，"老了，熬不住了。"

体委比班长大了半年，很听不惯他这种话："什么就叫老了，你年纪有我大吗？"

"你们这样是不对的。"他们班生活委员是学艺术的，去年没考上心仪的院校，又考了一年，"考虑过真正年纪大的感受吗，我去年还能熬两宿不打盹的……"

老贺坐在副驾驶，跟司机一起听了半天小崽子老气横秋的发言："行了，课代表发卷子，小崽子们作业写完了吗？"

高一高二期中考试的那个周末还可以没作业，让一群被考试摧残得没了半条命的学生们轻松轻松。上了高三，老师们根本不考虑任何有关人权的问题，作业一样留得生怕同学们能写完。老贺为了让同学们的作业看起来显得少一点，特意把语文作业留到了出来玩之后才发，一群作业还没写完的学生飞快被现实击垮，鸦雀无声地蔫了下去。

于笙的作业其实也没写，靠在椅背上闭目养神，隐约听见身边窸窸窣窣的动静响个不停。睁开眼睛，发现这个人在翻他书包。

没等于笙问他想干什么，靳林琨已经翻出了支笔，接过语文课代表手里的卷子挺认真地在腿上铺了铺，一笔一画地替他写起了作业。

车开得摇摇晃晃，这人的笔落得倒是挺稳。一边落，一边还很矜持地应对着体委他们几个羡慕至极的提问："对，替他写写。这个题目太简单了，对他起不到太多提升作用。好朋友，应该的……"

于笙觉得这人实在有点无聊，嘴角不知道为什么还是扬起来，捏开颗奶糖，看都不看地递到他嘴边。也没跟靳林琨说，因为大部分同学的复习进度和他对不上，他的各科作业其实早被老师们免了。

大巴车晃悠了一路，靳林琨边写作业边耐心跟一群羡慕到不行的学生聊天，没花多长时间就写完了一套语文卷子。暖风和长途格外催眠，于笙半路上没熬过困意，靠在座椅里睡着了。

半睡半醒间，椅背被人调了调角度，带了体温的外套迎面覆落下来。

挡着空调的冷风，稳稳当当罩在了有点薄的衬衫外面。

第九十二章

出游非常愉快。回到学校的同学们意犹未尽，甚至连暴秦见缝插针布置了一篇有关本次出游的英语作文，都没引起多大的反弹。

"喜讯，这周五全部分数才能出来。"英语课代表去办公室交完作文，回来给大家通报敌情，"恭喜恭喜，还能多活一个星期。"

一班那群人的情报严格来说也没错，确实是周末出分，只不过不是上周，是这个星期的周末。

暴秦这一段时间心情都不错，收作文的时候还跟英语课代表开玩笑："判卷子当然也放假，老师不是人？你以为老师们看你们担惊受怕很快乐吗？"

说实话，英语课代表觉得老师们的快乐都快化成实质了。

但不论怎么说，能晚点出成绩这种事，无疑都是所有人共同期望的。

体委的精神也为之一振，瞬间从一滩枯萎的有机物恢复人形，继续开始吹嘘："同喜同喜。实不相瞒，我最近给我们训练队的人讲了好几道题，觉得我做题的手感特别好，甚至已经到了心中有书、手中无书的境界，不需要再一味背书了……"

姚强越听越不对劲："你刚才不还说你觉得你失去了题感，需要从今天开始继续努力学习、好好看书吗？"

"那是我以为今天出成绩。"体委意气风发地摆摆手，"Never mind，只要咱们成绩没出一天，我就还能假装我很牛一天。"

他这个理直气壮的态度也让人很没法吐槽，众人心服口服地安静了一会儿，他们班学委忽然抬头："啊，笙哥——"

体委扑棱坐直，从书桌里飞快摸出本书，放声朗诵："氓之蚩蚩！抱布贸丝！匪来贸丝！来即我谋！"

书都没拿正。

念了半天，察觉到周围的气氛不太对，体委放下书看了一圈："笙哥呢？"

他们学委不紧不慢把话说完："……笙哥桌上的书快掉了，老段，帮忙扶一下。"

体委："……"

一群没安好心的人瞬间笑成一片，学委推推眼镜，及时躲到了班长的后面。

哪怕期中考试结束，七班同学也没抛下他们异常优良的勤奋学风。倒不完全是因为同学们已经真心爱上了学习。主要是因为老贺不知道用什么办法，让于笙答应当了语文课代表，甚至还让他没事就抽查抽查同学们的古诗文背诵。

对于这项新工作，于笙其实一直觉得自己态度其实挺和气，但七班同学们显然不这么想。不光不这么想，于笙最近甚至发现，自己只要往哪儿一阵，附近就会响起中气十足的、异常响亮的读书声。

风声雨声读书声声声入耳那种，甚至连个课间觉都不太能睡得成。

靳林琨看他打了几天哈欠，忍不住给他出主意："用不用跟他们说一声？"

七班同学们很好说话，要是知道他们这种勤奋学习的行为打扰到了他们笙哥休息，一定会立刻改正的。

但于笙显然并不打算叫他们知道："不用，我回家多睡会儿就行了。"

在"可能会被笙哥检查背诵"这个异常强大的动力推动下，七班同学们的学习热情再一次水涨船高，口袋里记单词的小本本也又多了一份，密密麻麻抄了一片诗词古文。

于笙看起来对这个督促同学们学习的工作没什么特别感受，其实还挺喜欢。靳林琨就发现了好几次，明明准备出门跟他一块儿回家了，于老师还非要去七班人扎堆的地方绕一绕，然后才在此起彼伏的朗诵声里满意地过来找他。

小朋友肩背板正，步子迈得不紧不慢，嘴角还牢牢压着那一点儿弧度。看着就特别想让人带到别人看不见的地方，塞上满满一袋子的糖。

"有人。"于笙不介意带着靳林琨跟七班人介绍，但校霸无疑是不能老让人塞糖的，"装满了，回去塞。"

靳林琨对这个安排挺满意，接过于笙手里的书包："直接回家？家里菜不多了，还得带点鸡蛋回去。"

他的生日在这周日，靳林琨那两位潇洒的父亲母亲赶在周末回来，在家待一天就走。

据说靳先生给黎女士订了张百老汇现场的票，能去后台找演员签名那种，所以不能在他身上耽搁太长时间。但于笙还是觉得只要家人见面就不是小事，所以两个人这周的主要话题都围绕在了靳先生黎女士到底爱吃什么、做一桌什么样的菜上面。

于笙昨晚查菜谱查到挺晚，靳林琨想让他歇一会儿，努力搜刮自己的技能："我可以做火锅，还可以拌一个糖拌西红柿……上次那个蒜苗好吃吗？"

上次大雨天出去迁户口，他在家弄那几个凉菜最后都被于笙一点点吃完了，靳林琨自己都没能蹭上一口。

于笙脚步顿了顿："别做了，养着吧。"

靳林琨觉得西红柿配蒜苗放在饭桌上应该会很亮眼，还有点遗憾："做得不好？我觉得还挺好看的……"

"是好看。"于笙还是放弃了鼓励他的念头，"你做一盘蒜苗，我那一桌子菜就都白做了。"

话已经直白到了这个份上，靳林琨也只能遗憾地放弃了把剩下的蒜苗也一起做了的念头。

今年冬天格外冷，天气又阴沉，两个人往回走了一段，说话的时候都能看见白白的一片呵气。

于笙对手套这种东西向来无感，靳林琨看了看于笙冻得发红的指尖，抬头看了一眼四周："等我一下。"

"干什么？"于笙抬头，靳林琨已经快步跑进了街角。

于笙还没弄清楚他想干什么，顺着他刚才看的地方看了看，发现了一对背着老师出来压马路的学生。男生捧着杯粉色混着白色的珍珠奶茶跑回来，递进女生的手里，给她焐着手，凑近了低声说话。

于笙："……"

于笙站了一会儿，决定靳林琨要是敢也给他杯奶茶，就直接把这个人过肩摔出去。

靳林琨没让他失望。当学神的，作业一般都不直接抄，没过两分钟，这人就捧了个热乎乎的烤红薯回来。

烫得来回倒着手，吹着气一把塞进他手里："快，暖和暖和。"

于笙被他往手里塞了个特别务实接地气的烤红薯，也烫得差点没拿稳。倒了几次手，好不容易捧住了，抬头就迎上了这个人异常笃定的自信目光。

于笙忍了半天，没忍住，靠着墙低头。

"我要的黄瓤的，这个特别甜。"靳林琨还在努力推荐自己的选择，忽然看着好朋友不给面子地往下蹲，本能地抬手把人扶住，"怎么了……朋友，笑点在什么地方？"

于笙也不知道笑点在什么地方，就是拎着手里被烫得软腾腾的塑料袋子，笑意就不太能忍得住。

可能是因为这个人每次在各种莫名其妙的地方特别幼稚，也可能是这次他在街角才站了几分钟，不光有人跑回来找他，还给他带了个黄瓤的烤地瓜。

于笙吹了吹烤地瓜上的灰，研究半天，谨慎地把外面的塑料袋剥开。

咬了一口，正好听见靳林琨在他身边唠叨："慢点吃，这个很糯。要慢慢吸，不能咬，容易烫舌头……"

于笙："……"

靳林琨察觉到不太对："怎么了？"

于笙："你拆。"

靳林琨觉得于笙可能烫了舌头。

小朋友在外面的时候非常酷，烫着了也依然沉稳，手里还拿着那个烤红薯，准备再尝试第二口。

外面还不显眼，烤得发干的外皮咬开，露出里面黄澄澄的绵软内瓤，白融融的蒸汽就瞬间腾起来。

靳林琨及时出手，握住他的手腕："不是烫了？疼不疼——"

"不疼。"于笙没怎么当回事，把手往袖子里缩了缩，按着他教的慢慢吸了一口里面绵糯的鲜亮黄瓤，仔细尝了会儿味道："是挺甜。"

靳林琨微哑，侧头想跟他说不急着吃，目光落在于笙身上，话就不知道为什么顿了顿。

三中人人闻风丧胆、往哪儿一站就能吓得七班人震声读书的扛把子，认认真真捧着那个烤红薯，手缩在袖子里垫着隔热，小口小口地吃。

男孩子的眼睛黑白分明，显得异常干净，浓深的眼睫被腾起的雾细密度上一层水汽，又因为天气干冷，转眼结了一层毛茸茸的白霜。

于笙吃着那个烤红薯，也不抬头，放心地让他领着，一路往家里走回去。

走了一段，靳林琨察觉到鬓侧耳边的润凉湿意，抬手摸了下，仰起头。

路灯亮起来了，偏黄的暖色光芒里，有细小的飞雪在沉沉暮霭里打着旋。

今年冬天的第一场雪就这么来了。

靳林琨忍不住碰了碰于笙的手背："朋友。"

于笙刚吃完最后一点烤红薯，把吃完的塑料袋扔进垃圾箱，拿纸巾擦了擦手："嗯？"

于笙每次这样发出单个音的时候都显得格外软，靳林琨转过来，替他把领口拉高。

靳林琨拉得挺及时，但还是有雪花被风送着钻进领子里，转眼化成冰凉的水意。于笙仰头看了一眼，才发现居然下雪了。

他们家翻墙回去本来就不远，眼看再转个弯就要到了，人流也散了不少。偶尔经过一两个，也都竖着衣领色匆匆。

下着雪的冬天傍晚，没有行人不急着回家。

于笙试着接了几片雪花，都飞快化在了手心。靳林琨对温度的传导比较有心得，抻着袖口垫了垫，正准备出手帮忙，脸上颈肩忽然一凉。

威震三中的扛把子很不讲义气，甩干净了手上的水，趁着袖子接了一捧雪花，全扑在了他的脸上。

靳林琨慢了一筹，眼睁睁看着小朋友拎着烤红薯压哨抢跑，在原地愣了两秒钟。

两个人幼稚的没边，两秒后，战况已经激烈得难解难分。

于笙冲得快，躲开了最后一点冰冰凉凉的雪水。靳林琨越挫越勇，拍了拍掌心，追着已经冲出挺远的背影，跑上了回家的路。

第二天，姚强看着他原本就贴了个创可贴、现在又在多了一小处不起眼伤口的笙哥，彻彻底底底惊了："笙哥……你还是去学搏击了吗？"

于笙正随手翻着暴秦专门给他找来的练习题，没太明白他在说什么："什么搏击？"

"没事没事，笙哥。"段磊比较见多识广，一把捂住姚强的嘴，"他背诗呢，何以解忧，却道天凉好个秋，中流击水，浪遏飞舟。"

于笙被他这一段还挺押韵的古诗词串烧弄得有点震撼，放下手里的卷子，抬头准备纠正，段磊已经拖着姚强飞快地逃走了。

姚强还没弄清楚怎么回事，就被拖到了座位上："干什么？我们不可以关心笙哥吗？"

"可以，但不应当。"段磊抬手抚摸他的头，"你想和我一样吗？"

姚强茫然："什么一样？"

段磊翻开书，展示了于笙留给他的《短歌行》《书博山道中壁》《沁园春长沙》默写。

姚强："……"

段磊长叹着写了两行，忍不住举手："笙哥，我感觉中间那一首好像不是咱们的考纲范围。"

"难得你会背。"于笙做着题没抬头，很大方地抬了下笔，"奖你一首。"

段磊攥着笔："……"

众人皆醉我独醒不光是件有压力的事，还格外累手。

于笙今天醒着，班里对语文的学习热情异常磅礴，每个人都在勤奋地翻来倒去背那些必考内容。

卷子没判完，他们班体委暂时没有被命运扼住后颈，生龙活虎跳上讲台："同学们，有件事大家了解一下……"

过两天有一场宿命的对决的篮球赛。其实这个篮球赛已经拖了很久，校运会的时候同步举行初赛，一群队伍经过复杂的淘汰制层层选拔，目前已经打到了八进四。

"而我们不一样。"体委很自豪，"我们是去年的冠军，有全校唯一的直通票，天生强者，空降四强。"

吹得连他们班长都听不下去："行了，咱们班谁不知道冠军是怎么来的？"

虽然真论篮球水平，七班人其实也不虚别的班，但去年隔壁班有个队伍打球不规矩，小动作多就算了，还恶意磕碰冲撞。

他们班体委一气之下就把笙给请了过来。

"不是上场。"段磊也记得当年的辉煌往事，给杨帆科普，"笙哥就在场边坐着。"

准确地说，于笙是坐在场边补觉。

结果睡了四节比赛，一睁眼睛就听说他们班赢了。

自从转来七班之后，这个瘦高木讷的学生就被这群人带得越来越开朗，连说话都利索了不少。杨帆跟着一群人，听故事听得眼睛发亮："那……让笙哥上场不就行了吗？"

但七班似乎完全没考虑过这件事。

体委蹲在于笙桌子边上请他当教练，帮队员们设计战术，甚至还让生活委员帮于笙选购了一个口罩。

段磊举手申请了个口罩，摇摇头："恐怕不行。"

杨帆愣了愣："为什么？"

段磊很深沉，拍了拍他的肩膀。

篮球是以对抗为主的竞技性运动，和运动会比比跑步标枪不是一码事。

段磊到现在还记得当时的盛况，回味着摸了摸下巴："当时对面那支队伍不光不敢打球使阴招了，他们甚至不敢打球了……"

第九十三章

虽然在规则上并没有明确地禁止于笙上场，但是七班同学们还是有一颗不靠外挂证明自己的心。

于笙对上场这种事倒也没什么特别的执念。他初中的时候没少打篮球，也没觉得有什么特别的技巧能传授，只要看准时机动作到位，总不会吃什么亏。

"……笙哥。"姚强坐在篮球上，忍不住举手吐槽，"你这个说法就好像咱们政治老师讲题。"

体委配合他，清清嗓子挺起腰，惟妙惟肖地学："孩子们，你们要仔细看题。只要认真审题，体会出题人的意图，就能写出正确答案……"

听起来一点问题都没有，能做到的都是怪物。

他们政治老师是个人过中年的女老师，人很和蔼，跟同学们的关系也很好，就是讲题非常意识流，每次都要靠缘分跟同学们的思路呼应上。一群学生都常年深有体会，看着这两个人一唱一和地耍宝，场边转眼就笑成一片。

班长刚搬了箱热杏仁露过来，一人扔一罐，凑过来好奇："笑什么呢？我又错过什么了？"

学委推推眼镜，省略掉了一部分话题："笑政治老师讲题。"

"给你道题自己体会？"班长瞬间精准地抓到了点，"太简单了，出题人的意图我还体会不着吗？出题的人就是想我死啊。"

众人坐在操场边的水泥台阶上，笑得东倒西歪，几个球队主力拿着杏仁露，肚子疼得站都站不起来。

天南海北地胡侃了半天，体委喝完了那罐杏仁露，一个勾手精准扔进了距离不足三米的空纸箱子，又站起来张罗队员们继续练球。

高中正是精力旺盛没处发泄的时候，一群男生平时其实经常打一打篮球，有时候不想上课了也会逃课混进别的班体育课打一会儿，篮球赛也用不着特意训练。但最近的英语压迫得一群人都没有余力，已经挺长时间都没正经摸过球了，手生也是难免的。

体委对自己班的同学很有信心，相信大家只要多练练就能找到状态，一边跑动，一边拍手给个别人提神："老段，跑起来！虽然你现在的工作只是一根行走的木头桩子，但你也要有一颗首发木头桩子的心……"

条件有限，篮球只有打对抗才有训练的意义。七班能跑步的基本都被抓上来凑数，好不容易凑够了两个队。

段磊他们打游戏行，在篮球上的造诣实在不高，基本就是按照体委的指挥，努力给首发队员们制造各种球场上可能或者不可能发生的障碍。倒是他们班学委非常争气，很冷静地张着胳膊，按照于笙随口教的见着人就往身上抱，顺利帮首发阵容有效提高了带球飞速大圈过人的水平。

于笙在场边上坐着吹风，打开杏仁露喝了两口，抽空给靳林琨回了两条消息。

靳林琨的生日是周日，他父母周六早上回来，在家待过十二点给儿子过完生日就走。

他们已经把菜谱讨论得差不多了，定好了周五晚上于笙去靳家做顿饭，让靳林琨告诉靳先生黎女士这是他诚心庆祝家人团聚的作品。

毕竟靳父靳母只在家里待一天，那一桌子菜肯定吃不完，应该也不会突发奇想再让儿子做一顿。

应该。

讨论的时候，靳林琨其实不觉得他父母会有这么善解人意："我觉得他们可能会拿出手机，让我颠个勺，录小视频发朋友圈。"

于笙对这种画风的父母不太了解，犹豫了下，决定还是谨慎一点："行，我记得不做颠勺的菜。"

"改刀花的也可以不做。"靳林琨想了想，拿着菜单继续申请，"可以的话，炒得尽量简单一点，最好多煲几个汤……"

于笙顺手把菜单从他手里抽出来折好，揣回了自己口袋里。

小朋友对一家人聚齐这种事太重视，靳林琨虽然实力严重有限，但其实也非常愿意配合，甚至还想得很周全地去了趟超市，买了一批平时用不着的油盐酱醋，准备配合着把家里空着的调料罐都填满，让整件事显得更真实有说服力一点。

两个人一个在球场边上，一个在超市，远程交流着都要买什么东西。于笙一边看球，还得一边给他科普。

——十三香是黄色盒子，不是小小的纸四四方方。

——袋装的陈醋就行，不用挑好看的，回来灌尖叫瓶子里。

——那你就再去买瓶尖叫。

——对，老抽是酱油，不是昵称。

……

这个人半点生活常识都没有，完全不靠谱，于笙甚至都能想到堂堂学神在超市生活区失去了人生的方向的迷茫状态。

有点好笑，居然也不太烦。

不清楚是什么时候开始习惯的，只知道一块儿刷题也好，睡觉也好，甚至就连一起因为这些油盐酱醋废话，好像也不像想象里的那么麻烦无聊。

于笙按着手机，远程给他指挥，隐约听见场地上打球的声音变成了有点儿嘈杂的争执声，抬了下头，才发现两拨人不知道什么时候争了起来。

来的也是群穿着校服的学生，挺嚣张，为首的那个头发往后梳起来，看起来非常威风。

于笙对别的班不太关注，但看校服掉色跟染色的程度，应该不是他们这一届。看着那群人手里的篮球，估计应该也是来打球抢场地的。

能用的球场统共就那么几个，一个星期争起来七八次都是少的。过去的一年里，于笙帮忙镇的场子就有一半几乎是争球场争出来的矛盾。

他没太在意，顺手把手机揣回口袋，准备过去看看，忽然被班长按住了肩膀。

"别抬头。"他们班好几个人过来，把他整个人挡得密不透风，班长低着头，莫名显得非常深沉，"别让他们认出你。"

生活委员跟着排成一排，搭住班长的肩膀假装看风景，一只手在口袋里摸了两下："继续看手机，笙哥，给你口罩。"

于笙有点不太能理解这些人的意图："干什么？"

"抢球场就得凭本事，凭本事就得打比赛。"学委推推眼镜，"我们班好不容易有一只送上门的陪练队伍，笙哥，你不要出声，你一出声他们就跑了。"

于笙："……"

靳林琨拎着一大袋子油盐酱醋来接于笙，听说了事情的大概，把一瓶尖叫递过去："这种故事一般的发展不应该是他们没完没了的挑衅，然后两边人开始发生矛盾吗？"

然后小朋友趁机出手，带球过人潇洒灌篮，好让胆大包天来挑衅的队伍清醒清醒。

"想多了，靳老师。"他们班班长非常理智，"笙哥不用带球，也不用灌篮，只要过个人他们就醒了。"

这么想一想，当扛把子的生活其实也有点无聊。

七班同学们也觉得让笙哥为他们无聊了这么半天不太合适，决定鼓起勇气，陪他们笙哥解解闷，满足一下靳老帅刚才脑补的画面。

于笙戴着口罩，莫名其妙被一群人严严实实围着玩了半天手机，正钩着口罩往下摘，闻言扬了扬眉。

体委刚完虐了那支来挑衅的高二队伍，打得兴致正盛，兴冲冲带着球过来，看见于笙抬眉毛腿就本能地一软："完了班长，我觉得我不一定敢断笙哥的球……"

控球后卫哆哆嗦嗦："我也不是很想控球，我现在看见笙哥就想背课文。"

"同志们，给个面子。"姚强在首发里打中锋，脑补了一下于笙带球过来的气场，"如果你们发现我打着打着球忽然立正让路，请不要拍下来发朋友圈……"

可篮球要这么打，又显然没什么意思。

还不如让于笙自己拿着球，对着空气随便一过，再表演一套三步上篮。

段磊在边上仔细想了想："可能有一个办法。"

七班同学们也不想让笙哥失去玩耍的乐趣，迅速凑过来："什么办法？快说，看看有没有实现的条件……"

"条件倒是有。"段磊摸了摸下巴，"靳老师，您会打篮球吗？"

五分钟后，靳林珉也脱了外套，把东西放在场边，活动了两下手腕。

七班简单重新分了队伍，主力首发分成了两个队，又凑了点人，一拨跟着于笙一拨跟着靳林珉，气势看起来比之前强了不少。

"没想到，老段居然也是个人才。"体委这次跟了靳林珉，忽然觉得信心倍增，生龙活虎地做着准备活动，"说起来你们可能不信，我现在忽然充满了和笙哥一决高下的信心。"

姚强坚定地站在了他们笙哥一队，对他的嚣张不屑一顾："一决高下有什么意思？躺赢才是真的爽，我都好久没看笙哥凭一己之力掌控全场了。"

两拨人斗志昂扬，互相放了半天狠话，抬头找了好一会儿，才发现带队准备对决的两位大佬还在一块儿交流。

"穿这个不冷？"靳林珉拉着于笙站在场边，低声跟他商量，"还是把外套穿上，今天风有点凉，省得感冒。"

于笙摘了眼镜，顺手用衣摆擦了两下："不用，穿着碍事。"

靳林珉刚点了头，于笙就已经站了起来，利落脱了外套。他今天穿了件白色帽衫，有点薄，看着就不太扛风。靳林珉不放心，又把人拉过来，捏着布料仔细捻了捻。

"没那么金贵。"于笙把擦干净的眼镜戴回去，"你真会打篮球？"

倒不是不相信，只不过这人之前就有打游戏号称打得不错的黑历史，于笙不太能拿得准他口中的"篮球打得还不错"是个什么水平。

考虑到七班同学最近对靳老师的盲目崇拜，要是靳林琨的水平还和游戏不相上下，他也得先考虑考虑该怎么放水。

靳林琨张了张嘴，迎上小朋友的视线，先没忍住笑了出来："真的……我原来经常打，三分投得特别准。"

省示范也有走体育的特招生，上高二的时候课程实在太轻松，他因为要做实验弄来不少假，没少混进体育队里去一块儿打篮球。

"主要还是因为帅。"靳林琨看得很开，完全不否认当时的心态，"那个时候年纪小，看什么帅就学什么，尝试了很多种风格……"

于笙挑挑眉："最后定了黑衬衫？"

靳林琨哑然，张张嘴，轻咳着笑了笑："其实——"

于笙："是挺帅的。"

没意识到小朋友居然是在夸自己，靳林琨愣了下，没反应得过来。

于笙扬了下嘴角，顺手在他不一样长的帽衫带子上扯了一把，把两根带子扯成了一样长："挺帅的。打一场吗？"

体委在瑟瑟寒风里抱着球，跺着脚等了半天，看着两个人走过来："不知道为什么，我忽然有一种感觉。"

"对。"他们班班长点点头，"这场比赛应该没你们什么事了。"

其实一开始，七班的两支队伍还是得到了一定的表现机会的。

两个人都挺长时间没碰过球，刚上来难免手生。靳林琨甚至连规则都记不太全了，还让体委临时帮忙提醒了两句。

倒是七班人刚跟上面那只炮灰陪练队伍打了一场，正好活动开，这些天因为学习生疏的手感也彻底回来了，都很在状态。普普通通的一场练习赛打得高潮迭起，姚强打出了自己最好的一波助攻，他们体委甚至还来了感觉，找到机会试了一次大风车灌篮。

"然后？没有然后，就到这儿就行了。"姚强叼着雪糕，蹲在场边的寒风里擦了擦汗，"稍微剪辑一下就可以发到咱们学校的贴吧里，顺便可以不经意地提一下我很想有一个人和我一起努力学习。"

他们体委蹲在边上，对这个操作非常感兴趣："好用吗？好用我也想试试，我也很想有一个人和我一起学习，我还可以教英语题，我觉得我的英语现在已经出神入化了……"

他们两个唠了一会儿，陆续还有人下来，在操场边上整整齐齐蹲成了一排。

虽然理论上篮球每支队伍需要五个人，但架不住两位大佬打得一个人就是一支队伍。于笙的速度和力量都无可挑剔，找到控球的手感之后，手里的球就没丢过。靳林琨的跑动比他稍微逊色一点，比较专注三分线外的投篮，场边简易的分数牌动不动就三张三张往后翻。

一开始段磊他们还试图跟着在边上晃一晃，后来发现好像也并不需要。

两个人谁也没留手，一个打得异常干净利落，一个的假动作做得飞起，一时还真看不出谁更强一点。

于笙持球，迎着靳林琨的防守，难得做了个假动作，带球后仰跳投。

篮球咚的一声砸在板上，把有点上了年纪的篮球架都砸得晃了晃，绕着铁圈晃了一圈，从中央掉下去。

场边隐约传出喝彩声。一排人在操场边上蹲着佛系看球，听见喝彩回头，才发现场边不知道什么时候开始零零散散地聚了人。

第一节晚自习下课，正好是住校生出来散步锻炼身体的时候。球场是开放的，就在操场上，这边的动静大，很快吸引过来了不少遛弯的学生。男生也有，但大多还是女生，压着兴奋悄悄地看，三三两两凑在一块儿低声说话。

体委觉得不能放过这个大好局面，霍然起身，一把撸起袖子："快快，老姚，一块儿上！"

高中时代，没几个男生打篮球不是为了让场边的小姑娘看的。体委摩拳擦掌地就要往上冲，被姚强及时拖住："咱们能碰着球吗？我觉得她们可能不愿意看咱们空着手跟着跑来跑去。"

"要懂得变通。"体委目光烁烁，"这种时候，难道我们还要搞什么分裂吗？"

男生们觉得体委说得有道理。

靳林琨也很久没这么过瘾地打过球了，及时抹了把快要落到眼镜上的汗，正准备再投一个三分，忽然眼睁睁看着七班体委生龙活虎拦在了面前。

靳林琨仔细回忆了下分组："我们不是一队的吗？"

"特殊情况。"体委带着一群人雄赳赳气昂昂上场，朝着他很有把握地咧了咧嘴，嘿嘿一笑，"靳老师，你想不想跟我们笙哥打配合？"

两个同队成员面对面运了两下球，不着痕迹地达成了共识。于笙眼睁睁看着一群人忽然上来围堵靳林琨，等反应过来，已经接过了靳林琨假动作过人传过来的篮球。

两个人从对抗转成配合转得天衣无缝，于笙侧身闪过体委，在跑动中把球扔回给靳林琨："现在什么情况？"

"咱们两个，对他们一帮。"靳林琨抬手投篮，空心直中，朝于笙笑了笑，"来吗？"

于笙没回话，嘴角扬了下，掠过两个人抢下篮板，球在手上停都没停，径直拨进了他手里。

场边上围了一圈小姑娘，剩下八个人也铆足了劲，抛开了平时对他们笙哥的敬畏，对这两个人开展了全面的围追堵截。

一场球赛打得变幻莫测，从5V5到1V1再到2V8。学委靠缘分翻记分牌，总算把比赛打满四节，马上近了尾声。

最后剩下几秒，靳林琨被几个人围着，踩着三分线又往后退了两步。

看见于笙已经跑到篮板下，他动作没停，手里的篮球带着劲风射出去。

距离太远，不可能就这么中篮筐。体委飞快往回跑："快快，拦住球，传——"

话还没说完，于笙已经跳起来。

男孩子身形清标利落，腾跃的动作轻松得像是能带起阵风。衣角随着动作撩起一点，就能看见劲窄腰线和流畅漂亮的腹肌线条。

篮球从靳林琨手里投出来，没来得及落地，就被于笙在空中接了把力，朝篮筐送过去。

哨声清脆响起。

于笙手上有数，落地根本没回头。迎上跑过来的靳林琨，扬了扬眉峰，嘴角压不住地抬起来。

第九十四章

一场篮球赛下来，三中贴吧里有关于笙的帖子又翻了一倍。

体委终于得偿所愿，擦着汗从篮球场上下来，破天荒第一次被小姑娘主动加了微信聊天，开头还是特别亲切的"同学你好"。

眼看打破11.11魔咒的希望遥遥招手，体委激动得不行，拉着好队友姚强一起看："快来，有人给我发消息了。我要怎么回？热情一点还是矜持一点？"

"矜持一点，现在都喜欢稳重的。"姚强也激动，灌了两口水，给他出主意，"最好再假装无意带上几个英文单词，稳重里透出一丝帅气。"

两个人实在太紧张，唠唠叨叨纠结半天，手里的预览消息还没完整点开。段磊从他们两个边上经过，好心地帮忙戳开了那条未读消息。

【同学你好。】

【你的篮球打得很好，我们都觉得很帅。听说你和你们班于笙同学关系很好，我想了解一下……】

体委："……"

姚强："……"

"我教你怎么回。"段磊对这种事情非常熟练，莫名地一点都不意外，"你就说笙哥不用手机，不玩微信，没有兴趣爱好，心里只有学习，但是不需要在学习上共同提高的小伙伴。"

体委握着手机，心情很难过："我可以再加一句但是我需要吗？"

段磊拍拍他的肩膀，摸出张他们班长特意定制的那个11.11红包截图的贴纸，拍在了体委的脑门上。

第一条消息还只是个开始。在知道了于笙不想和别人一起学习之后，来找他们的人也依然络绎不绝。有来要打球视频的男生，也有小心翼翼来问有没有高清照片的小姑娘，还有聊了半天"好久不见，还记得咱们小学有一次曾经一起抄过作业吗"的，最后来打探于笙同学那个省示范的朋友的老同学。

人都是在不断重复的过程里渐渐习惯的，体委和姚强他们一开始还会期待一下，很快就麻木得差不多，熟练地复制粘贴发送，变成了没有感情的回复机器。

七班人都很团结，没人把笙哥的照片高价贩卖。但贴吧里还是压不住地开了好几个专楼。三中艺术生多，专楼从摄影展到同人漫画应有尽有，内容丰富得不行。

于笙对这种贴吧论坛之类的东西大都没什么兴趣，倒是靳林琨看得很勤，还特意拿小号收藏了好几个帖子，没事就去看看楼主有没有回来更新。

"一个白天都看不着你。"靳林琨举着手机，躲着想过来删收藏的小朋友，"想见你就先看看这个。"

两个人白天都要上课，不在一个班就算了，甚至连一个学校都不在，连课间碰面说两句话都不行。于笙上课的时候还在按部就班地走自己复习的进度，靳林琨并不经常找他发消息，总得找点别的什么来思念挚友。

听着这个人好像真有那么回事的架势，于笙把手机还给他，心算了下这个人每天熟练穿越围墙的折返次数。

用不用得着思念挚友不知道，他觉得他们俩要是过从再密一点，两位校长差不多就该被逼得干脆拆了墙，把学校并成一个了。

但靳林琨显然还觉得不太够，踮着脚，仔仔细细把手机藏在了书架最上层。

"对了。"此地无银地藏好手机，安下心的靳林琨忽然想起另外一件事，"之前岑瑞他们还说，咱们夏令营那个论坛的临时证书也快到期了，让咱们有什么还想要的东西抓紧保存。"

夏令营的论坛里流传的大都是各类真题和辅导，还有不少珍贵的在线解题资料，可以说是全省排尖子生脑力和知识储备碰撞下难得的瑰宝。孔嘉禾同学特意买了个大号的移动硬盘，塞得满满当当，一个KB都没剩下。

上面的题于笙在夏令营的时候就已经刷得差不多，想了想："你有要存的？"

"有啊。"靳林琨心说两个人穿着小恐龙和小熊四手联弹的视频还在上面呢，话到嘴边堪堪刹住，及时转了个弯，"上面有几套不错的竞赛题，没事可以锻炼锻炼思维活跃度……"

他坐起来捞过电脑，打开论坛正准备登录，才忽然想起他那个"WSYZKA"的九级号当初强势怼过来于笙面前蹦跶的炮灰，不太方便就这么暴露在小朋友面前。

箭在弦上，靳林琨抬着手犹豫半晌，碰碰于笙肩膀："我的密码忘了，登你的？"

于笙挪开他的胳膊卜床："我也忘了。"

有那个有点儿麻烦的情况，能在于笙口中听见忘这个字实在太不容易。

靳林琨扬了扬眉，看着从容拿着杯盖出门热牛奶的小朋友，觉得事情可能没有他想得这么简单。

但他也没问。

一方面是两个人应当有自己的秘密和空间，不非得事事都让对方知道。

一方面也是因为在他也跟出去，给于笙手里那个孤独的杯盖送杯子的时候，被小朋友的死亡射线扫视，觉得再追问可能会死。

临睡前又闹了半天，家里空调开得高，两个人都出了点儿汗。于笙冲了个澡，把靳林琨塞进浴室，靠在床头玩儿了阵手机。

夏令营那个 APP 已经在手机角落待了挺久了，他手机平时不下东西，几个占地方的手游又都卸了，也没什么内存方面的忧愁。开学以来一直没整理过手机，就让这个 APP 一直躺到了现在。

夏令营已经结束了，论坛也不知道是谁在继续维护，于笙点进去翻了翻，发现上面居然还有不少人在活跃着聊天。

他的账号其实没什么问题，问题主要是出在购买记录上。

也不知道谁出的馊主意，看个照片居然还要花钱。花钱就算了，还弄了那么显眼一个购买记录，就在登录界面上大喇喇挂着，标红加粗写着"鸣谢您对本论坛的支持与鼓励"。

烦人得不行。

于笙登上自己的号，点开了唯一的那条购买记录。

牛怕别人不知道买了什么，这个购买记录居然还带缩略图的，号称省示范"上一届朋友最多人缘最好的仔"穿着省重点那套蓝白校服，在缩得不大清楚的小图预览里，跟一群人站在阳光底下没心没肺地笑。

于笙试着删了删购买记录，发现删不掉，只能又换了个思路。

靳林琨出来的时候，觉得论坛上没什么可看的小朋友正拿着手机刷题。

"怎么这时候刷题？"靳林琨刚冲完澡，一身热腾腾的暖意，擦着头发在他身边坐下，有点好奇这个越来越奇特的发展，"一会儿不睡了？"

于笙拿着手机，按着额角揉了揉。

他其实已经困得不行了，但是题好歹也是花钱买下来的，哪怕只是为了把之前那条购买记录压到第二页，不做也实在太浪费。

于笙本来想买几套便宜的题，挑有特点的做做算了，结果没想到这些人最近还在更新题库，收纳了不少新题型，省内其他几个市区的模拟考题也都在里面。

然后就一直做到了现在。

靳林琨听完后半段心路历程，忍不住摸了摸于笙的头发："朋友——"

他才开口，迎上于笙的视线，轻咳一声及时收住："要不……我帮你做一点儿？"

第二天还要早起，于笙觉得自己这种近似于强迫症的习惯也要纠正纠正，摇摇头把手机塞给他："明天再做，上课我们老师不管我。"

靳林琨其实觉得这种计划不太能成功，但还是点了点头，配合着关了灯，把手机放在了自己那边的床头。

于笙闭着眼睛躺了一会儿，脑子里依然是没做完的那套卷子。

后面那几大道题的陷阱出得非常精妙，稍不留神就容易疏漏过去。他第一眼都没看出来，后来仔细审了两遍题才察觉，但也不能保证就把所有的坑都找出来了。

也有可能有哪个地方对出题人的意愿解读过度，反而答得太烦琐，掩盖了得分点。

于笙在脑海里反复过了几遍，发现自己有点儿忍不住想看手机。

靳林琨躺在自己那一侧，数到第七百六十二只小恐龙，被于笙碰了碰胳膊肘："哥。"

"渴了？"靳林琨不太意外，摸摸他的额头，"等一会儿。"

他撑了下胳膊，准备起来先给于笙倒杯水，还没起身就被袖口的阻力扯了回去。

小朋友仰躺着，被子好好盖在身上，一只手攥着他的袖子。被沿拉得有点高，掩着小半张脸，显得声音稍微发闷："哥，我睡不着。"

靳林琨脚下顿了顿，坐回床边。

虽然知道小朋友是想跟他要主动上交的手机，但是靳林琨觉得，其实也有别的可以让脑海里稍微放空一点的办法。

尤其现在这个状态就非常合适。

于笙还在想那几道陷阱题，没立刻反应过来，抬头："什么办法？"

"别动。"靳林琨一撑胳膊，摸索着抬手打开小床头灯，把人稍微托起来点儿，"闭上眼睛。"

于笙蹙了下眉，还要说话，靳林琨已经翻出了那个尘封了挺久的儿童益智小电子琴。

于笙怔了怔，侧过头。

靳林琨一本正经地把琴摆好，熟练地试了几个音，舒缓的曲子格外流畅地飘出来。

带着点还特别幼稚的电音音效，稳稳当当地，落在了暖洋洋的灯光里。

第二天上课，听了一宿小电子琴的于笙不光没能如愿把没刷完的题刷完，甚至还睡了一上午。

察觉到于笙不是那么精神，他们班体委徘徊纠结了一整个上午，终于于笙吃完午饭回来的时候找到了机会："笙哥，晚上篮球赛你能带靳老师来场边坐着吗？"

上次那场训练赛的风头太盛，连四强争霸的正规比赛都给压了下去。在听说七班于笙同学和他的朋友都明确表示不会参加正式比赛之后，不少人都失望得不行，贴吧投票对篮球赛的期望值直线下降。直到七班体委站出来承诺他们笙哥虽然不来，但是一定会和朋友一起坐在场边压阵指导，才终于把摇摇欲坠的热度拯救回来。

"可她们不是为了看篮球，是为了看笙哥和靳老师来的啊。"姚强其实不太有把握，"能有人顺便看看我们吗？能给我们带来一点流量吗？"

"没有，带不来，不过没关系。"体委拍拍姚强的肩膀，想得非常长远，"只要留两张照片就行了。等我上了大学，找了女朋友，就拿这个照片告诉她，这当初都是为了给我加油来看篮球的小姑娘。"

他们体委这个非常灵活的思路，瞬间给了其他男同学广泛的启发。

于笙倒是没什么意见，接过生活委员递过来的口罩："跟哪个班打？"

"高二二班，他们那届的文科尖子班，就上回给咱们免费陪练的那个。"体委猜到他估计根本不知道上回的是哪个班，特地给他详细介绍，"领头的那个是工技转过来的，叫常驰，家里有点儿关系，托人弄进来的……本来跟咱们同级的，听说原来也是他们学校一霸。"

于笙已经不在江湖挺多年，对这人也没什么印象，压下哈欠点了点头。

篮球赛在三中也算个挺大的赛事，四强赛的地点定在了体育馆，边上的观众席坐满了大半。

四支队伍严阵以待，七班作为上届的冠军，在单独隔开的更衣室里换好了衣服。一群人潇洒地穿着写了"七班必胜"的篮球服出来，精神抖擞得不行。

"问问老段，照下来了吗？一会儿我挥挥手，再让他抓拍两张。"体委保持着矜持的笑容，冲观众席致意，嘴型不动地压低声音跟姚强交流，"让他多拍几张，注意角度和光影。"

"没问题。"姚强之前还在担心，这会儿也沉浸在了虚拟的荣耀里，"我还让他P图了，效果肯定完美。"

一群人过足了瘾，直到段磊举着手机的手都酸得不行，才终于意犹未尽地坐在了场边的塑料座椅上。

靳林琨熟门熟路溜达到三中，一进学校就被于笙带到了体育馆，跟着坐在教练席的位置，把揣在大衣里兜的热牛奶递给于笙："一定要戴口罩吗？"

"他们要求的，说不能给敌人带来太大的心理压力。"于笙把吸管从口罩下面塞进嘴里，喝了两口牛奶，"没事，不热。"

其实还有点儿凉。

体育馆本来就没什么风，要是开了空调，场边的温度刚好，场上一会儿打起球来指定热得不行。

于笙拿着牛奶焐了会儿手，转头问靳林琨："这次的怎么比之前的好喝？"

"啊？"靳林琨仔细想了想，弯腰看了一眼于笙手里的牛奶盒，也发现跟之前买的不大一样，"这次是学生早餐奶，燕麦的。"

之前的牛奶都是普通口味，没想到于笙反而喜欢这种加了点其他味道的。

靳林琨翻出手机，又看了两眼，往备忘录上记了个牌子："还有巧克力的，草莓的，香蕉的……"

"收。"于笙言简意赅打断，"这个就行。"

靳林琨有点儿遗憾，收起手机："不试试别的味道吗？"

于笙在听到牛奶名字的时候就有点头大，顺手把牛奶盒转了个方向，写着学生两个字的一面朝着自己："不试了，挺好的。"

靳林琨扬扬眉峰，唇角跟着抬了下，很体贴地帮正在喝学生早餐奶的三中扛把子挡了挡视线："对面那一队，领头的那个叫什么？"

于笙刚听体委说过："常驰，工技转过来的。"

按照两拨人的片区划分，他应该也和这个人多少照过几次面，但刚才看了两眼，也没什么特殊的印象。

他们体委对于笙这个记不记得住人的分类很好奇："没印象说明什么？"

段磊很了解，及时举手给他科普："说明要么是笙哥赢得太轻松，要么就是对方实在输得太痛快。"

七班人听完，又特意拉上去一排人，把于笙挡得更严实了点。

在整个七班的全面遮掩下，高二二班依然气焰嚣张，记着那天操场上的一败之仇，被常驰领着把篮球结结实实砸在地上："怎么样，敢打吗？"

第九十五章

"敢，敢。"体委飞快答应，"快来，我们保证绝不违规，遵守运动员精神，维护赛场纪律……"

态度过于诚恳和蔼，高二二班那边都有点不太适应。

常驰隐约觉得不对劲，下意识往场边看了一眼，被七班体委扳着脑袋掰回来："没有，场边什么都没有，不要让外力影响我们的公平较量。"

常驰："……"

段磊坐在场边负责挡着于笙，一边托着下巴感慨："说实话，气氛诡异到眼下这个状况，换了我估计先不较量了。"

"毕竟也是一方人物。"他们班班长比较能理解这种偶像包袱，"就算气氛再诡异，笙还是不能怂的。"

常驰无疑也是这么想的。

所以即使在被这群人异常诡异的气氛弄得莫名其妙之后，他也依然一丝不苟地走完了包括挑衅、撂狠话、宣战的全部流程。

之前训练的时候因为抢球场，两支队伍就碰过一次。当时七班急需一支送上门的陪练队伍，紧急用人墙封锁了于笙，一群人打得来了手感，把二班虐得挺惨。冤家路窄，这次又碰上，体委还特意拉着上场的队员商量了半天，怎么应对可能遇到的各类阴招、恶意犯规和碰瓷。

结果倒是都没怎么用得上。常驰打球还算干净，他采用了另外一种非常新颖的复仇方式。

他们班学委平时不太看篮球赛，扶了扶眼镜，仔细看了一圈赛场："是我的错觉吗？我觉得我们的对手好像完全换了一支队伍。"

"不是错觉，他们的头发都不是一个色儿的。"通过之前的疯狂英语，英语课代表跟他建立了深厚的革命友谊，拍拍他的肩膀，"咱们笙哥一个人就是一支队伍，他们这是直接又带来了一支队伍……"

常驰直接从隔壁体校拉来了一支篮球队。

三中体育生再多，毕竟还是普高，学生还是以学习和正常升学途径为主。尤其二班这种冲升学率的尖子班，会打篮球的倒是有，但真打得好的也不多。体委他们研究过，二班能晋级到这一步全凭手气好，抽中了连五个首发都凑不齐的班级，一路保送进了四强。

首发的高二二班原队员在开场不到十分钟的时间内就被全换下了场，现在奔跑在操场上的全是身高体壮跑动灵活的准专业选手。

"太有创意了。"段磊忍不住感叹，"我们怎么没想到这一招？"

中场休息，姚强喘着粗气下了场，接过水杯咕咚咕咚灌了好几口："因为这招配不上我们，我们已经够强了。"

"不用怕。"体委跟后卫勾肩搭背地下来，"我们承诺的是不优先使用笙哥，但笙哥是我们永恒的一号。"

每场比赛加替补可以报十二个人，体委没把于笙报在首发，替补的名额却是雷打不动的。七班难得遇上个能痛痛快快打球的机会，虽然一直被压着打，但每个人都打得过瘾，暂时还不想让于笙上来救场。

"没问题，这是个特别荡气回肠的励志故事。"他们体委想得非常远，"我们遇到了强大的对手，但我们依然打得非常顽强，一直拼命把分差保持在二十分以内。然后在第三场休息的时候，笙哥摘下口罩站起来，套上球衣缓缓入场，我们精诚合作，一举强势反超。"

学委忍不住感慨："你现在这个语文水平，老贺听了一定特别感动。"

"是吗是吗？"体委目光一亮，"这都是我写情书练出来的，需要的话我还可以再写五百字。来，我给你说一遍……"

中场休息，七班完全没有讨论任何战术战略，眼睁睁看着他们班体委追着学委念了十五分钟小作文。

班长没有和大家一起看热闹，段磊忍不住好奇，凑过去："班长，你在想什么？"

"荡气回肠，精诚合作，强势反超。"班长摸着下巴，很深沉，"我在想咱们体委写什么情书，能用上这些词汇。"

"这个我知道，之前体委不是为情所困了一段时间吗？每顿饭都只能吃半斤了，人也日渐消瘦，也没有心思上课。"被于笙暂代了工作的原语文课代表举手，"然后老贺找体委谈话，说他能教体委写情书。"

一群人莫名心痛地沉默了一会儿，班长问："然后他就信了？"

英语课代表也问："然后老贺就教了？"

"一个敢教，一个敢学。"看到语文课代表点头，生活委员感慨，"所以说，人啊，单身不是没有原因的。"

不论怎么说，老贺对体委一对一的情书辅导，确实在很大程度上提升了体委的作文水平。

不准 跟我说话2

但体委宏伟的小作文依然没能实现。

中场休息结束，双方队员刚要上场，终于认出了场上一半队员都不是自家学生的教育处主任就气势汹汹抄着哨子冲下来："怎么回事？非本校的不准上场，下去下去！"

那个一米九五的前锋还想再伪装一下："我们是本校的啊……"

"本校校规，非艺术生不准染发烫发，不准留过于奇异的发型。"教育处主任不知道为什么来看篮球居然还随身带了个电推子，插上插头很慈祥地招手，"违反校规的直接剃头，孩子们，过来。"

体校的外援们在五秒内撤离了现场。

常驰被撂在原地，脸色有点差，二班没能报仇雪恨的一群人也不甘心："凭什么啊？能找来外援也是能力的一种，NBA（美国职业篮球联赛）还有归化球员呢！"

好好的强劲对手说没就没了，七班人一样不高兴："算了吧，归化球员要转国籍，你们的外援连头都不舍得剃。"

二班本来就压着火，一挑就炸："不就是篮球打得好点，有什么牛的？"

篮球这东西很容易上真章，二班连着吃瘪，转眼闹起来，抨击的范围就难以避免地开始发散。

"装什么装，篮球厉害就天下第一了？"

"可笑，估计除了这个就什么都不会了吧。"

"平时都拿时间打篮球了吧？听说最后考场一共二十个人，你们班占了十个……"

两个年级不在一幢楼，老师也不一样，平时基本没什么交集。七班人的发奋在高三年级人尽皆知，传到高二的消息倒是并不多。

七班自己有底气，根本不拿低一届的蹦跶当一回事："本来就是篮球比赛，这么输不起，你们怎么不在篮筐底下比背单词呢？"

"你们什么意思？"这个年纪的男生听不了"输"字，话一出口，常驰身边几个跟班就忍不住撸了袖子，"有本事学校墙外见，少在这儿阴阳怪气！"

常驰神色比之前还阴沉不少，攥了攥手腕，往前走了一步。

他转校留了一级，跟七班人同年，比一部分人年纪还大点，长得也成熟。眼看面子就这么被人下了，他眯了下眼睛，神色已经显出点阴鸷："你们班——"

话才开了个头，一直坐在众人后面的于笙站了起来。

"干什么！都有没有规矩了？"教育处主任是为数不多见过笙揍人的老师，看着这群小兔崽子居然当着老师们的面约架就够来火气，一见他起来，更一个头两个大，"你出来干什么？赶紧坐回去——"

于笙在耳朵边上摸索两下，摘了一边口罩："不是比背单词吗？"

教育处主任："……"

七班同学："……"

于笙最近刚刷完专八词汇，觉得差不多应该还能满足体委"强势反超"的梦想。

戴着口罩倒是也不热，就是线勒得耳朵有点不舒服。于笙把另一侧也摘下来，捏着口罩朝常驰走过去，接着他刚才只开了个头的话："我们班怎么了？"

常驰那几个跟班也不刷贴吧，没好气出声："你谁啊？哪凉快——"

"哪待着"还没来得及说出来，已经被常驰干脆利落踹坐在了地上。

场边短暂地静了静。

常驰在看到他之后神色就有点不对劲，眼看于笙走过来，喉结动了动，不自觉地结巴了下："你们班……超棒，耶。"

体委基本已经猜到了结局，抬手遮住眼睛："完了完了完了……"

好不容易保护下来的反派说漏气就漏气，还指望他能带领二班强势对刚的一群人都挺失落，集体谴责祸从口出的姚强："比什么不好，为什么要说比背单词？"

姚强就是随口一说，百口莫辩："那比什么啊，一人发一套数学卷子坐篮筐底下做吗？"

何况就算说了比这个，他们笙哥估计也还是会站起来。

于笙其实挺佛的，哪怕真有什么矛盾，通常也更倾向于靠更和平省力气的方式解决问题。但真有人踩七班人没出息，每次第一个站出来的也都是他。

常驰怂得干脆利落，原本仗着有扛把子嚣张的二班人愕然半天，也终于心不甘情不愿地泄了气。

七班人先把于笙护送出了篮球场，费尽心思哄着学弟们鼓起勇气重新上场，为表决心，甚至把他们班学委都换了上来。

好不容易打完了第三场，他们班体委看着已经反超三十多分的记分牌，有点独孤求败的失落："还不如比背单词。"

"其实可行。"姚强摸摸下巴，"咱们也背了不少单词，这个听起来还有点挑战性。"

学委为了平衡实力被迫上场，被一群人裹着转了七十来个圈，扶着眼镜好不容易站稳："背单词这种事，适合温故而知新。"

……

提前离场的于笙放下笔，抬头："所以这就是你们没打第四场，跟他们站在篮筐底下背了十二分钟单词的原因？"

"十五分钟。"体委强调，"加时赛两分钟，学委压哨多背了一个，完胜。"

据说教育处主任还非常高兴，嘴咧得合都合不上，全程帮忙加油。还有意从这届开始算第一届，在三中正式举办第二届第三届背单词大赛。为了纪念这次的事件，地点就设在篮球场。

于笙都不太想去脑补那个画面。

"对了，笙哥。"段磊忍不住好奇，"那个常驰你真的一点印象都没有吗？"

于笙人不在江湖，江湖里还有无数于笙的传说。虽然理论上任何一个扛把子看到于笙忽然变怂都是有可能的，但常驰还是怂得有点太熟练了。

段磊家里管得严，平时不老跟他笙哥出去镇场子，但还是觉得这个人可能确实跟于笙照过面。

"应该见过。"于笙想了想，"去年十二月份左右。"

常驰那个惊世骇俗的"超棒"，他倒是知道怎么回事。

高二那年学校拍得那个宣传片拍得非常闹心，每句台词都在挑战他的忍耐极限。于笙压着脾气好不容易念完，那句异常魔性的"市三中超棒"还支配了他挺长一段时间。以至于那段时间凡是来挑衅被他收拾了的，基本都被他要求念过这句词。

反正也不是什么太重要的人，于笙也没多花心思去回忆，随口答了一句，又摸出手机看了看时间。

时间过得挺快，今天就已经周五了，他还得去靳林琨家做那桌不用颠勺不用爆炒尽量以凉菜煲汤为主的菜，不打算浪费时间。

于笙简单收拾了东西准备出门，正迎上老贺笑眯眯从门外进来。

手里还拿着张成绩单。

七班刚刚靠背单词赢了篮球赛，还没等高兴，期中考试成绩出来的噩耗就紧跟着迎面砸了下来。

体委上一秒还在跟人吹嘘篮球比赛的英勇战绩，下一秒就站都站不住地跌坐在椅子上。

段磊按住胸口："这就周五了？我怎么觉得这周格外短暂？"

"说不定是我们的幻觉。"班长揉揉眼睛，"时间定格在昨天，那个轰轰烈烈的片段……"

面对老贺手里的那份据说已经连平均分和排名都出了的成绩单，一个班的人都没心思闹了，大气不敢出地看着老贺，谁也不想做第一个看成绩的人。

于笙收拾好书包，都走到了门口，又被班长双手拖了回来。

"没人受得了老贺那么念分。"他们班班长含着热泪，双手合十，"笙哥，救救孩子。"

于笙手里被塞了份成绩单，一转头就迎上了一个班的殷殷注视。

老贺当班主任的时间长，深谙同学们的心理。每次念成绩的时候，不是念了个首位数就故意拖好几十秒，就是故意念错再改。最丧心病狂的一次甚至还做了个PPT，用上了包括百叶窗菱形棋盘缩放在内的全部动画效果。

七班学生的神经已经被锻炼得异常顽强，几乎能够接受任何意外转折和打击，但还是不想把命运再一次交到老贺的手里。

盛情难却，于笙给靳林琨发了条消息，放下书包，打开了成绩单。

班里的成绩他大概有数，也知道这两个月班上的人确实在学习上用了心，分数再怎么都会有提高，但看完成绩单还是没忍住扬了扬眉。

"完了。"姚强瞬间失去了人生的希望，"笙哥挑眉毛是什么意思？"

段磊跟他一样慌，哆哆嗦嗦握住他的胳膊："不一定，有可能是发现目标，有可能是准备动手，有可能是吃蛋炒饭的时候吃到了蛋壳。"

姚强："……"

于笙抬头看了一眼，老贺抱着胳膊靠在后黑板边上，朝他眨了眨眼，露出了点神秘又温和的笑意。

于笙重新低下头，拿着那份成绩单，在全班弥漫着的慌张忐忑的气氛里，一科一科念完了所有人的成绩。

七班的教室鸦雀无声了一会儿。

"没——没错吧？"体委颤巍巍确认，"我英语分数比上次高了两倍？"

姚强摸索着桌沿，撑着没掉下去："应该没错，我也高了二十多分。"

段磊总成绩的首位数第一次发生变化，从于笙手里接过成绩单，捧着恍惚研究了半天："这是我的成绩吗？对，这是我的成绩……"

基础分数实在太低，靠着英语单科的提分，一个班的人成绩都有显著的提升。尤其以体委为首，连蒙都能巧妙地避开正确答案、平时只能考个二十分的一部分人，这次的成绩都翻着番往上涨了不少。

"同学们。"老贺不紧不慢走过来，拍了两下手，"看，你们用两个月的时间比之前多考了三十分，你们离高考还有一百八十多天。"

老贺走上讲台，拿起截粉笔，在黑板上列了个算式："接下来你们还有六个月。"

体委几乎有点不敢相信自己的分数，哆嗦了半天，张了张嘴："可是——可是我觉得英语已经到了我的巅峰，不能更高了……"

老贺一点都不着急："可你们还有剩下五科呢。"

教室里忽然静了静。

"要从一百二十分提到一百三十分，可能不是那么容易。"老贺推推眼镜，"但你们要从五十分提到八十分，两个月已经足够了。"

文综三科，哪怕加起来一共只能提三十分，再加上语数英三个独立科目，就是一百二十分。

对排名前列的学生来说，复习是查缺，弄清楚易错点陷阱题，不放过任何一个可能得分的点。而如果排名在中后，基础也不是那么好，复习的首要意义就成了补漏。

越是基础差、分数低的短板科目，在最后冲刺的阶段，有可能提高的就越多。

"不管你们处在哪一个分数段，都还有努力的时间和机会——哪怕现在就是四月份，给你们复习的时间也依然有足足两个月。"

老贺笑眯眯敲敲黑板，最后总结发言："不学怎么知道自己一使劲能牛到什么程度？"

第九十六章

不算于笙和杨帆的成绩，七班的英语平均分跟一班在小数点后面差了很细微的一点。

三中生源一般，尖子班尖出的也并不多，加上之前的英语老师实在叫人喜欢不起来，一班的英语是最弱的一项。但以前向来垫底的班级分数能追上来这么多，老师们已经很惊讶，也都默认了七班赢了这场不成文的打赌。七班同学们不甘心，在来接笙哥的靳老师的带领下把卷子收集起来复核了一遍，最后终于在一份卷子上找到了老师疏漏判错的两道题，把多扣的分数硬是加了上来。

改完了分，七班学生叼着班主任请的棒棒糖，在一班门口扬眉吐气地来回走了十来遍。

最后被教育处主任举着电动车电瓶挨个轰回了班。

于笙跟靳林琨出门的时候，班里静悄悄的一片；一群还想知道自己究竟能多牛的人埋头苦学；姚强拼命挠头；体委抓着笔，眼睛瞪得溜圆，看起来像是能把面前那套卷子直接吃下去。

"很有意义的一天。"靳林琨本来是在下面等于笙等得无聊，上来看看，没想到参与了这么激动人心的历史性一刻，"所以我补课的水平是不是还不错？"

这人从听见了七班的英语成绩就开始膨胀，于笙看了他一眼，决定还是先配合配合他："不错。"

靳林琨很容易满足，高高兴兴一起往前走，"你们班用不用补别的科目？比如语文——"

话才说到一半，几个七班男生一块儿出去拿晚饭，转过楼梯正好迎面撞上他们。

他们班人现在看到于笙的反应都高度统一，飞快立正，从口袋里掏出便携版的必备古诗文："君不见！黄河之水天上来！奔流到海不复回……"目不斜视专心致志，一个多余的人都没看到。

靳林琨摸摸鼻尖，换了个思路："比如数学之类的……"

于笙在手机上翻了翻，把一条靳林琨他们老师发过来的短信给他看。

在发现了隔壁学校文科状元能管住靳林琨之后，省示范的老师们也开始反过来给于笙发短信。于笙最近收到的两条短信，都是靳同学在数学科目上思路太过活跃，建议尽量使用正常人常用方法解题的建议。

靳林琨横了横心，轻咳一声："朋友，说起来你可能不相信，其实史地政我也稍微有点涉猎。"

"理科生补文综？"于笙扬了扬眉，想起那时候听见班里那群人聊天，"你敢教，他们不一定敢学。"

就靳林琨那个跳跃式答题的习惯，理综好歹还有个结果分收着，要是答文综题，还不知道得飞成什么样。

——指出未来某某湿地中含盐量变化，并说明原因。

——变化：增加。

——原因：显而易见。

于笙觉得还是应当给三中的文综老师们留一条生路。

似乎确实没了什么发挥余热的机会，靳林琨挺失落，重新安静下来往前走。

被他话痨烦习惯了，于笙清静了一会儿，拉过他拍了两下趴在讲台上沾的粉笔灰："又怎么了？"

靳林琨被他拉着，灵机一动："朋友，你觉得你们班级的同学需要学习一下拧魔方吗？"

于笙松开手，抬起来摸了摸他的额头。

靳林琨有点茫然："怎么了？"

"没事。"于笙把手收回来，"就是看看忽然失业对人的心态影响是不是真的这么大。"

突然失业的补课老师难过了一路，被舍友拎回了家。

靳林琨的父母凌晨回来，菜做得一样不好吃。于笙把需要入味的食材腌制上，提前煲了两个汤，觉得靳林琨的房间实在太乱，又把人扔进沙发，顺手收拾了个屋子。

靳林琨看着过于整洁的房间，都有点不敢进门："不是说之前那样比较有生活的气息吗？"

"段磊说的，他挨揍的原因里五分之一都是没收拾房间。"于笙翻着手机，检查还落了哪项，"你平时会拿笔尖在窗帘上戳洞吗？"

……

靳林琨决定也过去跟着看看。

于笙应当是在班里发起了个"会因为什么原因挨家长揍"的回答征集，手机里存的都是七班同学们给他提的建议。看起来几乎是一部青少年们的斑斑血泪史。

"没关系，我爸妈应该不会因为我把我们家金鱼捞出来喂猫了打我。"靳林琨搭着于笙的肩膀，一条一条往下看，"应该也不会因为我把厨房烧了不给我吃饭……你看到的厨房已经是我们家烧了第五次之后重新修的了。"

厨房安了一排烟雾报警器，厨具全是防火款，面具和手套都放在随手就能摸到的地方，还专门备了用来打湿的毛巾。

于笙握着手机，抬头看了他一眼。

靳林琨摸摸他的头发，趁机给他塞了块糖："想什么呢？"

于笙含着糖，异常直白："在想是什么神秘力量保护你顺利活到现在的。"

说不定是段磊他们说的那种随身空间，或者能续命加血的什么神秘石符。

不然一条命不一定够揍。

靳林琨没忍住，趴在他肩膀上笑了："我就烧了三次，剩下是我爸我妈烧的，我们家没人会做饭。"

靳家是那种从哪个角度看都有点过于随便的家庭。在做饭这件事上，靳先生和黎女士都没什么心得，但是又有一颗勇于挑战的心。靳林琨上小学初中的时候，家里基本都靠住家阿姨操持饭菜补充营养。后来好不容易熬到他上了高中，身体个头都长得差不多，就连阿姨都没接着请。

"所以他俩现在经常出去旅游。"靳林琨给于笙解释，"出去旅游可以直接在外面吃，用不着回家做饭，也不用刷碗做家务。"

计划非常圆满。

于笙觉得这个圆满的计划里似乎还有点疏漏："那你吃什么？"

"我是一个成熟的儿子了。"靳林琨很从容，"应该学会自己去吃食堂。"

遇到寒暑假，学校食堂不开门的时候，就应该学会自己找一个夏令营，或者主动去找个比如青训营之类管饭的地方。

事实上就连他当初选择了省示范，都是因为省示范的食堂非常好吃，不光有中餐西餐点心饮料，还动不动就出现各地特色的风味窗口。

只要东食堂二楼把头那家铁板牛排不倒闭，靳林琨暂时就还没有转学的打算。

于笙对他们家这种氛围还是有点不能理解，握着手机，蹙着眉站了一会儿。

靳林琨领着他，看着小朋友格外严肃的神色，心底的某个角落不知不觉地、悄悄地酸疼了下。

于笙含了一会儿那块糖，正准备去做饭，忽然被靳林琨扯着胳膊拉了回来。

"别闹。"于笙顺手把他扒拉开，"去做你的糖拌西红柿，用勺放糖，不要直接拿袋子倒——"

"不闹。"靳林琨摸摸他的头发，低头，"一会儿别走了，见见我爸妈？"

高中的男孩子，带同学回家也是正常情况。朋友过来玩，太晚了回不去在家过个夜，连额外解释都不用。

靳林琨等着他回应，于笙抬头，唇角微绷了下："下次吧。"

他攥了下靳林琨的衣服，转身去做饭："下次再说。"

靳林琨看着小朋友进了厨房，没立刻跟上去。

于笙做了几个菜，拿保温罩罩上摆桌，接过靳林琨端过来的那盘糖拌西红柿放在了正中间。

"朋友。"靳林琨看着自己唯一的作品，"不开玩笑，我觉得它摆在中间，是对这一桌菜的亵渎……"

于笙没忍住牵了下嘴角，拍拍他的肩膀："没蒜苗亵渎，我回去看了，剩下的已经都变黄了。"

他们家那盆蒜苗不知道为什么就开始变黄，想了各种办法，换水换蒜，挪到暖气上也没什么效果。

靳林琨觉得是季节原因，阳光角度的变化和日射时长的减少使得蒜苗找不到充足的阳光，所以导致了蒜苗叶绿素减少。

于笙觉得应该是被那盆盐渍蒜苗吓得。

"没关系，我觉得我早晚能学会拿它们炒鸡蛋。"靳林琨对自己很有自信，帮他把萝卜排骨汤放在桌上，"真香，我能在我爸妈回来之前先尝尝吗？"

于笙顺手把切剩下的半块白萝卜塞进他嘴里："不能，沙发上有馒头凉水，自己蘸辣酱吃。"

说是不能，最后于笙还是给他盛了一小碗汤，在不影响摆盘的前提下一样菜挑出来一小点儿，在沙发前的茶几上混了一盘。

靳林琨家里客厅也有个于笙他们家同款电视，没一个人知道该怎么看，平时的任务基本是挡住它背面跟别的地方颜色不太一样的墙纸。之前还没顺利当上家教的时候，于笙随口提了个"上了高三就想看个电视解解闷"的要求。靳林琨想方设法研究了一个星期，终于彻底掌握了电视和机顶盒的使用技巧，熟练地打开电视放了个背景音。

两个人都熬了半宿，睡会儿再起来反而更难受，索性也没躺下，一人一碗汤坐在沙发上玩手机。

到了年末，所有电视台都洋溢着浓厚的辞旧迎新的氛围。不少新闻已经开始总结这一年的发展，同时展望起了明年的新目标。今年过年早，现在农历已经到了冬月末，十二月转眼就能过完，等进了一月份就差不多该放寒假了。

靳林琨换了几个台都是新闻，放下遥控器，翻了翻手机上泛滥的"高考愉快冲刺班""高三寒假尊享冬令营"的广告。

"愉快"这个词放在高考冲刺中间，有着非常强的欺诈感，点进去的人一看就非常少，评论点击都寥寥无几。

这种冬令营都是私人主办的，大都是模仿孔嘉禾他们学校的模式，严格督促学生无限压缩放松时间，全心冲刺。对于提分确实可能有立竿见影的效果，但真要去参加无疑会异常受罪。

尤其居然还把"午餐时间仅需 5 分钟"当成了个卖点。

靳林琨退出了那个广告，碰了碰笙的胳膊："寒假有什么打算？"

七班班群里也正好在聊这个，于笙喝了口汤，转过手机给他看："学习。"

老贺那道数学题算得其实有点理想化，但七班同学不在乎。

总归已经到了这一年，之前落的东西太多，基础很多都成问题，多学一点总比不学好。他们班班长张罗着大家假期凑到一起查漏补缺、交流互助，因为大家面临的问题太多，正在群里问于笙有没有时间。

于笙倒是不介意帮忙讲题，顺手回了两条消息，答应了寒假的集训计划："你呢？"

靳林琨还没定下来。他们家平时随缘相聚，到了年尾的时候一家人集合，飞去一个暖和点的地方过年，一般都会一直待到二月份。小朋友看起来不能一起去，靳林琨准备去过年就提早回来，但还需个合适点的借口。

都是过段时间的事，到时候说不定还会有什么变化。

靳林琨也没急着和于笙说，简单答应了两句，也跟七班人一块儿聊起了学习上的迷惑和困扰。

过了半夜，倦意一点儿一点儿爬上来。

于笙算了算时间，觉得靳林琨父母这时候差不多该飞到本省境内了，把那碗汤喝完放在桌上："我回家等你？"

"不着急。"靳林琨抄起衣服，脑子里飞快转着早设计好的备选方案，"等会儿我，我去接他们，一块儿走。"

于笙顺手把碗洗了，穿上外套去拿书包。

他最后检查了一遍靳林琨家，确认了应当没有什么疏漏的地方，正准备出门，一转身就被靳林琨堪堪攥住了胳膊："等一下，我忽然得到了一套题目设置非常精妙的数学卷子……"

于笙被他拽着，几步没站稳，差点磕在门框上。

他刚才就觉得靳林琨有话要说，看着这个人异常生硬的借口，站了半晌，还是没忍住弯了下嘴角："那你传给我，我回家做。"

这个办法是靳林琨没能想到的，摸了摸鼻尖，轻咳一声："是纸质版的——"

"可以。"于笙很好说话，"你照给我，记得发原图。"

靳林琨："……"

按常理来说，方案到这儿差不多就宣告失败了。

但小朋友毕竟都离坑边这么近了，靳林琨还是很不甘心，觉得可以再努力一下："上面刷了一层特殊材质的隐形防伪涂层，反光，照不清楚。"

于笙觉得自己对于这个人脑回路的敬意达到了某种意义上的巅峰。

算算应该还有点时间，于笙索性也不急着走，放下书包："行，你拿来我看看。"

顺便还很有探索精神地拿出了手机："你拿着，我照一下，看看隐形防伪涂层什么效果。"

靳林琨难得这么货真价实的失落，于笙看了他一会儿，没忍住牵了牵嘴角，把人拉过来："没事，就一天，你好好过生日。"

他知道靳林琨在想什么，但又觉得好像也没什么好拿出来说的。难受的事儿痛痛快快放开了难受一次就过去了，那天的暴雨里他已经把该发泄的都发泄完了，再遇上已经彻底变了心境，好像一点儿都没有以前那么在意。

于笙当然也想给靳林琨过个生日，也想见见靳林琨的爸妈，想知道他口中那么轻松温馨的家庭氛围究竟是真的还是编的，但好像又不是那么合适。

人家爸妈特意回来给儿子过生日，这是多大的事，他再怎么也不能就这么贸然过来打扰。

尤其靳林琨上个生日过得肯定不开心。

十八岁成年就那么一次，糟蹋了就糟蹋了。下一个生日补不回来，但也尽量过得圆满一点儿。

于笙握着他的手腕，没立刻松开，站了一会儿。

他不准备跟靳林琨矫情，松开那只手在口袋里摸了摸，准备提前把礼物给他，对面的人忽然闷闷出声："我在家过生日，小朋友一个人在家吃馒头蘸凉水。"

于笙："……"

他买馒头纯粹是因为懒得做米饭，家里还堆着好几盒海底捞的便携速食火锅，还有一箱子乱七八糟的零食、火腿肠。

但靳林琨不，靳林琨觉得这件事挺值得矫情："我吃一口蛋糕，就想小朋友吃一口馒头。"

"我们两就是去年今天第一次见面的，一周年的真挚友情，都不能一起纪念。"

"小朋友帮我做了一桌子菜，然后就自己回家了，一个人在家等着我。"

"家里就他一个人，还有一盆蒜苗两颗草，黑咕隆咚的，什么声音都没有……"

于笙觉得他描述的场景实在有点太脱离现实，忍不住打断："等一下，为什么是黑咕隆咚的，我不能开灯放个歌听吗？"

……

靳林琨更难过了："太寂寞了，他还得给自己放歌听。"

第九十七章

于笙发现自己心软的点就开始越来越莫名其妙。

哪怕明明知道这个人又开始胡说八道，于笙的脚步还是不由自主地顿了顿，没能把人扔下立刻出门。

靳林琨还在失落，据说要寂寞放歌的小朋友已经转回身，扯着他拽过来，往手里塞了个东西。

靳林琨低头看了看，是支钢笔。

传统的派克牌，大理石蓝箭标，沉甸甸一支压在手里，被握得染上了点温度。

"扳扳你那个字。"小朋友语气还冲，就是耳朵不知道为什么有点红，"你们老师发短信，说你忍不住就写连笔。"

靳林琨微哑，轻咳一声："不是忍不住，是我们老师一定要我出板报，让我给同学们写写高三寄语……"

想着于笙来他们班的时候可能会看到，他就认真写了一黑板的狂草。

结果一个人都不认识。

他们班老师觉得他是没忍住连了笔，他们班同学一致认为这大概是某种神秘的抽象派艺术作品，还有人猜测这是学神和知识宫殿沟通的暗号。暗号这个思路传得非常广，最近来拜一拜的人越来越多，有时候还能在下面捡到两瓶可乐几袋干脆面，据说是试图召唤知识的"祭品"。

靳林琨觉得他们多半是学魔怔了。

虽然误会弄得挺大，但他也没想到，小朋友居然把这件事给记在了心里。

钢笔漂亮得不行，握在手里就知道趁手。靳林琨看了看于笙，心里动了动："好用吗？你先替我用两天……"

"好用，我试过了。"于笙点头，"出墨不错，不洇不蹭，写答题卡没问题。"

靳林琨："……"

小朋友太务实了，有时候也不适合烘托气氛。

于笙不觉得送生日礼物还需要气氛，觉得钢笔差不多应当已经够安抚靳林琨，胡乱揉了两把他的脑袋："行了，你收拾收拾，我先走——"

话才到一半，门口忽然传来了细微的开锁声。

距离黎女士发给儿子的航班落地时间还有一个小时，这个时间出现开锁声就显得尤为诡异。

尤其门外的人看起来也非常谨慎小心，除了刻意放轻放慢的开锁声，甚至连交谈说话的声音都没有。

靳林琨本能张开胳膊，把人圈在身后："你叫人来了吗？"

"没有。"于笙知道靳林琨爸妈要回来，就没让一群人过来胡闹，"小偷？"

靳林琨也觉得有可能，飞快拍灭了灯，又把他往背后圈了圈："那你别往前站，打坏了回头还得咱们赔医药费。"

于笙觉得他这个思路似乎有点问题。

想要开口，最后一声锁芯拧开的咔嗒声响起来，门已经被推开了条缝。

两道身影轻手轻脚从门外摸进来。

靳林琨刚关了客厅的灯，黑漆漆看不清楚，隐约看见还有一个硕大的行李箱、两个旅行包。

两个人平时都在于笙家住，靳父靳母又常年出门旅游，靳家一年到头没个人回来，说不定真是有什么趁机来偷东西的小偷。

于笙被他攥着手腕，不得不一起蹲在了沙发后面，想站起来去看看，又被靳林琨拖回了身边。

两个人都紧张，靳林琨握着他的手，在掌心写字。

——小心。

——**别冲动，说不定带家伙了。**

家伙的家字才写到一半，两道身影已经彻底进了门。

"咱们非得这么进吗？"压低的男低音炮除了相对要成熟得多，音质跟靳林琨如出一辙，"万一儿子偷偷带人回家了怎么办？"

"别出声。"黎女士贴着墙根，压低声音训丈夫，"这叫生日惊喜，不这么进门，我特意改的航班时间还有什么意义？"

靳林琨："……"

于笙："……"

靳林琨拉着带回来的人蹲在沙发后面，按了按额角，有点儿头疼。

他确实想过要带于笙见见自家爸妈，但也绝不是这个状态。

他爸妈改了航班时间，摸着黑回家想吓他一跳，他拉着于笙蹲在沙发后面，评估自己和疑似小偷的战斗力对比。

小朋友蹲在他身边没动，也没说话，靳林琨有点担心他的心理状况，抬手在于笙眼前晃了晃。

于笙看起来还挺冷静，晃了会儿神就低下头，抓起他的手开始写字。

靳林琨看着他写了"你们家"三个字之后，一笔一画地飞快写"窗"，眼疾手快把那只手一把按住："不行，朋友，这是十五楼……"

……

顶灯打开，面对着蹲在沙发后面的儿子和儿子偷偷带回来的好朋友，两个提前一个小时潜入自己家的靳父靳母以肉眼可见的速度端庄了起来。

"于笙是吗？"黎女士松开干练的发型，微笑着朝于笙颔首，"好孩子，快起来。"

刚下飞机就急着回来吓儿子一大跳，黎女士的衣着依然是优雅的女士西服，发型转眼变得温柔居家，从容抬手理了理鬓边的碎发："我们刚落地，路上赶得急，也没来得及收拾……"

靳父："……"

靳林琨："……"

黎女士端庄依旧，不着痕迹地扫了儿子一眼，威严地封住了家里一大一小两个男性成员的嘴。

于笙撑着沙发站起来，下意识理了理衣服。

他刚才其实没怎么注意到靳先生跟黎女士是怎么进门的。在意识到进来的不是小偷，是靳林琨的父亲母亲之后，他的脑海就稍微有点放空，剩下的念头都不怎么能连得起来。

靳林琨站在边上，眼睁睁看着小朋友飞快地、迅雷不及掩耳地从头顶一路红进了领子里："阿姨，叔叔好。"

"你也好。"黎女士显得异常温柔，浅笑着跟他打招呼，"快坐，来给同学过生日的吗？真懂事。"

"妈。"靳林琨终于找到机会，插了句话，把眼看要熟透了的于笙往身后挡了挡，"可能您跟我爸印象不深了，其实您是在6938天之前的凌晨生的我。"

黎女士话头顿了顿："你后天过生日？"

靳林琨当时看了父母的日程，就知道事情不会像于笙想的"陪他过零点"这种猜测这么温馨，点了点头。

"严格来说是明天，现在已经过十二点了。"靳父在他后面探过来，给说一不二订了机票的妻子补充，"十二月六号是发现核反应堆中微子消失现象的纪念日……"

于笙站在靳林琨身后，看着眼前的一家三口，心跳依然没缓下来。

靳林琨跟父母说着话，一只手不着痕迹地把人往身后带了带，嘴上还在从容地跟自家爸妈贫："没关系，礼物到了心意不重要。您跟我爸的生日礼物，我还是很期待的……"

黎女士难以理喻："我们都回来给你过生日了，还不算是你的生日礼物吗？"

一家人的亲情荡然无存。

于笙缓了一会儿，听着靳林琨跟他爸妈的群口相声，才觉得念头终于渐渐通畅了一点儿。

靳父靳母比他想象的更了解儿子，哪怕他已经刻意往靳林琨的水平上靠拢，依然一眼就认出了亲儿子做的那盘糖拌西红柿。没一个人伸筷子碰那盘可怜兮兮的西红柿，绕着饭桌，边吃菜喝汤。

于笙坐不住，想去帮忙把汤再热热，被黎女士含笑牵着坐下来："让他去弄，小笙，跟阿姨说会儿话。"

靳林琨被轰去热汤，靳父靳母一边给他碗里夹菜，一边跟他聊了会儿天。

和于笙想象的不太一样，靳先生跟黎女士并没有见时候那么天马行空，问的问题也都是最普通的琐碎关心。

多大了，学习辛苦不辛苦，高三了压力大不大，将来想上什么学校什么专业。

喜欢吃什么，喜欢玩什么。

平时有什么爱好。

于笙从来没答过这些问题，答得一丝不苟，耳朵红得几乎发烫："十八了，学习不辛苦，挺有意思的。"

"什么都行，薯片……番茄薯片很好吃。"

"学校还没想好，想一模再定。"

"平时——刷题，对，我们一起。"

"现在我们都还有要补上的弱点，搭档起来会轻松一点。"

关于学校的事，他其实已经在心里多少有了计划，但靳林琨那边一直没定下来，也就没明确地做决定。反正他们两个想去哪个学校，其实都算不上太困难。

"真好。"黎女士含笑点点头，"劳逸结合，也不能光学习，有哪个玩得好的同学没有？"

靳林琨热好汤回来，看着小朋友无意识绷得板正笔挺的肩背，胸口无声软了软，把手里的汤放在桌边："妈，我们俩玩好。"

黎女士从来没见过这种又乖又软的小孩子，再看自家儿子嫌弃得不行："边上坐着，有你什么事？"

……

黎女士在家里的威信是绝对的，靳林琨没能救出自己玩得好的好朋友，跟靳先生简单谈论了几句科学和政治，顺便给一家人都盛满了汤。

边吃边聊，一顿饭吃了个把小时。靳父靳母赶了一路，这时候都已经有点儿疲倦。于笙看看时间，准备起身收拾东西，被黎女士扶着肩膀按回沙发上："不急，再坐一会儿。"

倒不是着急，主要是靳林琨已经很主动地收拾东西了。

靳林琨不是没有一颗做家务的心，事实上他其实很喜欢做家务，只是人大概打开一扇门就关上一扇窗，他在这一方面的天赋大概能完全跟智商成反比。

于笙有点担心他们家明天既没有剩菜又没有盘子，忍不住回头看了一眼。

靳先生非常看得开，从容地在盘子碎裂声里坐下："不要紧，成功就是在一次又一次的失败中历练出来的。"

于笙抬头，又听见了第二声清脆的响声。

靳先生大概是觉得他的儿子离成功又近了一步，挺欣慰地点了点头，转身拉过行李箱，变出了一套签名版的肖邦原版精装乐谱，让他转交给靳林琨。

"听说我们路过波兰，他点名要的。"靳先生笑笑，试着抬手摸了摸男孩子的脑袋，"你们俩一块儿弹？"

于笙没想到他父母连这个都知道，好不容易降下来点的温度又升上来："有时候一起……他弹得很好。"

"靳林琨小时候也学的是钢琴。"靳先生记忆力好，有点怀念地追忆往事，"结果有一天忽然回来跟我们抹眼泪，说这个不够大不够帅，不能用来追别的一起弹钢琴的小朋友，要学个拉风的。"

不得不说，靳家人有时候思路别出心裁得一脉相承。

作为靠压缩空气驱动的气鸣式键盘乐器，管风琴的确比钢琴大，而且拉风太多了。

甚至拉得就是风。

靳先生是个开明的父亲，当时就满足了儿子的愿望，把靳林琨从钢琴班接出来，送去教堂学管风琴。

眼看儿子带回来的男孩子嘴角翘起来，黎女士觉得不能光让丈夫在小朋友面前讲故事，自己也能说，一起在沙发上坐下："靳林琨小时候特别怕黑，不敢自己睡。"

"我们带他去看医生，据说他能脑补出五十多种吓人的妖魔鬼怪，还每种都能描述出来。"

黎女士谈起往事，还有点自豪："后来那个医生好几天都没睡好，说什么都不肯给他看了。"

……

靳父靳母跟于笙聊了一会儿，你一言我一语讲了半天儿子过去的黑历史。准备去休息的时候，靳林琨也终于成功抢救下来了几个盘子，洗干净放在架子上沥水，擦着手回了客厅。

"客房收拾好了吗？"黎女士对儿子在家务技能上的突飞猛进挺满意，"人家于笙第一次来，把你的枕头被褥换过去，你用衣柜里那套。"

根本没想过两个人还得分房间睡，靳林琨下意识想要答话，被于笙一胳膊肘顶在了肋骨上。

靳林琨张了张嘴："马上。"

"收拾客房太麻烦了。"靳先生更了解男孩子们的性格，在留宿小朋友这件事上有自己的意见，"不如让小笙住他房间，让他在客厅凑合一宿。"

于笙忍不住回头看看靳林琨："……"

自家爸妈努力坚持了一宿的严父慈母，终于找到了一点熟悉的氛围，靳林琨甚至还有点久违的感动，拉拉于笙的袖口："没事，我们家沙发挺宽敞。"

他们家客厅的沙发是专门用来给靳家两个男人睡的。靳先生在买的时候就充分考虑到了这一点，把沙发买成了可折叠的款式，打开就是一张床，躺着还挺舒服。

靳林琨对睡沙发的兴趣显然要比分房睡大得多，带着那一箱作为礼物的肖邦原版乐谱，心满意足回了房间。

时间过得飞快，吃完饭就已经快到凌晨，外面的天色开始泛起些微亮意。靳父靳母折腾了一宿的飞机，先回了房间，洗漱准备休息。于笙也被靳林琨催着去洗漱，换了套衣服从洗漱间出来，却发现靳父依然守在门口。

"您——要用吗？"于笙依然不太适应跟靳家父母相处，本能地站直，侧身给他让路，"水龙头稍微有点漏水，我试着修了一下，比之前好一点。可能还需要点工具，我明天——"

靳父朝他笑了笑，招招手示意他过来："不用，小笙，你来一下。"

于笙稍一犹豫，跟着走过去。

靳父动作放得轻，从行李箱里又给他变出了一盒乐高："拿回去，小心点藏起来。"

于笙愣了愣，有点儿不知道该不该伸手去接。

靳父抬头看了看儿子跟妻子都没出来，又朝他招了招手，把那盒规模极其壮观的乐高藏进了于笙怀里。

靳林琨其实没怎么特意跟他们说起过于笙。现在的孩子们大都有隐私，会屏蔽父母的朋友圈，靳林琨也是个正好到了青春期的青少年，当然也和大部分青少年一样没给他们进入朋友圈的权限。

但他们家儿子跟别人家的还不太一样，他们家儿子虽然屏蔽了他们，但是每天都在改自己的微信名。

朋友圈还得点开，微信名的变化简直一目了然，想不注意都不行。靳父亲眼见证了儿子的微信名在从前有座山之后的一系列演变史，对儿子这个朋友的了解甚至比一般人还稍微多点。

虽然不太了解孩子们的世界，但他也一直想带回来点什么礼物，送给那个让他们的儿子在一年前的变故之后、愿意重新站起来的男孩子。

"靳林琨拼这个拼不好，自从他小时候把火车拼成了摩天大厦，我们俩又没忍住哈哈哈地笑了起来，他就不肯要这个了。"靳先生读过好几本教育学的书籍，还挺注意培养儿子的自尊心，特意把声音压低了不少，才跟儿子带回来的小朋友继续揭儿子老底，"你带回房间，偷偷地拼，拼好了再刺激他……"

靳林琨在卧室里翻了一会儿那本乐谱，准备出门看看于笙用不用什么洗漱用品，顺便给自己留一条摸门的路。

放轻动作拉开门，客厅里就传来压低了的说话声。

靳林琨脚步稍顿，把门悄悄推开一点，往客厅的沙发上看了看。

靳先生低声说着话，扶了下眼镜，镜片后的眼睛就跟着弯起来，抬手揉了揉他们家小朋友的头发。

然后又从口袋里摸了一会儿，翻出颗糖，悄悄塞进了于笙的手心里。

第九十八章

帮忙拼了一晚上乐高，靳林琨终于体会到了当初于笙听自己讲物理题的感受。

靳先生不太懂乐高，照着价格买了个星球大战的死星。别说藏，抱在怀里都困难，拼起来的难度也比火车高得多。

靳林琨拿着图纸，蹲在于笙边上，觉得只拼一个星球实在太没追求："朋友，我觉得它其实可以进行一些艺术的再创作……"

于笙正拿着块灰色的找地方，抬头看了他一眼："比如拼成摩天大厦？"

靳林琨："……"

他爸不光给了糖、揉了小朋友的脑袋。

还给小朋友讲故事了。

居然。

靳林琨蹲在乐高边上，认真想了一会儿自己该吃谁的醋。

于笙没听见他接着说话，坐了一会儿，侧头看了看他："哥？"

"没事。"猜到了于笙要说什么，靳林琨失笑，揉揉他的脑袋，"我爸我妈一直是这个风格，非常正常，我不在意。"

他一边说，一边见缝插针地从口袋里摸出了块糖，捏开糖纸往边上递了递。

于笙低下头，看着那块跟靳先生手里一模一样的糖："……"

靳林琨递了一会儿，自己先觉得这个行为实在有点幼稚过头，没忍住笑出来："没事，逗你的。"

于笙的指节攥得有点发白，靳林琨递过去个积木，在他手背上拍了拍："喜欢玩这个？"

于笙看了看手里的乐高积木。

其实也算不上有多喜欢，这种玩具他以前没怎么接触过，后来也没了多大的兴趣。

但这是靳林琨的爸爸给的东西。

靳家的氛围确实像靳林琨说的，和段磊姚强他们的家庭都不太一样，有点儿叫人反应不过来，但是又哪里都好。

好得几乎要叫人生出某种错觉。

念头还没来得及收回来，额头上就轻轻疼了一下。

于笙抬头，刚弹了他一个脑瓜崩的靳林琨看着他，神色难得有点儿严肃："想什么呢？"

两个人在一起待久了，有时候就会有一些仿佛心电感应的默契。于笙有点拿不准他是在问还是反问，张了张嘴刚要出声，已经被靳林琨按住头顶："不是错觉。"

靳林琨迎着他的视线，声音格外得轻认真："不是错觉，知道吗？"

于笙闭上眼睛，安安静静地点了点头。

在接下来的拼装过程中，靳林琨一度试着出手帮忙。直到连续安反了三次、居然还成功把积木块塞进去了之后，终于被于笙安置在了一边，闭上嘴安静地学习观摩。

卧室安静，坐在地毯上的少年眼眸都专注，拿着不大的小积木块，一点一点地往上拼。

靳先生跟黎女士半夜悄悄起来，发现儿子没在沙发上。卧室的门虚掩上一半，透出点柔和的光。

顺着门缝往里看，儿子带回来那个又乖又听话的好朋友靠在一旁已经睡熟了，浓长眼睫安安静静阖着，身上披了条质地柔软的毛毯。他们五岁起就号称再也不碰乐高的儿子单手把人揽在肩上，对着图纸，挺费力气地、磕磕绊绊又认认真真地拼。

错了就拆下来重装，一点都没不耐烦。

当父母的非常配合，对视一眼，谁都没出声，又轻手轻脚地回了房间。

虽然把儿子的生日跟核反应堆中微子消失现象纪念日搞混了，但靳家父母显然不是那种会为了给儿子再好好过个生日特地改行程的人。

六日的深夜，要匆匆启程的靳先生和黎女士潜入卧室，把儿子跟他们家小朋友一块儿摇起来，一家人抓紧时间齐唱了个生日歌。

百老汇和中国隔着半个地球，凌晨的飞机，靳父靳母没让两个孩子跟着折腾，打电话叫了车。没想到收拾好行李走到客厅，居然在玄关上发现了两个早准备好的便当盒。

木制的，带密封搭扣，特意把汤水都沥了出去，整整齐齐摆在一块儿，上面还带着很精致的手绘插画书签。

已经出门的靳先生被黎女士拽回来，研究了一会儿那两个便当盒，又重新归拢了一遍行李，把便当也好好拎在了手上。

防盗门声咔嗒响动，热闹了一整天的房间重新清静下来。

乐高积木已经拼完了，除了靳林琨把图纸拿反了之外没有任何瑕疵。靳林琨早被默认恢复了卧室居住权，拉着于笙说悄悄话："爸妈把便当拿走了，让我跟你说谢谢。"

靳林琨拿着手机，继续往下翻消息："他们说下次带汤也可以，因为在路上就没忍住，都吃完了。"

于笙："……"

起得太早，天还没亮透。靳林琨撑起来关了灯，刚躺回去，就听见于笙的声音响起来："下次？"

"对。"靳林琨笑笑，"他们再有一颗向往自由的心，一年还是会回来几次的。"

靳林琨把被子往舍友身上分了分："还给做好吃的吧？"

气息安静地停了一刻，于笙没出声，很轻地点了点头。

靳林琨低着头，眼睛弯了弯。

两个人刚齐声唱完生日歌，现在还被熟悉的旋律控制着。靳林琨半天也没能酝酿出什么睡意，索性扯着于笙有一搭没一搭地给他唱歌。于笙闭着眼睛没说话，看起来像是睡熟了。

靳林琨自己欣赏了一会儿，牵起嘴角，摸了摸小朋友的头发："当然还有下次，爸爸妈妈都可喜欢你了。"

因为大半夜被拉起来紧急庆祝了五分钟的生日，两个人都毫无悬念地睡过了头。

睁开眼睛就到了中午，靳林琨打开手机，上面已经攒了一排未读的消息。

夏令营的同学非常体贴，给他发来了各类本校精华综合练习和超高难度竞赛题作为生日礼物，梁一凡还特意发语音给他描述了份完整的使用指南。

"拉着笙哥一起学语文，扛着笙哥一起学数学，然后叠罗汉学英语。"梁一凡给他设计得非常完整，"寓教于乐，学以致用！琨神，你想想！你好好想想！"

靳林琨看着手机，有点儿想不通："我最近又干什么了吗？"

于笙刚醒，思维还有点迟钝，按着额头简单回忆了一下："你把我们班的英语成绩跟他们说了？"

好歹也是第一次教人教出成果，靳林琨不光发了朋友圈，还特意给夏令营的好朋友们每个人都假装无意地提了一遍。

想了想一群饱受"ABD 都不对故选 C"讲题法折磨的好朋友们，于笙点了点头，觉得这件事没什么可意外的："想开点，他们没送你勒索病毒已经挺讲义气的了。"

夏令营的众人还在因为他们珉神的差别对待试图报复，七班听段磊听他一见如故的好朋友靳老师过生日，倒是在班群里热热闹闹地开始起哄，要请他们的代课老师吃一顿饭。

这次的英语成绩好，把总成绩都一起显著提了上去，每个人回家的处境都比从前好了很多。体委他们家特意奖了他两百块钱，答应他可以疯玩两天周末，在群里嚣张得不行。

老贺也觉得这件事挺有意义，跟着凑热闹：可以，上次成人礼的班费还没用完。

上次去爬山就花了不少，班长有点惊讶：还没用完？我们这么节省吗？

老贺：对，还够大家每人一串烤面筋。

七班同学们架空了老贺，民主地决定约个饭。

于笙洗了把脸回来，就听说大家要相约咕嘟咕嘟串串香健康自助烤肉："……什么东西？"

"咕嘟咕嘟串串香健康自助烤肉。"靳林珉又给他念了一遍名字，"咱们后街还有这家店吗？"

哪怕有，就冲着这个名字，当扛把子的也是绝对不会去的。

班群里的人似乎一大半都去过，兴致很高，催着半小时后集合。于笙特意摸了个口罩，才跟靳林珉一起出了门。

说是报答劳苦功高的英语补课老师，其实还是一群人最近学习学得快憋疯了，加上英语分数提高的满腔喜悦无处抒发，想找个机会凑在一块儿疯一疯。有于笙对比，七班人对靳林珉普遍没有夏令营那种敬畏感，靳林珉吹灭了蜡烛，就被一块蛋糕迎头砸了过来。

靳林珉早有准备，今天特意穿了件旧的运动服，拉着于笙闪开蛋糕，眼疾手快把剩下大半个托起来："食物是珍贵的，它们凝结着劳动人民的汗水……"

靳老师说得对，同学们没再跟蛋糕过不去。

靳林珉牵着于笙转身，下一秒就被迎面落下的彩带淹没了视线。

防不胜防。

这次来的人不齐，定的包间也不大，门关着，屋里转眼就成了彩带的海洋。

靳林珉把于笙头顶亮晶晶的小星星彩带摘下来，仔细看了看："朋友，你觉不觉得这个东西有点眼熟……"

"眼熟。"于笙拍着身上的彩带，"回头给梁一凡发个勒索病毒。"

两个人离得实在太近，体委是跳起来倒的，方向有点儿偏，大部分都洒在了于笙身上。当初给于笙过生日的一袋子彩带，一点儿没浪费，全通过梁一凡转交给了一见如故的亲兄弟段磊，又贡献给了他们琨神一个新的惊喜。

　　于笙在七班统治的时间太长，体委掉头要跑，一群起哄的人也抱头相嚷："是段磊拿来的，班长设计的，学委藏起来的，体委倒的……"

　　班干部们集体被卖，难以置信："主意不是你们全票投出来的吗？说好的团结呢？！"

　　班级的团结在他们笙哥的统治面前不值一提。

　　一群人转眼闹成一团。体委背靠着门瑟瑟发抖，忽然听见门锁响了一声。

　　屋里的人看不见屋外，急得一块儿跟着喊："不行先别开门——"

　　老贺正好在来蹭饭的路上遇到了教育处主任，笑眯眯抬手推门，还在跟他们一定要来祝贺同学们取得好成绩的主任夸："现在特别懂事了，也不胡闹，每天心里只有学习……"

　　话音没落，两个人已经被最后剩下藏在后门的那盆彩带当头扣了个结结实实。

　　好好的一顿饭，最后变成了教育处主任长达一个半小时的素质教育。

　　姚强捡起一片彩带，放进他们班长撑着的口袋里："为什么还留着，这东西还有什么用？"

　　"留着吧。"班长想了想，意犹未尽，"说不定再过两个月，还有哪个幸运的小伙伴……"

　　他们班闹得动静有点儿大，又集体出来扫地收拾彩带，吸引了不少食客的视线。这家店就在后街，不少学生都会来这儿吃饭，聚餐也经常选在这附近的一片。

　　体委抱了一盆彩带倒进麻袋里，正准备去另一边帮忙收拾，身边忽然响起了个不冷不热的嘲讽声："怎么回事，学上不下去，来这儿打工来了？"

　　声音不算耳熟，体委抬头，没认出领头的那个，先认出了跟在后面的常驰。

　　自从那次球赛被逼着在篮筐下面背了单词，常驰见着他们班的人就绕着圈走，加上两个年级不在一栋楼，已经好几天都没照过面。

　　"笙哥呢？"段磊刚好洗手回来，压低声音找班长，"领头的是他们工技的老大，叫单显，他们都管他叫显爷，据说跟咱们笙哥是一个级别……"

　　学校间这种事没有秘密，尤其八卦性强的，半天就能传遍整个圈子。

常驰当年在工技好歹也有点名气，居然在一个普高吃了瘪，连着他们那个圈子都跟着被笑话了好几天。今天过来隔壁吃饭，听见消息就特意叫了一群人，打算把场子找回来。

"去找笙哥，跟笙哥说一声，先别过来。"班长把人往后挡了挡，压低声音找学委，"他要考省状元的，不能背处分。"

平时出去拿他们笙哥撑场面，真有这种看着就难缠的人，他们班还是不希望于笙招惹上。

学委看起来还有话说："但是——"

"但是什么？"班长严肃下来，"什么事都让笙哥招惹？这种人难缠得很，你今天打赢了他，说不定明天就挨闷棍，知道吗？"

"知道。"学委点点头，"但是……"

学委哪点都好，就是废话太多。

班长凶他："不准但是！"

他们体委对这种事有点经验，站出来挡着自己班的人："你们什么意思？"

单显比他们大两岁，工技念五年，也是今年的毕业生，在工技那几条街上都有不小的名气，根本没把这群学生当一回事。常驰惹的事，虽然这小子孬到连对面名字都不敢报，但连累工技一群人都跟着被嘲讽了好几天，场子不找回来也不行。

他从来到现在就没开过口，这会儿扫了这群还穿着校服的学生一眼，开口出声，语调有点沉："谁挑的头？"

来的人看起来就不好惹，班长觉得这种事要团结起来才能解决，没答他的话，压低声音分配任务："体委缠住他，我们想办法对付剩下的，学委去找人……"

体委脱了外衣扔给段磊，活动了两下手腕。

他们学委依然在不屈不挠地举手。

班长正在做动手前的准备，实在受不了："行行行，赶紧说，但是什么？"

"但是咱们教育处主任跟老贺还没走啊。"学委回头，看了一眼，"他们遇到了工技的校长，刚才一起绕了回来，正坐在咱们的包间里，吃着咱们的烤肉，和咱们的笙哥跟靳老师愉快地聊天……"

第九十九章

好歹也是整个工技片区的扛把子，当然不可能因为校长这种事在说怂就怂。

单显像是想起了什么事，神色忽然沉得要命，寒声撂了狠话："今晚你们学校后墙见。"

他们体委心跳得厉害，护着一个班的人，根本没听清刚才学委说了什么："见就见，一对一了，不关他们的事。"

单显不想跟他废话，草草摆了下手，带着人匆忙往外走。

一群人浩浩荡荡才走到门口，正好三中教育处主任和老同学工技校长吃得差不多，互相客气着出门："还是三中的学习氛围好。"

"不不，工技也不错，学生年纪大，比我们那群小兔崽子沉稳安分。"

"三中最近的学风建设特别好，我们也应该学习。"

"工技今年严抓校纪，效果也特别明显，改观非常大……"

两校领导互相谦虚暗流涌动，保持着和蔼得体的微笑，携手并肩走到门口。

单显："……"

"说起来你们可能不信。"眼睁睁看着眼前的玄幻转折，体委有点不敢置信，"我觉得这个事我好像能吹一年。"

刚被隔壁片区的老大约战，转眼就接受了隔壁片区从扛把子到跟班的集体致歉。

还特别真诚，必须得听，没被打动都不准走那种。

"你们觉不觉得他看笙哥那个脸色不太对？"段磊摸摸下巴，来回看了两圈，"看起来好像认识笙哥。"

班长蹲在他边上："看起来好像跟笙哥交过手。"

学委补充："看起来好像被笙哥祝福过，比如只要他敢打架，就正好赶上他们校长忽然想出来吃饭。"

"啊。"玄幻的发展忽然得到了科学的解释，姚强终于知道了他笙哥为什么看这群人很不眼熟，"去年他们头发还是五颜六色的、遮到眼睛那种，今年就都黑了！"

工技今年年初严抓校风，勒令这群学生乱七八糟的脑袋全染回了黑色，服装饰品也都做了非常严格的约束，让去年还戴耳钉染头发的一群人像是换了个头。

"什么时候？"段磊忍不住八卦，"两大片区扛把子交手，这么激动人心的大事！"

姚强想了想："差不多就去年，也是这个月份。咱们笙哥被拖去拍完学校风采展，穿着那件黑衬衫套了件校服就翻墙去网吧……"

然后被他们隔壁那个书呆子喷了一身的啤酒。

于笙倒是没怎么样，准备回去换衣服，叫网管结了时间，下机子正好看见单显带着常驰那一帮人把人围住了刁难，阴阳怪气嘲讽个没完。

"他们那群人看见优等生就不顺眼，非得折腾几轮才算完。"他们笙哥唯一一次穿着衬衫摆场子，帅得仿佛在拍什么黑帮大片。姚强的记忆开了个头，剩下的场面就飞快清晰起来，"那哥们应该也是心情不好，想借酒消愁来的，没服软。两边人杠了几句，眼看就要呛火。"

一帮人对一群，被围的还是个戴着眼镜规规矩矩穿校服的学生，被欺负是难免的，但也应该出不了什么大事。

他们觉得多一事不如少一事，本来不打算管，于笙已经摘了耳机："行了，有什么可吵的？"

单显无疑把这个当成了三中片区的挑衅。

"后来的事你们就都知道了。"姚强掰着手指头给他们捋，"常驰他们一群人排队说三中超棒，笙哥跟单显握手言和，友好地祝福他们以后打架顺利，最好别摩托车熄火、家伙没带齐，撞上他们校长恰好出来吃饭。"

高二那一年于笙还处在对"玄学"的试验阶段，尝试了很多方向，也一度祝了挺多人非常多样化的内容，以至于在不少人心里都留下了弥足深刻的阴影。

姚强当时光顾着激动紧张了，别的都没怎么注意，现在只剩下点隐约的印象："那哥们应该是省示范的，我记得是他们的校服，个挺高，戴个眼镜，长得挺——"

他看着跟于笙一块儿出门看情况的靳林琨，张了张嘴，又揉了下眼睛："帅……"

段磊听得正到兴头上："说啊，然后呢？"

姚强："哇哦。"

相逢即是缘。

在姚强同学一点一滴拼凑起来的回忆下，时隔一年再度会面的双方再一次气氛和谐地握了个手。

"还有这回事？"于笙蹙眉，"什么时候，去年？"

靳林琨早猜到他忘了，擦着眼镜笑了笑："对……那天我刚拿了处分，心情不好，想找个网吧试试换种人生。"

结果换种人生的第一步就被啤酒绊了个岔。

在被一群人围上来找茬的时候，隔壁那个被他喷了一身啤酒的男孩子扔下鼠标，扔了外套站了起来。明明挺无害的小虎牙，气势却冷冽锋利得叫人本能打怵："有完没完？学习好怎么了？"

于笙顺着他的描述回忆了一会儿，依然没什么太深的印象。

姚强恢复了记忆，印象很鲜明，就更忍不住好奇："靳老师，所以你穿黑衬衫，是为了纪念你跟笙哥的初见吗？"

靳林琨如实回答他："是因为觉得黑衬衫真帅。"

毕竟当时还是见什么帅都想学的年纪，靳林琨看见了于笙穿着黑衬衫身手利落一拳一个小朋友的架势，就觉得这个装束很有高手风范。

至于那天那个路见不平出手相助的朋友，萍水相逢，没来得及问名字，后来也一直没能再见着。

直到暑假，靳林琨去买煎饼的时候，无意间听见扫把头压低声音指挥带来的帮手："就找那个虎牙的，一起上，给他点厉害……"

靳林琨觉得这个故事其实挺值得感动："缘分，兜兜转转。"

"转个头。"于笙根本不给他面子，"你要是不路痴，你们家就在我走正门上学的路上。"

一个人要是太不着调，有时候天意可能也会适当地配合配合。

生日这两天的经历太丰富多彩，靳林琨跟笙一起去结账，回来的路上都还有种不真实感："会不会是梦中梦？"

"要确认一下吗？"于笙现在还在想靳林琨当初在校门口那句"包子都吓掉了"，觉得自己很适合帮他清醒清醒，"自己挑，揍哪儿。"

靳林琨："……"

靳林琨："不是梦，确认了。"

他们是趁班里人没注意溜出来结的账，这会儿已经不是饭点，楼梯间空荡荡没什么人，安静得能听见两个人的脚步声。

靳林琨走在前面，听见于笙叫他："哥。"

靳林琨转回来："怎么了？"

"你那天。"于笙抬头看他，"到最后心情好没好点？"

靳林琨愣了一会儿，眼尾无声弯下来，点点头，答得很认真："好到不行。"

当时他们还不认识，面都没仔细瞧，其实也谈不上有什么太深的感受。但在那个时候，忽然就有个人出来，什么都没问，扔了鼠标顶不耐烦地跟他站在一块儿，感觉比做十张卷子全对了都好。

于笙看了他一眼，没多废话，把人扯过来："哥。"

"不信？"靳林琨下意识抬手保证，"真的，我当时——"

于笙配合着击了个掌，嘴角抬起来："生日快乐。"

年末将至，也就意味着一学期到了该收尾的时候。

给靳老师过生日的快乐没有持续多久，七班同学们就和整个三中一起，陷入了新一轮学习的洪流里。

和其他同学毫无创意的祈福不同，七班的朋友圈里充斥着"转发这件黑衬衫，带你起飞""转发这个靳老师，英语包过及格线""转发这个笙哥，该内容已删除"之类看起来仿佛非常神秘的锦鲤。

第一次这么玩儿命复习冲刺考试，段磊他们甚至有点魔怔，在课间偷偷算塔罗牌。

"都别动，别说话，心诚则灵。"体委非常肃穆，一只手按在胸口，"神秘的塔罗牌哟，请告诉我，我们期末考试能比期中再高五分吗？"

于笙在"塔罗牌哟"这一段就有点听不下去，起身想走，被班长好不容易劝住："试试，笙哥，我们需要你身上的神秘力量，你再坐一会儿……"

学委点兵点将数了半天，最后颤巍巍抽出一张倒吊人。

这群人没一个会玩塔罗牌的，对着牌上的花纹面面相觑。

"什么意思？"

"考不好不如上吊？"

"股悬梁锥刺头，复习更有效？"

"说不定是说，咱们的分数下一次能倒过来。"

……

"没事没事。"段磊给跳起来追杀生活委员的体委让了条路，拍拍前排受惊的杨帆，让他安心继续学习，替大家挡着可能忽然进门检查纪律的主任，"体委这次考了200分整。"

高三上学期的期末考试，光是意义上带来的压力就不言而喻。

学委和杨帆的宿舍前排了长队，都是捧着练习册埋头苦学的七班同学。于笙不住校，被抱着腿哭诉这道题太难了的概率小一点，但也经常多留一节晚自习，简洁明了地讲些各科的难点和易错点。

尤其最后到了临考前那几天，于笙干脆跟着上满了最后一节晚自习。

"笙哥，这样没关系吗？"段磊操心得很，"你给我们补课，靳老师会不会太孤单……"

"没事。"于笙判着他们同学自己加练的模拟卷，"他回家了。"

虽然他们笙哥只简单说了四个字，段磊却已经脑补出了波澜曲折的一段故事："他怎么回家了？你们闹不愉快了吗？是因为交流太少吗？我们去路上一边跑一边喊靳老师不要走录视频给他看还来得及吗？"

于笙："……"

一月初就过年，省示范提前进入二轮复习，过年前还要再补一个星期的课，期末考试也比三中早了一周。

靳林琨不跟着补课，本来还想陪着于笙考完试，过年跟着家里去海南待两天就赶回来，结果还是被于笙扔了出去。

还带了满满当当一行李箱的手作糕点小礼物。

段磊长长松了口气，回去通知一群人不用去买横幅了："还好还好，笙哥他们很和谐……"

于笙看了看桌上铺开的卷子，觉得自己幸好没布置作文。

不给他们机会发挥，都不知道这些人想象力到底能有多浩瀚。

批改完卷子，又把有问题的地方订正整理到一起，时间就已经挺晚。于笙翻墙回了家，放下东西冲完澡，正好接到了靳林琨发过来的语音聊天。

靳林琨担心小朋友睡不着，被父母押着帮忙算期货汇率，困得声音都有点含混，还是守到了他把事情做完："在做什么呢？"

于笙夹着电话，单手把鸡蛋磕进碗里搅匀："夜宵。"

蛋液碰上烧热的油，刺啦一声响起来，隔着电话好像都能闻见格外嚣张的香气。

知道他吃不着，于笙还挺体贴："哥，视频吗？"

靳林琨："……"

多少还有良知，于笙跟他开了句玩笑，就停止了深夜放毒的行为，把厚蛋烧换个盘子装出去："你呢？"

靳林琨摸了块饼干，枕着胳膊翻了个身："算什么时候才能过完年。"

照理考试就能清闲下来，于笙也能赶回去跟着他们过个年。但考试结束正好是对题目印象最深刻的时候，这时候订正错题查漏补缺，效果要比隔一周再回来好得多，省示范也是因为这个，才特意把期末考试往前提了一个星期，考完试再上一周的课。

三中老师们也要回家过年，于笙对班里预习当复习的进度大致了解过一遍，决定留下给这群人补补基础。

高二就这么一年，靳林琨挺支持于笙这个决定，就是有点想好朋友。

于笙坐在床边，夹了一筷子厚蛋烧放进嘴里，听着对面窸窸窣窣翻身的动静，抬起嘴角："不着急，你好好陪叔叔阿姨。"

靳林琨："叔叔阿姨觉得礼物和点心来就行了，没必要带人，我可以回去。"

语气实在模仿得太像，于笙没忍住，笑了一声。

靳林琨觉得他这种幸灾乐祸不太厚道："还笑，你知道多沉吗？进去差点就超重改托运了，最后还是行李重量转自重才混进去的。"

于笙还没听过这种操作："什么叫行李重量转自重？"

"就是蛋黄酥真好吃。"靳林琨现在想想，还有点意犹未尽，"麻薯也不错，无骨凤爪味道刚刚好……"

好不容易把超重的部分吃完，靳林琨当时还很担心于笙，打电话认真跟他保证："很快，我去待两天就回家。"

于笙也挺担心，看着飞机所剩无几的登机时间："是得快点，不然你就能直接回家了。"

……

好朋友异常沉得住气，半天没能套出来想听的话。靳林琨有点儿遗憾，又觉得这样也很好。

小朋友一个人在家也不怕寂寞了。

也知道走的人就是离开几天，不论走到哪儿，都肯定会回来的。

两个人聊天没什么核心思想，东拉西扯了一会儿。靳林琨实在困得不行，最后没撑住先睡了过去。

终于把对面聊到睡着，于笙戴着耳机坐了一会儿，沉稳地站起来，把手机放在了枕头边上。

第一百章

靳林琨发现最近于笙经常忘了挂断微信语音。

有时候他半夜起来喝水，就会发现手机还连着，顽强地用最后一点电量给他闪着小红灯。

还能听见另一头均匀清浅的呼吸声。

靳林琨觉得这个习惯很好，在第二天聊天的时候，顺便假装无意提醒了于笙一句，平时记着带充电宝。

于笙没太明白他怎么忽然出来这么一句话：今天考试，带充电宝干什么？

靳林琨心说免得晚上电量不够，听他说考试，才意识到已经到了三中的期末考。

升学压力大，省内高三假期普遍短得要命。和省示范的安排不太一样，三中的课程一直到腊月二十五，腊月二十六二十七两天期末考试。学生回家过个年，休息一个星期就要回学校上课。

想家想小朋友：没事，这次老师们有什么要求？

于笙正给钢笔灌墨水，单手回消息：还是压分，说这次题难，不准超过六百二。

今年的雪比去年多一点，昨天晚上就开始飘雪花，今天路面已经积了厚厚一层，钢笔都被冻得有点不顺畅。

于笙给笔尖呵了口气，在纸上顺手划了两下，拿过手机，把路上随手照的两张雪景发了过去。

想家想小朋友：下雪了？冷不冷？

想家想小朋友：出门记得多穿衣服，带热水袋，蒜苗们还好吗？

于笙：不冷，热，蒜苗们很好吃。

早一遍晚一遍，于笙早被他唠叨烦了，该添衣服添衣服，该带热水袋带热水袋，根本不知道冷字怎么写。

话题紧跟着就发散到了蒜苗的做法上面，于笙点开那两张照片看了看，剪裁修了下边角，想起段磊他们经常说的，顺手加了个滤镜，重新又发了一遍。

靳林琨看着白的发光的滤镜，福至心灵地想明白了小朋友忽然给自己发照片干什么：好看，真漂亮。

想家想小朋友：你看这棵树，它上面的积雪和沟壑纵深的苍老树皮产生了鲜明的对比，给人以强烈的视觉体验。

靳林琨还在自由发挥：第二张的垃圾桶，处在整个画面的角落，和新雪的洁白纯净彼此反衬……

于笙：收。

于笙：第一句就够了。

靳林琨意犹未尽：不够，我还能夸。

……

发现全校第一从坐下开始就在摆弄手机，小半个考场都没心思复习，凑在一块儿讨论于笙手机上是不是有什么不为人知的复习秘籍。

好奇到不行。

"会不会是精华复习资料？"第一考场的成员基本不流动，不少人都很熟，凑在角落里讨论，"或者是转运符，一看脑子就变清醒那种。"

一班班长表示赞同："说不定是，听说七班现在有一套独立的备考祈福系统。"

有人听不明白："这东西怎么独立？"

一班班长："就是只有七班能看懂，只有七班能用，而且据说还特别灵。"

就比如"靳老师包过包会符""笙哥原声起床闹铃，百分百有效""老贺唠叨版助眠白噪音，精简省电版，时长仅 1 小时 45 分钟"。

一群人不明觉厉，信服地连连点头："厉害厉害……"

身为讨论的核心，于笙对考场上的暗流涌动倒是没怎么察觉。

学委跟杨帆都在第一考场，趁着最后的时间，争分夺秒地过来问了几道题。丁笙逐一讲完，看了看表，又抓紧时间问了一句有经验的压分选手：你平时是怎么压分数的？

上次期中考试分压得很不成功，于笙的成绩依然有点过于显眼，导致他们校长在省示范校长面前很没有面子。虽然不太能理解两个校长为什么甚至连"我们学校学生压分比你们熟练"这种事都要一较高下，但于笙还是打算象征性地努力一下。

靳林琨想了想：好办，选择题答题卡。

他在这上面挺有心得，跟于笙分享：在保证大题正确的情况下，算一算你需要扣多少分。除以单道选择题的分数，然后把那些题空着不涂，误差基本不超过五分。

于笙觉得有道理，顺手截了张图，准备看看一会儿能不能想起来付诸实践。

手机亮着，截图就在屏幕上。被一群人怂恿了半天、屏息凝神借着放东西的机会路过于笙放在桌边的手机，想要一窥状元秘诀的无辜一班同学："……"

考试预备铃响，于笙拿着书包去放东西，靳林琨的消息又在锁屏上跳出来。

想家想小朋友：照片特别好看。

想家想小朋友：要是上面带人就更好看了。

于笙没忍住抬了下嘴角，顺手关了手机，放进了书包里。

两天的期末考试，收割了不少年轻人的头发。最后一门英语考完，平时还热热闹闹的校园几乎清静出了放假的既视感。

七班内部，段磊一脑袋磕在桌面上："怀疑人生。"

姚强奄奄一息，扶着墙往自己班教室挪："进考场前，我觉得我是这个世界的王。"

"让让，兄弟。"他们体委也扶着墙，被姚强挡在了门外，"打开考卷，我才知道江山原来已经易主了。"

期中和期末通常相互对应，一次出得简单，另一次一定偏难。这次试题只有百分之六十左右的基础，剩下的全是拔高题。三中总复习开始得晚，第一轮总复习才正式结束，老师们还在给这群人抓基础。更难的还没讲没练，现在不会其实也正常。虽然分数难免偏低，但也是普遍下降，名次未必就会受到影响。

"其实道理我们都懂。"面对老贺的安慰，班长依然趴在桌子上，代表同学们发言，"主要是考完试不这么丧一会儿，万一考砸了没法解释。"

要是考完试就活蹦乱跳号称考得不错，万一发挥失常考了个低分，丢的至少是半个学期的人。但这样命悬一线地挪出考场，考得不好可以说是手感一般，考好了还能装一把，跟人谦虚表示："没有没有，运气好，考完自己都没想到……"

考了快十二年的试，一群学生早总结出了最合适的生存之道。

"行吧。"老贺对同学们的生存之道心服口服，"本来还想带你们去打雪仗的，那你们还玩儿得动吗？"

命悬一线的同学们一秒钟就从线上跳了下来。

这场雪本来就不小，一开始段磊他们还以为考完试雪就化得差不多了，担心了一宿，结果雪硬生生下了两天。

后操场没人去，雪积了厚厚的 一 层。

"五十年来最大的一场雪。"传达室的爷爷慈眉善目，欣慰地看着拼命撒欢的一群年轻后生，把自己的三轮车贡献了出来，"有簸箕，有盆，有铁锹，你们用什么就拿……"

据说老贺上高中的时候这位爷爷就在传达室，舍不得这里的校舍和孩子们，退休了又回来发挥余热。体委本来带了一群人，密谋要做个超大雪球砸老贺，看到眼前的阵仗吓得站都站不稳："这么严峻吗，为什么还有铁锹？"

老贺依然和气，推着三轮车笑眯眯拍他："一会儿你就知道了。"

过了一会儿，在班里游说了一圈的体委身不由己，被掀翻了按在雪地里，让一群人拿雪埋了个结结实实。

"为什么？"体委想不通，"我们难道不是'这次一定要让老贺见识见识我们的厉害'联盟盟友吗？"

"是，但没有用。"学委按着他的肩膀，"看到了吗。"

体委现在听见这些就头疼："什么？"

杨帆在边上帮忙抱着他的腰，扶着眼镜，给他偷偷指老贺的铁锹："力量。"

在打雪仗这种事上，拥有盆和铁锹的老贺依然是七班无可争辩的王。

雪仗开始还打得有点章法，在体委被埋得只剩个脑袋之后，一群人就失去了目标，变成了一锅粥的混战。体委扑腾着站起来报仇，一群被老贺策反的同学四散乱跑，雪球不断从乱七八糟的方向飞出来。在这种分不清究竟是谁下得手的氛围下，连于笙都被颤巍巍飘过来的雪球扑了一身。

"不是我！"上一秒还嚣张大笑着的班长正好站在于笙身后，扑腾站直，"你们谁砸的，快站出来啊！一人做事一人当！"

于笙觉得这种事无所谓是谁，手里的雪球精准地连飞了几个出去。

老贺独善其身，笑眯眯拍了拍手上刚沾的雪，回到场边慢悠悠堆起了雪人。

一群学生闹了半天，最后累得躺在雪地上喘气。

"太爽了。"体委懒得拍脑袋上的雪，摊开躺在雪地上，抓了一把往天上扔，"也不知道毕业以后还能不能这么玩。"

学委体力差一点，累瘫在他边上，拍拍他的胳膊："那取决于你，你要愿意再被埋一次，我们随叫随到。"

体委一个翻身，成功压榨出了学委的最后一点体力。

众人哄笑着扯嗓子起哄，刚安静一点的雪地转眼又热闹起来。

老贺的雪人堆得初见雏倪，没力气闹的学生们飞快被转移了注意力，一块儿来帮忙，集思广益地往雪人上安东西。

"树枝插这儿，石头镶一排牙，胳膊用那边的塑料管子。"他们班长带头指挥，"盆呢？拿过来，可以扣脑袋上，当成一个朋克风格的帽子。"

生活委员点点头，把那个锈迹斑斑的铁盆递过去："可惜咱们班学艺术的同学们集训还没回来，不然一定更有艺术气息。"

女生口袋里有发卡皮筋的都贡献了出来，看哪儿能添东西就往上加，最后只剩下两颗眼睛没有着落。于笙在书包里翻了翻，摸出来两颗没来得及吃的巧克力糖，对准按上去。

班长仔细欣赏了半天："完美。"

老贺本来开开心心的，准备堆个雪人跟老同学展示一下。现在看着被这群学生修改过的造型，坚决不肯承认，对着来看热闹的教育处主任摆手："不是不是，是孩子们自己创作的……"

教育处主任倒觉得挺好看，给同学们完美的作品加了副墨镜，架在了雪人扣着铁盆的脑袋上。

期末考试结束，就意味着一学期告一段落，暂时结束了职业身份的老师们跟平时一点都不一样。

"明天就讲卷子吗？"撒够了欢，班长终于想起正事，蹲在雪人边上插保护性的树枝，"学校说能借咱们两天教室，不过毕竟放假了，供暖可能没之前那么好。或者咱们干脆换个地方，比如咕噜咕噜健康自助烤肉，我们可以一边烤肉一边学习……"

"拒绝。"姚强举手抗议，"万一遇到我答错了的题，烤肉就像在烤我的心。"

体委也拒绝："万一我错得多了，可能忍不住把卷子也一起烤了。"

生活委员觉得有道理，点点头："那不如去KTV，考得好就直接唱歌庆祝；如果考得太砸了，还可以唱一首心碎的情歌。"

学委想想那个场景就觉得可怕："笙哥给咱们讲是什么阻挡了我国低空的西风气流的时候，隔壁高唱'那就是青藏高原'？"

……

各执己见讨论了半天，也没什么结果。

老贺听得很感兴趣，结束了对自己逝去的朴素派雪人的短暂默哀："要不然我们去爬泰山？坐在泰山的山顶上，一览众山小，讲题一定印象深刻……"

班长打了个激灵，毫不犹豫敲定："不，老师，我们选择温暖幸福的教室。"

温暖幸福的教室没有暖气。

三中是跟随教育系统的统一供暖，拖到这个时候已经是极限，老师们倒是很愿意把职工宿舍的小人阳贡献出来，但教室里又没有可插电的条件。

"不管怎么说，总比泰山好。"七班同学们很知足，互相安慰，"明天记得带点保暖的东西过来……"

生怕老贺再提什么爬泰山的事，一群人彼此搀扶着，收拾好借来的工具装车，飞快撤离了现场。

于笙没急着走，把雪人的两个眼睛相对位置扶得正了一点。

正准备回家，想起有个人"想要带人的照片"的要求，又把手机翻出来，给他照下来几张发了过去。

靳林琨正在跟他们家靳先生和黎女士谈心。

往年一家人都要过了十五才回去，今年他要一个人提前回，总要有个合适的理由。

其实"要回去再寄来一箱子手作点心"这种理由就非常充足且有力，几乎能保证他在十分钟内就被他们家爸妈打包扔去机场。但靳林琨觉得，好像还得有个更有必要说明的事。

靳先生难得见到儿子这么正襟危坐的架势，推推眼镜，看向异常严肃的儿子："找到舍友了？"

靳林琨点点头，握了握手机，神色挺温柔，又带着藏不住的骄傲："特别好。"

当父母的觉得这种事应该配合一点，对视一眼，没提醒他们的儿子有关微信名的事："什么人呀，长什么样子？"

于笙平时就不大爱照相，靳林琨手里除了当初那些老照片，唯一一张合影还是当初带着沾了酒了的小朋友回家的。

正翻着相册，小朋友的消息忽然跳出来。

于笙：照片。

于笙：带人的。

于笙：[图片][图片][图片]

靳林琨目光亮了亮，再忍不住唇角的弧度，直接点开消息坦坦荡荡递过去："您看，就是他。"

靳先生跟黎女士拿着手机，神色奇异地沉默了一会儿。

隐约觉得父母的神色不太对，靳林琨蹙眉："爸——妈？"

他的脑海里已经迅速转过了要不要用点心谈三方协议的念头，靳先生推了下眼镜，把手机递还给他："孩子是一个独立的个体，有自己选择舍友的权利。作为父母，我们也尊重你所有的朋友。"

"但是。"黎女士点开那张蒸汽朋克废铁墨镜混搭风的雪人照片，补充，"能找个比这个好看的吗？"

第一百〇一章

靳家的房子一年有十多个月空着，找个新舍友这件事其实早就提上了日程。

当初的意外过后，靳林琨在交朋友这件事上一度有些困难，终于重新翻过了那个横亘着的坎，当父母的无疑是欣慰的。

但还是希望儿子能找一个不那么冷、不那么容易化的。

要是能适当好看一点就更好了。

靳林琨按了按额角，觉得自家父母这个要求可能实在有点低。

甚至没要求是活的。

靳先生比黎女士善良一些，笑了笑，主动拍了拍儿子的肩："有件事没告诉你，其实我们微信里没给你备注。"

靳林琨倒是知道这件事，因为在自家爸妈微信里没有姓名，所以每次聊天的时候，第一件事都是要先主动报个身份。有段时间黎女士老是收到"我是你们的鹅几，我没有饭七，需要两百块"的诈骗电话，他们一家人聊天开头自证身份的过程还一度变得十分烦琐，至少要情真意切地赞美彼此十分钟，或者提钱说话，先给对方发个红包。

但靳先生要说的显然不是这个。

看着还有点没回过神的儿子，靳先生很和气地把手机递给他："没有备注，所以我们在发现你有用微信名写日记的习惯之后，经常忍不住看一看。"

靳林琨："……"

靳先生落井下石："是日记吧？"

直到谈心结束，靳林琨还在反思交朋友对人思维活跃度可能造成的影响。

还不知道好朋友家里发生了什么大事，于笙这边忙了一宿，趁着印象深刻，把期末考试涵盖得各科知识点大致梳理了一遍。

他们班的基础太弱，不论考试的难度高低，复习都不能着急，必须要先铺开基础。至于能往上提到什么程度，还要再按照之后的进度确定。

刚考完试，又马上要过年，明明是半夜，七班班群里一样热闹得不行。

姚强：兄弟们，有件事我必须要分享。

姚强：在看到我好好坐在书桌前学习之后，我妈一高兴，刚才给了我一个冰糖肘子。

段磊：这招真的好用！就在刚才，我在书桌前拿到了我的压岁钱，我爸说过年再给一次！

学委：恭喜大家，我刚包饺子回来，听说我要学习，我妈毫不犹豫地抢过了我的擀面杖。

一片喜讯里，体委的消息气泡很想不通地冒出来：*所以为什么我端正地坐在书桌前说我要学习，我妈立刻拿起扫帚，问我这次考得到底是有多砸？？*

……

几家欢喜几家愁。

这群人一个都闲不下来，边埋头整理卷子，边天南地北胡侃。于笙整理完一科试卷，拿过手机看了看消息，才真正感受到了点要过年的气息。

他对过年一向没什么感觉，最多的印象就是叮叮当当响上一宿的鞭炮，近两年市区禁放爆竹之后，睡觉倒是比之前安稳了不少。

班群里不少人因为这学期的良好表现提前收获了奖励，阔气地在群里发红包。体委牢记当初11.11的教训，号称自此封刀再不抢红包，最后还是熬不住越来越诱人的气氛，跟着抢了好几个。

生活委员眼尖，一眼看见一个叫"微信有风险，改名需谨慎"的熟悉头像也跟着混进了抢红包的大军里：靳老师，你什么时候回来？

靳林琨：快了，你们最近还好吗？

体委：好，我们考完试去打 snow 仗了，刚堆了一个雪人！你要看吗？

靳林琨：……

靳林琨：不用了，谢谢。

靳林琨：也谢谢雪人：）

体委：？

察觉到他们靳老师和这个雪人间可能有什么不可说的故事，话题体贴地没有在这上面停留很久。

于笙常年在群里潜水，七班人一直怀疑他根本不看群，很快就因为靳林琨的出现，开始放肆讨论起了有关笙的事。

段磊：看到你还回来我们就放心了，靳老师，七班同学集体思念你。

姚强：七班思念你，笙哥估计不承认，但他也思念你。

体委：说实话，我觉得笙哥最近瘦了。

学委：可能是因为思念朋友。

班长：也可能是因为笙哥最近都没有小零食吃了。

消息才发出去，没过几秒，班干部组就迅速消失在了班群里。

幸存的生活委员吓了一跳，嘤嘤地抱紧老贺：笙哥是群主？什么时候的事？？

段磊帮他回忆：当年创建咱们班群的时候，老贺手机没电，又正好没收了笙哥的手机……

三中原则上不让带手机，虽然管不住，但老师们还是会象征性地收一收。于是当时和七班这个新班级的同学们还不熟的、平时只趴在桌子上睡觉和玩手机的孤狼校霸在被老师没收了手机又还回来之后，就发现手机上多出来一个群。

应该是为了拉群，还多了一个班的好友。

于笙这个群主深藏功与名了一年多，第一次出手就非常地有威严。剩下的同学们立刻老老实实闭嘴，没有人再跟靳老师说不该说的话，在群里震声朗读起了语文必备的古诗文。

第二天补课，不幸出群的班干部组才终于重新回到了班级的怀抱。

"知道错了。"班长捧着老贺给大家买的热乎豆浆，哆哆嗦嗦捂手，"以后一定小心。"

学委："一定小心不乱说话。"

体委："乱说话前先看看笙哥睡没睡着。"

总结了一波经验，众人各自落座，拿出了连夜对完答案装订齐整的卷子。

考完试感觉不算好，真对了答案，发现其实还是有不少因为有印象隐约蒙对的地方。算了算总成绩，大部分人甚至还比期中又稍微提升了一点。

这个年过去，高中就是真真正正只剩下半年了，所有人都已经生出了紧迫感。老贺也跟着一块儿参与同学们的自发补习，拎着暖瓶笑眯眯坐在边上，看见谁手里的豆浆喝完了，就再续上一杯。

没什么温度的教室里，豆浆冒着淡白的蒸汽，袅袅升起来，拢着一群学生们还有点青涩稚气的眉眼。

每个人都有权利去追逐自己的梦想，也有权利努力一点，再努力一点。

讲卷子比做卷子难，原定两天能讲完的卷子，因为有几科老师听见消息赶回来，又往后拖了一天。

三中老师们平时都得求着学生学习，难得遇到学生主动，根本不在乎牺牲两天休息时间。

"放什么假？都把卷子拿出来！"历史老师刚从家里赶过来，脱了羽绒服，撸着袖子站上讲台，"说，哪儿不会！"

体委看得心惊胆战，拉着学委吐槽："兄弟，我觉得老师们好像想把我的脑子打开，把知识直接塞进去。"

学委摇摇头："兄弟，老师们没有这么疯狂。"

体委松了口气："是错觉吗？那就好那就好……"

学委："老师们是讲基本法的，要先把脑子里的水倒出来，才能把知识塞进去。"

……

浩浩荡荡的补课一直持续到了第三天傍晚。

平时明明觉得挺凶的老师，每一个都教得详细至极，一点也没因为这些学生基础弱领悟得慢失去耐心，一遍接一遍不厌其烦地教。临走还特意把手机都写到黑板上，反复嘱咐同学们有什么问题直接问，发短信打电话都行，一定不要拘束。

高三了，好像没剩下几件事比他们冲刺高考更重要。

"想起我们家楼下了。"体委他们几个跟着班长出来送老师，看着几个老师骑着自行车没进夜色，"我们那一片高三的好几个。开始就是觉得早上安静了，后来才知道，楼下大人商量说不能吵着我们，出门上班都踮着脚走。"

生活委员考过一年："高考的时候还有志愿者，还有帮忙送考的，车都不鸣笛。"

班长深吸口气，揉了把头发："就……好像还能再多学一点。"

不知不觉，身边的很多事好像都开始悄然温柔起来。

即使是枯燥的知识和冰冷的成绩也遮不住的，不声不响又无处不在的那种温柔。

订正了所有的卷子，每个人都攒了厚厚一沓笔记，才终于出校门各自回家。

于笙出了后墙，正好遇见往手上呵着气的老贺。

"包多了，你们师娘非得让我送过来。"老贺递给他一个造型挺普通的铝饭盒，笑眯眯解释，"猪肉玉米馅的，吃得惯吧？"

于笙对过年的风俗向来不太在意，也没怎么赶着日子吃过饺子："老师。"

"试一次。"老贺指指饭盒，"她们娘俩都说我这个馅是什么黑暗料理，靠你正名了。"

老贺的语气挺认真，于笙拿着饭盒，站了一会儿，点点头。

当初老贺为什么没收他的手机，为什么要拿他的手机加好友建群，他其实都知道。

就像他也知道老贺为什么要在那一天办成人礼，为什么在他改学籍的时候一直都在又什么都不说，为什么在雪地里带头砸他一个雪球。

老贺看起来不着调，其实一直都在看着他们。

"行了，快回家吧。"老贺拍拍他的肩膀，"回家吃饺子，好好睡个觉。"

回家的时候，班群里有点难得的安静。

于笙仔细看了看，发现是平时最积极的那几个人都没怎么说话，估计是除夕过年被家里支使着干活，没什么时间在网上释放话痨的内心。

高三了，没几件事比他们冲刺高考更重要，过年无疑要归纳进为数不多的"比冲刺重要的几件事"的范畴里。连平时心里只有学习的杨帆，都在朋友圈里破例发了两张包饺子包成大号馄饨的照片。

于笙把老贺给的那盒饺子热了，顺手回着靳林琨的消息，准备看看春晚什么时候播。才按照远程指导把电视打开，啪的一声响，整个屋子忽然一片漆黑。

微信有风险，改名需谨慎：不应该啊，那个电视还没有影院功能。

微信有风险，改名需谨慎：停电了？

于笙去阳台看了看，他们半个小区都黑黢黢一片：应该是，我看看消息。

他们小区物业刚刚紧急发的通知，说是最近雪太大，有条电缆意外出了问题，正在抢修。这边一到冬天就停电，也不是第一次了，倒也不算多稀奇。小区当初建得不走心，暖气有倒是有，但管道走得不科学，高层供暖也很一般。没了空调，室内温度显然易见就开始往下掉。

靳林琨：没有空调冷不冷，要不先出去定个酒店？

于笙翻出应急灯打开：不用，今天早睡。

他这几天都连夜帮七班人整理复习资料，连着三天只睡了三四个小时，这会儿其实已经困了。

靳林琨看起来还是不太放心，但也没再说什么。

于笙就着应急灯吃完了饺子，给靳林琨的父母和三中夏令营的老师们拜了年，屋里确实已经觉出点儿冷意。家里一直开空调，用得着穿厚睡衣的情况不多。于笙在衣柜前翻了翻，最后就翻出来了当初靳林琨买的那两身。

……

事急从权。

毕竟家里也没人。

于笙对着那件熟悉的绿色恐龙卡通睡衣站了一会儿，还是决定优先保证不被冻感冒，等明天　起床就立刻换下来。

珊瑚绒的睡衣穿上其实挺舒服，靳林琨买的是演出服同款，质量还要好上一个档次，保暖性也比单薄的半袖好出了不少。于笙换上衣服，去简单洗漱过，摸着黑在床上躺下，临睡前又检查了一遍风平浪静的班群。

一群人在分享年夜饭和对今年春晚节目的吐槽，显得其乐融融，没有看到任何在被踢边缘试探的发言。

于笙发了个拜年的红包，就把手机放在了枕头边上。

在他们笙哥看不到的地方，另一个名为"为了笙哥的小零食"的小群正在热热闹闹地活跃着。

段磊：睡了睡了，我假装叫笙哥开黑，笙哥已经不理我了。

班长：会不会是因为笙哥就是不想理你？

段磊：不会，你不了解笙哥。他不能容忍看到小红点不点开，也不能容忍点开了不回复。

学委：那笙哥要是真的不想理你呢？

段磊：那他会叫我滚。

段磊同学对他们笙哥的了解详细，众人一致接受了这个论据，继续策划接下来的方案。

体委还是有点紧张，又确认了一遍：靳老师，你真的是今天回来吗？今天是除夕啊。

靳林琨：对，所以需要大家的帮助。

毕竟除夕没在家过年，在聊天上就有很多可能出现的破绽。班长他们已经集思广益，贡献了不少他们靳老师用来回答"在干什么"的答案，现在终于熬到了他们笙哥睡着，立刻放飞想象：胜利在望，现在只剩下怎么让靳老师潜回家门了！

学委：笙哥家既然停电了，就说明是一片漆黑。黑暗是一切行动最好的掩饰，靳老师可以利用这个宝贵的时机，设法潜入进去。

体委：你们看这一段话，它看起来是一段很厉害的话，但是仔细看就会发现一个字都没有用。

班长：话筒来了，你有什么建议？

体委：靳老师可以从窗台爬上去。

隔了一会儿，姚强默默举手：班长。

班长：讲。

姚强：体委敲我，问为什么踢他。

体委被关在小团体外面反省了十分钟。

这群人平时脑洞不少，真用上的时候主意却不多。仔细盘算了半天，最后还是寄希望于靳林琨进门的时候尽量把声音放轻，并且他们的笙哥因为连日操劳睡得很熟。

在靳林琨进门的时候，这两件事倒是都基本符合了大家的期望。

男生宿舍没少互相作弄折腾，段磊很熟练：然后靳老师悄悄摸进卧室，把冻得冰凉的手探进笙哥的领子里。在笙哥睁开眼睛的时候打开手电，给他个惊喜。

生活委员比较务实：你觉得这个计划能进行到第几步？

段磊：第二步，靳老师把冰凉的手探进笙哥的领子里，然后就会被笙哥一个过肩摔摔出去。

班长：……所以你为什么要提这个建议？

段磊：因为我和我一见如故的好兄弟都好想看靳老师被过肩摔摔出去。

来之不易的小团体的人数也在肉眼可见地接连减少，仅剩的几个人还在努力提建议：不管怎么样，动作一定要轻。

学委：要有惊喜感，让朋友感到快乐。

老贺：可以准备一些合适送给朋友的小礼物。

班长：同时尽可能地保障自己的人身安全。

靳林琨的手机开着手电，放轻动作拧开卧室门，脚步不自觉顿了顿。

他有一会儿没回消息，班长有点担心：靳老师？靳老师？

靳林琨：啊。

手电的光被衣摆拢着，不太亮。

光线有点朦胧，没找着小朋友，找着了裹在被子里的一只小恐龙。

陷在柔软的枕头里，安安静静的，自己跟自己睡成了一小团。

第一百〇二章

　　小团体里的靳老师失去了音讯。

　　一群人跟着紧张了半天，一度担忧靳老师是不是被惊醒的笙哥顺手扔出了窗外，值班关注了一宿的社会新闻。

　　于笙睡到一半，忽然觉得身边暖和了不少。

　　没听见空调运转的声音，暖气的效果也没有这么立竿见影。于笙翻了个身，睡得朦胧的意识运转几分钟，整个人忽然清醒过来。

　　手机屏幕啪地亮起来。靳林琨睡得浅，被光晃了下，跟着睁开了眼睛。

　　他已经做好了充分的准备，回头看了看床下面那一片没用上的抱枕，甚至有点遗憾："朋友，你真醒了吗？"

　　于笙放下举着手机的手，按上还有点抽疼的额角："需要证明吗？"

　　"……不用。"靳林琨轻咳一声，握着他的手塞回被窝里，一下一下替他按揉，"不舒服？"

　　于笙摇了摇头。

　　他还没缓过神，也没太弄明白怎么这个人晚上还跟他详细地描述说明在跟爸妈往饺子里包九成新的一块钱硬币，现在就躺到了他们的床上。

　　靳林琨给他揉着额角，低下头。

　　小朋友穿着眼熟的睡衣，垂着视线，还在怔神。

　　睡衣的布料挺柔软，帽子堆在颈间。大概是睡得冷了，于笙的手缩进袖口大半，指尖还有一点凉。

　　靳林琨挪了下胳膊，迎上他的视线："就是想你。"

　　本来是想给他一个惊喜的，结果看着小朋友睡得这么好，就不舍得了。

　　然后就放下行李，偷偷换了衣服，简单洗了洗漱，跟着一块儿蹭了一觉。

　　于笙撑着胳膊，往床下看了一眼："所以抱枕的出现是在哪一步？"

　　靳林琨："……"

　　然后就放下行李，偷偷换了衣服，往床下放了一溜抱枕。

　　简单洗了洗漱，觉得不放心，补了第二排抱枕，然后钻进被窝。

还是不放心，又去客厅拿了几个摆在上面，最后放心地躺下，跟着一块儿蹭了一觉。

……

看着舍友面不改色地重新更正有关过程的描述，于笙绷了半天，还是没能忍住嘴角的弧度。

靳林琨回头，看了看仿佛抱枕甩卖的现场，也觉得自己好像未雨绸缪地过了头："没事，明天早上我再放回去，它们应该也不会介意在新环境体验一个晚上……"

话没说完，小恐龙已经坐在了床边。

靳林琨愣了下，下意识停住话头。

男孩子身形瘦削，平时凌厉的气息被小恐龙的睡衣变得温和柔软下来。从窗帘外透进一点月色，于笙看着他，唇角抿成条线。

湛黑眼瞳里明明净净映着他的影子。

靳林琨闭了闭眼睛，翻干净口袋，往于笙面前摆了一排糖。

"想什么呢。"他低着头给糖摆造型，嗓音轻下来，"小朋友一个人在家，除夕晚上，我不来陪他过年？"

于笙肩膀微微绷了下，侧开头。

窗外不知道什么时候，开始响起了热闹的礼花声。

市区内禁止燃放烟花爆竹，为了让大家感受到所剩无几的年味，特意在后街尽头那个带湖的公园边上安排了零点的烟花表演。热热闹闹的烟花，五颜六色的，一个追着一个绽开，绚烂地在夜幕里划过流光。

胸口有点疼，于笙静静坐着，阖眼缓了一会儿。

他不常说这种话，但还是决定相信过年习俗，吸了口气，继续说下去："新年……快乐。"

小朋友说得实在太一本正经，靳林琨没忍住，轻笑着低头："祝我一下？"

于笙挺不留情："做梦。"

靳林琨憋了半天，还是忍不住轻笑出声。

加班加点的抢修终于有了成效，恢复供电，空调嗡的一声响起来。

客厅的电视忠实地执行起了断电前的指令，主持人们喜气洋洋地倒数着新年的到来："五，四，三，二——"

于笙轻呼了口气："比我好。"

靳林琨没听清楚，摸摸于笙的头发："什么？"

于笙扯起他的胳膊，一板一眼，一点都没嫌幼稚地伸手拉了个勾。

靳林琨愣了愣，不等开口，跟他一百年不变地拉着勾的小朋友已经阖上眼睛："哥，你要比我好。"

高二没有资格放寒假，正月没过十五，学生们就背起书包回了学校。

对七班同学来说，这个假期跟没有其实没什么区别。各科老师都对他们班对学习的热情异常欣慰，不光特意拜托老贺转交了精华版的复习重点，还特意给这个积极向上的班级多布置了好几套卷子。

以至于返校的时候，好好学习了一个假期的同学们依然哀鸿遍野。

"有人救救孩子吗？"体委奄奄一息，手里攥着套卷子，"不知道为什么，我觉得我失去了对题目的灵感，这些英语题在我看来变得陌生起来了。"

他们学委过来救了救孩子："你陌生是对的，这三套是给班级前十留的拔高题。"

体委魂飞魄散："……"

开学前班里永远是一片兵荒马乱，哪怕是再勤奋的学生，也会在收作业前试图再努力一下。

班长捧着卷子，四处找人："文综选择题有人做完了吗？来对对答案，我后面七十道都不是特别的有把握……"

于笙被老师们免了作业，发下来的卷子就做了选择题，听见他哀号半天，顺手翻出来递过去。

结果被班长义正词严地拒绝了："不行，笙哥，要的是同学们互相对答案争论的刺激感，不是标准答案。"

于笙："……"

于笙觉得自从七班同学在学习中失去理智，自己好像就不是特别能融入班级的氛围了。

"要帮助吗笙哥？"段磊主动拍胸脯保证，"跟我们留下，一起上两节晚自习，保证你重新融入这个团结上进的大家庭。"

"……"于笙其实不是很有这种动力，"不了，谢谢。"

段磊遗憾地飘走了，顺便带着练习册，在埋头学习的杨帆同学桌边问了两道题。

七班的老师们倒是很欣赏这种氛围。开学短短一个月，老师们就主动协调联手布置了好几次突击测试。除了语文作文和英语作文不用完成，剩下的全按照高考题量，从早到晚，轮番上阵一天考完。被这种考试频率轮番凌虐了几次，同学们连面对一模的心态都已经变得异常稳定。

"小意思。"班长沧桑地趴在桌子上，"不就是考试吗。"

老师们布置的突击测试每次难度都不一样，学委也已习惯了成绩的起伏不定："人生，就和我们眼前的成绩一样，起起落落落落……"

体委抬起头："什么，人生难道不是只剩下眼前的成绩了吗？"

生活委员拍拍他的肩膀："当然不是，还有一模和老贺的泰山。"

老贺到现在依然没有放弃带同学们爬一次泰山的愿望，隔几天就会提一提，每次都能激起同学们对现状的珍惜和努力学习的澎湃动力。

"说起泰山。"他们班长消息比较灵通，"听说隔壁省示范比咱们惨，他们要在离高考还有一百天的时候组织远足，激发同学们的斗志。"

而且省示范还没有双休日，上两周才给歇一天，中间那个周末也正常上课。像这种远足活动耽误了正常课程，占出来的两天肯定要在后面补上，说不定就是连上三周。

段磊现在觉得哪怕走路都比考试好玩，目光忍不住亮了亮："那也行啊！远足还能散散心……"

"徒步。"他们学委也听说了这个消息，"30 公里，相当于 75 圈 400 米的标准操场，0.71 个马拉松全程。"

段磊熟练地抓起笔："……我爱学习，学习使我快乐。"

在日子已经过得够惨的时候，知道隔壁的同学们要比自己更惨，无疑会提供相当程度的安慰。

在生活的残酷锻炼下，七班同学们已经有了足够的意志和承受力，一模考得平平淡淡，甚至没在同学们中激起多大的水花。

考试在周五，周六周日有两天的假。老贺觉得同学们应该劳逸结合，特意找各科老师沟通过，除了整理好卷子准备周一上课订正，没留一点作业。他们班的欢呼声差点掀翻了房盖，吓得戴着帽子的一班班主任跟教育处主任纷纷出来看："怎么了怎么了，地震了？"

地震倒是没地震，但能有一个没有作业的周末，这种喜讯对同学们来说，跟地震的差别其实也不算太大。

"我要一觉睡到中午，自然醒，然后起来大吃一顿！"体委热泪盈眶，做计划表的习惯一时改不过来，抓着笔在纸上雄心勃勃地写，"下午开黑，痛痛快快地玩一宿！"

"开黑开黑。"段磊非常心动，拖着姚强过来加入队伍，"笙哥，你来吗？"

"明天？"于笙有事，不能加入同学们的放纵狂欢，"我在精神上支持你们。"

段磊连忙摆手客气："不用不用，笙哥。到时候我们把对手 ID 发你，你抽时间支持一下……"

一共周六周日两天的假期，一群人闹哄哄地、兴高采烈商量了半天。

仿佛眼前的假期根本不是两天，是整整一个寒假。

"寒假都没它开心。"班长意气风发，"刚考完试，没出分，没出答案，没有作业！"

体委斗志昂扬："不用上课，不用远足，不用爬山！"

学委摸摸下巴，点头总结："天堂。"

天堂的幸福其他班级体会不到。

段磊哼着歌走到门口，被于笙拦住："再说一遍，你们明天要干什么。"

"啊？"段磊愣了愣，看着低头按手机的于笙，"……一觉睡到自然醒，然后放开了大吃一顿，大家一起开黑？"

于笙点点头："行了，走吧。"

段磊看他在手机上敲了行字，猜测着笙哥大概是有写日记之类的习惯，没细想，高高兴兴地跟于笙道别出了门。

考完试正在奄奄一息的其他班级同学背着书包挪出班级，目瞪口呆地看着他们班集体蹦蹦跳跳地往外走。

有认识的，赶紧压低声音，给不太了解的同学科普："看，七班，据说已经学疯了……"

省示范明天不放假，于笙出校门的时候，正好接到了靳林琨的消息：**小朋友，明天有什么安排？**

于笙倒是没什么安排，但他算了时间，明天刚好是距高考一百天整。省示范为了锻炼同学们的意志品质，提升同学们的斗志，要组织百日誓师集体远足的日子。

靳林琨从来没提过，显然对他们即将到来的命运还一无所知，估计不是开班会没好好听，就是没看班群里的通知消息。

于笙倒也不着急提醒他，翻出记事本给他复制过去：**睡到自然醒，大吃一顿，开黑。**

靳林琨：……

小朋友今天的措辞有点活泼。

活泼大概是因为感受到了七班久违的青春。

如果按照日常放学的时间，靳林琨中午回去，估计正好能碰上于笙睡到自然醒。

在后街那家没名字的知名小餐馆定了几个菜，靳林琨约好了明天去拿的时间，继续逗舍友：**叫哥，给你带午饭吃。**

平时遇到这种时候，于笙一般懒得计较，直接打字过去满足他了事。如果这个人还得意忘形地让他语音，就顺便把人揍一顿。

今天于笙没急着回，想了想，未雨绸缪：**要是不叫的话怎么办？**

靳林琨常年跟梁一凡他们聊天，显然对这个问题早有准备：朋友，要是不叫，那就不是一声哥能解决的事了。

于笙顺便把这句话也复制到了记事本上。

靳林琨等了一会儿，没见于笙回复，敲过来一个问号：？

于笙的消息跟着跳出来：没事。

于笙：要是还不叫呢？

第一百〇三章

小朋友今天有点反常。

说不定是心情好。

靳林琨沉吟了一会儿，觉得自己不该放过这个机会：朋友。

于笙：？

靳林琨：要是还不叫。

靳林琨：就只能穿上睡衣，让我揪一下尾巴了。

隔了一会儿，于笙的回复才过来。

晚上夏令营好朋友们连麦讨论这次一模的题目，梁一凡被转述了这段对话，吓得差点站不住："笙哥说行？"

靳林琨也有点想不通："对。"

梁一凡哆哆嗦嗦："琨神，你确定自己现在还是活着的吗？"

靳林琨："……"

不光活着，甚至没挨揍。

连靳林琨自己都觉得这件事有点反常。

梁一凡觉得这件事一定没有表面上这么风平浪静："琨神，你这两天一定要小心一点，最好买个保险，或者先把你要处理的东西处理一下。"

以防万一。

靳林琨觉得自家小朋友被这些人想得太过可怕，不太满意："不至于吧？"

梁一凡的头像飞速变灰，怎么敲都没了动静。

"老梁说，他最近准备背起书包去亡命天涯，让我们不要联系他，尤其是琨神。"隔了一会儿，丁争佼出来帮忙转述，顺便好奇，"怎么回事，他一模考砸了？"

背起书包亡命天涯这件事在夏令营里经常被纳入七组人的计划，自从大家各回各校埋头学习，已经很久都没被提起来了。

夏俊华还有点怀念："去远方流浪啊，我当时还真的认真查过地图来着……"

"应该跟考砸没关系。"岑瑞仔细想了想，"我觉得琨神应该能给我们一个意料之外又情理之中的解释。"

丁争佼觉得有道理："琨神？还在吗琨神？"

靳林琨：……

靳林琨：是这样。

靳林琨：你们有没有人想继承我的数学竞赛题？

一模是高考前第一次模拟，意义其实挺重大。尤其这次一模，前任高考命题组出题，三市统考，基本囊括了省内大半有点名气的高中。交换判卷、联合排名，卷子一发下来就被不少学校研究了个底掉。

省示范第二天依旧上课，趁着同学们刚考完印象深刻，老师们利用早自习时间抓紧讲评完了卷子上的重难点部分。

"请各班同学下楼列队。"刚下早自习，班级上方的喇叭就跟着响起来，"带好随身物品，各班级自觉维持纪律……"

靳林琨平时不怎么听课，听见老师宣布大家收拾东西准备远足的时候，甚至还有点没反应过来："去哪儿？"

"十五公里外。"他们班班长特别开心，"琨神，用大家帮助你吗？"

靳林琨："……"

省示范的学生平时大都埋首书海，哪怕能有两天不用上课学习，也没多少人真愿意徒步走三十公里。虽然没有能力违抗安排，楼上楼下还是响起了学生们的哀鸣声。

一片消沉的气氛里，靳林琨他们班其实还有点开心。

毕竟日常降维打击整个班的学神只是在脑子上比别人快，走路也和所有人一样，要一步一步地走。

而且还什么都没带。

平时长期处在学神提前交卷和中午错峰吃饭时诱人饭香的统治下，哪怕他们班主任再怎么强调大家都是友爱的同学，要团结相亲相爱，他们班忍辱负重久了的同学们也还是高兴得快忍不住了。

甚至连动力都比别的班足了不少，一路遥遥领先走在了前面。

"琨神，你要吃士力架吗？"没走多久，他们班团支书就慷慨地提出帮助，"热量型巧克力，补充糖元，为你提供丰富的能量。"

他们班班长加入进来："我有美式黑咖啡，苦味纯正浓烈，提神醒脑一整天。"

副班长不甘落后："我有薄荷糖配可乐……"

总的来说，班级内部至少还存在一定的同学情分。终于能享受到帮助学神的乐趣，一群人边走边慷慨解囊，谁都要来过一把瘾。

靳林琨从手表上抬头，看着副班长手里扔进薄荷糖之后喷涌而出的可乐："……不用了，多谢。"

徒步倒算不上什么事，比较着急的是他在后街订的午饭。

于笙跟他说要睡到自然醒，他本来以为放学回去正好能赶上，现在看这个行进速度，天黑了能不能回家都成问题。

靳林琨想叫个外卖，又担心于笙这时候还没醒。

小朋友睡眠质量本来就一般，好不容易能睡个懒觉，万一被外卖吵醒，再睡的概率大概也无限接近于零。

靳林琨收起手机，想了想，又把从舍友那儿悄悄拷过来的钢琴曲合集翻出来，戴上了一只耳机。

说是各班列队，其实管得也不是那么严格。他们班周围经常会冒出些陌生的面孔，张望着跟上一路，被他们班主任点名"哪个班，干什么的"才飞快跑掉。

倒不光是因为他们班学神的光芒实在太强烈。

平时还没那么明显，靳林琨也没有去走廊里放风的习惯。现在浩浩荡荡的一片人，中间高挑轩峻的男孩子就显得尤其显眼。

尤其跟人说话的时候，镜片后的眼睛稍微弯一下，就透出点疏离懒散又足够得体的态度。

明明漫不经心，又莫名叫人挪不开眼。

他们学校校园贴吧荒废了挺久，也因为几张抓拍的照片难得的热闹了点，盖了好几栋话题楼。一群小姑娘甚至还挺认真地讨论，学神听的歌是欧美还是古典，在想什么这么出神，究竟是在思考有关宇宙的起源还是有关人生的哲理。

靳林琨在想他家小朋友的饭。

到了中午休息的时间，各个班级收到通知原地休整，吃过午饭休息一会儿再继续上路。靳林琨其实带了一保温杯的红枣水，还从书包里翻出了两袋不知道扔在里面多久的压缩饼干，客气地谢绝了宣传委员的变态辣汉堡，顺便刷新了对这一届学弟学妹们熬夜复习提神醒脑方法的认知。

"失策，不应该路上就把蛋挞吃完的。"班长有点遗憾，"现在要是有蛋挞配咖啡，一定非常享受。"

学习委员赞同他的观点："大意了，薯片可能被下了一打开袋子就飞快消失的诅咒。"

"我的小饼干呢？"他们体委拿着空袋子难以置信，"我明明记得这里之前还有大半袋小饼干……"

不论到什么年纪，这种带着午饭出游的活动，到中午真正剩下的通常都不足出门时的三分之一。

前半段路程是大家兴致最高的时候，一群人在路上就忍不住开始吃零食，饱受压迫的同学们终于找到了扬眉吐气的机会，每个人都要带着精心准备的好吃的，到什么也没带的琨神面前转上好几圈。真到中午午休，书包里的储备已经所剩无几。

"虽然没必要，但是值得。"班长不后悔，"哪里有压迫哪里就有反抗，我们已经在琨神面前证明了自己。"

体委也被他鼓舞，振作起来："我来过，我吃过，我饱过。"

宣传委员攥拳："在任何事上超越琨神，都是我们能够吹四年的荣耀。"

"大家说得对，但我还是有点饿。"副班长深深吸了口气，"大概是因为我的午饭只剩下了一个索然无味的面包，我觉得空气里都充满了诱人的京酱肉丝味儿……"

一群人失去了走过来这一路在学神面前吃东西的乐趣，只能捧着剩下干巴巴的面包饼干，就着矿泉水埋头往下咽。这也是对同学们的教育之一，他们老师见缝插针，给学生们讲道理："大家看，现在你们的面包和靳同学的压缩饼干其实已经没有多少区别，这就像是你们的复习进程。"

"有些同学可能准备了好吃的，但经过前半程的洗礼，大家书包里都已经不剩什么东西——就像复习的时候，前半程可能会因为外力的辅助，有些人学得轻松，有些人学得相对吃力。但到了最后的冲刺阶段，外力耗尽，所有人其实都会回到同一起点，这时候拼的就是毅力。"

老师捧着茶杯，语重心长，"高考是一个非常艰苦的过程，人生也一样。我们所有人的帮助都是外力，真正的这条路，只能靠你们自己来走，靠你们来走完……"

"老师说得有道理。"宣传委员听得感触颇深，深吸口气，扯了扯副班长，"但是还有一件小事。"

他们班主任能从任何事发散到人生哲理上，一直是同学们议论文素材的宝贵来源。副班长正在埋头记这段话，百忙中抬头："什么小事？"

宣传委员："是心理暗示吗？我也觉得空气里充满了京酱肉丝味儿。"

……

是不是暗示不一定，但他们班同学莫名觉得这一幕似曾相识。

"就是这个感觉，我想起来了。"语文课代表主动举手，"这次是浓郁的、咸甜交织的酱香，清新的葱丝和豆腐皮的天然香气。还有新蒸出来的，热气腾腾白白胖胖的馒头……"

"对对。"他们体委点头，"我也找到感觉了，我当时就是怀揣着这样必须揍语文课代表一顿的心情，揍了语文课代表一顿。"

一群人的记忆在熟悉的场景下逐渐复苏，一起往四周看了看。

靳林琨正在就着耳机里的钢琴曲耐心啃饼干，察觉到他们班的气氛不太对，也摘了耳机，跟着抬了下头。

"老师。"副班长一眼认出了骑着自行车还会翻墙的外卖小哥，举手提问，"这种情况下，能对应什么人生哲理吗？"

老师："……"

"怎么——"靳林琨还在斟酌于笙睡醒没有，一抬头就看见他们家小朋友单腿支着自行车，肩上挂了个书包，站在路边扬眉看他。

于笙在他们学校算是生面孔，大概是这一路没少被人撞着胆子搭话。男孩子戴着口罩，眉眼里都写着"不约，没微信，不用电话"的凌厉冷淡。

瞳底却映着午后有点慵懒和暖的日光。

靳林琨总算想明白了他的"睡到自然醒，大吃一顿，开黑"是怎么回事。

他站了一会儿，把于笙的视线盛进眼睛里，唇角止不住地扬起来，放下东西过去："怎么跑过来了，睡好了没有？"

也不知道于笙都带了什么东西，书包里面居然塞得满满当当的。

靳林琨研究了一会儿，于笙已经拉开外层的拉链，顺手把闷得不行的口罩摘了一边："挺好，你们学校人怎么这么多？"

三中的规模已经不算小，但也没弄出过这么声势浩大的架势。省示范的学生塞进教室里还不显，这么浩浩荡荡从学校领出来，找人都得凭缘分。

于笙问了几次路，被围观得实在不习惯，中途又去路边的超市买了个口罩，终于顺利找了过来。

靳林琨笑了笑，帮他扶着自行车："是挺多。"

省示范管得严，于笙原本还挺注意，不怎么跟他在外面表现得太熟，但靳林琨显然没有要收敛的意思。

正大光明的，很骄傲地拉他。谁来问都要仔仔细细给人家介绍一遍，不听完都不行。

烦人得很。

这两个人只要在一块儿，就莫名有种别人都参与不进来的气场。别的班好奇围观的居多，他们班已经难得飞快退散："老师，我们申请换一个位置休息……"

"可这个位置是学校规定的。"老师还有点犹豫，"去别的地方，一会儿容易掉队。"

"老师，您看。"他们班长语速飞快，"于同学给琨神拿了两包薯片，一包番茄的一包黄瓜的。现在是一罐旺仔牛奶，虽然我们不太清楚为什么会是这种幼稚的饮品，但接下来还有两瓶娃哈哈。"

语文课代表接过解说的工作："那个饭盒，那不是一个一般的饭盒，里面装着咱们后街出品的最好的京酱肉丝。这个味道非常熟悉，只要用干豆腐卷起来一咬，就能尝到猪肉的鲜嫩 Q 弹，还有酱香包裹下肉类特有的香气……"

老师："……"

老师："同学们，我们应当换一个地方，班长记一下路。"

好不容易扬眉吐气了半路的学生们忍辱负重，拿起东西准备迁徙。

"还以为来不及取了。"靳林琨找了个还算合适的地方，觉得两个人有点默契得过了头，"怎么知道我在他们家定了菜？"

于笙觉得这种事甚至用不着默契："因为你填的是我的电话。"

靳林琨摸摸鼻尖，轻咳一声，从容地抬手准备去接饭盒。

还没碰上，于笙忽然拎着袋子往上提了提："叫哥。"

靳林琨还没反应过来，哑然失笑："好了，不闹，等回家给你做好吃的……"

话音还没落，于笙已经把袋子背到了身后。

好朋友梁一凡的提醒忽然袭上心头，靳林琨张了张嘴，下意识往于笙依然鼓鼓囊囊的书包里看了一眼。

小朋友挺认真，翻出手机点开记事本："要是不叫，就不是一声哥能解决的事了。"

第一百〇四章

有一就有二。

不能助长这种习惯。

当天晚上，听完了整个故事的梁一凡同学对着视频心情有点复杂："琨神，这就是你现在穿着这套可爱又熟悉的小熊睡衣的原因吗？"

省示范的远足在当晚结束，有人特意开了计步，发现虽然直线距离折返只有三十公里，但因为道路过于曲折，实际走的距离几乎多了一半。

因为附近有条挺热闹的夜市，靳林琨索性没跟着大家返程，领着没听见他叫哥的小朋友吃了一整条街。

"然后为我们做出了证明。"岑瑞总结，"用好吃的贿赂好朋友是没有用的。"

哪怕因为逛得时间太晚，回去不好打车，特意在外面找了家酒店，也依然没能躲过笙书包里背着的小熊睡衣。

靳林琨看得很开："没关系，今天温度低，穿着正好，这件衣服的舒适度很高……"

丁争佼总觉得他的坐姿奇怪，研究了半天，终于看出点端倪："琨神，你的屁股为什么紧紧地贴着靠背椅？"

靳林琨："……"

[微信有风险，改名需谨慎] 退出了群视频。

于笙从浴室里出来，某个穿着睡衣的人还牢牢坐在椅子上，看起来有和椅子融为一体的趋势。

"人生苦短。"靳林琨朝他张开手臂，试图给好朋友一个补偿的拥抱，"每个人都应当有一次知错就改的机会。"

于笙绷了下嘴角，把弧度按下去："晚了。"

靳林琨轻咳一声："这套衣服的尾巴比较短，不那么容易操作。"

于笙不挑："没事，过来。"

谈判失败。

日常的小型身手交流活动再一次爆发。靳林琨眼疾手快，及时拽住了还揪着自己领子的好朋友："等一等，我们讨论一下，我相信还可以向其他的发展方向……"

他拖延着时间，趁机往后捂尾巴，才发现其实根本没有想象里的力道。

靳林琨扬扬眉，视线落下来。

小朋友垂着视线，好像在出什么神。

靳林琨抬手，在他眼前晃了晃："想什么呢？"

于笙其实也没在想什么。

就是忽然觉得这个场景有点熟悉。夏令营的时候，靳林琨遇着的那点烂事拖了一年，到底还是因缘巧合，被直接翻了出来。后来靳林琨说想出去随便走走，再后来他们自己都不知道走到了什么地方，半夜打不着车，只能定了个酒店。

靳林琨也想起来了这么一回事，没忍住笑了："真快。"

原来已经过了这么久，在酒店里，他还问过于笙想考哪所大学，甚至还想过要估着分考，两个人上同一所学校。

结果被于笙训了一顿。才过了大半年，小朋友就把分数提到了最前排，不光想去哪个学校就能去哪个，甚至还能冲省状元。

靳林琨拉了拉于笙的胳膊。

于笙没动，抬起头看他。

男孩子的气质本来就冷，平时手也凉，这会儿刚冲完热水澡，气色显得格外暖和。瞳光清湛，盈着他的影子。

靳林琨扬起唇角，和他击了个掌："加油。"

他自己其实也觉得这种鼓励有点老套，但是想了一圈，又觉得好像找不到什么能更贴切的说法。

他们可以一起加油。

一起加油，去更高的、视野更好的地方。

加油往前跑。

于笙静静站了一会儿："哥。"

"在。"靳林琨低头，"怎么了？"

根据小朋友平时的习惯，靳林琨看了看时间，反手去摸手机："梁一凡他们学校老师把标准答案总结出来了，还根据一模出了几套变形题，歇一会儿，咱们两个一起做……"

话音还没落，于笙已经抓着他的一只手，放在了自己头顶上。

还有点儿潮气的头发，比全干的时候要软上一点儿，挺服帖地贴在掌心。

靳林琨胸口忽然软得不行，笑了笑，轻轻揉了一会儿，俯下肩膀刚想说话，忽然觉得有点不对劲。

趁着他放松了警惕，胳膊又被架着无暇防守，主动要求摸头的小朋友已经看准时机及时出手。

异常精准地，一把薅住了他的尾巴。

愉快的远足在同学们的复习生活里冒了个头，就又被繁重的学习任务彻底淹没。

一模过后，时间过得飞快。

越是临近高考越紧张，老师们不光抓学习，也开始越来越留意学生们的心态。喊了一年的"只要学不死、就往死里学"的口号都被收起来，变成了"调整心态、轻装上阵、迎接高考"。

"正常。你们听说过吗，去医院的时候，医生不理你其实是值得高兴的。"班长理解大家的这种感觉，举例说明，"一旦医生开始对你嘘寒问暖，一会儿过来看你一趟，那你就得多考虑考虑了。"

"就是这个感觉。"姚强点头，"你们知道多恐怖吗，数学老师今天居然对我笑。"

段磊趴在桌子上："这算什么，我昨天忘写英语作业了，暴秦居然跟我说不要紧，今天补上就行了。"

体委反应比他们迟钝一点："不至于吧？我觉得老师们还跟以前一样啊，我今天迟到还被主任狂追三十米……"

话没说完，教育处主任的身影就在门口悄然闪现，往屋里看了一圈。

然后又进来开了扇窗户，把风扇转速调高了一档，背着手消失在了教室门外。

体委："……"

老贺进门的时候，发现一群人互相拥抱着嘤成一片，忍不住好奇："他们在难过什么呢？"

"不知道。"学委帮他抱着今天要讲评的卷子，推推眼镜，"可能是在缅怀大家逝去的青春吧。"

青春还在，只有同学们的发际线在肆意飞扬。

夏天的气息一天比一天明朗，天气热起来，高考和毕业的日子也一天比一天近。通知拍毕业照的时候，班长还有点没反应过来："怎么回事怎么回事，这就拍毕业照了？不是还没毕业呢吗？"

"现在拍是合理的。"学委帮同学们分析，"你想，要是现在不拍，等考完估计就笑不出来了。"

有理有据。

同学们抓紧时间，趁着还能笑得出来，早早赶到学校，列队到了后墙边上的小花园。

三中能取景的地方不多，总共就那么几个适合照相的地方。小花园的视野好，不光能看见他们学校的几个标志性雕塑，还能拍上陪伴了他们一年的高三楼。老贺特意穿了身西服，精精神神打着领带，一改平时端着保温杯听八卦的造型，甚至还能隐约看出点年轻时候的风范。

"快点快点，人不是齐了吗，还等谁呢？"摄像师是专门请来的，要照相的班级不少。他们教育处主任看着表，一边张罗安排，"站得紧一点，班干部蹲前面！前两天迟到那个，你拉链拉那么靠下干什么？拉上去拉上去！"

集体照要穿校服，他们体委还特意在里面穿了件衬衫，闻言还有点惋惜，拉好拉链："这样我不就泯然众人了吗？"

"你连这个词都知道。"学委有点诧异，忍不住回头，"从哪儿学的？"

体委挺自豪："写情书啊，老贺说我已经能出师了。"

学委："……"

他们几个偷偷讨论过，体委将来要是找不着媳妇，老贺可能至少要占五成的责任。

班长实在想不出来什么情书能用上泯然众人，摸摸下巴："现在看来，老贺的责任已经有七成了。"

明明人都到齐了，这群学生偏偏迟迟不开始。教育处主任有点着急，频频看着手表："磨蹭什么？动作快——你们能不能亲密一点儿？留那么大空是给我站的吗？"

别人也就算了，于笙边上至少还有一个人的空隙。

教育处主任倒是知道于笙在这群小崽子们中间威望颇高，但也看不惯这种连拍毕业照都要疏远友好善良无辜同学的行为，皱着眉看了一圈，刚想点个人站过去，一群学生忽然热闹起来："来了来了……"

摄影师有点茫然，也跟着抬头。

承载了一代又一代三中学子们的后墙上，穿着黑衬衫的男生高挑，攀着栏杆做个引体向上，干脆利落地上了围墙。

毕业照洗出来展览，七班当之无愧地吸引了最多的视线。

他们班体委拿着照片，仔仔细细扒着找了一圈，也没能看出自己帅气的衬衫，满心失落地把合影往书里一塞："现在的我又失去了一个和我将来的女朋友讲故事的机会……"

"别乱扔，保存好。"班长把合影拿出来，挺神秘地压低声音，"这张合影的价值你想象不到。"

体委茫然："为什么？"

学委拿着合影，悄声补充："因为这上面很可能出现咱们市今年的文理科状元。"

体委霍然振作，乐颠颠捧着照片，去补觉刚睡醒的于笙桌边，要到了他们笙哥的亲笔签名。

今年夏天的天气一直不错。三中也是考点，高考要封考场，六月的课没上几天就要放假，直接放到最后开考。

最后一个晚自习，没一个班在学习，都坐在一块儿说话。老贺把准考证发下去，还和平时一样，笑眯眯捧着茶杯坐在边上，听这群学生们天南地北地胡侃。

"想考出去。"班长平时咬死了不肯说志愿，这会儿枕着胳膊，椅子往后晃了晃，"怕考不好，怕配不上这一年。"

体委搓了搓脸，深吸口气："怕发挥不好，真怕。"

学委手里拿着张算草纸，有一下没一下地折，头一回没接下茬，安安静静听着他们说。

姚强的成绩被盯着提了五十来分，几次模拟都正好卡在想去的学校体育生特招线上，忍不住感慨："还能在咱们学校考就好了，摸着我们熟悉的破木头桌子，肯定不紧张……"

"扯淡。"老贺听到这儿，忽然放下杯子插话，"我当初就在咱们学校考的，紧张得我当时答英语，满脑子都在循环播放东方红。"

一群人愣了半天，还是很不给班主任面子地笑成了一片。

高考是件挺神奇的事。

哪怕在步入大学后再回头看，会意识到当初以为已经是人生最大的挑战其实并不能决定一切，但当时的紧张和期待，悸动和忐忑，都会异常深刻地印在记忆里。

就像是场长跑，终于到了最后的冲刺。

肺里全是血腥气，两条腿灌了铅似的沉，一步一挣扎地往终点拼尽力气地冲。

"老师。"班长忍不住提议，"要不咱们去跑跑步吧。"

已经有好几个班去操场跑步发泄了，一边发泄一边喊着要上的大学目标，看起来就非常振奋人心。

但老贺显然不太喜欢这种方法："不去，太累。"

班长："……"

班长转向窗边，试图征求班里第二说得算的人的意见："笙哥？"

于笙拒绝："不喊，丢人。"

班长伤心地坐回了位置上。

其实方法本身是很有效的，也确实能提起斗志。可惜七班同学们普遍对这个方法兴趣不高，除了体委活跃地举手表示能跑二十圈，剩下的人都在班长殷殷的注视下左顾右盼地聊起了天："今天天气真好……"

绕了一圈，跑步计划遗憾夭折。

老贺觉得在这种时候，同学们可能确实需要一点发泄的途径："要不你们把手机拿出来，搁在桌子上玩吧。"

班长眼睛亮了亮："学校不管了吗？"

"管啊。"老贺点点头，"一会儿主任点名，你们体会一下那个时候的紧张，高考最多也就这个程度了。"

这天到这就彻底聊不下去了。

虽然最后一次座谈会东拉西扯的毫无主题，但不知道为什么，在最后晚自习时间结束，同学们收拾东西的时候，居然真觉得好像没有之前那么紧张了。

"回家都好好睡觉。"生活委员已经考过了一次，比大家都有经验，"早上买两根油条，一碗豆浆，油条的其中一根代表 1，另一根拧成阿拉伯数字 5 的形状，加上豆浆摆成一排，心要诚……"

姚强忍不住举手："这个方法你之前试过吗？"

生活委员非常坦诚："试过，我最后的总分果然是一百五。"

姚强："……"

众人毅然抛弃了生活委员的高考小妙招。

虽然平时都对学校这儿嫌弃那儿不满，但真要出门，一群人都莫名有点迈不开步子。明明到了下晚自习的时间，半个班的人依然堵在门口，谁都不想往外走。

"老贺干什么呢？"站在外面的人回头往班里踮着脚看，"写板书？给咱们留言吗？"

"应该不是。"前面的也跟着看，"我看见吾了，我觉得是句必背古诗词。"

体委思维发散得很开："会不会是老贺其实真的会夜观星象，猜到了高考默写考哪一句……"

于笙坐在桌子上，没急着走，跟来接人顺便旁听了个座谈会的靳林琨一起看着黑板。

受到体委奇思妙想的启发，一群人呼啦啦跟着涌回来，飞快坐好。老贺一点儿也不着急，还在黑板上不紧不慢地写。

体委眯了眯眼睛，仔细看："尽——尽吾志也，这句我好像看过，是用背的吗？完了我得赶紧回去背——"

他的话音忽然顿了顿。

老贺写完最后一个字，从黑板前让开，笑眯眯转回来。

他到最后也依然什么都没说，只是拿着那个不离手的茶杯，视线很认真地落在每个学生的身上。

黑板上只有两行粉笔字，笔锋遒劲，写得格外清晰。

——尽吾志，得其所。
——尽吾志也而不能至者，可以无悔矣。

第一百〇五章

高考头两天，靳先生跟黎女士特意赶了回来。

"怎么就是添乱了。"黎女士拎着行李，对儿子的说法挺不满意，"我们就不能专门回来给你们俩定外卖吗？"

靳家就没有做饭的基因，靳先生跟黎女士天生都不是这块料，真挑战自我进了厨房，靳林琨都不敢让于笙吃做出来的不明物质。

毕竟小朋友每次对待他爸妈给的东西都有点认真得过了头。如果让黎女士下厨，于笙是真有可能把鸡翅烤成的碳吃下去。

"我来做就行。"于笙觉得就是高个考，犯不上这么紧张，扯着靳林琨，"叔叔阿姨难得回来一次，好好休息休息。"

……

就是个高考。

靳林琨觉得小朋友再跟他这么下去，说不定也会被人套麻袋。

"梁一凡他们都开始烧香拜佛了，咱们也得配合一点。"靳林琨拿了支冰棒回卧室，拍了拍笙的肩膀，"也给爸妈一个贡献力量的机会。"

夏令营一群人都在紧张地备考，靳林琨憋了好几天没发朋友圈，连前两天揪着于笙恐龙睡衣的尾巴都没跟好朋友梁一凡分享。

"分享也没用。"于笙戳破现实，"他们都暂时把你拉黑了，说等高考出完分大家还是朋友。"

靳林琨："……"

靳林琨不信邪地拿起手机，给几个好朋友发了消息。

眼熟的灰色提示又一次跳出来。靳林琨有点想不通："我要是忽然在朋友圈预测今年高考题呢？"

岑瑞也考虑过这个问题。于笙摸过手机，点开给他念："押题不能淫，资料不能移，重点不能屈。"

毕竟高考在即，复习已经在其次，心态最重要。夏令营的同学们宁肯自力更生，寂寞地埋首知识的海洋，也绝不肯给他们琨神留下半点可能出现在朋友圈里的机会。

靳林琨挺遗憾，掰开一半冰棒给他，凑过来一块儿看夏令营众人的诀别书。

床下堆了不少东西，靳林琨绕开两摞书，一不留神撞上了于笙的书包，愣了下："怎么这么多东西？"

"先收拾好。"于笙把书包往不挡路的地方拽了拽，"过会儿我回家。"

靳林琨轻蹙了下眉。

于笙抿了下唇角，把手机放下："叔叔阿姨在呢。"

靳林琨愣了下，才想起来小朋友还不知道他已经和父母交代找了个新舍友这件事。

黎女士大包大揽号称这件事交给她，回来跟他的好朋友谈。结果拖到现在，居然还没找过于笙。

"等我一下。"靳林琨叼着冰棒，揉揉好朋友的脑袋，"马上回来。"

靳林琨钻进了自家爸妈卧室。

"我紧张不行吗？"黎女士越来越看不惯这个沉不住气的儿子，"这么大的事，不得准备一下？"

靳先生刚在纸上画完横线，推推眼镜补充："我们在打草稿，你会削铅笔吗？"

靳林琨："……"

靳林琨觉得，当初跟于笙说心里话还得打个草稿的习惯可能确实不能怪他。

夫妻俩讨论了一会儿了，靳先生其实想了好几个开头，比如"听说你收留了我们家儿子""感谢你愿意给我们的儿子一口饭"或者"你好，房子给你了"，但是都觉得又不太合适。

"他会不喜欢我们这样的家长吗？"面对着好不容易"拐回来"的小朋友，黎女士头一回有点紧张，拉着靳林琨提前打听，"当父母的是不是应该更慈祥一点？"

靳林琨："妈，提醒您一句，您跟我爸可能在这件事上比我有经验。"

黎女士有点遗憾，甩开了儿子的手。

于笙的成长经历和普通家庭不太一样，他们听靳林琨简单提过，哪怕刻意含糊掉过的内容，也多少能想象得出。

可就是因为知道这个，反而更紧张。

"他的父母已经不是那么称职了。"靳先生放下手里的铅笔头，"所以我们想，在他愿意重新选择融入一个家庭的时候，我们应当给他最好的。"

靳林琨在边上站了一会儿，看着父母格外认真的神色，终于彻底放了心。

一家三口凑在一起，嘀嘀咕咕地研究了半天，好不容易稍微拟了个三个人谁也不嫌弃的草稿。

"凑合吧。"黎女士其实还有点不满意，但也一时想不出更好的，"你们两个也正式一点，不准掉链子……"

她一边交代着，一边站起来往梳妆台走，还想再调整一下妆容，脚步忽然停住。

"怎么了？"靳先生跟着站起来，"你的隔离在上面那层，妆前乳也在那——"

他的话也跟着顿了顿。

靳林琨进来的时候急，只随手带上了门，转过来才看见门原来半掩着。

男孩子穿着件 T 恤，安安静静地站在门外。

也不知道站了多久，整个人都快红透了，浓长的眼睫低低压着，看不清瞳色，肩背笔挺得像杆标枪。

靳林琨倏地起身，快步过去："怎么过来了？来，我爸妈想跟你说话，没事的……"

他的手腕隐约一疼。

小朋友低下头，本能地攥住了他的手腕，指节有点泛白。

"没事的啊。"靳林琨微哑，由他攥着，抬手揉了揉他的头发，"抬头，听话。"

于笙动了动，跟着他抬起头。

他找过来，其实只是因为靳林琨出来的时间有点长，说不定被靳先生跟黎女士直接扔出了家门。

家里多出个陌生人寄宿这种事毕竟不是所有人都能接受，他什么准备都做过，也想过万一靳父靳母不同意要怎么办，但还没想过这种可能。

他还没想过这种可能。

"好好考虑，别就答应了。"靳林琨压低声音，拉着于笙给他提醒，"我怀疑我爸妈就是想找个会做饭的回家。"

于笙心跳还快，脸色也隐约发白，听见他的话，嘴角跟着扬了扬。

黎女士很不给儿子面子："出去，有你什么事？"

靳林琨被靳先生跟黎女士扔出了卧室。

于笙本能地回头，看着跟跄站稳的靳林琨朝着他挺悲壮地挥手，还没回过神，靳先生有点紧张地清了清喉咙："你好，房子给你了。"

……

提前准备好的草稿还是没用上。

在饲养亲生儿了的十来年里，靳先生和黎女士都没能积累下来多少真正当父母的经验，这会儿都有点不知道怎么哄新领回来的小朋友："别听他胡扯，我们真不是因为你会做饭……"

于笙被拉着坐在床上，安安静静听着，没忍住跟着笑了。

男孩子坐得板正，肩背都微微绷着。

耳朵还红，嘴角一点点放松下来，又跟着悄悄抿起一点儿弧度。

乖得人心里软成一片。

"我们和我们的儿子都非常喜欢你，喜欢到想把你带回家。"黎女士看着他，眼睛弯了弯，伸手轻轻揉他脑袋，"你愿意跟我们做一家人吗？"

有了当父母的主动帮忙定外卖，又都复习得差不多，最后两天于笙跟靳林琨比之前还闲了不少。

临考前一天晚上，一直不怎么把高考当回事的于笙也难得地有了点紧张。

"够用，没问题。"靳林琨按照舍友的要求，检查了准考证涂卡笔，看着于笙认认真真给他的钢笔灌墨水，"放心吧，一定好好考。"

于笙抽了张纸，擦干净笔身上的墨水："多打点好，省得高考作文再出一次名。"

靳林琨轻咳一声，试图解释："只是个意外……"

三模的时候，他一时大意，钢笔的墨水没打够。

换了思维正常的人，这时候都会换笔，或者跟邻座借一支，但靳林琨没有。

靳林琨通过平时钢笔书写量和对墨水的消耗，折合在墨管里下降的速度，最后换算出了作文最合适的书写字数，精确地把墨水控制到了写完最后一个字。

三模考完，逐渐褪色的作文就在全省范围内都出了次名。

虽然没有公布考生姓名，但眼熟的字迹还是异常容易辨认。夏令营的好朋友们难得有这么开心的机会，每个人都截图过来问候了一遍，发发发地笑了一整个屏幕。

"这次一定不会。"靳林琨保证，"这次我带墨水去。"

于笙抬头看了他一眼，直接从自己的考试袋里抽了支中性笔递给他。

靳林琨："……"

这个思路也是他没想到的。

两个人待在一块儿，又把该准备的东西对了一遍。时间还早，吃过了饭又不用复习，谁都还没什么睡意。

"打一局游戏？"靳林琨试着提议，"听说临考前运气好，说不定我们能坐地吃鸡。"

于笙想都不想拒绝："你的消消乐打到最顶层了？"

靳林琨张了张嘴，摸摸鼻尖："还没有，但是——"

于笙："连村长都没救出来，你还有闲心吃鸡？"

靳林琨居然觉得于笙的灵魂质问很有道理。

作为一款以营救村长为背景的游戏，已经更新到了千把关，到现在还在持续每周更新，靳林琨其实觉得制作方其实已经把藤蔓顶端的村长给忘了。

但打游戏就要有责任心。

靳林琨撑着胳膊坐起来，准备再为说不定已经在藤蔓顶上风干的村长尽一份力。

于笙看着他浪费了半天精力瓶，阖上眼睛，打算养一会儿神。

今天晚上下了点雨，外面的空气好得不行。他们没开空调，带着泥土气息的清新夜风从窗外拂进来，一点儿都没有夏夜的闷热。

于笙枕着胳膊，意识被清凉温柔的夜风裹得有点儿模糊的时候，身边忽然多出来了个人。

这人打个益智游戏应该用不着汲取力量，于笙睁开眼睛："干什么？"

"没什么。"靳林琨笑了笑，"就是觉得好。"

就是觉得这样真好。

这种无论到什么时候，都知道身边一定还有同伴在的感觉，好像有往任何一个方向一直走下去的底气。

他什么都没说，于笙又好像什么都听懂了，仰头看着天花板，跟着抬起嘴角。

命运有时候挺神奇。有很多转折都出现在最不经意的角落，就像他那天被电话叫醒、出门买了豆浆包子的时候，也不会想到那天他会再一次遇着这个人。

也不会想到这个人不光把他诳进了夏令营，还很顺杆爬地跟他成了室友，以理科生的身份怼上门给他这个文科生当起了家教，甚至还带着他回了家。

靳林琨靠在床头，碰碰他的手背："祝我一下？"

于笙没忍住，挑了挑嘴角："你考试差点迟到，答题卡差点没涂，作文差点跑题。"

"要赖了啊，都是差一点。"靳林琨的要求还挺高，"有惊无险，一点儿都不刺激。"

于笙扬扬眉。

靳林琨仗着明天就要高考，顶不怕小朋友动手，唇角压都压不住地扬起来，非常嚣张："有没有难度大点的？"

要高考。

于笙揉了揉手腕，耐着性子满足他的愿望："监考老师监考不看别人，就围着你转？"

"正常。"靳林琨名气太大，又经常在考场上有一些很出人意料的举动，都已经习惯了被监考老师包围的情形，"上次那个褪色作文的事，就是我们那场的监考老师慧眼识珠……"

模拟考试阅卷量大，出分又急，很多作文都是看个开头扫一眼全文就给分，哪有那么容易就精准地从上万份卷子里挑出他的。

三模考完试，他就被他们班主任叫去了："听说有个监考老师为了追你的卷子，主动要求调去阅卷……你又干什么了？"

靳林琨还以为是监考老师也很认可这种精打细算并且节约的答题方法，谁知道转眼语文组办公室就变成了笑声的海洋。

要求太多，于笙懒得理他，继续酝酿睡意。靳林琨也不着急，单手玩着手机，一只手探到于笙枕头下面，不轻不重地给他按揉放松着肩颈的肌肉。

雨后夜风清凉，月色顺着窗帘涌进来。

靳林琨玩了一会儿手机，想看看于笙是不是睡着了，一旁的人忽然动了动："哥。"

"在呢。"靳林琨换了一侧，重新又使了点力道给他按摩，"怎么了？"

于笙翻了个身："要想让说出来的话成真，要么它真是件不好的事，要么就得是我自己相信它不好。"

小朋友忽然说出了句疑似很有哲理的辩证观点，靳林琨稍一沉吟，飞快领会了这句话的含义："差不多，所以——"

"所以。"于笙接上他的话，"很遗憾，你最多只能比全市第二高五十分。"

靳林琨愣了下。

男孩子枕着胳膊，仰头看着他，瞳光坦彻骄傲，嘴角扬起来。

像是会发光。

第一百〇六章

高考的时候，天气始终都不错。

段磊和体委都分在了三中本校，听他说老贺跟教育处主任都特意穿了一身大红的运动服，早早守在学校边上迎考。

"那个画风，怎么说呢。"段磊摸着下巴，仔细斟酌着用词，"非常地……红红火火。"

不少外校学生甚至都没敢往校门边上靠，拉着他们低声问："听说你们学校能翻墙？在哪儿？拉兄弟一把……"

剩下的老师们至少装束还正常，但也都慈祥得叫人不习惯。平时严肃的老师都笑容和煦，连暴秦都和蔼得不行，在考场外面一个学生一个学生地拉着手加油。

"考完试绝对不准对答案，回家吃好的，不准贪凉吃雪糕，睡不着也得闭上眼睛在床上躺着。"体委熟练复述，"肯定一字不差，我都会背了。"

进校门的时候，体委原本还打算悄悄溜进去。走到门口，正好听见天天抓他迟到的主任跟来串校监考的老同学炫耀："那个个头挺高的，看见没？跑得贼快，我都追不上，将来肯定有出息……"

努力了那么久，拼了那么久，最后的两天好像一晃就结束了。

快得甚至还没反应过来。

靳林琨发挥得挺好，交了卷子出门，去于笙他们考场门口找人："感觉怎么样？"

"没感觉。"于笙揉了揉手腕，"英语还行，文综难度不高，拉不开多少分。"

英语的难度岂止是还行。

靳林琨都觉得这次的英语有点难，尤其作文多少有点刁钻，跟时事联系的又紧，没点词汇量都未必能发挥得出来。

看来小朋友这一年的疗法效果确实不错。靳林琨忍不住牵起嘴角，侧过头看了看。

最后一科考完，他们身边都是三年苦海终于上岸的学生，肆无忌惮发泄着一年冲刺两天考试的压力，热热闹闹吵得不行。

靳林琨听着身边发泄的喊声，笑着低头，迎上小朋友不藏着傲气的明亮目光。

守着现成的人肉照相机，夏令营的同学们当然都不肯放过。

高考完的当天晚上，一群人就紧张兮兮地捧着心脏，对着语文英语卷子在群视频里听于笙现场开奖。

"我不行吗？"靳林琨端着糖拌西红柿进来，还是有点想不通，"我还可以帮忙对理数和理综啊。"

丁争佼正对到最紧张的时候，捧着卷子端坐在电脑前，毫不留情地把他驱逐出境："琨神，你暂时被我们拉黑了。虽然你和笙哥住在一起，但还希望你能自觉一点，出分之前请不要出现在摄像头里。"

"琨神，你是能帮忙对答案。"岑瑞发出灵魂质问，"你能忍住不嘲讽吗？"

孔嘉禾是个老实人："靳同学，我们跟于同学对答案，是因为他是文科生，不论他的语文和英语考得有多好，都不会对我们产生伤害。"

靳林琨配合地弯了个腰，避开摄像头："其实没有必要，大家看梁一凡同学，他就是文科生……"

夏俊华已经提前走竞赛签约了，跟着看热闹，举手补充："琨神，你看老梁开视频了吗？"

梁一凡惨成了一个几字。

"跟你们说，淘宝上有个蓝色头像的符纸店，千万别信。"没开视频的梁一凡难过极了，"我怀疑这是命运的玩笑。"

他们市跟 A 市距离太近，住在市区边缘的反而去对面更近，两个市常年联合模拟考，高考的时候考场也会合起来分摊考场。

"我真傻，我单知道'救命大佬又在我身后'是一个已经成为过去式的网名。"梁一凡奄奄一息，"我不知道原来这句话还可以再用一次……"

靳林琨忍不住好奇："你们俩一个考场？"

于笙点点头，把手里的卷子翻了个面："没事，他考得其实不错。"

考前一群人约好了谁都不跟谁打听，一进考场，梁一凡就觉得眼前忽然一黑。

于笙收拾好东西，看见熟人，也有点惊讶，还没来得及过去打招呼，梁一凡就抱着他的大腿震声痛哭："笙哥，呜呜呜，你不准跟我说答案，不然你是小狗……"

结果最后还是梁一凡忍不住，考完试就找于笙对起了答案。

于笙第一天没理他，第二天考完英语，抽时间跟他对了，发挥得其实还挺好。

"这是发挥的问题吗？"梁一凡心痛得不行，"我考试全程都紧张得能当场碎成一地，仿佛回到了当年在夏令营的时候，我被全组人盯着打俄罗斯方块的那些日子。"

靳林琨没想到跟好朋友擦肩而过，仔细回忆了一会儿："考完没看见他，早知道应该打个招呼的。"

"正常。"于笙想了想，"他那时候应该在把自己拼起来。"

……

半个月一晃即过。

好不容易把自己拼起来的梁一凡同学考得果然还不错，拿着自己的689分，高高兴兴从与世隔绝的山顶洞里出来："怎么样怎么样，你们重新加上琨神了吗？笙哥琨神考得好吗？"

"用不着。"夏令营的同学考得都挺满意，丁争佼恢复了沉稳，直接把新闻网址甩给他，"大意了，我们拉黑了琨神，也没有办法不看到琨神和笙哥考了多少分。"

毕竟状元是要上新闻的。

尤其是刷新了往年记录的状元。

梁一凡按着心口颤巍巍点开，捂着手机屏幕一点点挪，看到两个开头的"7"。

"变态吗？"岑瑞感慨，"老孔是全省理科第二，琨神比他高了足足十分，比他们本市理科第二高了五十分。"

夏俊华补充说明："笙哥比第二高了三十多分，英语全省最高分。"

靳林琨好不容易被朋友们从小黑屋里拉出来，觉得有必要替于笙解释解释："这次的文综题目难度偏低，不容易拉开分，不像理综……"

好不容易被朋友们拉出来的琨神，在三分钟内被朋友们齐心协力塞回了小黑屋里。

文理科省状元在一个家里，无疑大大减轻了招生办老师们的工作量。

"朋友。"靳林琨从猫眼往外看了一眼，顺手又把防盗链挂上去，"平心而论，我觉得我们是时候应当分心考虑一下这个问题了。"

毕竟两个人藏在家里手机关机电话拔线的操作，最多也只能支撑到冰箱里最后一棵白菜被煮着吃完。

"不着急。"于笙还在给七班同学代查成绩，边跟班群里众人和老贺聊，边逐个按成绩对照分析适合的院校，"我去哪个都一样，你随便挑。"

靳林琨也绕回来，跟在边上帮忙看："都考得这么好？"

于笙看着屏幕，嘴角挑了挑，没说话。

两个学期的发奋不是没有效果，整个七班的成绩都有不同程度的提高，听老师们偷偷传，平均分甚至跟一班不相上下。

靳林琨搭着他的肩膀，把那本报考的书拿过来，跟着一起仔仔细细帮忙分析了个遍。把最后一个人的志愿帮忙考虑好，最后一片白菜叶也被沾着酱吃了个干干净净。

靳林琨合理怀疑，要是再不想想办法，就会有招生办的人趁着送外卖的机会敲开他们的门。

于笙眼睛有点累，放开鼠标，靠在电脑椅里往后仰了仰："你想上哪个？"

"本来在数学系和经管里纠结的，但是听说学数学容易秃。"靳林琨趴在椅背上，找了个冰袋敷在于笙眼睛上给他放松，"爸妈建议我可以去光华，给他们做学弟。"

说实话，虽然于笙非常喜欢靳先生和黎女士，但是有时候还是会对当父母的某些操作不太能够完全理解。

就比如这种无限靠近于自降一辈的说法。

靳林琨也觉得有点怪，没忍住笑了："我觉得可以，你呢？"

他对数字一直敏感，这几个寒假都去试着帮忙操盘。上手很快，也觉得很有兴趣，去北大光华算是情理之中。

"北大。"于笙枕着胳膊，闭了会儿眼睛，简单过了一遍北大不错的专业，"中文吧。"

靳林琨有点儿好奇："喜欢这个？"

于笙摇摇头："想当个老师。"

"当个好点的老师。"于笙挪开他扶着冰袋的那只手，"像老万和老贺那样。"

有时候他会想，如果当时没来三中，没遇上老贺，没遇上那些笨拙又努力地护着他的领导，他又会怎么样。

会不会走更多的弯路。

会不会在这条路上绕更大的圈子。

老师的影响看起来很小，只会在成长的道路上，起到一点点的推力。

但这一点推力，在这条路越走越长、越走越远的时候，就显得异常重要。

靳林琨在他椅背上趴了一会儿，忽然笑了。

于笙转头："笑什么？"

"没事。"靳林琨清清嗓子，努力忍了忍，"就是忽然在想，你站在讲台上，问学生'还有谁不会，站出来'……"

于笙："……"

当年的全省理科状元一瘸一拐出了门，把北大的招生老师客客气气请进了家门。

高考后的暑假，看起来挺漫长，其实短得一不留神就过完了。

开学报名的时候，靳林琨在北大校门口看见了孔嘉禾。

"大家差不多都来了。"孔嘉禾报了数学系，推推眼镜一丝不苟，"我们还想在大学的校园里继续我们的友谊，继续向你们学习，提升自己。"

七组的好朋友们本来就是各校的尖子，这次考得都不错，在听说两个人都选了北大之后，就坚定地跟了过来。

靳林琨不太相信，拉着于笙，挺警惕地看了看："其他要学习的人呢？"

孔嘉禾就被岑瑞教了这一句，张了张嘴："这个……"

靳林琨被揍习惯了，余光扫到梁一凡举着个麻袋从绿化带里跳出来，一把扯住于笙："跑！"

这两个人报完名就出国去找靳先生和黎女士玩了，一群人憋了一个暑假，哇呀呀呀地跳出来追人，把来迎新的学长学姐吓了一跳："同学们不要着急，咱们的报名没有截止时间……"

男孩子们风一样卷了过去。

好歹也是大学校园，不能太失态。靳林琨拖着于笙没跑多久，就被这群人堵了个结实。

靳林琨放弃抵抗，还挺仗义地把于笙往后护："可以套我，放过我的好朋友……"

于笙也挺配合："那你把眼镜给我，我帮你拿着。"

靳林琨："？？"

……

好朋友的巨轮说翻就翻。

众人笑成一片，互相搀扶着才能站稳，也都没了什么力气再动手。

靳林琨觉得自己还应该多质问一会儿，回头看向于笙，想说话，忽然扬了扬眉。

于笙也正看着他。

梁一凡挂在他胳膊上，坚持要求补偿精神损失费，丁争佼边笑边揉眼睛，孔嘉禾还兢兢业业举着麻袋，有点茫然地跟着左顾右盼。

"琨神，快点回头！"岑瑞在边上边蹦高边举着照相机，"你这次不能是后脑勺了！"

闪光灯亮起来，一群人呼啦啦挤成一团。

众人中央，高挑的男孩子侧着头，笑意透过眼底，倾落下来。
站在他身边的少年抬眉，瞳色朗澈，稳稳当当迎上他的视线。
掌心盛着太阳的光。

番外一

今年的北大格外热闹。

主要是因为某位长相和成绩都格外出众、比本市第二高出足足五十分的省理科第一人，在面对蜂拥而至的媒体的时候，谦虚而客观地介绍了取得优异成绩的秘诀。

——"努力学习，科学复习，摆正心态。"

——"找个小乌鸦。"

……

据说第二条秘诀只说出来了一半，剩下一半还没来得及介绍，理科第一人就被他们省另外那位帅得不相上下的文科状元干脆利落拖出了记者的包围。

"其实当初应该让琨神说完的。"岑瑞看热闹不嫌事大，还有点遗憾，叼着棒棒糖，在手机上继续重操着自己并肩学习萌芽劝退师的工作，"这至少能减轻我们三分之二的工作量。"

梁一凡很赞同："也用不着我们坐在训诂学的课堂上，对笙哥进行战术保护。"

训诂学的老教授还在扶着眼镜好奇地对名单，丁争佼扯了一把几个人，免得又有人被点起来回答问题："低调点，你们知道终风且暴什么意思吗？"

一群人立刻规规矩矩坐正，老老实实地闭上了嘴巴。

入学伊始，光华和中文系两位据说"拾掇拾掇换个造型就能去隔壁北影"的省状元就引起了全校范围的关注。因为入学采访一贯风格的发言，光华那位人气的成分还有点多样化，基本囊括了从真帅到套麻袋的各种类型。

相比之下，中文这一位的评价就显得异常直接纯粹。

帅。

开学一周内，于笙的名字已经传遍了BBS的每个角落，跟着流传甚广的还有一套入学采访和军训宣传的高清照片。

中文几个专业的近水楼台，其他院也有不少闻风而动。夏令营众人因为开学初报道在学校门口一跑成名的麻袋事件，就成了打听电话微信兴趣爱好的重灾区。

于笙自己对这种事一向没什么意识，光华课程又多，靳林琨不是堂堂课都能溜达出来，其他的好朋友们在没课的时候就多了个兼职工作。

"热爱汉语。"岑瑞一身正气，迎着于笙的视线挺起胸膛，"我们就爱来蹭课听，这是对我们自身文学素养的提升，我们的寻根之路。"

至于占住笙哥边上的座位，友情帮忙劝退各类追求或准追求人员，只是附带的一个微不足道的贡献。

于笙看了这群神神秘秘的人几眼，虽然有点莫名其妙，还是没打消这群理科生对提升自身素养的追求，收回视线摊开笔记本。

大学的生活跟高中相差很多，尤其约束感减轻了不少，自由支配的时间比以前翻倍增长，要做的事也同样多得多。于笙准备选的是中国文学专业，但对汉语语言学和古典文献学的几门课程也挺感兴趣，总归都在一个院，也经常会过来听课。

靳林琨前阵子还经常来蹭课听，最近课程越来越多，基本也已经没什么时间跑出来。

"大意了。"靳林琨说起这件事，还有点遗憾，"没想到教我爸妈的教授们都没退休。"

不光没退休，甚至还在给同学们继续上专业课。

还很喜欢点眼熟的名字起来回答问题。

大一的高数对他们来说难度不高，靳林琨一直在做竞赛，实在没什么挑战。本来还翘过几次课，悄悄去找过于笙，后来发现实在行不通。

光华学风自由，师生们关系亦师亦友，大部分学生毕业后直到结婚生子都还和教授保持着活跃频繁的微信交流。

靳先生理解儿子的心情，挺委婉地打电话回来："爸爸是很想支持你的，但爸爸也很害怕高数老师……"

条件有限。

宿舍不在一起，学院又不在一块儿，明明好不容易从两个学校考到一个学校，反而比原来更见不着面。

岑瑞被古文化熏陶得很有感觉，趴在桌子上感慨："君在未名头，我在燕园尾。"

梁一凡忍不住接茬："日日思君不见君，共饮两壶水。"

于笙："……"

一堂训诂学上完，轰走了特意跑过来接受中国古文化洗礼的夏令营众人，于笙看了看空出来的课表，决定去探望一下被困在高数课堂上的靳林琨。

光华新楼。

"是那个吗？戴耳机的那个。"大教室外，几个女生正好经过，其中一个忍不住往里面探头瞄了两眼，"真帅。"

光华学生向来质量高，这次的新院草尤其有名气，不少人经过光华楼，都会有意无意往教室里面瞄上两眼。

还没上课，教室里的人不多。角落的男生一个人坐着，衬衫袖口挽到手肘，右手戴了块造型简洁的腕表，面前摊了本书。虽然坐姿有点懒散，依然能清晰看出身形修长高挑，相貌格外出众，眼睫垂着，正单手摆弄着手机。

漫不经心，又莫名吸引得人挪不开视线。

"这节是什么，高数？"她们是来自习的，在门口犹豫了一会儿，低声商量，"要不要复习一下……"

食堂的质量和学校一样很有名气，还曾经因为浩浩荡荡去隔壁吃饭的事上过新闻。午休时间不长，靳林琨刚挑好中午两个人一起吃的外卖，就听见身边询问附近是否有人坐的询问。

靳林琨循声抬头，摘下只耳机，镜片后的眼睛歉意弯了弯："抱歉。"

他这人稍微一跟人拉开距离，就容易显得客气又疏离。几个女生都有点紧张，连忙解释："没事没事，我们只是问问……打扰了。"

虽然没明确否认，婉拒的意思也已经挺明显。教室里还有不少座位，女生们挑了个斜对面的角落坐下来，凑在一块儿翻着帖子。

刚入学就在采访里出了次名，靳林琨在 BBS 上的存在感也很强。因为当初跟他一起考竞赛的同学现在大都上了大二，不少人到现在依然清晰保留着被这个名字横扫第一的回忆，他在上一届的名气甚至还比这一届更响一点。

[别问，大魔王。]

[统治了我们两年的人终于回来了，从他休学起，我知道会有这一天。]

[据说休学一年是为了圆梦，去青训营打了一年的电竞，觉得没意思，又回来拿了个省状元。]

[……]

[日常状况不明，行踪爱好成迷。]

［同级表示，神级气场很强。上可远观欣赏请教问题，下可小组合作做 pre，不太适合以进一步发展为目标的交流。］

被从上届火到这届的神秘学神吸引，不少帖子最后殊途同归，又回到了入学那次成迷的采访上。

［所以……到现在为止，有人弄清楚了找一只小乌鸦到底是个什么暗号吗？］
［加一，超级好奇。］
［像是个武林秘籍，弄懂了也能成神那种。］
［用来炖乌鸦汤吧？据说是能补阴益血，灭虫养痨，没准对智商也有一定的提升作用。］
［说不定是饲养，乌鸦很聪明，可能也有益智的效果。］
……

同学们脑洞开得很大，下面的回帖五花八门，什么猜测都有。女生们看得睁大了眼睛，一边悄声说着话，一边小心往斜对面的角落张望。

即使是在精英云集的光华内部，靳林琨的人气也依然很高。只是他虽然平时也和小组一起做案例分析，跟大家交流合作的都不错，但也并没跟哪个同学走得太近。

倒是没事的时候，经常拿着手机发消息。有不少人都暗中猜测，说不定这位神级人物有个远隔异地的挚友，只能互发消息聊寄思念。

"会是 Z 大的吗？"其中一个女孩子原本想说隔壁，想了想距离不算远，好像也不至于相互思念到这个地步，"并肩长大，为了追逐各自的梦想，分隔四年……"

另一个刚要说话，无意抬头，忽然睁大了眼睛。

上课时间眼看就要到了，快步进来的人流里，又夹了道格外亮眼的身影。

穿着 T 恤的男孩子，肘间夹了本书。身量还带着少年特有的清瘦，睫毛很长，眼睛黑白分明，相貌出色得叫人轻易挪不开眼。

那种哪怕混在人群里也能一眼就注意到的、格外清冽干净的气质。

"不是中文系的新系草吗？叫于笙，我舍友为了下他的照片，还特意充了会员的。"边上的女生有点诧异，仔细想了想，又翻出手机确认了一遍，"现在文院也要听高数课了？"

刚才说话的女生也有了点印象，把帖子往回翻了翻："他和光华这一位好像是一个省的文理状元，说不定是之前就认识，来找同学的……"

她猜得确实没错。

中文系的新系草进了教室，扫了一圈，就朝那个角落径直走了过去。

"抱歉。"靳林琨最近已经谢绝了不少搭讪，察觉到又有人过来，摘下一侧耳机礼貌抬头，"这里有——"

于笙站在桌边，伸手替他把另一边的耳机也摘了，眉峰微扬。

没想到小朋友会忽然过来，靳林琨抬着头，目光忽然亮起来，忍不住挑起嘴角。

于笙本来还想跟他装一会儿普通同学，看着他压都压不住的嘴角，自己也没忍住笑了："有什么？"

靳林琨张了张嘴，轻咳一声，忽然飞快往外套的口袋里摸了摸。

几个女生好奇得不行，睁大了眼睛往这边看。

在她们的注视下，"神级气场很强""可远观不可近撩"的光华新院草从口袋里摸出了一把奶糖，飞快塞进了旁边空着的桌腔里。

"有好大一个空位置。"靳林琨一本正经，指了指，"你看，还有糖。"

番外二

中文系的系草当然不会这么容易被几颗糖诱惑。

直到传说中的大魔王把那几颗糖剥开，在掌心里排成一排，才终于把系草成功拐到了自己身边的座位上。

来蹭课的学生经常有，但像这么显眼的实在不多。加上靳林琨身边的位置日常空缺，今天忽然多了个人，没多久就引起了小半个年级的注意。

BBS 上的帖子实时刷新，一秒跳出好几楼。

［注意，大魔王身边的座位有人了。］

［这个颜值……北影都来蹭课了吗？］

［打扰一下，北影这个颜值水平的多吗？最近有点想去蹭蹭表演课:)］

［心动，求解。］

［跟北影有什么关系？这是中文系的，叫于笙。你们都不看帖子的吗？］

高数课堂上一次出现了两个系草，整堂课都显得有点跌宕起伏。

让靳先生怕了这么多年的高数教授姓庞，为人严肃一丝不苟，以大课人数再多都能精准认人、期末分数再少都不给提哪怕零点五分在整个学院著称。发现今天课堂上多了不少新面孔，老教授扶着眼镜，不慌不忙地提高了叫人起来回答问题的次数。

"尽量低调一点。"靳林琨比于笙有经验，拉着他往人后战术隐蔽，"庞教授很喜欢挖数学苗子，如果被看上了，很容易会因为不去数学系被质问……"

靳先生是文科生，为了不学高数误入商科，每次都是临时抱佛脚，靠补课背题飘过。但黎女士在这上面极有天赋，甚至差一点被挖去数学系。

于笙："最后怎么留下来的？"

靳林琨给他解释："我妈说她得学经济，不然我爸这个数学天赋可能会把裤子赔出去。"

于笙："……"

于笙放下笔，不着痕迹地往后挪了挪。

两个人都有心不出风头，奈何老教授记忆力太好，讲到一半忽然点名："靳林琨今天逃课了吗？"

于笙没忍住，抬了下嘴角。

"还笑。"靳林琨有点儿头疼，边站起来边低声吓唬他，"去了数学系，我要没头发的。"

于笙挺能豁得出去："没事，能忍。"

小朋友可能是真把他当好朋友。

靳林琨想了想自己是不是应该先感动一下，站起来："教授。"

"坐下，就是叫你一声。"教授从眼镜上面瞄了他一眼，正要转回去继续写板书，目光忽然饶有兴致地落在了他身边。

于笙指间的笔转了两圈，有所察觉，抬起头。

……

在小朋友站在黑板前，拿着粉笔画下第四层括号，把式子写到第三排之后，靳林琨还是觉得不能这样坐以待毙。

"琨神问还有什么理由，能委婉而不生硬地谢绝被挖到数学系去。"岑瑞收到消息，在夏令营的小群里召唤其他人帮忙，"兄弟们，有思路吗？"

夏俊华："因为不想被拉格朗日？"

梁一凡："因为我不光不会证，我甚至连读都不会？"

丁争佼："因为遇到不会的就跳过，最后发现我在做最后一道大题？"

孔嘉禾在数学系待久了，觉得其实没有外界传言的那么可怕，主动出来安慰其他好兄弟："其实学数学还好，记得出门带个帽子就好了……"

一群人没给出任何有价值的建议。

老教授站在黑板前，看着一黑板格外干净利落的证明："好，非常好。你是哪个系的？"

于笙放下粉笔："中文。"

老教授通常不太能遇到中文系的学生，咳嗽一声，凭惯性继续往下说："没关系，如果你对数学有兴趣，我可以去找你们系主任谈谈。"

大一的高数在专业内部看来没什么难度，但也能根据证明过程和解题思路看出天赋。面前这个很好看的小同学解题思路异常清晰，如果能专心走这条路，未必就不是个学数学的料子。

老教授越看越欣赏，还要再招揽，很好看的小同学已经客客气气朝他鞠了一躬："谢谢教授。"

于笙举一反三："我得学中文，我合住舍友怕秃。"

丁笙跟教授道了谢，平平安安走下了讲台。

老教授在因为又失去一个好苗子惋惜，下面的同学们关注点却都偏到了于笙回答中出现的另一个神秘主角身上。

[号外号外，中文系系草不用指望了。]

[有合住的舍友，怕秃那种，亲口证实的，应该可靠。]

[好奇，舍友出现过吗，也在咱们学校？是哪个院的？]

于笙在 BBS 上流传的照片不少，除了官方的宣传照，还有一套新闻与传播学院线下负责抓拍、好不容易征得本人同意授权的日常照片。没过多久，就有人用统计学方法结合计算机 AI 程序，算出了他身边所有生物出现的频率。

除了流浪猫之外，排在第二的反而是大部分人都没想到的人选。

军训间隙，场边拎着冰镇饮料的人影。未名湖边上，追着鱼食汇在一块儿的鱼群边，长椅上放着的两份外卖。太阳晒得格外晃眼，于笙在低头翻典籍的时候，旁边一本正经替他在头顶上挡光的手。

因为不是特意拍摄的对象，很多对焦都模糊，人也看不清晰，但还是能从一些细小的特征里认得出是同一个人。

原本没在意的时候还没察觉，一旦开始特意找，才发现原来另一道身影的存在感强得不容忽略。

[原来他们两个交集这么多吗？]

[跟他们是一个省的，去过 A 市，他们的学校离得特别近，说不定是以前就认识。]

[听说他们还是一个夏令营的，他们那个夏令营的人关系都挺好。]

[可能是好朋友的关系？]

[或者是比好朋友更好一点的……]

[那一定就是好兄弟了。]

……

猜测有理有据，统计案例宣告失败。

几个女生都已经学过了这一部分的高数，边复习着教授讲的内容，边继续翻着帖子，找机会悄悄往教室的那一个角落看。

庞教授讲完了今天的课程，留了几道题目给大家讨论证明，正在点人上讲台解题。

大一的高数难度比竞赛还要低一点，于笙刷题的时候就学得差不多，这时候听起来也没什么难度，已经提前把黑板上的几道题目解了出来。

"这边差一个条件。"靳林琨帮他检查，指着一个步骤，"教授经常挖坑，别的题目都有，他出的这道还得证明两步。"

于笙扬扬眉，撑着桌面靠过去："哪儿？"

"这儿，下面这一步……"靳林琨往自己这边指了指，看着于笙越靠越近，及时出手，从小朋友那儿没收了书包。

"有人。"于笙反肘抵了抵他，"干什么？"

靳林琨不干什么，就是有点失落，抱着小书包："我舍友说我怕秃。"

于笙："你不怕？"

于笙扫了他一眼，压了压嘴角的弧度，趁他没注意，忽然抬手在他脑袋上胡噜了一把："没事，挺茂密的。"

教室的座位原本就不算宽敞，两个人借着教室里讨论的时间交流身手，谁的动作都不敢太大。

小朋友占了便宜就立刻收手，枕在胳膊上，侧头看着他。

眼睛干干净净的，唇角还绷着，压住了那点儿差点露出来的弧度。

瞳底亮着一点早该亮起来的，这个年龄的男孩子就该有的、格外活泼清亮的光。

靳林琨低着头，不自觉地晃了会儿神。

"想什么呢。"于笙看他发呆，撑着胳膊坐起来，在他面前晃了晃手，"饿了？"

靳林琨笑笑："是饿了。"

庞教授上起课来就没个点儿，经常一时兴起给他们科普各类更深奥的数学定理，有时候还会随手扔上来几个至今没证明的定理，这顿午饭还不一定什么时候能吃。

靳林琨怕于笙饿得胃疼，课前就哄着他把奶糖全吃了，这会儿也没剩下什么存货。

于笙在口袋里摸了摸。最近天气忽冷忽热，他今天出宿舍的时候换了件衣服，身上也没带能吃的东西。在里外兜里翻了半天，就只翻出来了个透明的小塑料盒，里面装着几片造型挺奇异的糖。

靳林琨不挑，把那个小塑料盒接来："没关系，糖也行。"

于笙忽然想起了这里面装的是什么，"等——"

靳林琨是真有点饿，研究了一会儿那个小塑料盒，捏开往嘴里放了两颗糖，嚼碎吃了："味道还不错……"

于笙扬扬眉："真不错？"

"挺好吃的。"靳林琨点头，"来一颗吗？"

虽然不知道是什么糖，但口感酸酸甜甜，还带了点儿淡淡的奶味。

靳林琨还没吃过这个口味的糖，准备记一下牌子，于笙已经挺大方地把塑料盒打开，剩下的三颗都倒在手里："张嘴。"

饥肠辘辘埋头苦算的教室里，舍友成谜的中文系系草把口袋里的三颗糖都塞进了好兄弟嘴里。

"有点酸。"靳林琨咽了咽唾沫，顺手把课堂布置的作业题写上名字，传给前排，"什么牌子的？我回头去买。"

"不用。"于笙把自己那张纸递过去，"江中牌。"

靳林琨："啊？"

"江中牌健胃消食片。"于笙看了看时间，顺手列了个控制变量的表格，"怎么样，还饿吗？"

番外三

于笙的健胃消食片是帮梁一凡带的，一直忘了给。

没想到刚好做了个实验。

梁一凡拿到新的健胃消食片，有点受宠若惊："这么厉害吗，参与了什么实验？成功？预算多少？实验对象是什么……"

"研究健胃消食片在饥饿的情况下会不会让人更饥饿。"丁争佼帮他转达，"挺成功的，预算是一板健胃消食片，实验对象是琨神。"

梁一凡："……"

"你们知道吗。"法学院的梁一凡很感慨，利落收拾书包，"我以为考上了大学，我就不用背起行囊去流浪了。"

但知识的武器很显然并不能用来在这种情况下保护自己。

梁一凡能屈能伸，背起用来流浪的书包，去了图书馆。

高数课过后，中文系校草的神秘舍友依然在 BBS 上占据了相当一部分的流量。于笙每天的行踪都非常规律，稍微一观察就能总结出来。但无论是晨跑三餐、去光华听课，还是被合唱团拉去做钢琴伴奏，被系辩论队拉去帮忙，都始终没有要和舍友并肩回家的痕迹。

"说真的，当钢伴我可以理解。"岑瑞好奇，"让笙哥去打辩论，这种创意是怎么出来的？"

丁争佼觉得可能是大家的固定印象太深刻："其实笙哥的表达能力很好，只是不怎么爱说话。"

"是不怎么爱说话吗？"梁一凡翻了翻聊天记录，"我觉得如果这个世界上每个人能说的总字数是有限制的，笙哥一定是所有人都把额度用完了，他还剩一半可以随便挥霍那种。"

夏俊华托着下巴："说不定笙哥的任务是站在那里，负责让对方三辩失去反驳的勇气……"

一群人讨论了半天，最后没忍住去看了中文跟国关的辩论赛。

靳林琨刚好在观众席，起身让座，一眼看到了逃亡多日的梁一凡。

"事情不是你想的那样。"梁一凡哆哆嗦嗦，"琨神，你听我解释。"

靳林琨挺配合，点点头："你解释。"

梁一凡："……"

没想到他居然真听，解释不出来的梁一凡颤颤巍巍背上书包，跟坐在最边上的孔嘉禾换了个位置，准备看完比赛继续踏上亡命天涯的旅程。

和众人想得都不太一样，于笙在场上其实并没那么惜字如金。

他打的是四辩，负责梳理总结陈词，是中文系这次唯一作为首发上场的大一选手。场上的男孩子穿着西装，衬得身形格外轩挺。逻辑完善措辞严谨，对交锋点抓得异常精准，连台下几位作为评委的教授都频频点头。

丁争佼全程屏着呼吸，听见自由辩论结束、双方总结陈词完毕，才终于松了口气："你们有没有觉得，笙哥好像跟以前不太一样了？"

"有吗？"岑瑞摸摸脑袋，"变帅了？"

梁一凡抓紧一切时间吹彩虹屁："变帅了是真的，就像琨神。你看，琨神也帅了，从前的欠揍气质烟消云散，身上已经多了一份优雅和冷酷并存的成熟气质……"

靳林琨就是想问问他药够不够吃，被他吹得自己都听不下去："优雅和冷酷并存的成熟气质是什么东西？"

梁一凡还在抒情状态里没出来："琨神，你不喜欢吗？那就换成斯文与矜贵同在的精英风范……"

"可能是吃错药了。"丁争佼听出一身冷汗，及时按住了胡言乱语的梁一凡，把人按回去，"不用管他，琨神你快看，笙哥是最佳辩手。"

靳林琨眉峰微扬，朝台上看过去。

于笙这场的表现可圈可点，场下掌声格外热烈，场上的队员也心服口服，都在跟他握手祝贺。

头发花白的老教授含笑把奖杯递过去，于笙双手接过来，肩背微俯鞠躬致谢。

好像和印象里没什么变化，但身上的气质又好像确实一点一点地改变了。

更加坚定，更加清晰，更加明朗和坦然。

那个曾经被埋藏起来的、耀眼得足以站在所有人目光里的男孩子。

辩论赛结束，校报记者们也尽职地带着纸笔过来，准备对队员们进行采访。两支队伍都还在听辅导老师做赛后总结，校报记者等了一会儿，忽然在人群里扫见一道格外醒目的身形，目光一亮："靳林琨——是靳同学吗？"

光华的院草最近已经被导师带去做课题，难得跑出来被人看见，几个女生及时过去："你好，我们是新闻与传播学院大三的学生。这次光华也是参赛队伍之一，请问你来是提前了解对手实力的吗？"

靳林琨笑笑，摇了摇头："不是，我没有参加辩论赛。"

女生愣了愣："为什么？"

靳林琨："我们教授担心我的人身安全。"

不论从他本人的风格、在校内的人气还是教授的担心角度来考虑，这都的确是个很有说服力的理由。

光华校草的流量在校内也是顶级的，校报记者们依然不死心，依然试图聊出点什么有价值的新闻，一直到队员们从台上下来，才终于依依不舍散开。

于笙从台上下来，顺手把奖杯递过去，一眼看见边上夏令营的一群人："怎么都过来了？"

"我来给你加油。"同样的问题靳林琨已经问过一遍，笑了笑，把矿泉水拧开递过去，"他们——"

"加油。"丁争佼异常果断，接过了靳林琨的话头，"笙哥，我们也是来给你加油的，祝贺你，祝贺中文系。"

特意来看对方三辩究竟会不会被吓哭的一群人守口如瓶，排着队涌上来挨个和于笙握手庆祝了胜利，沉稳撤离了现场。

于笙被这群人不由分说过来握手，有点莫名："搞什么名堂？"

靳林琨轻咳一声，压了压笑意，看着总觉得自己看起来不像是揍人的人的小朋友，难得地善良了一次："他们没看过你打辩论，来看热闹，结果被你的精彩表现折服了。"

于笙这个最佳辩手当之无愧，自由辩论环节中文的三辩出了个小失误，被于笙及时补漏，找准了对手的漏洞干脆利落敲定，才把险些告负的局面扳回来。

虽然早不是第一次听这人连点缓冲都没有就开夸，但每次依然不太适应。

于笙扫他一眼，灌了两口水："差不多就行了。"

靳林琨是真觉得意犹未尽："不行，我舍友特别帅。"

他的语气格外认真，还准备再开口，忽然站了站，饶有兴致地扬眉。

刚才还在台上言辞犀利果决、沉稳接受教授点名表扬的小朋友，依然不为所动地拎着书包往外走。看起来还挺冷淡，仿佛是个没有感情的辩论赛总结陈词机器。

就是不知道为什么，耳朵尖上好像有一点儿红。

比赛结束，时间已经挺晚。两侧的路灯都亮起来，校园像是打上了一层柔光滤镜。天气开始冷了，张口说话的时候能看到一点淡淡的雾气，偶尔有跑步的人在身边经过，脚步由近及远。

大学的课业说松也松，说紧也紧。两个人都有自己的规划，每天都忙碌到挺晚，像这么安安稳稳在路灯下轧马路的机会其实不多。

靳林琨走在后面，看着小朋友落在路灯下的影子。

于笙放慢速度走了一会儿，发现这个人居然还没跟上来，终于停下脚步回身："磨蹭什么？"

靳林琨张了张嘴，摸摸鼻尖："不是散步吗？"

难得准备请好朋友出去吃饭的中文系校草又折回来，直接扯住靳林琨，把人拖出了西门。

说是请吃饭，其实于笙也只准备负责掏钱。

靳林琨刚才跟那几个新传的学姐聊天，正好被推荐了家居酒屋，听说环境清静，味道也好，一直营业到凌晨："听说不错，去看看？"

于笙跟他走了几步，忽然想起下台前无意扫过的一眼："学姐给你推荐的？"

下台的时候，他正好看见这人被一群女孩子围着，带了点儿笑意低声说着话。大概是他那个角度正好，看得还挺清楚，几个女生都有点儿紧张，脸上说红就红，抿着嘴飞快散开。

靳林琨一愣，下意识点头："对，新传的，来采访。"

于笙扬扬眉峰，抱着胳膊停下脚步："那你怎么说的？"

于笙平时对这种事太不在意，靳林琨几乎是隔了一会儿，才意识到这个有点突兀的问题是怎么出现的。

终于等到了小朋友问一回，靳林琨月光亮亮，唇角努力压了一会儿，没忍住抬了起来。

这人居然还挺高兴。

不是什么大事，于笙其实没往心里去，本来都没真打算问他。看着这个人忽然春风满面，觉得自己不配合好像都不太合适："给你个解释的机会，三，二——"

靳林琨忍了半晌，还是没按住嘴角的弧度，轻咳一声申请加时："再加五秒，我能解释。"

"一加五。"于笙抬头，配合地重新倒数，"零加五，五减一，三。"

靳林琨哑然，停下脚步。

路灯的暖色光芒在他们头顶上，格外柔和地覆落下来。

"我说……行。"

靳林琨笑起来，嗓音轻轻地落在于笙耳边："正好住在我们家的小朋友今天打辩论辛苦了，我记个地址，一会儿就带他去吃。"

番外四

　　暑假的时候，七班同学终于圆了老贺一直以来的愿望。

　　别的班同学聚会有的去吃饭，有的去泡温泉，有的去 KTV 唱了大半宿的朋友一生一起走。

　　七班集体爬了一次泰山。

　　"现在想想，我们当时可能是被外星人砸了脑子。"学委裹着衣服，哆哆嗦嗦举着手电，"回忆一下，是谁出的主意？"

　　班长跟他相互搀扶着，颤颤巍巍看了看脚下黑漆漆的山间："不用回忆了，爬到顶就把体委扔下去。"

　　体委高考人品爆发，加上国家一级运动员的加分，擦线考上了梦寐以求的学校，唯一有点遗憾的是至今都没能顺利找到互相有好感的女孩子。

　　"活该。"姚强跟他一个学校，腿有点软，扶着膝盖抹了把汗，"你们见过告白完约女孩子早上五点晨跑十公里的吗？"

　　还是大运会五千米冠军的那种配速。

　　人家小姑娘本来还挺感动，听见这么个邀请，当时就非常礼貌地把礼物跟花一块儿还回去了。

　　体委还挺委屈，从上面折回来："不是说一起锻炼好身体，才能实现和另一半健康相伴活到九十岁的目标吗？"

　　学委拍拍他的肩膀："想多了，阻拦你实现目标的不是没有健康，是没有另一半。"

　　凌晨的山上黑黢黢一片，凄凉得不行。班长也挺感慨，拍拍他另一边的肩膀："而且我们其实很想把年仅十九岁的你留在泰山顶上。"

　　爬泰山当然就得看日出。

　　老贺提出这个建议的时候，班上的同学们还没觉得有什么不对。直到发现通知上说的是半夜十一点在泰山脚下红门集合。

　　靳林琨也没爬过泰山，看到通知还挺惊讶："写错时间了？"

　　"没有。"于笙算了算时间，顺手把一摞暖宝宝给他塞进书包，"记得带钱，坐缆车卜去。"

小朋友的体力一直挺好，难得主动要坐缆车，靳林琨有点儿好奇，但还是按着于笙说的带足了钱。

然后在凌晨一点发现步数居然已经满两万的时候，彻底理解了这个提醒的意义。

"其实仔细看看，这上面风景还不错。"学委举着手电，照了照山上笔力遒劲的碑刻，"体会一下，古人也曾经跟我们一样，玩儿命地爬到这个地方……"

段磊气喘吁吁跟上来："然后在景点乱写乱画吗？"

学委："……"

平心而论，泰山上的风景其实的确挺好。

老贺选的时间不是旅游旺季，爬山的人不多，最浩浩荡荡的就是他们班的队伍。手电的灯光什么都能照亮，能看见山石上的碑刻，也能看见潺潺的山泉溪流。

都是半大的男孩子女孩子，再累也停不住热闹。女生们拿着手电开路，男生主动帮忙拿东西，不知道谁先开始哼歌，转眼就乱七八糟跑调成了一片。

老贺当了多年班主任，早习惯了各种魔音灌耳，从容不迫地挂着登山杖，见缝插针给同学们补课："当然不是乱写乱画。大家看这块碑，它看起来像是虫二，其实是风月两个字拆边，是个很有名的典故……"

虽然已经毕了业，一群学生还是或站或坐地凑在老贺边上，老老实实听起了课。

"好同志，靠你了。"班长扯着学委，压低声音给他分配任务，"我们数了，这儿一共有十七块碑，务必让老贺多讲一会儿。"

在被寄予了厚望的学委全力发挥下，老贺越讲越投入，爬山的进度终于比之前慢了不少。

中天门往上风已经挺大，靳林琨举着手电跟上来："看什么呢？"

于笙扬扬头："星星。"

靳林琨跟他一块儿在石头上坐下来，握着于笙的手往口袋里拢了拢，也跟着一块儿抬头往上看。

山里的夜空格外干净，这样抬头看，能清晰地看见漫天星光。

成人礼的时候，老贺送了他们一片星星，告诉他们去做自己想做的事，去对自己负责。拼了一年，高考整个七班发挥得都非常不错。

学委考上了省外的 985，班长和朋友一块儿去学了医，正在班群里广泛征集护发秘籍。复读一年的生活委员如愿去了美术学院，段磊的高考成绩顺利排进了招飞线，家里高兴得请了一个星期的客。

高考结束那天，回了学校的高三生们尽情发泄了一年来的压力，声势大得几乎造反。

有几个班没忍住撕了书，撺掇七班一块儿，被体委毫不留情怼了回去："撕什么撕？我这个得拿回去当传家宝，将来跟我儿子说，看你老子当年学习多努力……"

一年的努力是直接通过实际效果折射出来的，七班的书跟卷子都翻得几乎出了毛边，上面的笔记密密麻麻，有几份还被教育处主任拿去给低年级展览传阅了好几天。

于笙的笔记标准得像印刷出来的，教育处主任虽然看不懂，依然喜欢得不行，一度很想拿走作为以后学生的高考动员范本。结果消息才传出来，那几份笔记就被他们班班干部们眼疾手快藏得严严实实："不行不行，笙哥，快拿回去藏好……"

高考都考完了，于笙有点弄不明白这群人在搞什么名堂："干什么？"

"复印卖啊！"他们班学委推推眼镜，"文科状元复习笔记！这么详细，一科至少要卖到一百块！"

七班人的商业头脑非常发达，七嘴八舌的讨论了半天，甚至已经帮于笙想好了销售的途径和收费标准。

靳林琨听得很感兴趣："我的笔记也能复印吗？"

虽然那时候的成绩还没出，两个人的状元也依然十拿九稳，理科状元的笔记当然也很有价值。

学委自信满满，接过靳林琨的笔记，仔细看了半天，双手恭恭敬敬递了回去："靳老师，您的教案可能还得加工一下。最好翻译成正楷的简体中文，然后把所有'太简单不用看'的批注都涂掉……"

步骤太复杂，可行性太低。

考虑到买到状元笔记的同学多半正在经受高三的煎熬，七班笔记代购的同学们依然保有最后一点良知，毅然放弃了宝贵的理科状元笔记。

"笙哥，靳老师！"班长不知道他们在聊什么，兴冲冲跑过来，给每个人发巧克力，"老贺说了，再努力努力马上就到，叫大家坚持一下……"

学委的实力已经发挥到了极限，带字的石头都讲得差不多，一群人又往上爬了半天。听到老贺说快到了，一群人都高兴得不行，劲头也足了不少。

靳林琨道了谢，看着他们班班长再一次动力十足的身影，有点好奇："马上就到了吗？"

于笙抬头，看了一眼石牌坊上的升仙坊三个字："马上，还差十八盘。"

这三个字听起来就显得很有威胁，学委脚步一顿，兴冲冲迈出去的腿收了收："笙哥，十八盘有多远？"

于笙最近刚选修了说话的艺术，稍一沉吟，把平时过于单刀直入的措辞换了个方式："不很远，抬头。"

天还没亮，埋头爬山很难判断上面究竟还有多高。学委有点儿迟疑，手里的手电哆嗦了半天，犹犹豫豫往上照了照。

石阶盘旋环绕，一路直插入云，手电的光照了半天都没照到头。

十八盘比前面险峻了太多，老贺还在循循善诱："再迈几步就到了，大家注意脚下，不要抬头，再坚持一下。"

一群同学咬牙奋力往上："还有多远？到了吗到了吗？"

老贺非常耐心："一点都不远，再迈几步就到了……"

非常好哄的学生们一个台阶一个台阶往上爬，学委孤独而痛苦地清醒了一会儿，还是捂着胸口加入了埋头爬山的队伍。

小朋友对泰山挺熟悉，靳林琨把保温杯拧开，递给于笙："以前来爬过？"

于笙喝了两口水，点点头："常来。"

爬泰山看日出这种事，通常只能有一次。

倒不是沿途风景不值得欣赏第二遍，就是第一次摸黑爬上去的时候还不知道上面有多高，总觉得努努力就上去了，在爬的时候还能没有那么绝望。

于笙有段时间常来，倒也不是什么特别的原因。

可能就只是喜欢这种感觉。

一层一层往上，什么都不用想，把体力消耗到极限以后，看见太阳穿破云层。

只不过以前都是一个人过来，还没试过这么多人热热闹闹一块儿往上爬。

靳林琨接过保温杯，自己也喝了两口水："感觉有什么不一样？"

于笙扯了一把落后的班长跟学委，照例守在整支队伍最后保证没人掉队走散，言简意赅："困。"

他们来之前刚连夜交了个交流申请，于笙作息一向规律，下午躺了一会儿，到最后也没能睡着。一群人一块儿往上爬，速度难免压得慢，已经爬了快四个小时，连南天门都还没到，还根本不足以把积极性调动起来。

靳林琨扬眉峰，看于笙手里刚照的几张他们班匍匐攀登十八盘的照片，没忍住笑了笑，揉了一把小朋友的脑袋。

众人相互搀扶，终于爬上了老贺口中"还差十几步就到了"的南天门，天色已经开始微微泛亮。

体委眼疾腿快，先替大家在日观峰上占好了位置："你们先在下面避避风！记得租军大衣，上面是真冷……"

越往上气温越低，明明在底下穿短袖都还有点儿热，到了山顶不得不把衣服都裹到身上。军大衣的风格实在有点太草率，于笙本来不大想披衣服，最后还是被靳林琨拉过来，不由分说裹进了大衣里。

太阳还有一段时间才升起来，现在先不急着上去，人群都聚集在下面避风。爬了一宿的山，又都累得不轻，哪怕再兴奋，同学们也开始支撑不住地犯起了困。

"不能睡。"班长拿手撑着眼皮，给同学们打气，"我们爬了这么久，就是为了看到日出，这是我们拼搏的意义，是我们努力的奖赏！"

"不能睡。"学委第二个发言，蹲在石头边上，哆哆嗦嗦往掌心呵气，"睡着了可能就醒不过来了。"

一群人互相打气，不知道谁提议唱歌，姚强刚雄赳赳气昂昂地起了个头，就被段磊扯了一把："嘘——"

"怎么了？"姚强有点儿茫然，"泰山顶上不能唱歌吗？"

段磊倒是不知道山顶上让不让唱歌，压低声音，指了指不远处的石台："你确定这个氛围，你要大声唱想留不能留才最寂寞吗？"

姚强还没反应过来，探头往石台那边看了一眼。

石台上坐着挺眼熟的两道身影。于笙看起来也不太有精神，半张脸被衣领遮着，眼睫垂得有点儿低。靳林琨跟他说着话，拧开带了一路的保温杯，热气腾腾地递过去。

男孩子的身影被熹微晨光勾勒出一点格外清晰的轮廓。

姚强异常羡慕地看了一会儿："那我能小声唱没说完温柔只剩离歌吗？"

一群人都觉得不能，七手八脚按着姚强，把人塞了回去。

"快快快，要到时间了！"体委精力异常旺盛，没等姚强决定好是唱大河向东流还是巨龙巨龙你擦亮眼，已经健步如飞地下来叫人，"上来上来，太阳马上出来了！"

天边已经泛起曙光，映得云霞都染上一片鲜艳的红色。

老贺举着手机，不急不缓嘱咐着同学们注意安全，看着所有人都找好了位置，也跟着一块儿站在大家边上。

男生们勾肩搭背地站在一块儿，把女生护到了视野最好最安全的位置。

人群挡了大半的风，一点儿都不冷。于笙看了不止一次日出，把地方让给了拼命踮着脚想要看清楚的姚强，拉着靳林琨往后挪了挪，按过了他们班班长手里的相机。

学委不够高，体委及时出手，把人直接举到了石头上："放心，肯定站得稳，我给你栓个绳……"

不知道哪儿响起一声欢呼，一团灼眼的亮光突破云层，冒出来探了个头。

"出来了出来了！"一群人爬了一宿山的疲惫困倦一早而空，兴奋得不行，"太阳出来了！"

他们学委还有点紧张，哆哆嗦嗦站在石头上，扯着体委背《少年中国说》："红日初升，其道大光，河出伏流，一泻汪洋……"

于笙往后撤了两步，正准备给这群人留个影，肩膀忽然被轻轻拍了一下。老贺接过了他的相机，笑眯眯朝人群扬了扬下巴。

相机支在三脚架上，迎着洒下来的金光，把所有人都收在镜头里，快门声轻快地响起来。

山间云海，朝阳初升。

番外五

大二下半年的时候，于笙第一次在靳家过了年。

靳先生跟黎女士和远在国内的靳林琨远程开了几天的会，一起设计了好几套把人诓回家的方案，到最后一套都没用上。

靳林琨甚至有点儿没反应过来，手还落在小朋友的头顶上："就跟我回去？"

于笙正把最后一盘点心装袋封口，动作顿了下，耳朵跟着泛起点儿红："过年……不回家不好。"

靳林琨唇角扬起来，覆着于笙的头发，没忍住揉了揉："回。先别忙了，歇一会儿。"

于笙修了心理学的双学位，工作量一下子翻了番，最近比他还要更忙一点。有时候要看得内容太多，甚至还得熬夜，饭也顾不上好好吃。

教授们都很器重这个格外有天赋的学生，不少比赛也抓他带队。于笙刚跟合唱团出国比了个赛，抽空还要复习备考。

昨天才考完最后一科，看同样辅修了心理学的梁一凡在朋友圈痛哭出来的句号数量，应当不算多轻松。

靳林琨仔细检查了一遍人，确认了眼圈黑得还不算明显，又摸出块雪花酥递过去。

"吃东西了，没饿着。"于笙知道他不放心，叼住了递过来的糖，给他报这几天的菜谱，"前天吃的红烧牛肉，昨天吃的鲜虾鱼板，今天吃的老坛酸菜……"

靳林琨差点儿被他气乐出来："怎么还没吃香菇炖鸡？"

因为梁一凡同学买来的方便面里没有香菇炖鸡。

两个人在一块儿的时间稍微长了，于笙差不多也总结出来了理亏时候的处理方案，放开手里正忙活的东西，顺手把靳林琨拽过来。

小朋友玩儿赖的时候越来越多。

靳林琨觉得不该这么纵容于笙这个习惯，想严肃地跟他强调不能不拿身体当回事，一张嘴就被送进来了半块雪花酥。

花生香和酸甜的蔓越莓混在一起，凉润柔软，掺了点奶香。

靳林琨嚼着雪花酥，抬起头。

于笙的个头刚蹿完，身形已经透出格外利落峻拔的影子，脾气还和原来一模一样。

"不能老吃方便面。"靳林琨没了脾气，把人拉过来，"胃疼没有？"

于笙被他盯着养了三年的胃，几乎忘了胃疼是什么感觉："早没事了。"

靳林琨还在想有什么可以用来教育的地方，于笙已经尝出了不对，拿过他手里剩下的雪花酥："哪儿来的？"

靳林琨："……"

靳林琨摸摸鼻尖，咳嗽一声："等一下，我能答出来。"

准备好的故事没能成功地找到发挥的机会。

这次行李走托运，用不着辛苦转一回自重。偷打包好的点心吃的行为被抓了个正着，必须要深刻反省。

"是这样的。"靳林琨觉得自己还有争取宽大的机会，"其实拿过去我也能吃，只是提前预支了一点。"

于笙把有过拆包痕迹的几份点心挑出来："拿过去你也能吃？"

靳林琨面对现实："不能。"

于笙的手艺当然很好，但靳先生跟黎女士才是品尝点心的人。

他只是个没有感情的点心搬运工。

于笙把点心打好了包，扫了他 一眼，没忍住牵了下嘴角。

虽然这次两个人说好了一块儿回家过年，但吃点心的名额最多也只能再加一个。靳林琨有点儿惋惜，撸起袖子叹了口气，准备给两个人煮个火锅。

才站起来，就被于笙拽着扯了回去。

"那些是给——"于笙拽着他，清了下嗓子，"给爸妈的，回家给你弄。"

靳林琨愣了半天，眼尾弯下来。

不知道什么时候开始，小朋友说起"回家"，好像一点儿都没有困难了。

说不定是偷偷把于笙那张单页户籍塞进自己家户口本里的功劳。

靳林琨本来也没多真想吃点心，唇角扬了扬："好。"

上次校庆，几个院联合出全英版话剧《小王子》，于笙被作为外援拉过去帮忙，气势过于有威慑力的小王子吓得好几个狐狸都没能表现好。他去看了几场，最后决定出手帮个忙，临时串了个角色。

狐狸懒洋洋躺在稻草堆上，抖抖耳朵，顺利忽悠着驯化了掉在地球上的小王子。

演玫瑰花的小姑娘还有点紧张，小心翼翼问他："师兄……于学长会笑吗？"

靳林琨觉得，这其实是话剧人设的问题。

小朋友笑起来明明就比谁都好看，尤其被靳先生和黎女士揉脑袋的时候，简直乖得不行，平时有点儿清冷凌厉的眉峰软和下来，整个人都热乎乎得发红。

又格外得好哄。

稍微逗一逗，嘴角就能跟着扬起来。

"下学期出来住？"靳林琨飞快做了个计划，"买个车，我送你上学。"

于笙蹙了下眉，想说不用，话到嘴边又停了停："什么车？"

"牌子？那要看你喜欢山地还是公路的。"靳林琨想了想，还计划得挺认真，"或者支持国产。凤凰牌有点老了，捷马和捷安特都不错……"

于笙："……"

"认真的，别笑。"毕竟是要带人的车，靳林琨还在认真考虑要不要配变速，忽然发现小朋友遮着眼睛，笑得肩膀都有点儿打战，"这么好笑吗？"

于笙吸了口气，又想了想这个人穿西装打领带，在未名湖边上骑着自行车带他兜风的画面。

靳林琨清了清喉咙，决定拉回小朋友在想象整个画面的时候额外添上的一些有失偏颇的不必要因素："好了好了，不准笑了啊……我挺认真的。"

自行车也是车，毕竟有个代步工具就能住在一块儿，不用担心住得远会不会落课。还能在繁忙的工作学习间隙，拥有一块儿散步的愉快体验。

于笙笑得有点没力气，尽力压了压，摸索到他的衣服扯了两下："哥，你们下学期是不是有个去伦敦的交流？"

靳林琨扬扬眉峰。

光华出国交流的机会很多，也都是顶级学府，是很重要的提升机会。但出了国无疑要比现在还家少离多，有他随时监督着还好一点，两个人分开一年半载，于笙说不定真能弄清楚方便面一共有几种口味。

这种交流在学校不是秘密，于笙知道也正常。靳林琨拢拢手臂，在他开口前先截断："朋友，说起来你可能不信，我挺习惯在国内提升的……"

"我信。"于笙枕在他胳膊上，侧了侧头，"朋友。"

靳林琨反应了一会儿，才意识到小朋友是在学着他的叫法叫他："怎么了？"

小朋友嘴角抬了抬，语气还挺冷淡，眼睛里格外明亮的锐气又藏都藏不住："怎么办呢，我下学期也有个出国交流的机会。"

番外六

当天晚上，光华的管理老师就收到了一通愿意重新考虑出国交流事宜的电话。

据当事同学表示，大概是忽然发现自己无论如何都想尝试一下在不同的教育模式中对自身的提升。

不用安排住宿，要是能帮忙联系一下心理系，让那边同样去伦敦交流的一位同学也不安排住宿就更好了。

于笙看着靳林珉挂断电话："你准备卖身？"

交换生也有统一安排，两个人的方向不一样，不见得就能排到一块儿。住宿争取安排到一起也就算了，没想到这个人居然决定得这么痛快。

靳林珉看起来还计划得挺好："我们可以卖点心，一定很有销路，还可以边卖边吃……"

于笙觉得他可能是饿了。

眼看他要出门，靳林珉眼疾手快，笑着把人拉回来："好了好了，逗你的。"

靳家在伦敦正好有住处。

他上高三那年买的，当时还考虑过让他直接出国考 A-LEVEL，换个全新的环境。黎女士把钥匙给他那天，神色难得的严肃："只要你想走，随时都可以。"

出事之后，没翻起什么水花，没什么恶劣的影响，靳先生觉得只要儿子愿意，换个全新的生活环境也很好。

但黎女士觉得这事不能就这么算了。

那个处分事件留下最大的影响，不是还能不能高考、要不要受处分，不是谁做错了谁做对了这么简单。

老万说过，成年人规则里的小事，在少年的时光里来说非常重要。

重要到那些没能解决、甚至没被当成一回事的"小事"，如果不能顺利和解，几乎一定会在某种程度上，不知不觉地影响整个人生。

靳林琨对着那把钥匙，把自己关在房间里考虑了半天。

于笙觉得整个故事的气氛都在这一段没能撑住："正常不应该是考虑三天到一周吗？"

"正常来说是的。"靳林琨当然也知道这样更有感觉，但现实毕竟还是残酷的，"主要是当时实在饿得坚持不住了。"

毕竟靳先生和黎女士虽然非常开明、非常民主，相信儿子没有作弊，可以作为孩子有力的坚实后盾。

但他们不会做饭。

"后来我出门找吃的。"靳林琨想了想，"发现了个青训营的广告，居然管饭。"

然后就祸害了人家青训营快一年。

再然后就被客客气气地劝退回了家，在发挥这一年学到的技术的时候，遇到了个棋逢对手的好朋友。

"一晃都这么长时间了。"靳林琨自己都觉得有点流水账，笑了笑，"差不多就是这么回事，其实挺无聊的……"

于笙枕着胳膊，睁开眼睛："不无聊。"

靳林琨愣了下。

"不无聊。"于笙又重复了一遍，抬头看他，"你说，我听着。"

靳林琨迎上他的视线，忍不住抬起嘴角，"可以，但是我现在能不能和好朋友一块儿煮个火锅？"

于笙把要洗的菜扔给靳林琨，站在电磁炉边上调汤底的时候，还在想靳林琨刚才说的话。

居然已经过去了这么久。他们后来都没关注过那几个始作俑者，只知道那几个人都被学校退回学籍，复读没几所高中敢接收，之后也再没什么水花。

倒不是刻意不去看，只不过是没必要了。

靳林琨端着洗好的菜回来，看见于笙正对着热乎乎翻滚的红汤出神："想什么呢？"

"想幸亏你那时候没去伦敦。"于笙把肉片倒进汤里，顺手把人往外扒拉开，"离远点，烫。"

住在一起三年，小朋友从来都是能动手直接动手，没必要绝不浪费口舌。难得能听见他说这种话，靳林琨扬扬眉，忍不住抬起嘴角："我也觉得。要是当时就走了，肯定遇不见你……"

"不是。"于笙拿了两只碗，调了一碗蘸料塞给他，"你出了国，大概能在一个星期内顺利饿死。"

靳林琨："……"

一顿火锅热乎乎吃到凌晨，两个人都有点儿撑，又出门溜达了两圈。

洗漱完躺下已经快三点，靳林琨枕着胳膊，睡意还有点稀薄："不然咱们再去开个包间，打会儿游戏？"

因为提到了以前的事，没忍住一时心软，居然就让这个人浪到了这个时间。于笙有点儿不太想回忆是怎么从速战速决发展到这一步的，遮着眼睛摸索着关了灯："不打，睡觉。"

靳林琨还意犹未尽："其实——"

于笙干净利落翻了个身，随手拍亮床头灯，把身边的人撂在床上。

"不了。"靳林琨不用他问，流畅开口，"不聊天，能好好睡觉，现在就睡，不睡是小狗。"

靳林琨认错认得非常熟练，套路还没背完，忽然发现于笙好像笑了。

床头灯的光很柔和，覆落下来，在眼睫下面落下一小片阴影，衬得嘴角那一点弧度尤其明显。

于笙按着他，抿了下嘴角，轻轻叹了口气。

不等靳林琨回身，于笙已经松开手，拿被子把他囫囵裹了个结实，重新躺了下来。

小朋友经常会在各种意想不到的时候心软。

靳林琨试着动了下胳膊，发现于笙没有要把他一个过肩摔扔出去的意思，也替他掖了掖被角。

于笙没动，让他把被子掖好："哥。"

时间确实已经挺晚，靳林琨没舍得再闹他，抬手去够床头灯的开关："嗯？"

于笙枕着胳膊，抬手挡了下眼睛，看着指缝间漏下来的光线迅速归于格外安静的黑暗。

靳林琨等了一会儿，没听见于笙说话："怎么了？"

"没事。"于笙笑了笑，"幸亏你那时候没去伦敦。"

头天晚上没好好睡觉，第二天两个人差点睡过了头。

靳林琨一度试图改签一趟飞机，还是被于笙拖上飞机塞进座位，又加了副隔音耳机。

"不困？"靳林琨揉了揉眼睛，还是没忍住打了个哈欠，"你是对的，我们昨晚应该速战速决……"

于笙现在听见这四个字就头疼，按着他打开耳机："闭嘴，睡觉。"

靳林琨很配合，闭上嘴巴向后靠了靠，阖上眼睛。有点儿困顿的意识里，有人过来替他拉下了遮光板，把衣领翻整齐，又解了最顶上的扣子。

靳林琨闭目养了会儿神。

实习辛苦，但还用不着熬夜。就是昨晚没睡好，闭着眼睛歇一会儿，就比之前眼睛都睁不开的状态好了不少。

察觉到身边格外均匀绵长的气息，靳林琨悄悄睁开眼睛。

这几天都没怎么好好休息，小朋友刚才还在照顾他，这会儿已经撑不住睡熟了。

靳林琨坐直，把人往自己这边揽了揽。

大概是睡眠质量本来就不好，于笙睡着的时候其实挺敏感，稍微有点儿动静就会醒过来。夏令营的朋友们早知道，谁都不敢在笙哥睡觉的时候过来打扰。

之前作为钢琴伴奏跟合唱团出去比赛那段时间，于笙一直都没能睡得太踏实。大概是因为休息不足，还不轻不重感冒了好几次。

靳林琨摸摸他的额头，稍微放心，要了条毯子，放轻力道盖在了小朋友身上。

托这一趟飞机的福，于笙被靳林琨领回家，连着好几天都没太能打得起精神。

伦敦的冬天也一点儿都不暖和，天黑得格外早，每天天色都阴沉得泛潮，看着说不定什么时候就要下雪。靳林琨也没急着带人出门，跟于笙在家过了好几天一觉睡到自然醒的日子。等于笙终于把时差倒得差不多，伦敦的第一场雪刚好落下来。

黎女士觉得年轻人的生活不应当只有枯燥的吃和睡，还应该有出门堆雪人。

靳先生认为自己已经不在年轻人的范畴，在被打包和两个孩子一块儿扔出门的时候，还试图努力一下："亲爱的，我的生活应该是沙发壁炉和下午茶……"

黎女士往他的推车里加了两把卡通铲子："亲爱的，醒醒，咱们家没有壁炉。"

靳家的三个男丁蹲在花园里，发挥出了毕生的艺术素养。

靳林琨在擅长的方向上更随母亲，丝毫没能继承靳先生的艺术天赋，在试图帮了好几次忙之后，还是得到了负责把雪人从多面体滚成球体的任务。

靳先生拿着图纸，认认真真地拉着于笙一块儿设计："这里用不用再调整一下？应该可以加一些松枝和彩带……"

雪人的球体从多面体变成了超多面体，靳林琨从工具箱里翻出把锉刀，看着小朋友格外认真的眉眼，悄悄抬了下嘴角。

虽然靳先生是夫妻里更不善于表达的那个，但于笙其实很喜欢跟靳先生待在一块儿。

靳林琨有时候会和黎女士故意找点什么事做，让于笙能跟靳先生一起看报纸，聊天，一起谈谈球赛，分析分析股票的走势和大盘，假装没看见靳先生从厨房给两个人往外偷刚买来的炸鱼薯条。

"没事的时候，可以出去走一走。"靳先生放下图纸，和于笙一起整理需要的材料，"泰晤士河边适合散步，但是要小心一点，掉下去会很冷……"

他在工具箱里翻了翻，还没等开口，于笙已经把两颗黑纽扣递了过去。

靳先生看着蹲在身边的男孩子，眼睛弯了弯，揉揉他的脑袋："多谢。"

于笙耳朵有点儿红，摇了摇头，嘴角跟着抿起点弧度。

靳林琨跟黎女士一起蹲在篱笆后面，觉得有必要帮好朋友解释："妈，其实于笙会说话。"

特意出来看看父子关系建立到什么程度的黎女士给儿子手里又塞了把铲子："去滚你的雪多面体，别添乱。"

靳林琨："……"

于笙跟靳先生在一块儿的时候，话虽然少到不比雪人多多少，但谁都能看得出抿着嘴角的男孩子其实很高兴。

高兴到甚至不舍得说话，从头到尾跟着尽力帮忙，每次都要仔细看认真记，一点儿都不会走神的那种。

黎女士觉得这件事一点都不能着急。

"你爸又跑不了，就这么慢慢来有什么不行？"当父母的要善于发现孩子的进步，黎女士就觉得于笙进步非常明显，"你看，小笙现在跟你爸说话立正的时候，手都不贴裤缝了。"

……

靳先生跟于笙一起找全了材料，靳林琨也刚刚把雪人的脑袋彻底修圆。

三个人里有两个审美都正常，堆出来的雪人也一点儿都不奇怪。于笙负责最后一点头顶的装饰工作，拽着树枝把亮片洒上去，单手一撑枝杈，整个人就稳稳当当落在了雪地上。

靳先生挺欣慰，帮于笙拍了拍身上的雪花："今天这一幕让人想起前两年，你们高三的时候，靳林琨跟我们说他找到了一个雪人当舍友。"

靳林琨脚步一顿。

靳先生扶扶眼镜，再次仔细欣赏了眼前的作品："和这个比起来不太主流，比较朋克，可能是喜欢泡吧夜不归宿那种。"

害得当父母的对儿子的审美担忧了挺长一段时间。

靳林琨没想到靳先生居然还是找到机会把这件事告了状，揉揉额角："等一下，我能解释。"

"他说他能解释。"靳先生低声提醒于笙，"但是另一位当事人已经化了，一面之词的可信度要适当存疑。"

靳林琨："……"

没等他开口，于笙先笑了出来。

少年平时显得清冷，一笑起来气质变化就格外鲜明。平时的冷淡凌厉都被软得找不到踪迹，笑意干干净净落在眼底，还能看见一点儿虎牙的小尖尖。

靳林琨要说的话卡在半道上，也没忍住笑意，把人拉过来，垫着袖子拍了拍脑袋上的雪花："怎么办，负不负责？"

上次乌龙的主要原因，于笙其实是差不多知道这么一回事的，只不过还从没站在这样一个新颖的角度了解过。

身边的人站着不肯走，于笙决定配合，在靳林琨背上拍了拍："负责。"

考虑到另外一位当事人已经化了，需要负责的好像也不多。靳林琨最近正在惦记于笙的蛋黄酥，正在考虑要不要趁机勒索两个，手背忽然被格外暖和的温度贴了帖。

于笙摘了手套，把靳林琨刚拍完雪的手拉过来："哥。"

"叫哥也不行。"靳林琨低下头，"怎么了？"

于笙抬起嘴角，拉过他的手按在自己头顶："赔你个真的，够吗？"

番外七

显然是够的。

于笙的发顶沁了点儿化的雪，濡湿的短发比平时软，微温穿过冰凉的雪水透上来，手感异常好。靳林琨没舍得立刻把手拿开，又按着揉了一会儿。

然后就被黎女士拎着耳朵一手一个揪进家门，又往于笙脑袋顶上罩了条毛巾："凉不凉！等着感冒？"

靳先生擦着眼镜上的雾气，试图替儿子们说情："都是小伙子，火力比较旺……"

黎女士在家里的威严是绝对的，靳先生才说到一半，就在黎女士的扫视下话锋一转："等着感冒！凉不凉？"

靳林琨已经挺熟悉这个流程，扯了条毛巾，随手擦了擦头发上的雪水，重新戴上眼镜。

于笙也被黎女士按着揉了一通，头发有点儿乱，在暖色的灯光下莫名显得毛茸茸的。嘴角抿起来，眉眼的弧度都软。

乖得要命。

雪后正是冷的时候，但也让伦敦难得地从冬雾里出来，见了点暖洋洋的阳光。一家人都没什么要紧的正事，索性各自在客厅晒了会儿太阳。

虽然靳家没有壁炉，但隔壁邻居慷慨地送来了茶和咖啡，正好能跟蛋黄酥凑一份下午茶。

"隔壁也是华人，姓钟，是古文物修复专家，也在准备过年。"靳家客厅里的复原司母戊大方鼎就是邻居送的，靳先生给两个不常来的儿子简单介绍过，又特意提醒，"他们家有一窝鹅，去玩的时候要小心一点，打不过要尽快上树。"

以自家父亲在伦敦的生活作为参考，靳林琨觉得小朋友的观点显然是完全正确的。

伦敦的确是个非常危险的地方。

靳家人凑在一块儿聊天的次数其实不算多，传达到了必要的信息，就会回到各忙各的事的状态。黎女士和靳先生还有工作，喝了茶吃完点心，就一块儿回了书房。怕于笙无聊，临走前还特意把存着儿子老照片的电子相册找出来，塞给他解闷。

靳林琨觉得靳先生和黎女士大概是想要他的命："为了友谊，商量一下——"

于笙压了压嘴角，还是没忍住抬起来："没有友谊，没商量。"

看着于笙手里的电子相册，靳林琨有点儿头疼，揉揉额角："这边有教堂，教堂里还有管风琴。"

于笙扬扬眉峰："所以呢？"

"教堂没人的时候，可以跟他们商量。"靳林琨开条件，"我给你弹管风琴听。"

国内实在没有太多弹管风琴的条件，靳林琨没事的时候也会弹弹电子管风琴，但终归还是差了点作为乐器之王的震撼效果。

于笙在同样具有吸引力的条件前抉择了一会儿，及时抬手，挡住了靳林琨趁机探过来准备夺走相册的手腕。

靳林琨看着近在咫尺的黑历史，有点失落："不想听吗？我技术其实还不错……"

"想听。"于笙显然比他清醒，"但是现在交相册会被删干净。如果我现在不听，你迟早还是忍不住会弹。"

靳林琨："……"

靳林琨觉得，于笙上大学以后的进步甚至适合跟他一块儿进个投行。

没能顺利把相册抢救下来，靳林琨给两个人续了红茶，跟小朋友一块儿挤进了窗户边上的沙发。

落地窗明净，把冬雪的寒意隔在窗外，落进来的阳光暖洋洋的。于笙侧了侧身，给他挪了个位置，打开相册。

靳先生和黎女士还没有太把儿子逼进绝路，相册里的照片基本正常，有不少连靳林琨都不知道是什么时候被照下来的，按着年份倒序，大都是些得奖和日常的普通照片。

从棱角还鲜明耀眼的少年，到小一点的男孩子，再到更小一点、手短脚短的小不点。

格外奇妙的时光感。

"这次是参加个什么比赛……他们说第二的奖品是游戏机。"靳林琨多少放了心，揉揉脖颈，笑着指了指那张抱着冠军奖状的照片，"我特别想要，拿了第一死活不走，最后我爸只能跟第二去换了个奖品，在奖状上给我又添了一笔。"

于笙抬了下嘴角："游戏机呢？"

"玩了两天。"靳林琨挺遗憾，"太难了，那个水管工每次都被蘑菇毒死。"

能让这个人把游戏打到黄金三段位，那家青训营的实力大概已经到了业内顶尖了。于笙捧着茶杯喝了两口，正准备把照片往下翻，无意间瞥见奖状上的细节，又返回来看了看。

"没写错。"靳林琨跟着他一块儿仔细看了看那张奖状，"我以前的名字确实是这个昆，不带王字旁的。"

靳父靳母生靳林琨的时候，还抱着美好的愿望。比如第一个儿子用昆字，接着往下就能按照"昆仲手足"的寓意，简单方便地给第二个孩子起名字。

于笙还是头一次知道靳林琨差点就有了个弟弟："后来呢？"

"后来。"靳林琨小时候也曾经去问过，轻叹了口气，"他们终于发现，生儿子居然这么烦人。"

于笙："……"

时隔多年，再提起往事，靳林琨还是有点感慨："其实我七八岁的时候也很想有个弟弟，比我小一岁那种。能跟我一起做奥数题，一起玩儿，还能一起练琴……"

他收住话头，接住趴在了自己肩膀上的小一岁的小朋友："等一下，这不是个挺伤感的话题吗？"

于笙一口茶没喝顺当，呛得有点儿咳嗽，象征性压了压笑意，配合地伤感了几秒。

靳林琨觉得小朋友显然越来越没有同情心。

但又不能揍。

靳林琨只能又把快掉下去的人往沙发里扯了扯，替他拍着后背，重新换上杯热茶塞进手里："不过改名倒不全是因为这个……"

改名字的缘由要追溯到靳林琨七八岁的时候。

一起考级的小朋友里有个小混蛋，因为长得好看弹琴好听，被老师选中了收选定曲目的谱子。

七八岁的靳林昆还没有得到王字旁，写字又没能练出笔锋，只能横平竖直地写大字，间距又掌握得不太好。小混蛋比他还小，估计才刚上学，拿着琴谱仔细辨认了半天，白白嫩嫩的小手攥着谱子一丝不苟递过去："勒木棍同学，你的高音谱号错了。"

"整整三个字。"靳林琨现在还觉得挺受伤，"一个都没对，还给我起了个外号。"

小靳林琨咽不下这口气，在考级的两天里扯着小混蛋打了好几架，又坚决地拉着爸妈改了名字。

往事不堪回首。靳林琨决定不继续深入这个话题，把不知道为什么有点走神的于笙拉回来，一起继续往下翻照片。

大概是只凭照片没办法完整体现出与生俱来的欠揍特质，小不点的靳林琨看起来其实很可爱，比现在明显更活泼，而且还格外爱哭。

"纠正一下。"靳林琨觉得这件事很有必要重新强调："不是我爱哭，是我爸妈格外爱在我哭的时候给我照相。"

不来哄儿子就算了，还要在边上发发地笑。

于笙选择相信，点点头，顺手拍了拍他的脑袋："行。"

靳林琨觉得这个回答显得非常没有诚意。看在他格外坎坷的成长经历的份上，于笙颇具诚意地把照片调出来，给他手绘了朵小红花。

午后的阳光暖和得叫人犯困，两个人窝在沙发里，没多久就把相册翻了大半。

于笙很喜欢听他和父母一块儿相处的故事，靳林琨也没有刻意避讳，一页页翻照片，一张一张地给他讲。

大学以后，于笙的生父生母就没再过来抚养费。靳先生和黎女士觉得只要他们没毕业，就可以不从家里扔出去，尤其于笙的职业方向还可以再读个研，其实用不着太着急。怕于笙不接受，黎女士还特意塞给了靳林琨一张卡，让他争取不着痕迹地用红包形式把里面的存款给小朋友发完。

结果一点都没用上。

技多不压身，于笙能兼职的地方太多，加上平时接的专业翻译和奖学金，生活费和学费从来都没成过问题。

要兼职又要上课，太忙碌难免会压榨休息时间，靳林琨还担心了一段时间，后来发现于笙其实很喜欢这种生活。

这种把所有角落都填满的，清楚地知道自己要往什么地方去、要做什么样的努力，成为什么样的人的生活。

但身体当然也要养。

靳林琨打定了主意叫人劳逸结合，碰了碰专心翻着相册的于笙："困不困，睡个午觉？"

"不困，你困了就睡。"伦敦的冬天格外适合睡觉，于笙被他拖着睡了好几天，身上都有点儿锈得慌，"这张是怎么回事？"

小朋友的短发已经彻底短了，带了点儿太阳的温度。

靳林琨已经卸下了警惕，撑着胳膊坐起来些，低头看了一眼于笙指着的那张照片："……"

于笙看起来还很喜欢这张小不点靳林琨坐在地上号啕大哭的照片，翻出手机，跟相册连了个蓝牙。

靳林琨眼前黑了黑，按住他的手："朋友，手下留情。"

于笙挺残忍："不留。"

两个人的身手都不错，在沙发上小范围地交了几手，把下来拿东西的靳先生吓了一跳："需要帮忙吗？"

于笙很少在靳父靳母面前不规矩，肩膀不自觉绷了下，本能要收手，被靳林琨及时挡在了沙发里："不用不用，我们活动活动。"

靳先生在家里的武力值一向不高，其实对这种活动挺向往："不需要帮忙把你绑起来吗？"

靳林琨："……"

没能加入两个青少年的午后活动，靳先生扶了扶眼镜，遗憾地上了楼。

刚才就觉得于笙有点儿紧张，靳林琨没顾得上收手机，揉揉他的脑袋："放心，我爸不会打绳结，没事的。"

于笙没出声，眼睫抬起来，嘴角应和地往上扬了扬。

靳家没有特意改变生活规律，一家人只在逢年过节的时候凑在一块儿，于笙和靳先生黎女士相处的机会严格来说其实不多，所以每次的进步也都很有限，倒也是件挺正常的事。

靳林琨正盘算着要不要先放下照片的事，再帮于笙适应适应家庭相处中相对不着调的氛围，于笙已经握住了他的胳膊。

虽然已经不当三中扛把子挺多年，但于笙的身手依然一点儿都没落下，没过几手，就干净利落地把他撂进了沙发。

等在楼梯角的靳先生及时下来，心满意足地把儿子绑起来，跟寄宿在家里的小朋友击了个掌。

靳林琨有点想不通："我错过了哪一段？"

在于笙的指导下，靳先生第一次成功地把绳子打了个死结，挺欣慰，拍了拍儿子的肩膀："注意到了吗？刚才上楼之前，我扶了两下眼镜。"

靳林琨："是让我的好朋友先动手的暗号？"

靳先生摇摇头："不是，是你的好朋友愿意配合的话，我能给他两颗糖。"

……

小朋友有点儿容易收买。

绳子绑得不紧，但也不太容易挣开。靳林琨被遗忘在沙发上，眼睁睁看着靳先生拿着相册，给于笙回忆："这张是他八岁的时候，约好了和他考完级一起练钢琴的新朋友没来……"

幼年的靳林琨已经初步具备了欠揍的本事，脑子又格外聪明，根本没办法用学习和作业来压制住过剩的精力。

靳父靳母听说弹钢琴可以修身养性，所以就给小靳林琨报了个钢琴班。

靳林琨学什么都很快，没多久就已经到了考级的水平。

于笙已经提前听过了这一段，看了看那张照片："在 A 市吗？"

靳先生点点头："两个人打了好几架，他还把人家耳朵打破了，我们还以为他跟人家关系不好。"

没想到不打不相识。考级的最后一天，两个人甚至还约了一块儿练琴一块儿玩。

考级进行得仓促，不知道名字，又不方便查联系方式。靳父靳母以为小孩子萍水相逢，几天也就忘了，结果儿子一连去约好的地方等了三天。

"跟他约好的那个小朋友应该是有什么事，意外耽搁了。"靳先生曾经跟笙提过这一段，有点怀念，"但小棍觉得一定是因为钢琴不够大不够帅，所以人家小朋友不喜欢他，非要学个拉风的。"

靳林琨："……"

靳先生讲完了故事，又如约给于笙塞了两颗糖，扶扶眼镜功成身退。

"没事，实在忍不住可以笑。"憋久了也不太好，靳林琨提前做好了准备，挺成熟的叹了一口气，"原谅那个不识字还骗人的小混蛋了。"

于笙牵了下嘴角，把他扯过来，解开了绳子。

绳子绑得挺松，哪儿都没勒着。靳林琨活动了两下胳膊，侧头看了看于笙："怎么了？"

于笙摇摇头，又看了一眼那张照片。

一面之缘，谁也没想到还会有这种巧合。

其实也算不上巧合，A 市就那么大，学钢琴的人就那么多，他们两个年纪相近水平相似，在考级的时候有交集是再正常不过的事。他也偶尔想过，两个人小时候说不定还去过同一个考场，弹过一架钢琴。

直到靳林琨提起来打架的事，有些一直没被当回事的画面才重新在记忆深处被翻出来。

于笙的状态不大对，靳林琨把人拉过来，摸了摸他的额头："不舒服？"

虽然及时擦干净了融化的雪水，着凉还是个随机可能发生的概率。靳林琨不放心，想去找个温度计回来测测，才起身就被于笙攥住了手腕。

"没不识字。"

骗人的小混蛋坐在沙发上，攥着他的胳膊，一笔不差地在他手上写："勒木棍，你当时真是这么写的。"

番外八

于笙的记忆力当然毋庸置疑。

靳林琨那时候年纪小，对笔画的控制很成问题，偏偏又非常自信，一定要自己写名字。

第一个字的右半边写得歪歪扭扭也就算了，后面两个字的间距拉的比例还非常不容易辨认。

小于笙虽然对这个毫无内涵的名字有点怀疑，但依然实事求是地念了出来，还很懂事地没有嘲笑其他小朋友的名字奇怪。

没想到这个人不光名字奇怪，而且非要跟他打架。

靳林琨张了张嘴，没说话，低下头。

于笙的手比他凉一点，一笔一画地掠过掌心，还在认认真真地写。午后的阳光透过落地窗，把男孩子格外浓深的眼睫镀上了层淡金。

靳林琨没忍住，抬手轻轻拢了一把他的脑袋。

小混蛋坐在沙发上，肩膀向后倾了倾，被阳光晒得微温的短发抵上他的掌心："哥。"

靳林琨揉了揉他的头发："怎么了？"

"你不会写字。"小混蛋告状，"还打我。"

靳林琨："……"

本来就是对着照片回忆往事，忽然就成了批斗大会，还是不认错就不行的那种。

靳林琨不大想接受现实，努力回忆了半天，还是不得不对童年刻骨铭心的阴影生出了点动摇："我真写错了？"

于笙还能从记忆里翻出当时的画面，拿过张纸："我再写一遍——"

靳林琨及时没收了于笙手里的笔："我真写错了。"

不光写错了，还跟人家打了架。

还把人家耳朵弄破了。

他们还在夏令营的时候，于笙陪着他大半夜跑出去散心，两个人坐在马路边上喝甜牛奶的时候，他还留意到过那一小块疤，可也一点儿都没想过渊源居然会在这么早的地方。

云雀在窗外探头探脑，抖掉身上的雪，跳进了斑驳的日影里。

都已经是十多年前的事，现在想起来印象也已经不深。但真对上了号，当初已经淡化的记忆就好像又跟着清晰了不少。靳先生还能隐约回忆起来，那个被儿子扯着打了三天架的小朋友是一批孩子里最懂事沉稳的一个，小大人一样，肩膀挺得笔直，说话做事都格外有条理。

说是两个人打架，其实人家都没怎么还手，还在被儿子不小心弄破了耳朵之后反过来安慰他，保证一点儿都不疼。

就是不太喜欢笑。

"那时候是小笙？"缘分太奇妙，靳先生也很惊讶，扶了下眼镜，"后来是遇到什么事了吗？小棍去了好几天，都没能等着你……"

黎女士直截了当打断丈夫："正常，有个人天天跟你打架，这个人还叫木棍，你会跟他约会吗？"

靳先生觉得爱人说得有道理。

可能主要是因为儿子当时叫勒木棍。

当时就很喜欢那个格外懂事的小朋友，靳先生推推眼镜，还想再细问，已经被黎女士扯着出了门。

邻居家的儿子这些年在国内娱乐圈发展，最近带回来了个很可爱的年轻人，这次也要全家一块儿过年。礼尚往来，他们家也应当送回去点礼物点心。据说邻居家今晚还有个家庭派对，可能会一直开到第二天。

靳先生跟黎女士欣然接受了邀请，顺便嘱咐两个儿子待在家里不准打架，一定要好好睡觉。

家里转眼就又只剩下了两个人。靳林琨以好好睡觉为由，拉着于笙回了房间，检查了半天耳侧那一小块儿疤。

过了这么久，其实都已经挺不明显，只留下了一小片的痕迹。

很小，一点都不起眼，不仔细看甚至注意不到。

甚至连怎么弄的都已经不怎么能记得起来了。

"你举着节拍器。"于笙撑着胳膊坐起来，帮他回忆，"追着我跑，说要收了我，然后自己踩在了自己的鞋带上。"

记忆力太好有时候也有点儿麻烦。

尤其记忆力非常好小朋友看起来还记得很清楚，并且很想帮他也一块儿回忆一下。

靳林琨决定先把小朋友的嘴封上，当机立断，翻出私藏的雪花酥，眼疾手快塞进了于笙嘴里。

于笙被他封得挺结实，嚼了两下，含混出声："……哥。"

不能怪他后来没认出来靳林琨，这个人小时候跟长大了实在差出了十万八千里。

除了欠揍这点一脉相承，小时候的靳林琨简直活跃得不行，鬼点子又多，跟谁都能玩到一块儿。偏偏还长了张很有迷惑性的脸，每次闯了祸就一秒变乖，乖到不论哪个大人来找这群作天作地的小兔崽子们算账，都会不知不觉地把他掠过去。

还爱哭。

成了凶器的节拍器是有装饰性的那种，挺大的一个，被那个名字挺奇怪还打人的小朋友举着，说是什么塔天王，哇呀呀呀地张牙舞爪。没想到还没追上他，就被自己的鞋带绊了个跟头。他下意识去扶，正好被那个节拍器的摆锤砸着了耳朵。

小于笙觉得这种事不值得大惊小怪，自己去找来两张纸擦了擦血，回来才发现那个叫勒木棍的小朋友已经哭成了勒沐混。

看他实在哭得惨烈，小于笙只能把口袋里剩下的最后一颗大白兔给他，还答应了考完级也要来一起弹琴，一起做奥数题玩。

……

这个人居然还骗走了他的大白兔。

就剩一颗，后来就再没得吃了。

于笙检查了一遍回忆，觉得自己应该报复一下，摸过雪花酥又咬了一口。

私藏存量不多，每次两个人都要较量一通身手，这次靳林琨却格外大方，把所有小点心全都推了过去。

于笙吃着雪花酥，静了一会儿："哥。"

靳林琨侧过头。

于笙仰躺在床上，动了动胳膊："我不是——"

靳林琨揉揉他的脑袋："我知道。"

于笙抬了抬嘴角，握住他的手腕："我不是小骗子。"

那时候他为什么没能来，其实并不难猜。

黎女士显然也是猜到了怎么一回事，所以才一再打断靳先生的话，找茬打岔把话题绕了过去。

但其实已经不要紧了。

于笙没有囿于过往的习惯，说解决了的事就不会再额外花心思。

什么都能记得清楚，乱七八糟的回忆要是不解决好，早晚要把人压垮。

跟奇怪的新朋友约好了一块儿玩的那天，于笙父母的案子刚好开庭。

小于笙才考完级，还没弄清楚要去哪儿、为什么去，就被带上车离开家，看着父母把这些年的感情掰散摊开，逐条逐项地变成了冷冰冰的合同。

合同里有关他的内容很少，少到他甚至没来得及意识到，那天给靳林琨的奶糖原来就是他整个童年时光里最后的一颗。

……

然后就在十年后被这个人没完没了塞糖吃。

于笙甚至真的挺担心地去查过，吃糖吃多了有什么问题，除了蛀牙是不是还有别的危害。

"不算多吧？"靳林琨有点犹豫，"不然换个别的？我想想……"

靳先生和黎女士还没回来，但也保不准有什么意外。于笙提前排除选项："不能换雪花酥。"

靳林琨张了张嘴，揉揉额角轻笑出声："行。"

刚才听于笙说的时候，他还在想，如果那时候两个人就成了朋友会怎么样。

他就能和小于笙一块儿练琴，陪他一起做题，在保姆不负责的时候把没饭吃的小于笙领回家。

"醒醒。"于笙敲敲他的脑门，"你们家有饭吃吗？"

靳林琨："……"

没法反驳。

虽然在其他事上两个家庭相差甚远，但没饭吃这一点是殊途同归的。

他只能给他们家小朋友做糖拌西红柿。

于笙也想过，要是能早点认识靳林琨，就能把那群败类狠狠揍上一顿。

可他那个时候也还尖锐，有很多事还没能彻底想清楚，遇到什么都更倾向直接拿拳头解决。要是遇上了甚至还要去糟蹋人家青训营的靳林琨，说不定也会手痒再把这个人直接揍上一顿。

"所以，没那么多如果。"于笙呼了口气，扬起视线看他，"正好。"

正好就该是这个时候，不早也不晚。

靳林琨低头，迎上小朋友眼底映出的明亮灯光。

于笙："哥，我也遇见你了。"

第二天清早，靳林琨起来的时候，于笙也跟着短暂地醒了一会儿。

昨晚回忆被牵扯出来盘桓了半宿，于笙睡得晚，眼睛都有点儿睁不开，撑着胳膊要坐起来，被靳林琨按回去："没事，再睡一会儿。"

大概是被阳光晃得不舒服，于笙蹙了蹙眉，又往被子里埋进去。靳林琨安安静静坐了一会儿，等着于笙重新睡熟，才轻手轻脚地拉上了遮光一层的窗帘。

于笙埋在枕头里，浓深眼睫鸦羽一样，细密温顺地覆在眼睑上。

靳林琨坐回床边，又努力在记忆里翻了翻十来年前的往事。

小孩子忘性大，他因为没追到漂亮小朋友的事难受了一段时间，就又被新的事分散了精力，再后来连当时的情形也记得不算很清楚，但随身带糖的习惯还是一直留了下来。

他不小心弄伤了人家，又后悔又着急的时候，比同龄人显然安静沉稳得多的男孩子捂着耳朵，告诉他一点都不疼，又在口袋里摸索了一会儿。

藏在软乎乎的小手里，又放在他手心的那颗糖。

于笙在他身边睡着的时候会格外没防备，少了平时凌厉冷清的气势，短发下的眉眼就明显的温软下来。

还是当时那个小朋友。

睡得太晚，于笙八成懒得起来弄吃的，饿了又要胃疼。

靳林琨放轻动作起身，出门打算给于笙做早饭，轻手轻脚绕过楼梯，先撞上了蹑手蹑脚上来的靳先生跟黎女士。

"看看你们需不需要帮助。"靳先生比儿子沉稳一些，扶了扶眼镜，邀请儿子一起去厨房探险，"来做三明治吗？"

除了于笙，靳林琨在家里的手艺已经能排到第二位。靳先生跟黎女士冒险动手，依然有不小的可能把厨房直接烧掉。

在看着靳先生把锡纸往微波炉里送的时候，靳林琨还是决定及时接手，阻止父母对自身的新一轮挑战。

"聚会上有不少人，有人认识小笙妈妈再婚的对象。"黎女士帮儿子撕火鸡肉，不经意闲聊，"说是那个儿子后来被宠得很不争气，闯了不少祸，家里也跟着被拖累，最后举家回国了。"

于彦行原本还在他们这个圈子里，后来生意也做得不顺，渐渐沉寂没了消息。

靳林琨对于笙那个生父印象很深，对于笙母亲的了解倒是不多，只知道她再婚的家庭里还有一个不比于笙小几岁的继子。为了拿到出国资格，那个小子靠他们那个私立初中老师的运作，在一次大型英语演讲比赛里偷了于笙的稿子，但还是没能从于笙手里抢到冠军的奖杯。只可惜她到最后大概也没能想明白，对她自己的儿子来说，重要的根本不是什么稿子和第一名。

黎女士没多说，把火鸡肉摆在面包片上，交给了儿子切酸黄瓜片的任务："小笙呢？"

"在睡觉。"靳林琨笑了笑，"他用不着听这个。"

是他们亲手把于笙推出了家门，那么于笙接下来的人生当然也和他们不再有任何关系。有些事永远都会是无解的，为人父母不需要考试，所以一定会有不够合格的家长和家庭。

实在没有出路的时候，就只能让自己更好。

好一点，更好一点，直到有能力挣脱泥潭。

于笙没有回头看的习惯，也没必要再被这些事情束缚。

三明治做起来不困难，靳林琨把切好的酸黄瓜摆上去，又加了点洋葱生菜，挤上一层蜂蜜芥末酱送进烤箱："妈，咱们家这边有教堂吗？"

番外九

伦敦的教堂当然有不少。

雪稍微停得差不多的时候，于笙被靳林琨带出门，沿着泰晤士河散步。

总是弥漫着的潮湿雾气被短暂地压下来，午后的阳光照在新雪上，暖和的叫人有点犯困。

教堂在泰晤士河下游，不太起眼，被雪松和桦树掩着，露出了个白色的尖顶。

雪地上还落了一群灰扑扑的信鸽。

"少喂点，据说这群鸽子在减肥。"靳林琨要了一小把谷粒过来，给于笙倒在掌心，"不过我喂过几次，它们其实也——"

剩下的话还没说完，两只胖乎乎的球形鸽子已经扑过来，毫不客气地把他挤开，站在了于笙的手臂上。

靳林琨："……不怎么吃。"

在大学里也老是有这种情况。

和同学对两个人的敬畏程度成鲜明反比，明明他也显得很和蔼，但流浪猫永远都会围着他绕出个圈，一头扎在于笙脚边碰瓷小鱼干。

对其他人都很警惕，偏偏碰上于笙，甚至还可以毫无尊严地被揉肚子上的软毛。

靳林琨对这件事一直不太能理解，但靳先生就觉得挺正常："你当时不也差不多是这样吗？"

虽然比起妻子反应慢一点，但靳先生总有一些超乎常人的直觉，经常会一针见血地指出问题关键。

就比如那场考试前，靳林琨为什么会去找于笙。

不是因为于笙曾经在网吧随手帮他，不光打了场架，还没怪他把啤酒喷了自己一身。

至少不全是。

于笙身上有种莫名的特质，不知道为什么、也不清楚跟别人有什么不一样，但就是叫人觉得能够全盘付出信任。

哪怕他什么都不说，就只是站在那儿。

哪怕男孩子从来都不肯示弱，见谁都冷淡，身上始终带着格外凌厉的清冷锋芒。

雪后觅食的地方不多，鸽群一传十十传百，一只接一只地凑过来。

于笙蹲在台阶边上，掌心的谷粒没多长时间就被抢了个空，放下手臂回头看他。

靳林琨觉得这种事还是要有原则："不行，它们要减肥。"

"我看着，吃过的不给。"于笙抬头，"就一把。"

"……"靳林琨坚持原则："没有了。"

于笙："哥。"

靳林琨："……"

小朋友应当确实能分得清哪只吃了哪只没吃。

靳林琨坚持了三秒钟原则，还是转回去又要了一把谷粒，给他倒在了掌心。

于笙眼里显出点笑影，接过谷粒，又给剩下的鸽群开了顿饭。

他做什么事都显得专心，蹲在台阶上，一只手还在尽职地挡着来吃过一次的鸽子。眼睫垂下来，掩着湛黑瞳色，整个人都格外安静。

靳林琨靠着一旁的桦树，目光落在于笙身上。

阳光被枝叶分割成细碎光影，鸽群扑腾着翅膀，偶尔有一两只吃饱了振翅飞高，鸽哨声就清越地响起来。

和当初相比，于笙身上已经渐渐有了不少变化。但从第一面就能清晰的感受得到的、那种藏在最深处又最鲜明的安静温柔，依然从来都没变过。

于笙刚喂完手里的一把谷粒，拍拍掌心的谷壳碎屑，撑了下台阶起身。才站稳，忽然被靳林琨拉过去。

还以为自己身上沾了雪，于笙顺着他的力道过去，没等开口问，掌心已经被塞了颗格外熟悉的糖。

靳林琨领着小朋友在外面绕了一整圈，才进了教堂。

教堂里有架管风琴。

年代挺久，但一直翻新修缮，音色依然很不错。在没什么游客的时候，也允许有专业技能的演奏者租借练习。

有些乐器只有在走近的时候才能感受到最直观的宏伟。音管镶在厚重墙壁上，仰起来几乎看不到头。阳光透过彩绘窗格，染上色彩的光芒交织进音管厚重的金属光泽，好像连承载着的时光都能穿墙透壁，扑面而出。

靳林琨不是第一次来，和教堂的负责人说了几句话，就拉着于笙坐在了演奏台下的小木凳上。

和堪称辉煌的音管主体比起来，管风琴的演奏台其实并不算大。大概是练管风琴的时间太长，靳林琨弹什么都有难以忽略的神圣感，于笙听他炫技弹过野蜂飞舞，觉得这群马蜂可能是一路浩浩荡荡盘旋在伊甸园。

配上教堂跟管风琴，终于恰到好处。

靳林琨挑的是首很熟悉的曲子，辉煌温暖的曲调被气流驱动，经过庞大的音管，几乎是在整个教堂里交鸣。

《Amazing Grace》，奇异恩典。

这首灵歌会被用在各种地方，婚礼和葬礼，出征和归来，用以寄托忏悔、感恩或者救赎。但哪怕语言不通、信仰各异，也依然不能阻碍音乐本身能带来的震撼。

于笙在磅礴的乐声里抬起视线。

演奏台设计得格外巧妙，落日的光线透过塔顶的窗格，辉煌的灿金色正好落下来，灼得人眼眶发烫。

风箱运转，把空气注入琴箱，鼓进陈旧的金属音管。

在夏令营的时候，靳林琨曾经逗于笙祝自己高考考个好成绩。男孩子绷着肩膀，怎么逗都不肯说，最后把他的手扯过来，一笔一画地在他掌心写。

——我乌鸦嘴，别连累你。

那时候靳林琨觉得这应当只是个巧合，后来发现小朋友是真的可能有点什么神秘的非自然因果律力量。神秘到连七班段磊他们打架撑场子，都要吼一句"我方保证不先使用笙哥"，对面才肯撸袖子那种。

但靳林琨觉得，这说不定是文化差异。

就像在英国，乌鸦不光不是不吉利的象征，甚至还是伦敦塔的宝贝，一旦少于六只就会让英格兰受到侵略的那种。

找个小乌鸦嘴一起回家，明明就是件好到不行的事。

靳林琨按下最后一个乐音，迎上于笙的目光，朝他做了个口型，唇角扬起来。

——I once was lost but now I'm found.
——was blind but now I see.

番外十

七班同学再回学校的时候，三中已经和隔壁兄弟学校一块儿成了省级的示范高中。

操场校舍翻修得气派，门口不知道为什么多了个斧头的雕塑。教室里的老旧木头桌椅也都终于光荣退休，统一换成了干净养眼的淡蓝色。

周边的一块地划进来，多做了个大操场，崭新的褚红跑道和草坪都格外显眼。光荣榜沿着外墙挂了一排，成绩好得晃人眼睛。

"不敢认。"体委走过来，看着校门口埋头苦读的学生，灵机一动，"将来我克服困难带女朋友回家，能不能不经意地路过学校门口，然后轻描淡写地告诉她，这就是我的母校？"

"原则上是可以的。"学委推推眼镜，"所以要克服的困难在哪儿？"

体委非常骄傲："在我还没有女朋友。"

……

追根溯源，七班同学觉得这件事还是应该找老贺负责。

当初刻过字藏过小纸条的桌子就这么回归了历史，段磊有点遗憾："还记得当初咱们带着锤子上课的日子……"

三中历史悠久，桌椅都有随时散架的潜力，更何况这群小兔崽子们实在太折腾。踩着桌椅飞檐走壁也就算了，上课也没会儿老实工夫，表面上端端正正，下面非要两条腿着地来回晃悠。

他们上学那段时间，学校和宿舍的桌椅经常毫无预兆地哗啦碎成一地。一开始还会有人吓一跳，后来就都淡定地见怪不怪，甚至还应对得很有经验。

上体育课的时候，经常动不动就听见哪个教室里稀里哗啦响一通，然后他们老师的声音就格外淡定地传出来："过来两个人，扶一下。剩下的分析一下这个碎了的讲桌刚才的受力，一会儿上来画受力分析……"

眼前的母校已经完全变了个样子。

在学校里穿梭的学生能昂首挺胸，能有更多的选择，更广的平台，不用再背莫名其妙的锅，打乱七八糟的架。

他们当初熟悉的痕迹，会一直留在每个人的记忆里。

"好歹那年出了个省状元，咱们班又走得都特别好。"班长消息灵通，领着一群老同学自豪介绍，"生源好了，建校经费就跟着多。经费提上来，师资就能变好。"

学委点点头："良性循环。"

可能一届两届还看不出太明显的差别，循序渐进，一点一点就能把学校的质量提上来。高中承担着最大的升学压力，每届高考都在上层分数段争得尤其激烈，也是因为这个。

尤其他们学校还有个北大双学位研究生毕业的全国优秀班主任。

看见姚强远远跑回来，班长利落示意众人隐蔽，确认了他身边没有第二个人才放心："怎么样，打探到了吗？"

今天是校庆开放日，只要是校友都能登记入校参观，还能旁听课程，有不少联谊的活动和安排。姚强混进去绕了一圈，就顺利找到了优秀作业展上批复一栏熟悉的签名。

"打探到了，高一二十一班。"姚强喘了口气，依然有点想不通，"咱们不能直接联系笙哥吗，为什么还要用这种非常曲折的方式？"

班长被他问住了，张了张嘴："为什么呢……"

其实也没有什么特别的原因。

就是一想到要回来听笙哥上课，就感到非常紧张，不自觉地想震声朗诵英语和古诗文。

也不能联系老贺。

不然按照老贺带学生的宗旨，他们的踪迹很可能会被直接直播给他们笙哥，然后在洗手间被堵个正着。

"没关系，也可以理解成我们是想给笙哥一个惊喜。"体委和大家相互鼓励，"我们突然出现在教室后面，正在讲台上答疑的笙哥一定会非常高兴。"

生活委员打了个激灵："说实话，'正在讲台上答疑的笙哥'这几个字已经让我不敢往下继续想象了。"

但千里迢迢聚到一起，回来看老朋友，又不能半途而废。

班长咬咬牙，示意一群人跟在自己身后："学委断后，注意隐蔽，走。"

一群人鬼鬼祟祟地潜伏进了高一楼。

于笙决定回三中的时候，其实挺多人都没想到，但仔细想想，又好像莫名顺理成章。

尤其他们笙哥在繁忙的课业之余，其实还在靳老师的投行有个小小的兼职，动动手就能在华尔街搅动风云的那种。

七班对于笙和靳林珉一直有种盲目信任，哪怕有一天听说这两个人其实是外星人大概都能欣然接受，对这种小设定接受得当然也毫无障碍。

他们上去的时候还是大课间，每个班都没上课，老师们还在办公室，学生来来回回在楼道里穿梭。估计是已经提前被发了"有校友参观，注意校风校纪"的通知，小同学们的校服穿得整整齐齐，拉链一律拉到襟线往上，没什么人在走廊里打闹，连腰杆都挺得非常直。

班长带头，数着班牌一层一层往上走，找到了他们班在的那一层。

"听说刚考完试。"姚强的消息打探得挺全，继续给他们分享，"这几天主要是讲评试卷，解题答疑……"

虽然离开校园已经有一段时间，这种日子要回忆起来，痛并快乐依然还历历在目。

考试的支配是一辈子的，体委揉揉额头，忍不住感慨："说起来你们大概不信，我前几天还做噩梦，梦见我坐在考场上什么都不会，马上要交卷……"

"比我强多了。"生活委员拍拍他的肩膀，"我上次梦见考试，马上要交卷了，我连考场都没找着。"

……

高一的时间还长，冲刺氛围和考试的压力都还没有高三那么浓厚。入学才半年多的新生很有活力，几个学生抱着卷子来回穿梭分发，还有的抱着书在走廊来回踱步，嘴里念念有词。

班长找了一路，猜测着于笙的办公室大概是在顶层："应该是这间吧？"

新校舍的办公室分出了挺多功能，一群人甚至有点分不清楚，凑在一起研究："或者是楼下那间？那间对面是心理咨询室的牌子，不是说笙哥也负责心理咨询吗？"

"笙哥负责心理咨询？"体委仔细想了想，打了个哆嗦，"感动吗，不敢？"

"你这个笑话早都过时了。"学委比较注重消息更新，特意去学校贴吧绕了一圈，搭着几个人的肩膀给他们科普，"说真的，笙哥在这群学生的人气高得你想象不到。"

大概就是别的班被男生女生悄悄趴窗围观是为了看校花校草，他们班被围观是为了看班主任。教育处主任抓了几次，屡禁不止，一气之下把于笙的班级和办公室都放在了最顶层。总算没了扒窗外的，串班的却又抓都抓不完。

主任实在没忍住发脾气，给于笙要求："凶一点，再凶一点！震慑住这群小兔崽子！"

一点儿都不像当初于笙带着行李入职的时候，边给他办手续，边苦口婆心给他做工作："温柔，温柔一点。多笑一笑，春风化雨，不能老是把学生吓哭……"

但这批学生胆子依然大得要命。

学委逛贴吧的时候，看见有售卖于老师高清照片跟签名的，买卖事业还非常红火踊跃。照片也就算了，签名纯手写现买现撕，要批语还得加钱。

一群人凑在一块儿研究了半天，也没能纠结出究竟是先去找找办公室探查敌情，还是冒着生命危险直接潜进教室等着给他们笙哥一个惊喜。

最后还是班长眼观六路耳听八方，顺手拉住了那个来回踱步念念有词的男生："同学，打扰一下，于笙于老师是不是你们班的班主任？"

……

被带着往于笙的办公室走，他们体委还是忍不住好奇，挤过去："班长，你终于学会算塔罗牌了吗？"

"我不会。"班长摇摇头，拍了拍男生的肩膀，"我就是觉得他去请教问题之前自己反复默念并背诵三遍的样子简直像极了当年的我们。"

毕竟他们笙哥身上有种格外特殊不怒自威的气场。

换个说法，大概就是哪怕他们明知道他们笙哥没有生气、很愿意给他们讲题，并且只是在认真询问他们不懂的地方，但依然会因为源于本能的恐惧而变得弱小可怜并且不敢不会。

能够最大限度地调动起同学们对于学习的积极性和自主意识。

"对对，就是这样。"男生抱着练习题，感动得差点掉眼泪，"学长，你们也是于老师的学生吗？"

"我们——"班长挑挑眉，看了一圈，没忍住笑了，"我们不是。"

"我们不是……但严格来说，我们算是被你们于老师亲手送进大学的。"

进办公室的时候，于笙正在批作业。

办公室里的老师不多，很宽敞，角落摆着两盆绿油油的盆栽。

阳光透过玻璃窗落进来，桌面上摞着刚批好的卷子，参考书也厚厚摞成一堆，桌角的笔筒里戳着红蓝黑三色的圆珠笔。

几乎能把人一瞬间拉回那个下了课在教学楼里疯跑的年纪。

于笙的办公桌在右边，没跟着进门声抬头，喝了口保温杯里的水，还在判桌上摊开的作业。

这些年过去，时光像是几乎没在他身上留下什么太明显的痕迹。

明明学生时代的柔软轮廓已经彻底褪成青年的清晰硬朗，衣服也换成了简洁款式的衬衫，整个人都显得更沉静成熟得多，但格外鲜明的少年气好像始终都没被打磨掉。

学委有点儿能理解为什么于笙的照片销量会这么高了。

哪怕他只是坐在那儿，不抬头不说话，也依然叫人挪不开眼睛。

男生有点紧张，来的路上背了好几遍的题又忘得差不多，磕磕巴巴过去："于于于老师……"

体委没忍住："噗。"

"小声点。"学委回头，压低声音提醒他，"你想替他笙笙笙哥吗？"

体委牢牢捂住了自己的嘴巴。

一群人堆在门外，探头探脑地往办公室里看。

自从于笙来了这间办公室，这种探头探脑就已经成了保留项目，老师们都见怪不怪，没什么人注意到外面的动静。

"好，现在活人也看完了。"班长压低声音，准备带领大家撤退，"前队作后，后队作前，体委断后……"

众人才蹑手蹑脚转身，于笙已经讲完了题，被频频回头的学生引得皱了下眉，抬头往门外看过去。

……

"人终有一揍。"学委捂着脑袋，感慨，"要么横着揍，要么竖着揍。"

体委忍不住吐槽他："你早干什么去了？反正都要挨揍，干什么不光明正大打电话让笙哥来接咱们？"

"大意了。"班长作为整件事的策划和领导者，对错误的决策进行了深刻的反思，"本来以为笙哥既然当了老师，应该不会不顾形象地在走廊里追杀我们。"

但没想到他们笙哥当了老师，砸粉笔头的功力突飞猛进了这么多。

于笙掂了掂还没砸出去的笔帽，从体委手里接过扔出去的那几个，看了一圈这群人，嘴角还是没忍住抬起来："你们跑来干什么？"

揍也揍完了，按照于笙的习惯通常不会再揍第二次，班长跟学委生委都松了口气。

七班规矩，有班长在班长回话。班委会对视一眼，正准备代替大家表示"想来看看笙哥、看看老贺，正好赶上校庆校门开着不用翻墙"的美好意愿，边上的几个人已经依次举手抢答。

姚强："想来回忆一下当初被知识统治的感觉"

段磊："想听你讲题，忆往昔峥嵘岁月稠。"

体委："想看你欺负小兔崽子，坐在讲桌上，让他们还有谁不会，站出来。"

......

"说真的。"学委看着第二次迎接教鞭砸头的体委，忍不住感慨，"你挨揍是有原因的。"

体委依然有点想不通："什么原因？"

学委抚摸他的脑袋："活该啊……"

活该的体委没有得到大家的同情。

于笙下节刚好有课，一群人兴致勃勃，争先恐后保证一定不添乱不起哄拿胶带把体委嘴封上，终于获得了去跟着旁听的机会。

"仔细想想。"学委把口罩给体委戴上，搬着板凳在班长边上坐下，"我其实能想出笙哥当老师是什么样子。"

班长愣了下，也跟着笑了："对，咱们应该算是笙哥第一批试验品……"

临高考前的几个月，天气热到几乎叫人有点儿烦躁的时候，于笙从家里搬出来，跟他们一块儿住了宿舍。

也不知道他们笙哥从哪儿学来的办法，一人发一个头灯，把一个班的人拉到洗手间外面那个盥洗室蹲成一排，从头到尾地夯实基础查漏补缺。

有什么问题都能问，一道一道地讲，听不懂就再讲一遍，再听不懂就再讲第二遍。

当时姚强心态有点儿不稳，好几天没睡着，顶着个黑眼圈问于笙要是考不上，还得复读一年怎么办。

于笙当时在给他们整理考点，头都没抬，语气平平淡淡："那就去我家补，还想让我翻墙进来？"

时间过去的太久，他们已经不记得当时蹲在水龙头啪嗒啪嗒漏水的盥洗室，戴着闹鬼的头灯弄懂了哪一科目的什么问题。

但当时那种心情依然能回忆得格外清楚。

那种不论考得好还是差，不论最后交上的是一份什么样的答卷，身后都永远有人支撑的心情。

"我当时感动得不行。"姚强百感交集，叹了口气，"高考完我才想起来，要是我再复读一年，笙哥就去上大学不在家了，我还得坐火车去找他补课。"

"那是笙哥知道你十拿九稳能考上。"段磊知道的比较多，拍拍他的肩膀，"你看，笙哥对我的嘱咐就很多。比如万一没发挥好怎么报名，万一没录上怎么复读，万一复读了怎么视频听他讲题，万一你也复读了，怎么跟我一块儿视频听他讲题……"

姚强重新百感交集："原来我被托孤到你这儿了吗？"

段磊挺深沉地点点头，还要说话，被他们班长扯了一把："嘘，上课了。"

坐在教室后排的几个人飞快坐正，谁都没再跟谁交头接耳。

于笙走到讲台前，朝起立问好的同学稍微颔首，放下手里的教案和试卷夹。

浅蓝的衬衫干净利落，覆着的身形轩挺清标，袖口卷到手肘，露出小臂格外流畅的肌肉线条。

今天的课程内容是讲评试卷，一堂课讲下来，教室里弥漫开一片沉重而略显哀伤的肃穆气氛。

班长对这种气氛很熟悉，有感而发："青春啊……"

"少说两句。"学委友情拍拍他肩膀，"我当初就觉得你这种不用考试了还回来感叹青春的大人特别欠揍。"

当初的教务处主任就格外喜欢在监考他们的时候感叹青春，尤其看到他们考完试对的答案不一样，都要感慨几句少年时光令人怀念。要不是揍不过，又被校规严厉地镇压着，一群学生早就奋起反抗了。

班长及时闭嘴，又忍不住补充："不过笙哥讲得确实好，怪不得学生们喜欢。"

学委点点头："旁征博引，还不枯燥，刚才好几个论据都能直接进议论文。"

班长："解题方法也总结得很精当，语文高考拿分和平时学习是两件事，考试还是要套路。"

学委："应试训练和文学素养两不误，两手都要抓，两手都要硬。"

姚强加入不进来这段对话，但又很想参与，憋了半天举手赞同："对，听得我一点都没困。"

对话无可避免地走向了终结。

老贺退居二线，成了年级组长，拥有了更广阔的发挥舞台。

顺便还笑眯眯抓了这群下课一起来看老师的学生的差，把禁止翻墙的告示和糨糊一起塞过去："去，就贴每次你们翻墙那个地方，贴完再走。"

两条后街被整顿了好几遍，基本从小吃小摊变成了规范的商铺。路上车来车往得多了，为了学生的安全，围墙也被重新修高，以免翻墙出去的学生出什么事故，只可惜多年流传下来的传统还是不那么容易纠正。

于笙以身作则了一段时间，有一天起得晚了，为了赶上早自习，还是抄了近路，结果正好被他们学校刚调来的新领导撞上："站住！哪个班的，你们班主任是谁？"

当了老师之后于笙的脾气明显比之前好，心平气和跟他解释："我就是班主任。"

新领导看着他格外年轻的长相，气得胡子都有点歪："你是班主任？

那我还是校长呢！给我过来，记名字！你们班主任不来个准走……"

一群人想笑不敢笑，班长拼命咳嗽着保持严肃："那后来呢？"

"后来。"老贺抿了口茶，有点感慨，"幸好于老师的班主任还没退休，不然我们学校的校长可能就换人了。"

不论怎么说，整改之后，校园周边的秩序确实比之前好了不少。三中已经是全省有名的示范高中，伙食也明显有所提升，食堂质量今非昔比。于笙回办公室拿了饭卡，带着这群人去吃了顿饭，顺利花完了饭卡里常年不动的最后一笔菜金。

于老师的班主任也跟着这群学生一起蹭了顿饭，心满意足迈着方步，回高三楼去看晚自习了。

"笙哥，你不抄近路的话，下班回家不远吗？"段磊还记挂着于笙家特殊的地理位置，"我记得你家从正门走，要坐好几站地公交车的。"

于笙笑笑："有人压榨，下班还得打一份工，不远。"

段磊瞬间生出浓浓同情，还想追问，被他们班学委及时扯住："想想华尔街，兄弟，你接下来要追问的可能是以亿为单位的金钱交易。"

同情烟消云散，一群人心酸地嘤成一团。

靳林琨毕业之后进了金融圈，圈子里对高学历能力强有数学天赋的人是刚需，上手非常快，已经顺利接手了靳先生跟黎女士的工作。于笙原本对这些事没什么兴趣，有次看靳林琨熬得晚，试了试顺手帮忙，才发现原来也没有想象的那么枯燥。

而且于笙狙得实在非常准。

准到只要每次和说出来的反着买，最少也能赚翻倍的那一种。

他们的投行因为这个一路直上，现在已经积累了相当程度的资历和资本，在业内也已经有了足够的话语权。

"笙哥，那你为什么还要当老师啊？"体委忍不住好奇，"不辛苦吗？又要批作业又要管学生，我现在要是我回去管当初我们那一拨人，都觉得闹心得要疯……"

于笙扬扬眉峰，刚要说话，几个学生正好从他身边跑过，热热闹闹的"于老师好"就格外清亮地响起来。

于笙跟他们点了点头，笑笑："是辛苦。"

是很辛苦，要遇到很多事，操很多心，忙起来连饭都顾不上吃。

会遇到不懂事的学生，会遇到说不通话的家长。日复一日重复着几乎一样的工作，也会有无能为力的事，会有不能改变又不够好的现状。

做老师从来都不轻松。

但他只是想去做。

他在这里得到过很多东西，只要可以，他依然想把它们继续给出去。

班长若有所思地站了一会儿，笑着揉揉脖颈："真的……笙哥，你一定好好干。"

班长看着他，格外认真："能遇着个好老师，太不容易了。"

番外十一

入夏的时候，于笙难得的感了次冒。

本来就是有点儿鼻音，偶尔打几个喷嚏。但因为当事人没在意，连着上了几天的课，终于咳得一发不可收拾。

普通的风热感冒，药也吃了。就是一到晚上，只要躺平了就止不住咳，怎么都休息不好。

"没多大事。"于笙没当回事，灌了口水压下咳嗽，"锻炼腹肌了。"

靳林琨刚简单冲了个澡，换上睡衣过来，对他这种心态叹为观止："能展示一下吗？"

自从带学生之后，于老师的脾气看起来其实好了不少，动手的次数也少了很多。

但也只是看起来。

事实上只是换了更多样化的形式。

靳林琨顺手捞住精准定点砸过来的矿泉水瓶，拧开瓶盖绕过去，替这个没说两句又开始咳嗽的人拍了拍背："养养嗓子……再喝点儿水？"

于笙撑得一晃都能漾出来，摇摇头，把递过来的水推到一边。

"半个月就好。"这个人已经找各种借口来书房绕了十多趟了，于笙拿过两本练习册，压了压咳嗽，"睡你的觉。"

靳林琨还在想办法："给你熬点儿梨汤？"

于老师觉得刚赶航班飞回来的靳总可能是想烧他的厨房。

靳林琨刚飞了趟曼哈顿，开会的时候就发现于笙忽然改了习惯，从视频打电话变成了发消息。问了好几次也没能问出来，最后还是旁敲侧击，从教育处主任那儿弄清楚了是怎么回事。

于笙有点儿想不明白他跟教育处主任究竟是怎么建立起的隔辈友谊："你为什么会和教育处主任成了好友？"

"我天天帮他浇水，还让他偷能量。"靳林琨终于找到了一款适合自己的游戏，挺欣慰，"他养的鸡还可以来我的农场吃饲料。"

于笙："……"

甚至没法判断三个人里落伍的究竟是谁。

靳林琨笑笑，揉了揉他的脑袋："这样好一点儿？"

于笙跟他说话就分了心，被问起来，才发现好像这一会儿确实没怎么咳。

靳林琨抓紧机会，往于笙身后又垫了个枕头。

他特意查了查资料，晚上躺下咳嗽是肺经不通，只要坐起来，就能多少有缓解。于笙习惯了不把身体当一回事，这些天又没好好休息，仗着身边没人盯着，估计药也是有一顿没一顿地按缘分吃。

靳林琨低头："难受也不告诉我？"

于笙侧头躲了下，在书页上做了两个记号，没当回事："这算什么难受。"

话说得急了就又压不住咳嗽，于笙撑着桌沿，察觉到有只手正好压着他咳嗽的时候覆上来。

"这样。"靳林琨调整了下力道跟角度，"还疼吗？"

于笙愣了下，放下笔侧头看了看。

靳林琨还在找合适的力道，认认真真地换着地方，掌心温温的热意渗下来。明明熬夜赶了趟飞机，倦意都有点藏不住，也一点儿没有要去倒时差先睡的意思。

于笙捏了捏手里的笔，还是没忍住，在他胳膊上画了块表。

靳林琨："……"

曼哈顿有十二个小时的时差，刚下飞机就跑回来，说不困于笙都不相信。这两天躺下就咳得厉害，于笙睡不着，但也不打算让这个人跟着自己熬夜："你先睡，我一会儿去找你。"

靳林琨没松开手，摇摇头："不行，你不睡我睡不着。"

于笙觉得自己要不是咳得实在没力气，说不定能把这人直接扛回去，扔到床上绑起来。

顺便再往嘴里塞块布。

靳林琨一本正经翻了半天，迎上他的视线，也没忍住轻笑出声，扔开手机，揉了揉于笙的脑袋："回来就是陪你的，别轰我。"

他的声音轻下来，格外柔和地落在耳畔，不自觉就掺上了点莫名的低沉磁性。

于笙握着笔的手停了停，索性放下手里的东西，站起来。

靳林琨抬头："干什么？"

于笙清清嗓子："睡觉。"

靳林琨还没反应过来，已经被于笙拽着回了卧室。

于笙躺下就不舒服，硬撑着往下躺，还没沾稳枕头就又翻天覆地地咳嗽起来。

"这样不行……"靳林琨把他肩膀垫高，一下一下替他拍着背，"明天请个假？"

于笙好不容易把气息压下来："明天有运动会。"

靳林琨灵机一动："我替你去？"

虽然教育处主任和这个人不知道通过什么乱七八糟的游戏建立起了一定的友情，但于笙依然有充分的理由认为，如果主任发现他们班领队是靳林琨，很可能举起他们学校的斧头雕塑去劈了隔壁兄弟高中的镰刀。

但靳林琨显然觉得这是个挺好的办法，甚至还有点儿心动："明天几点？"

"八点半。"于笙揉揉额角，"别闹，我再去吃个止咳药——"

靳林琨很有信心："我会，这个我高中也有。"

虽然靳林琨的意愿很主动，于笙还是没给他这个引发两校新一轮战争的机会，拒绝了靳总对于临时代班主任的自荐。

一宿飞了半天的时差，靳林琨肯定了他确实没大事就放了心，枕戈待旦躺了一会儿，没撑住瞌睡着了。

睡到半夜的时候，他隐约察觉于笙撑着坐了起来，敏锐地睁开眼睛。

"没事。"于笙撑着胳膊坐在床头，"你睡。"

他的身体一向很好，高三在夏令营的时候发过一次烧，之后就连小毛病都没怎么有过。这回也是有点大意，连轴转了几个星期没当回事，又赶上了换季的流感，就正好中了招。

问题不大，就是磨人。咳得嗓子疼，晚上睡不着觉，白天讲课也跟着哑。这次两个人的距离有点儿远，于笙本意就是不让他担心，结果也没能瞒住。

靳林琨回来的声势非常轰动，让于笙一度觉得自己估计会被关起来绑上灌药休息，结果这个人折腾了半天，原来就是为了让他睡觉。

于笙甚至有点儿怀疑自己当年烧晕过去那一次，是不是干了什么叫人印象格外深刻的事，给靳林琨留了什么心理阴影。

"还是咳？"靳林琨坐起来，"坐着好点儿？陪你聊会儿天。"

于笙往外看了一眼："深更半夜——"

靳林琨从善如流："陪我聊会儿天。"

在一起这么些年，这个人欠揍的水平简直已经登峰造极。

于笙躺着确实不舒服，被他拉着靠在枕头上，短发不自觉地轻蹭了两下。

毕业以后，于笙就没怎么再有过这种格外叫人心里发软的小动作。靳林珉牵牵嘴角，轻声征求意见："聊什么？"

于笙居然反而泛上来点格外放松的慵懒困倦："你。"

靳林珉扬扬眉峰，侧过头："聊我什么？"

于笙："你这次选的哪几只股。"

靳林珉："……"

于老师没选的那几只。

于笙这种直觉是不靠什么数据分析大盘走势的，每次靳林珉要出门之前就让于笙点兵点将随便选一半排除掉，然后在剩下的里面选，效果就会非常好。

但是这种选法再怎么看都无疑非常欠揍。

于笙扬扬眉峰，看了他一会儿，没忍住先笑出来："算了，有用就行。"

"有用。"靳林珉对这个倒是真有把握，"特别准，这次去避开了好几个没看出来的陷阱……"

于笙平时偶尔给他帮忙，倒也听得懂那些格外深奥的金融学词汇，跟着听了半天，睡意还是不知不觉泛上来。

靳林珉语气放得轻，格外耐心地给他讲，说到一半，袖子忽然被于笙拽着扯了扯。

于笙的手比平时稍微发热，靳林珉蹙了下眉，才要摸摸他的额头，身边的人已经先出了声："哥，我不舒服。"

靳林珉愣了下。

好像说出来也没那么难。

于笙嘴角扬了下，彻底放松下来，阖上眼睛："想睡觉，你多说一会儿。"

用户 WSYZKA 给远在纽约的梁一凡发了两条消息。

在梁一凡的印象里，他珉神在视频之前的微信名还是"想家想对象"。眼前这串字母莫名有点眼熟，梁一凡正在回忆究竟在哪儿见过，用户 WSYZKA 又给他发来了条新消息：于笙不舒服。

梁一凡在靳林珉千里迢迢买飞机票回来的时候就知情，还特意帮着冒死瞒住了笙哥：我知道啊！珉神，笙哥怎么样，难受得厉害吗？

对面大概是在单手打字，隔了一会儿，消息又跳出来。

WSYZKA：不厉害。

WSYZKA：就是跟你说一下。

WSYZKA：于笙不舒服，现在已经知道自己跟我说了。

梁一凡：……

梁一凡：啊。

梁一凡对着手机，陷入了第七百六十九次深刻的沉思。

靳林琨忍不住换了个新微信名，放下手机。

于笙睡得不实，动了动想要睁开眼睛，被他及时抬手挡在眼前："没事了，睡吧。"

床头灯的暖光重新暗下来，靳林琨等着小朋友的眼睫重新安稳阖实，放轻动作把被子往上抻了抻。

第二天一早，于笙确实没能起得来。

"听我的，好好养一天，什么都好了。"靳林琨把早餐端到床边，揉了揉他微微汗湿的头发，"运动会管得不严，我帮你看着点儿，有什么不知道的就问你。"

要是普通上课的日子，靳林琨还真没有去帮于老师代课的把握。但按照三中运动会开幕式讲话、讲话和讲话的流程，对老师监督的要求无限趋近于零。有的班主任第一天索性不去，让这群平时憋坏了的小兔崽子好好享受一下短暂的自由。

更何况老贺和主任都还在。

于笙撑着胳膊坐了一会儿，看起来还有什么话想说，但还是被靳林琨放缓力道按回了床上。

靳林琨对这个任务很有动力，把家里安顿好，也没开车出门，潇潇洒洒地抄近路进了三中。

刚落地，就听见格外严厉的声音："站住！哪个班家长，班主任是谁？！"

老贺又来领了一次人。

一边领着靳林琨往回走，一边感慨："我都不敢退休了……你怎么不报教育处主任呢？"

靳林琨也没想到三中现在校风校纪这么严格，轻咳一声，客客气气道歉："给您添麻烦了。"

"倒是不麻烦。"老贺笑眯眯摆手，"你们两个怎么样？"

于笙就在他眼前看着，像是璞玉被一点点打磨得明净通透，当初那个叫人担心的臭小子也已经一点点长成了格外优秀的、值得所有人为之骄傲的样子。

现在看来，隔壁兄弟学校的兔崽子无疑也一样。

"很好。"靳林琨笑笑，点了点头，"还会越来越好。"

老贺挑挑眉，迎上他格外清晰笃定的目光，笑着点头："行了，去吧。"

靳林琨对老三中的地形很熟悉，新校舍改动不大，问了几次路就确认了体育场的位置。走到红胶的跑道边缘，正好收到于笙给他发的消息。

操场边上有个地下超市，要买一箱棒棒糖给他们班的学生。

"就在边上，很近。"靳林琨看了看超市的招牌，给他发语音，"还咳不咳，难受吗？"

"好多了。"于笙的嗓音比昨晚好了不少，清了两下喉咙，"还有——"

靳林琨等了一会儿，有点好奇："还有什么？"

"没事。"于笙话锋一转，"哥。"

于笙长大以后就不怎么再服软叫哥，昨晚是个特例，靳林琨没想到这么快就听见了第二次："在，怎么了？"

"你看这个微信名。"于笙挺认真，"像不像在夏令营的时候，一个一夜之间冒出来的九级号。"

靳林琨："……"

都过去五六年了，夏令营的论坛都已经停运解散，他自己起这个微信名的时候就只是随手一打，早忘了以前的事。

梁一凡同学也只是觉得眼熟，辗转反侧想了一宿，都没能想起究竟是在哪儿看见过。

记性好确实挺麻烦。

于笙扳回一局，心情挺不错，嘱咐他记得回家吃饭，挂断了语音。

靳林琨在原地站了一会儿，摇摇头，自己先笑了出来。

去超市买了棒棒糖，靳林琨进了体育场，观众席上的队伍正在列队前的准备。

听说于老师请了假，他们班的学生呼啦啦围过来，没人有心思吃糖，都担心得不行："老师生病了？严不严重，要紧吗？"

看得出这群学生跟于笙的关系都格外亲近，靳林琨耐心保证了他们于老师没有高烧不退，也没有咳嗽到散架，就是在家歇一天休养休养："我是他朋友，帮他来看看你们，你们可以叫我靳老师。"

说好了第二天一起参加教师学生混合项目比赛，体委忍不住担忧："那老师还能比吗？不能的话就歇歇，身体重要……"

靳林琨觉得自己好像把自己越卖越深："不要紧，我帮他比。"

生活委员也非常担忧："那老师还能带我们去日租房，给我们做好吃的吗？"

靳林琨："……"

实力有限。

靳林琨现在总算弄明白了没良心的小混蛋那时候憋回去的话是怎么回事，按按额头，朝生活委员的小姑娘和蔼一笑："我回去帮他康复康复，我觉得能。"

一群学生你一言我一语问了半天，好不容易放下心，依依不舍过去站队。

"靳老师。"他们班语文课代表好奇地打量了一会儿靳林琨，又照着什么比对了半天，悄悄过去，"请问……您是这上面的人吗？"

靳老师看着那张手机上翻拍的照片，眉峰微扬。

他自己都快忘了这张照片了。

也不知道怎么处理的图片，居然P掉了合照上乱七八糟的人，甚至还仔细修复得一点儿痕迹都没有，就留了他一个。

要是没记错，照这张照片还是高二的时候。他在教学楼前，跟一群同学在一块儿，笑得没心没肺。

完全不知道将来会遇到什么事，拥有什么人。

靳林琨把手机递还给他："你们怎么看见这个？"

语文课代表摸摸脑袋："这个一直就摆在于老师桌上。"

他们看照片还以为是哪位老师教过的学长，特意照下来一张一张对往年的毕业照，才发现好像不是老师教的学生，是老师同一级的同学。

就跟他们老师并肩站在一块儿。

他们班偷偷八卦了很久这个人的身份，今天一见靳林琨，立刻就觉得眼熟得不行。

"您是老师的好朋友吗？"语文课代表扶着眼镜，悄悄看了看他，压低声音，"有件事别人不知道，我们觉得可以偷偷告诉您……"

就在运动会之前，班委去办公室干活，班主任管饭。

一群人贴走队列用的大字，实在太无聊，索性凑在一起玩真心话大冒险。

正好问题问到于笙。

语文课代表："是个很宽泛的问题，问往后的余生里，最长远的目标是什么。"

对一群十七八岁的孩子来说，余生还长得很，这种问题实在没什么意思。但措辞又很特别，他们忍不住起了半天哄，想知道于笙老师的余生究竟有什么目标跟愿望。

语文课代表也是头一回说这种话，脸上没忍住有点泛红，抬手抓了抓耳朵，又把那张照片重新好好递给他看。

"老师说……要让有些人，能一直都这么高兴。"